GRANTRAVESÍA

PAM MUÑOZ RYAN

Eco

Traducción de
Mercedes Guhl

GRANTRAVESÍA

Eco

Título original: *Echo*

Texto © 2015, Pam Muñoz Ryan

Ilustraciones © 2015, Dinara Mirtalipova

Todos los derechos reservados.
Publicado según acuerdo con Scholastic Inc., 557 Broadway,
New York, NY 10012, USA

Esta obra fue negociada a través de Ute Körner Literary Agent,
S.L.U., Barcelona - www.uklitag.com

"Some Enchanted Evening", de Richard Rodgers y Oscar
Hammerstein II. Copyright © 1949, Williamson Music (ASCAP),
una división de Imagem Company, propietaria de los derechos
de reproducción y derechos conexos a través de derechos
mundiales renovados. Derechos internacionales asegurados.
Reservados todos los derechos. Con permiso para su uso.

Traducción: Mercedes Guhl

Imagen de portada: © 2015, Dinara Mirtalipova
Diseño de portada: Marijka Kostiw

D.R. © 2017, Editorial Océano, S.L.
Milanesat 21-23, Edificio Océano
08017 Barcelona, España
www.oceano.com

D.R. © 2017, Editorial Océano de México, S.A. de C.V.
Eugenio Sue 55, Col. Polanco Chapultepec
C.P. 11560, Miguel Hidalgo, Ciudad de México
www.oceano.mx
www.grantravesia.com

Primera edición: 2017

ISBN: 978-607-527-127-9

IMPRESO EN MÉXICO / *PRINTED IN MEXICO*

A mis yernos,
Jason Retzlaff y Cameron Abel,
por amarlas

Cincuenta años antes de la gran guerra que pondría fin a todas las guerras, un niño jugaba a las escondidas con sus amigos en un huerto de perales rodeado por un oscuro bosque.

Mathilde, a quien le tocaba buscar a los demás, estaba sentada en una piedra con la cabeza metida entre las rodillas, y empezó a contar hasta cien.

El chico se apresuró, decidido a permanecer oculto más tiempo que todos los demás, con la esperanza de impresionar a Mathilde. Su voz cantarina lo intrigaba.

Incluso, mientras contaba, sus palabras sonaban a tonada:

—… treinta y seis, treinta y siete, treinta y ocho, treinta y nueve…

Aunque estaba estrictamente prohibido, el niño corrió al bosque para esconderse. Cada pocos pasos miraba hacia atrás para asegurarse de que aún alcanzaba a ver el huerto tras de sí. Cuando los perales no fueron más que un borrón en el paisaje, se sentó en un tronco en medio de una arboleda de pinos.

En la distancia, oyó las lejanas palabras de Mathilde:

—Listos o no, allá voy —el muchacho sonrió, pensando en el momento en que llegaría de regreso a la base, triunfante. Pero tendría que ser paciente, porque tomaría un tiempo para que todos fueran arrancados de sus escondites.

Sacó un libro que guardaba en la pretina de los pantalones, una de las dos cosas que había comprado esa misma mañana a un gitano por un penique. Recorrió con los dedos el título grabado en la cubierta de cuero:

La decimotercera armónica de Otto Messenger

No había sido capaz de resistir la tentación de comprarlo, sobre todo ante tan peculiar coincidencia. El título llevaba su propio nombre: Otto.

Abrió el libro y empezó a leer.

Había una vez, mucho antes de que la magia quedara eclipsada por la duda, un rey ansioso y desesperado que aguardaba el nacimiento de su primer hijo.

Estaba escrito que el primogénito del rey heredaría el reino, pero únicamente si nacía varón. Si era una niña, el trono quedaría algún día en manos del hermano menor del rey, su rival más enconado.

Lamentablemente, la reina dio a luz una niña. El rey era un hombre astuto y, momentos después del nacimiento, tomó a la bebé y le ordenó a la leal comadrona que se la llevara a lo profundo del bosque y la abandonara para que las fieras la devoraran. Le prohibió a la comadrona que volviera a hablar del asunto. Después, el rey le dijo a la reina y a sus súbditos que la bebé había muerto al nacer.

La bondadosa comadrona se aventuró en el bosque, sabiendo que por ningún motivo sería capaz de abandonar a su suerte a la niñita. Mientras se abría paso por entre los espinos y sorteaba los troncos caídos, le cantaba arrullos a la asombrada criatura. Si dejaba de cantar, la bebé lloraba. Una y otra vez, la comadrona le dio gusto, tarareando y cantando hasta llegar a su destino, una choza medio derruida, propiedad de su prima, una bruja egoísta y perezosa.

—¿No querrías quedarte con esta niña? —le rogó la comadrona—. Ya tienes cabras, que la alimentarán con su leche. Y algún día ella te ayudará a barrer el hogar.

—Supongo que puedo acogerla —dijo la bruja—. La llamaré Eins.

A la comadrona le pareció cruel el nombre de *Eins*, porque quiere decir *uno* en alemán, la lengua que se hablaba en el reino. Pero sabía que era una suerte mucho mejor que servirle de desayuno a los osos. Besó a la bebé y le susurró el único regalo que le podía dar: una profecía.

TU SUERTE NO ESTÁ ECHADA.
INCLUSO EN LA NOCHE MÁS OSCURA, UNA ESTRELLA BRILLARÁ,
UNA CAMPANA TINTINEARÁ Y UN CAMINO SE ABRIRÁ.

Escupió en la tierra para asegurar la buena fortuna, dejó a la bebé con la bruja y corrió a toda prisa.

A los dos años, la reina alumbró a otra niña. El rey le dio las mismas instrucciones a la comadrona, que corrió al bosque, sin dejar de cantar, pues esta bebita sólo se calmaba al oír una canción. Una vez en la cabaña, le suplicó nuevamente a la bruja.

—¿No querrías quedarte con esta niña? —rogó la comadrona—. Algún día ella te ayudará a juntar leña.

—Supongo que puedo recibirla —dijo la bruja—. La llamaré Zwei, por ser la número dos que recibo.

¡Otra vez un número como nombre! Parecía un fracaso. Pero a pesar de eso, era mejor que terminar convertida en almuerzo de lobos. La comadrona besó a la bebé y le susurró la profecía nuevamente:

Escupió en la tierra para asegurar la buena fortuna, dejó a la bebé con la bruja y regresó a toda prisa.

Pasaron otros dos años, y nació otra niñita. Tres hijas, una tras otra. El rey repitió el mismo engaño. Y la comadrona, obedientemente, se internó en el bosque, cantando sin pausa, pues el único consuelo de la bebita era una melodía.

Al llegar a la cabaña, le imploró a la bruja que también recibiera a esta recién nacida.

—Algún día será ella quien mantenga el fuego encendido en tu casa.

—Supongo que puedo recibirla —dijo la bruja—. La llamaré Drei. Así me acordaré de quién llegó de primera, de segunda, de tercera.

Levantó tres dedos, y los señaló mientras contaba: Eins, Zwei, Drei.

De nuevo, la comadrona anticipó la dura vida que esta criatura sin nombre iba a tener. Pero cualquier cosa era preferible antes que servir de cena a los jabalíes. E iba a tener a sus hermanas a su lado.

Eins y Zwei, que ya trabajaban al servicio de la bruja cargando pequeños atados de astillas, corrieron junto a la comadrona para conocer a su hermana.

La comadrona pasó de mirar la casucha de la bruja a las niñitas sucias y despeinadas que saludaban enternecidas a la bebé que tenía en brazos. La besó y le susurró:

Escupió en la tierra para asegurar la buena fortuna, dejó a la bebé con la bruja y salió a toda carrera.

Al fin, un año y un mes más tarde, la reina dio a luz un niño. El rey, encantado, proclamó que su primer hijo había nacido, ¡un niño! En todo el reino repicaron las campanas para celebrar el nacimiento del heredero al trono, que algún día llegaría a ser rey.

Otto levantó la vista del libro.

Había estado tan absorto en la historia que el juego de las escondidas se le había olvidado por completo.

El bosque se había tornado frío, soplaba el viento. Los árboles se mecían, las hojas susurraban. Otto tiritó y miró hacia los perales, esforzándose por oír a sus amigos en la lejanía. ¿Se le habría escapado el final del conteo y la señal del comienzo de la búsqueda para que los que se ocultaban salieran al fin?

Se levantó para irse, y guardó el libro en la pretina de los pantalones. Un soplo repentino de viento le arrancó la gorra de la cabeza. Otto giró hasta que la atrapó. Miró a través de los árboles, pero no logró ver el peral.

Caminó sin rumbo durante horas.

Gritó, llamando a cualquiera que lo pudiera oír, pero el viento aumentó su intensidad y sofocó sus llamadas. Su mente dio vueltas con todo lo que había oído contar del bosque: las cuevas labradas por el agua en las rocas, donde habitaban los horribles y malvados *trolls*, los precipicios que iban a dar a guaridas de brujas, los pozos de arenas movedizas que devoraban a los niños sin que alcanzaran a huir, ¡y eso sin mencionar los peligros de los osos, lobos y los jabalíes!

Corrió de árbol en árbol, en busca de una salida. En su terror, tropezó con un nudo de raíces retorcidas. El mundo giró a su alrededor.

Unos minutos después (¿o tal vez fueron horas? No podría decirlo) se enderezó, se tocó la frente, y encontró que tenía un chichón del tamaño de un huevo. Asustado, se cubrió la cara con las manos y empezó a llorar.

Entre sollozos, oyó un trío de voces:

—Por aquí. Acércate. Te ayudaremos.

Otto levantó la vista para ver quiénes le hablaban, pero no vio más que sombras que se movían entre los árboles. Gimiendo se puso de pie, y caminó vacilante hasta llegar a una hilera de pinos que formaban un inmenso círculo. Logró pasar por entre los troncos, y se encontró en medio de un claro.

Tres jovencitas vestidas con harapos estaban ante él, la primera le llevaba una cabeza a la segunda, que a su vez superaba a la más pequeña por una cabeza. Hablaban todas al unísono:

—¡Al fin, un visitante! Hola, muchacho. Pobrecito. Debes estar cansado. Ay, ¡por Dios! Te lastimaste la cabeza. Siéntate y descansa un poco.

Otto se sentó despacio en un tronco.

—¿Quiénes son…? ¿Quiénes son ustedes?

—No temas. Estás a salvo con nosotras. Me llamo Eins —dijo la mayor—. Y éstas son mis hermanas: Zwei y Drei.

Otto sacó el libro y lo miró.

—No puede ser. Son personajes de esta historia.

—Entonces, ¡debe ser nuestra historia! —dijo Eins.

—¿Sabes, por casualidad, si tiene final feliz? —preguntó Zwei, retorciéndose las manos.

Drei señaló el libro:

16

—¿Podrías leernos el cuento para ver qué nos depara el destino?

Las tres hermanas se sentaron en círculo a su alrededor, inclinadas hacia él, con mirada anhelante.

Otto se frotó la frente, sintiendo un leve mareo. Miró a las tres hermanas, que se veían ansiosas de oír la historia. Si lo que contaba el libro era cierto, las habían arrancado de brazos de su madre al nacer. ¿Cómo sería eso de no haber podido conocer a su mamá? El corazón le dolió al pensar en no volver a ver a su madre nunca jamás.

—¿Por favor? Quizá podamos ayudarnos entre nosotros —a Otto le parecía todo muy extraño, pero se sentía seguro en medio del claro circular entre los pinos. Las hermanas parecían inofensivas. Y también era evidente que no había nadie más que pudiera señalarle el camino para salir del bosque.

Volvió al comienzo del libro y leyó el primer capítulo de nuevo, esta vez en voz alta. Levantó la vista. Eins, Zwei y Drei se habían tomado de las manos, y miraban absortas.

Otto se aclaró la garganta y continuó.

Un secreto, un hechizo
y una promesa definitiva

⟨⟨⟨⟨⟨⟩

Eins, Zwei y Drei crecieron en la remota cabaña en medio del bosque.

La bruja les había dicho que las había encontrado, y todos los días les recordaba que debían estar agradecidas con ella por su generosidad.

Pero no era fácil sentir gratitud.

La cabaña era fría y húmeda, y estaba en condiciones ruinosas. La bruja jamás reparaba el techo de paja. Las obligaba a vestirse con harapos. Y no las quería. ¡Cielos, nada! Era tan indiferente y fría con ellas como lo hubiera sido con una piedra en un arroyo. Pero las encontraba útiles porque, del amanecer al atardecer, barrían y limpiaban y cocinaban y llevaban cosas de aquí para allá.

¡Imagínense qué tan comodina se había hecho la bruja!

Las hermanas tenían dos consuelos en su vida de tribulaciones. El primero era cantar. Sus voces eran bien distintas: la primera, como la de un ave canora; la segunda, como la de un arroyo cantarín; la tercera, como el ulular del viento entre troncos huecos. Al cantar, las tres voces se trenzaban de forma mágica y el bosque entero, desde los *trolls* hasta las hadas, interrumpían lo que estuvieran haciendo para deleitarse con estos dones. Incluso la bruja reconocía este talento, pero a la vez las envidiaba. Cuando les daba órdenes e instrucciones, las llamaba despectivamente con nombres de instrumentos musicales. Su preferido era *mis pequeños piccolos*.

La otra fuente de solaz para las hermanas era su mutua compañía. Cada noche, al tenderse en sus camastros de paja y mirar el cielo nocturno a través de los agujeros en el tejado, Eins repetía la profecía de la comadrona, como si fuera una plegaria:

TU SUERTE NO ESTÁ ECHADA.

INCLUSO EN LA NOCHE MÁS OSCURA,

UNA ESTRELLA BRILLARÁ,

UNA CAMPANA TINTINEARÁ

Y UN CAMINO SE ABRIRÁ.

Después, se turnaban para entonar canciones que hablaban de los pajaritos que alzaban el vuelo desde los árboles del bosque. Porque ni Eins, ni Zwei, ni Drei habían perdido la esperanza de que ellas también, algún día, pudieran irse. Soñaban con un hogar acogedor y protector, con una familia que las amara y las llamara por su nombre.

Los años pasaron. El hermano del rey, que era su rival, murió joven. Todas las maquinaciones del rey habían sido en vano, pero aún no quería dar a conocer el terrible secreto de haber abandonado en el bosque a sus tres hijas. Cuando su hijo alcanzó los dieciséis años, el reino empezó a prepararse para la fastuosa coronación, pero el insensato rey cayó enfermo y no vivió para verlo.

Todos los súbditos fueron invitados al castillo para las festividades y tuvieron oportunidad de ver al recién coronado monarca en una audiencia. Cuando le llegó el turno a la comadrona de saludar a su rey, frente al trono en el gran salón, ella se dio cuenta de que ya no había motivo para guardar el secreto durante más tiempo. Les confió la historia al rey y a su madre, que no cupo en sí de la dicha.

Sin más, el joven monarca envió a la comadrona a buscar a sus hermanas.

Una vez más, la mujer se internó en lo profundo del bosque, hasta la cabaña.

Cuando Eins la vio aproximarse, corrió hacia ella y le preguntó:

—¿Nos traes otra hermana?

La comadrona sonrió:

—Mi niña, les traigo algo mucho mejor.

Tras recibir las buenas nuevas de la familia, Eins, Zwei y Drei se abrazaron y lloraron de la felicidad. El sueño que abrigaban en su corazón se había hecho realidad. ¡Tenían un hogar! ¡Eran princesas!

Cuando la bruja vio que las tres jóvenes planeaban irse, se enfureció. Levantó los brazos, y el bosque entero tembló ante su furia. Señaló a las tres hermanas y gritó:

—¡Ingratas! ¿Se van después de todo lo que he hecho por ustedes? ¿Luego de que les salvé la vida? ¿Dónde estarían sin mí? ¡Muertas, así estarían! Si lo que añoran es la libertad, su decisión tiene un precio. Ya verán cuánto les agrada lo que guardo para ustedes, mis pequeños *piccolos*.

La bruja meció los brazos y pronunció un conjuro:

Una mensajera las trajo aquí
un mensajero las debe sacar.
No saldrán en su forma terrenal,
sino en la voz de un instrumento de madera.

A MENOS QUE SALVEN UN ALMA DEL OSCURO
UMBRAL DE LA MUERTE,
AQUÍ LANGUIDECERÁN PARA SIEMPRE.

En un golpe de viento estridente, la comadrona, la cabaña, y todas las cosas desde la mesa hasta las tazas subieron hacia las nubes en un remolino, y desaparecieron en otro tiempo y lugar.

Cuando el aire se calmó, Eins, Zwei y Drei se vieron sin nada más que la ropa que llevaban puesta, confinadas a un amplio claro con piedras y troncos, rodeadas por un círculo de árboles, en un mundo en el que el sol salía y se ocultaba, pero el tiempo no pasaba.

Otto levantó la vista de la página del libro, y miró a una hermana y a la otra y a la otra.

Eins se limpió una lágrima que le rodaba por la mejilla.

—Todo lo que dice ahí es cierto.

—¿Y qué nos sucede después? —preguntó Zwei—. Lee, lee lo que sigue.

—¿Nos reunimos con nuestra madre? ¿Conocemos a nuestro hermano? —preguntó Drei.

Otto pasó la hoja.

Las páginas siguientes estaban en blanco.

Fue hojeando hasta el final del libro, pero era lo mismo: pergamino sin palabras.

—No tiene final ni continuación.

—Porque no hemos vivido nada después de esa página en el libro —dijo Eins—. Hemos estado aquí, confinadas para siempre, al igual que todas las chucherías inútiles de la bruja.

—¿Qué significa el conjuro que les lanzó? —preguntó Otto.

—Solía llamarnos sus *pequeños piccolos* —dijo Zwei—. Para que nos resultara más difícil romper el hechizo, nuestros espíritus sólo pueden salir de esta prisión de árboles en el interior de un instrumento musical de madera, en manos de un mensajero.

Otto miró a las hermanas, abatido.

—Si lograra regresar a casa, *podría* ayudarlas —ofreció.

—¿De verdad? ¿Tienes un instrumento? —preguntó Eins.

Zwei se acercó a él.

—¿Un fagot?

—¿O tal vez un oboe? —preguntó Drei.

Otto negó con la cabeza.

—Sólo traje otra cosa conmigo —empezó a desenrollarse la manga que llevaba arremangada hasta el codo—. Esta mañana, cuando compré el libro, el gitano que me lo vendió insistió en que también me llevara esto, y no me pidió ni un penique más.

Puso una armónica a la vista de las tres.

Los ojos de las hermanas brillaron.

Eins jadeó:

—¡Una dulzaina!

Zwei se puso de pie y se acercó.

—Si nos permites tocar en ella, te ayudaremos a encontrar el camino a casa.

Drei le tocó el brazo.

—Pero debes prometernos que le entregarás esta armónica a otra persona cuando llegue el momento. Pues nuestro destino de salvar a un alma al borde de la muerte no puede cumplirse si no lo haces.

Eins asintió:

—Es nuestra única esperanza de librarnos del maleficio.

—Lo prometo —dijo Otto, que quería volver a casa—. Pero ¿cómo sabré cuándo o a quién…?

Las tres hermanas lo rodearon y susurraron:

—Lo sabrás.

Otto le entregó la armónica a Eins.

Ella sopló una melodía breve. Se retiró el instrumento de los labios para dárselo a su hermana. Zwei sopló una tonada diferente. Mientras la interpretaba, Otto pudo oír ambas melodías simultáneamente. Le pasó la armónica a su hermana Drei, que interpretó otra canción.

—No es posible —dijo Otto—. Oigo tres melodías al mismo tiempo.

Satisfechas y al unísono, las tres hermanas respondieron:

—Es posible.

El cielo se había abierto. La noche se cernía sobre ellos. Otto susurró:

—¿Cómo voy a encontrar mi camino? Le tengo miedo a la oscuridad.

Eins se levantó y dijo:

TU SUERTE NO ESTÁ ECHADA.

INCLUSO EN LA NOCHE MÁS OSCURA, UNA ESTRELLA BRILLARÁ,

UNA CAMPANA TINTINEARÁ Y UN CAMINO SE ABRIRÁ.

Drei le entregó la dulzaina.

Otto se quejó:

—Pero si no es más que una armónica.

—¡Es mucho más que eso! —dijo Eins—. Cuando la usas, aspiras y soplas aire, tal como haces para mantenerte vivo. ¿Alguna vez has pensado que una persona que sople la armónica puede pasarte su fortaleza y su visión y conocimiento si tú la usas después?

—¿Y así el siguiente que la use podrá sentir todo eso? —continuó Zwei—. Es verdad. Cuando la uses, podrás *ver* para encontrar tu camino. Tendrás la fortaleza para seguir adelante.

Drei asintió.

—Y para siempre estaremos unidos, al igual que con todos los que soplen esa armónica, con aquellos que algún día *lleguen a interpetar* una tonada en ella, y estaremos atados por el hilo de seda del destino.

Otto se sentía abrumado por las extrañas ideas. ¿Atados para siempre por el hilo del destino? Sus palabras lo confundían. La cabeza le dolía y se sentía mareado.

—Estoy tan cansado. Quisiera ir a casa.

—Y así será —dijo Eins.

—Ahora duerme —dijo Drei.

—Dulces sueños —susurró Zwei, con voz hipnótica.

Otto se desvaneció sobre el lecho de agujas de abeto.

Cuando despertó, el sol relumbraba en lo alto.

Se enderezó y vio que estaba entre los espinos al borde de un sendero estrecho. En la mano tenía aferrada la armónica, pero el libro había desaparecido. Así como Eins, Zwei y Drei.

¿Se lo habrían quedado, al traerlo y abandonarlo en este lugar?

¿Sería el sendero su camino a casa?

Pasó todo el día andando dificultosamente por el sendero, invadido por los geranios salvajes y los cardos, hasta que el sol se ocultó detrás de los árboles. El chichón en la cabeza le latía. La oscuridad lo cercó. Empezó a perder las esperanzas, entre la debilidad y el temor, hasta que se acordó de la armónica. Se la llevó a los labios y sopló una tonada sencilla.

El timbre poco usual del instrumento lo llenó de un bienestar particular y eufórico. Se sintió… menos solo. Mientras caminaba, iba susurrando:

TU SUERTE NO ESTÁ ECHADA.
INCLUSO EN LA NOCHE MÁS OSCURA, UNA ESTRELLA BRILLARÁ,
UNA CAMPANA TINTINEARÁ
Y UN CAMINO SE ABRIRÁ.

Por encima de su cabeza, las ramas de los árboles fueron abriéndose y las estrellas con su luz le mostraron el camino. Dio un paso, luego otro. ¿Las hermanas le habían *infundido a la armónica la fortaleza* para seguir? *¿Estaban* con él, en forma espiritual?

Le pareció oír voces y se detuvo.

¿Eran Eins, Zwei y Drei? ¿O lobos, osos y jabalíes? ¿O tan sólo el bosque que lo hacía imaginar cosas?

El corazón le latió apresurado.

Otto tomó aire y sopló con fuerza la armónica. El acorde rasgó la noche. El bosque quedó en silencio, como si el mundo entero contuviera la respiración.

Otto oyó nuevamente las voces, que gritaban y gritaban…

Y voceaban su nombre.

¡Alguien lo llamaba por su nombre!

A lo lejos, vio puntos de luz, como luciérnagas. Avanzó trabajosamente, hasta tropezar con el huerto de perales, y lo encontró abarrotado con la gente del pueblo, que sostenía en alto sus faroles, buscándolo en el límite del bosque.

—¡Aquí! ¡Aquí estoy! —gritó.

Una respuesta resonó:

—¡Lo encontramos! ¡Lo encontramos!

Dos hombres corrieron hacia él, formaron una silla con sus brazos y lo llevaron hacia los demás.

Apareció su padre, y Otto colapsó entre sus brazos. Se oyeron vítores y los niños se arremolinaron a su alrededor, dándole palmaditas en la espalda. Mathilde estaba allí, y sus ojos se le rasaron al verlo. Otto estaba tan conmovido que no podía hablar. Lo único que pudo hacer fue ocultar su rostro en el pecho de su padre y llorar.

Más tarde, ya en casa, relató toda la historia en voz baja a su padre y su madre, empezando por el libro y la armónica que le había comprado a un gitano.

—Eins, Zwei y Drei me salvaron. Fueron ellas quienes me guiaron para salir del bosque.

Sus padres se miraron, levantando las cejas.

—Está bien —dijo su madre—. No hemos tenido visitas de gitanos últimamente en el pueblo. Seguramente hallaste la armónica en el bosque, olvidada por algún chiquillo travieso. Y no estuviste fuera todo un día y una noche. Te perdiste esta misma mañana. Descansa, que tienes un chichón de cuidado en la frente.

Se quedó dormido, con la armónica en una mano.

Tras recuperarse, Otto llevaba la armónica dondequiera que fuera. Les contó a sus amigos y a quien lo quisiera escuchar sobre Eins, Zwei y Drei. Unas semanas después, la gente se fue cansando de la historia, y empezó a reírse a su costa y a alejarse de él. La única que nunca se cansaba de oír el misterioso relato era Mathilde.

Su padre, preocupado, le pidió que hablaran.

—La gente empieza a pensar que perdiste la razón. Te extraviaste, y al hacer señales con esa armónica, te encontramos. Eso es todo. ¡No quiero oír una palabra más sobre gitanos, libros, hermanas imaginarias o una armónica mágica!

Para apaciguar a sus padres, Otto guardó la armónica y nunca volvió a sacarla de la casa. Dejó de mencionar a las tres hermanas y su historia. Pronto, la vida con su familia retornó a lo que había sido antes de que él se perdiera en el bosque.

Pero cada vez que llegaba a sentir miedo, sacaba la armónica de su escondite, tocaba una tonada y se perdía en los recuerdos, en ese placentero sentimiento de alegría que ya le resultaba familiar, en ese bienestar entusiasta tan especial. Y todas las veces, cada detalle del cuento que relataba el libro y lo que había sucedido en el bosque volvía a él: las artimañas del rey, las caminatas de la comadrona, el conjuro de la bruja, su encuentro con Eins, Zwei y Drei, y la promesa que les había hecho.

Jamás olvidó que se le había confiado el futuro de las tres. O que la armónica llevaba en sí sus esperanzas más profundas: ser libres, que alguien las amara y tener un hogar diferente a ese claro yermo entre los árboles, para que así el resto de su historia llegara a escribirse algún día.

Jamás olvidó que el viaje de las tres para salvar un alma del umbral de la muerte no empezaría hasta que él enviara la armónica de regreso al mundo… cuando llegara el momento.

Otto era el mensajero.

UNO

OCTUBRE, 1933

TROSSINGEN, BADEN-WURTEMBERG

ALEMANIA

"Canción de cuna"

Música de Johannes Brahms
Letra original tomada de la recopilación de folklor *Des Knaben Wunderhorn*

5 5 6 5   5 6   5 6 7 -7 -6 6
Buenas noches, mi bien, duerme bajo el rosal,

-4 5 -5 -4   -4 5   -5 -4 -5-7-6 6 -7 7
con las manos de amor sobre tu corazón.

4 4 7 -6 -5 6   5   4 -5 6 -6 6
Que mañana verás la hermosura sin par.

4 4 7 -6 -5 6   5   4 -5 6 -4 4
Que mañana verás la hermosura sin par.

I

En un pueblecito entre la Selva Negra y los Alpes de Suabia, Friedrich Schmidt aguardaba en la entrada de su casa con entramado de madera, haciendo un esfuerzo por mostrarse valiente.

Desde donde estaba, podía ver sobre los tejados de Trossingen hacia la fábrica que, cual enorme castillo, se levantaba en medio del pueblo. Entre sus muros, una chimenea se elevaba por encima de la casa más alta y despedía una nube blanca, como un faro contra el cielo gris.

Su padre estaba tras él en la puerta.

—Hijo, ya conoces el camino. Lo has recorrido cientos de veces. Recuerda que tienes el mismo derecho que cualquiera de estar en la calle. El tío Gunter te estará esperando en la entrada principal.

Friedrich asintió y se irguió.

—No te preocupes, papá, puedo hacerlo —quería poder creer lo que decía. Que algo tan simple como caminar hasta su trabajo sería fácil, que no necesitaría la presencia de su padre a su lado, como un halcón, para protegerlo del temor ajeno, o para hacerlo esquivar a los mirones. Dio unos pasos hacia la calle, y se volvió para despedirse.

El pelo de su padre ondeaba al viento como una aureola entrecana, y le daba un aire salvaje que iba bien con su personalidad. Levantó la mano para corresponder la despedida y le sonrió a su hijo, pero no era su acostumbrada sonrisa jovial. Lucía preocupada y desanimada. ¿Tenía lágrimas en los ojos?

Friedrich regresó y le dio un abrazo, inhalando su persistente aroma de la resina que usaba para el arco de su instrumento, mezclado con el de las pastillas de anís.

—Voy a estar bien, papá. Es tu primer día de retiro y deberías aprovecharlo. ¿Vas a unirte a los que alimentan palomas?

El padre rio, retirando un poco a su hijo del abrazo:

—¡No, por favor! ¿Te parece que ya no sirvo para nada más que para sentarme en la banca de un parque?

Friedrich negó en silencio, satisfecho de haber despejado un poco la tristeza del momento.

—¿Qué vas a hacer ahora con tanto tiempo? Espero que estés pensando en volver a tu música —hacía mucho tiempo, su padre había tocado el violonchelo con la Orquesta Filarmónica de Berlín, pero había dejado de lado esa forma de vida tras casarse y tener hijos, para aceptar un puesto en la fábrica. Poco después de que Friedrich nació, su madre había muerto, y el padre se vio en la tarea de criarlos a él y a su hermana por sí solo.

—No creo que vaya a tocar con una orquesta —dijo su padre—, pero no te preocupes. Tengo muchas maneras de mantenerme ocupado: mis libros, mis alumnos de violonchelo, conciertos. Y planeo organizar un conjunto de cámara.

—Tienes la energía de tres hombres, papá.

—Eso está muy bien si tienes en cuenta que tu hermana llega hoy. Elisabeth va a invadir la casa con órdenes e instrucciones, y voy a necesitar fuerza para eso, ciertamente. Tengo la intención de convencerla de que vuelva a tocar piano, y que así podamos volver a tener nuestras veladas de los viernes a partir de esta noche. Las extraño.

Friedrich también echaba de menos esas veladas. Desde que tenía memoria, todos los viernes después de cenar, el tío Gunter, hermano menor de su padre, iba a su casa a comer el postre con ellos y llevaba su acordeón. Su padre tocaba el violonchelo, Friedrich, la armónica (aunque su instrumento en realidad era también el violonchelo) y Elisabeth, el piano. Su padre y su hermana discutían por todo, desde la selección de piezas que interpretarían hasta el orden en que lo harían, tanto que Friedrich ya se había dado por vencido en su intento por encontrar si lo que sucedía era que ambos eran de naturalezas opuestas o si de iguales. A pesar de todo, esas veladas constituían sus recuerdos más felices: las polcas, las canciones del folklore tradicional, el canto espontáneo, las risas y hasta las peleas.

Ahora Elisabeth pasaría tres meses en casa, luego de terminar su año de estudios en la escuela de enfermería. Tenía tantas expectativas de las largas conversaciones nocturnas, o de pasarse una novela de uno a otro, turnándose para leer pasajes en voz alta. Y los juegos de pinnacle en las tardes de domingo, reunidos alrededor de la mesa de la cocina, con su padre y el tío Gunter. El año anterior no había sido como los demás, sin las continuas órdenes e instrucciones de Elisabeth y su comida. La boca se le hizo agua de sólo pensar en su sazón.

—¿Crees que ella nos ha echado de menos tanto como nosotros a ella? —le preguntó Friedrich a su padre.

El señor sonrió.

—¡Claro que sí! —le señaló a su hijo la calle y le dio una palmadita en la espalda—. Que te vaya bien en el trabajo. Y no te olvides de…

—Ya sé, padre, de mirar al frente, la cara en alto.

2

Cuando Friedrich dio vuelta en la esquina, hizo exactamente lo contrario.

Se embutió las manos en los bolsillos, encorvó la espalda,
volteó la mejilla derecha para que apuntara al suelo. Su padre nunca hubiera tolerado esa postura, pero lo hacía sentir
menos llamativo, incluso si así resultaba más vulnerable a los
obstáculos que se le pudieran cruzar en el camino. Además,
a menudo encontraba una moneda extraviada al tener que
mirar al suelo. Unos pasos más allá, tropezó con una pila de
periódicos que habían dejado frente a una tienda. Se apoyó
en la fachada del edificio para no caer y leyó el titular: "Parlamento aprueba ley". Friedrich refunfuñó. Otra ley que su
padre iba a criticar.

Como Friedrich no iba a la escuela, su padre insistía en
que leyeran juntos el periódico todas las noches, como parte
de sus estudios. Y en los últimos meses, habían sido muchas
las veces en que había hecho a un lado el periódico, disgusta-
do por Adolf Hitler, el nuevo canciller, y su Partido Nazi. Su
padre había sido miembro de la Liga de Librepensadores de
Alemania hasta que, unos meses atrás, Hitler había declarado
que era una agrupación ilegal.

Apenas la noche anterior, tras leer un artículo más, su padre había dado vueltas por la cocina, mientras despotricaba:

—¿Es que ya no hay lugar en este país para otras formas de pensar? Hitler amenaza y manipula al parlamento según sus caprichos para que aprueben sus leyes. Restringe los derechos del hombre común y les da a sus soldados total libertad para interrogar a quien les plazca, por la razón más insignificante. ¡Hitler quiere limpiar a la sociedad para dejar una raza pura y aria!

¿Qué quería decir todo eso? ¿Qué era lo de una raza pura y aria? ¿De piel clara y sin mancha? Friedrich se tocó la cara y sintió que se le encogía el estómago de preocupación porque él no tenía ni una cosa ni la otra.

Se pasó los dedos por el pelo, con lo cual las cosas empeoraron. Su cabello era grueso, rubio y muy rizado. Cuando había humedad en el aire, podía sentir que se rizaba aún más, como el de su padre. No importaba cuánto lo dejara crecer, siempre se elevaba, en lugar de caer. Si tuviera el pelo lacio, se lo dejaría crecer para cubrirse la mejilla con un tupido mechón. Pero no había manera de ocultar su mancha de nacimiento. Era como si alguien hubiera dibujado una línea imaginaria dividiendo en dos su cara y cuello. De un lado, su piel era como la de todo el mundo. Pero, en el otro, parecía como si un pintor hubiera puesto brochazos de morado, rojo y café, hasta dejar su mejilla como una ciruela madura y moteada. Sabía que su apariencia era espantosa. ¿Cómo podía culpar a la gente por asustarse al verlo?

En la siguiente esquina, dio vuelta para tomar la calle principal. Cuando pasó frente al conservatorio de música, oyó que alguien estaba practicando piano en uno de los pisos de arriba. "Para Elisa", de Beethoven. Y por eso se detuvo y levantó la cara, absorto en la música.

Sin darse cuenta, alzó una mano para marcar el compás de la pieza. Sonrió, imaginando que el pianista seguía sus indicaciones. Cerró los ojos y se imaginó que las notas le salpicaban la cara y le lavaban las manchas de la piel.

El sonido de la bocina de un coche lo sobresaltó.

Se embutió las manos en los bolsillos, bajó la cabeza y continuó su camino. Pateó una piedrita, mientras sentía esa mezcla de esperanza y terror que ya conocía. Su audición en el conservatorio, para la cual venía preparándose desde que tenía memoria, sería justo después de Año Nuevo. ¿Qué iba a suceder si no tocaba bien? En todo caso, ¿qué podía ser peor? ¿Que lo aceptaran o lo rechazaran? Un peso le oprimía el corazón. ¿Cómo era posible desear tanto algo y al mismo tiempo temerle?

Tomó aire y siguió su camino. Al acercarse al patio de la escuela, dio su habitual sermón mental. No mires. No prestes atención. Trataba de darse fuerzas con las cosas que su padre siempre le decía: un paso, y luego otro, y otro. Tú sigue adelante. No les hagas caso a los ignorantes. Pero sin su padre junto a él, el corazón le latía desbocado y la respiración se le aceleraba. Dio un traspié y miró al frente.

Un grupo de muchachos apretujados en las escaleras de la entrada lo señalaron con el dedo y se burlaron haciendo muecas de fingido horror. Se cubrió la cara con la mano, bajó la cabeza y dio pasos más largos, serpenteando entre la gente, hasta que terminó por correr.

—¡Friedrich!

Casi atropelló a su tío Gunter.

—¡Buenos días, sobrino mío! —le rodeó los hombros con un brazo y lo acercó hacia él.

Friedrich trató de recuperar el aliento.

—Bue… nos… díassss.

—¿No te da gusto verme? Porque a mí sí me agrada verte. ¡Ven conmigo! —guio a Friedrich a través de la entrada de la fábrica—. Hoy me trasladan a la mesa de trabajo de tu padre. Vamos a estar juntos. ¿Qué te parece? —el tío Gunter estaba tan jovial como siempre, y eso tranquilizó a Friedrich.

—Por supuesto —dijo—, eso era lo que esperaba.

Mientras atravesaban juntos la explanada empedrada, Friedrich sintió cómo su corazón y su respiración se apaciguaban. Los altos edificios, los senderos de piedra y los arcos que se formaban entre los edificios le inspiraban seguridad. Y la ancha torre que servía de depósito para el agua, un obelisco macizo que se levantaba en medio de todo el enclave, como centinela, era como un guardia disfrazado.

Parte de su ser deseaba quedarse trabajando en la fábrica para siempre.

Pero la otra parte de su ser deseaba que su vida hubiera sido diferente. Que hubiera podido ser un niño que asistía a una escuela de verdad, que tenía amigos de su misma edad y una cara común y corriente.

Pero el destino se había interpuesto en su camino y cuando tenía apenas ocho años, se convirtió en el más joven y el más pequeño aprendiz de la fábrica de armónicas más grande del mundo.

Una mañana, cuatro años antes, Friedrich había seguido a Elisabeth al patio de juego de primaria, al igual que todos los días de clase.

Como siempre, su hermana lo llevó a una banca alejada de los demás. Él sabía lo que tenía que hacer: sentarse y quedarse allí quieto.

Pero la noche anterior su padre lo había llevado a oír la orquesta en el ballet. Y la música se le había quedado en la mente, como siempre le sucedía... cada movimiento, cada giro de *La bella durmiente* de Tchaikovski seguía resonando en su mente, sobre todo el vals.

Un, dos, tres. Un, dos, tres. Un, dos, tres...

Friedrich había tarareado la pieza todo el camino hasta la escuela, y ni todos los ruegos de Elisabeth lo habían hecho callar. Mientras ella revisaba el almuerzo que su hermano llevaba en la lonchera y le enderezaba el suéter, él levantó los brazos para dirigir una orquesta imaginaria.

Elisabeth le tomó ambas manos y con mirada suplicante le dijo:

—Friedrich, por favor, no te hagas las cosas aún más difíciles. Ya tienes suficientes problemas.

—Pero es que oigo la música —respondió él.

—Y yo oigo lo que te van a decir si sigues moviendo los brazos en alto. ¿Quieres que te vuelvan a tirar piedras?

Negó con la cabeza y la miró:

—Lisbeth, me dicen Niño Monstruo.

—Lo sé —le dijo, acariciándole el pelo—. No les hagas caso. ¿Qué es lo que siempre te repito?

—Que ellos no son mi familia, y que mi familia sí me dice la verdad.

—Exactamente. Y yo digo que eres un músico talentoso, y que algún día *serás* director de orquesta. Pero, por ahora, debes practicar únicamente en casa. ¿Recuerdas ese truco que te enseñé?

Friedrich asintió:

—Que si llego a sentir deseos de agitar los brazos en el aire cuando estoy en la escuela, me siente metiendo las manos bajo mis piernas.

—Muy bien —dijo su hermana—. Ahora, quédate aquí hasta que el maestro toque la campana. Tengo que irme, o llegaré tarde a clase —y le dio un beso en la mejilla.

Friedrich la vio alejarse hacia el edificio de secundaria, con sus rizos rubios meciéndose sobre su espalda.

Metió las manos bajo sus muslos. Pero la música del concierto de la noche anterior lo invadía y no pudo resistir más. Liberó sus manos y empuñó una batuta imaginaria. Cerró los ojos y se sumergió en el rítmico vals.

Un, dos, tres. Un, dos, tres. Un, dos, tres…

No se percató de que estaba dando un espectáculo.

Ni de que todos los niños que estaban en el patio lo miraban.

Estaba tan absorto en la música que no oyó las risotadas ni las burlas.

Ni a los muchachos que corrieron detrás de él.

Hasta que fue demasiado tarde.

A la mañana siguiente, antes de la primera campanada para llamar a clase, su padre entró a zancadas en la oficina del rector, con Friedrich cojeando a su lado.

—Quiero que vea lo que sus alumnos le hicieron ayer a mi hijo: un labio tan hinchado que a duras penas puede hablar, un corte en la frente que tuvieron que suturar y una muñeca fracturada. Pasarán semanas antes de que pueda dejar de usar cabestrillo.

El rector se recostó en su silla, con las manos reposando sobre su barriga:

—Señor Schmidt, el incidente no fue más que una cosa de niños, un poco de juego rudo en el recreo. Friedrich necesita templarse. Esas peleas le resultan muy útiles para aprender a defenderse. Procuramos estar atentos a estas cosas, pero dada su deformidad…

La voz de su padre se tensó:

—Es sólo una *marca de nacimiento*.

—Llámela como le plazca. Pero dada su *imperfección*, y con tantos gestos y movimientos de brazos hacia el cielo… —se inclinó hacia su padre—. Tiene que reconocer que es algo fuera de lo común. Esas rarezas suyas son causa de molestia e irritación para los demás. Les producen temor —el rector levantó una ceja—. Y además dice que oye cosas.

El padre infló los carrillos y pareció que iba a explotar.

—Lo que oye es *música*. ¡No es sino un niño que juega a dirigir una orquesta! Lo he llevado a conciertos desde que tenía tres años, y a la salida es capaz de recordar toda la partitura. ¿Puede alguno de los otros alumnos hacer lo mismo? ¿Y es que acaso ninguno de ellos juega a ser algo que aún no es?

La sonrisa del rector se tensó.

—Por supuesto que sí. Pero lo de agitar los brazos no es lo único. Su profesor de matemáticas se queja de que termina los ejercicios mucho antes que los demás y que se pone a hablar con su vecino de pupitre.

El padre miró al hijo, que asintió.

—Pues si termina antes que los demás —dijo el señor—, tal vez podría darle más ejercicios, o permitirle leer. ¿No serviría para mantenerlo ocupado y que no hablara con los otros niños?

—Me parece que no está entendiendo —dijo el rector, y se volvió a mirar a Friedrich—. Díganos: ¿quién se sienta a su lado?

Con el labio hinchado, apenas pudo farfullar un nombre:

—Hansel.

El rector se volvió hacia el padre de Friedrich y sonrió afectadamente.

—Señor Schmidt, el pupitre de al lado está vacío. *Nadie* se sienta junto a él. Entonces, ¿quién es exactamente este tal Hansel?

El padre lo sabía. Era el mismo con el que Friedrich siempre decía hablar en casa: Hansel, el ingenioso niño del cuento *Hansel y Gretel* que, junto con su hermana, sobrevivieron a la bruja y escaparon al bosque oscuro y peligroso. Hansel, su amigo, cuyo valor y coraje Friedrich anhelaba.

—¡Es un niño con imaginación! —gritó su padre.

—Su hijo no es normal y muy posiblemente sea deficiente —dijo el rector.

—Tiene razón en algo —respondió el padre—. No es como los demás. Pero revise sus calificaciones y verá que no es deficiente. Sin embargo, no es eso lo que vengo a discutir con usted aquí. Vengo a *decirle* que, de ahora en adelante, yo voy a ser su maestro. Y al final del año, *usted* proporcionará los exámenes y un profesor que lo cuide mientras los responde.

La sonrisa del rector se desvaneció.

—*Eso* no resulta aceptable.

El padre golpeó el escritorio con un puño.

—Lo que los demás alumnos le hicieron a mi hijo *no es aceptable*, y no tengo inconveniente en hablar del asunto con sus superiores.

El rector se puso tenso. Sacó una carpeta de su escritorio y la abrió.

—Si así es como quiere proceder, muy bien. Veo que su médico es el doctor Braun. Voy a enviarle una carta, pidiéndole que recomiende que al niño se le haga una evaluación siquiátrica. Sospecho que tiene más problemas de los que hemos tratado aquí. Hay un lugar para niños como él: el Hogar de los Desamparados.

—Eso es un asilo —protestó el padre.

Friedrich se aferró al brazo de su padre. Elisabeth le había contado de ese tipo de lugares, en los cuales metían a los lunáticos tras quitarles toda la ropa, menos la interior. ¿Era posible que pudiera terminar allí sólo por dirigir una orquesta imaginaria y conversar con un amigo ficticio? Sintió una punzada en la cabeza.

La voz de su padre se estremeció.

—¿Y todo esto sólo porque no es como los otros? Ya llegué al límite de mi sensatez —rodeó a Friedrich con su brazo, para dirigirlo hacia la puerta de la oficina y salir al corredor, ahora atestado de niños.

Friedrich vio las miradas fijas y oyó los comentarios: *El monstruo se va... Tarado... Debería estar en un zoológico...*

¿Qué iba a ser de él? Elisabeth pasaba todo el día en la escuela. Su padre trabajaba en la fábrica. ¿Lo irían a dejar solo en casa o lo encerrarían en algún lugar?

Afuera, en los escalones de la entrada, tironeó la manga de su padre.

El padre se detuvo y se agachó. Friedrich puso la mano en la oreja de su padre para decirle en voz baja:

—¿Adónde voy a ir si soy tan horrible que no puedo venir a clases?

Los ojos de su padre se llenaron de lágrimas. Lo besó en la frente.

—No te preocupes. Yo me voy a ocupar de eso. Ven. Tenemos que pasar por la fábrica, para que les explique por qué no fui a trabajar hoy.

Friedrich se sentó afuera de la ventana de una oficina mientras su padre hablaba con varios de los supervisores vestidos con bata blanca. No podía oír lo que decía, pero sí veía sus gestos animados y sus expresiones de súplica. Después, le estrechó la mano a cada uno de los señores. Uno se secó los ojos con un pañuelo.

La puerta se abrió y los supervisores salieron en fila. El del pañuelo se inclinó y puso la mano en el hombro de Friedrich.

—Soy Ernst. Tu padre te llevará a casa ahora, a descansar. Pero a partir de mañana vendrás *aquí*. Bienvenido a la firma —le estrechó la mano sana a Friedrich.

Éste no supo lo que eso significaba, pero murmuró:

—Sí, señor.

Camino a casa, su padre le explicó:

—De ahora en adelante, yo supervisaré tus estudios. Todas las mañanas, durante la semana, trabajarás como aprendiz en la fábrica, para que te enteres de cómo se hacen las armónicas. En las tardes, trabajarás en las tareas que yo te dé, en la mesa que hay junto a mi puesto. Y los fines de semana continuarás tus lecciones de música conmigo. ¿Entendido?

A Friedrich le ardían las heridas. La cabeza le dolía. No respondió.

Su padre se detuvo, y se hincó frente a él.

—Friedrich, ¿me entendiste? Adonde yo vaya, tú vendrás conmigo.

Miró a su padre, sin poderlo creer. ¿No lo iban a enviar a un asilo? ¿Ni tampoco de vuelta al colegio? ¿Ya no tendría que adivinar cuál sería la ruta más segura para llegar a su salón? ¿Ni debería esquivar la comida que le lanzaban en la hora de comer? ¿No tendría que decidir cuál rincón del patio de juegos lo protegería mejor? Sonrió, y las lágrimas le corrieron por las mejillas.

Con cuidado, su padre lo alzó en brazos y lo cargó para llevárselo.

En la calle, un coche dio tres bocinazos.

El ritmo del vals de Tchaikovski lo invadió de nuevo. Mirando por encima del hombro de su padre, hacia atrás, levantó una batuta imaginaria con su mano sana y dirigió una orquesta.

Cuando el viento le acarició la cara, Friedrich se sintió más ligero, como una pluma, como si poco a poco el terror y la preocupación que siempre le pesaban hubieran desaparecido.

Si su padre no hubiera estado allí sosteniéndolo, él también se habría elevado flotando en el aire, como los diminutos paraguas con semillas que soltaban los dientes de león.

4

La energía en el interior de la fábrica podía palparse. La maquinaria crujía y jadeaba. Los engranajes encajaban entre sí y giraban para separarse de nuevo. Al entrar junto con su tío Gunter a la enorme sala, que en parte era bodega y en parte sala de armado, Friedrich prestó atención al reconfortante zumbido de las sierras interrumpido por el *staccato* del troquel al perforar las láminas metálicas. Las puertas que llevaban a los cuartos de pruebas se abrían y cerraban, y por unos instantes oyó los compresores que silbaban al bombear aire a las armónicas y hacer subir y bajar las notas por toda la escala. Buscó con la mirada la gigantesca escalera abierta en forma de A que migraba por la sala, y se imaginó de pie en el travesaño superior, a dos pisos de altura, dirigiendo esta sinfonía de percusiones.

En su lugar de trabajo, se puso el delantal y le echó un vistazo a la hoja de papel que tenía en la pared.

—¿Qué es eso? —preguntó su tío.

—Vocabulario nuevo que me da la señora Steinweg —dijo Friedrich—. Todos los viernes me da nuevas palabras, y al jueves siguiente me examina.

El señor Karl, de la oficina de contabilidad, se acercó.

Friedrich se llevó la mano al bolsillo y sacó su tarea de matemáticas doblada, la abrió y la alisó antes de entregársela.

El señor Karl sonrió.

—Pásate después de comer, Friedrich, y la revisaremos juntos —se despidió con un movimiento de la mano y se alejó.

No acababa de irse cuando Anselm, un jovencito nuevo, apareció con una caja de armónicas que depositó en la mesa de Friedrich.

—Me pidió el señor Eichmann, del tercer piso, que te recordara que vayas a su oficina en la tarde para empezar a leer la *Odisea*. Debe ser muy bueno tener tutores privados, ¿no? Y además, durante el horario de trabajo.

Friedrich evitó su mirada. ¿Cuál era el problema que Anselm tenía con él? Habían intercambiado apenas algunos saludos corteses en la fábrica, pero el otro parecía regodearse acosándolo.

—No lo hacen durante mi horario de trabajo. Sólo me pagan por trabajar las mañanas.

—Pero al señor Eichmann se le paga por el día entero. ¡Vaya distracción para su trabajo cuando todos deberíamos estar aunando esfuerzos por el bien de Alemania y los ciudadanos comunes! ¿No te parece?

—Yo le leo *mientras* él trabaja —dijo Friedrich—, y sus supervisores estuvieron de acuerdo.

—Lo que tú digas, Friedrich —respondió Anselm—. Gozas de ciertos privilegios aquí, ¿cierto? Ya sabes que a la nueva Alemania no le gusta que nadie goce de favoritismos. Todos debemos ser como una misma mente, concentrada en los mismos objetivos, por la patria, por la familia de Hitler, para que así nuestros líderes puedan sacarnos de la oscuridad —se alejó con aire arrogante, silbando.

El tío Gunter se acercó a su sobrino y le susurró:

—No le hagas caso. Déjalo que hable, y guárdate tus sentimientos. Es un arrogante partidario de Hitler. Esta nueva especie, que adora a Hitler cual si fuera un dios, me tiene sin cuidado.

—También a mi padre —dijo Friedrich.

—Como bien lo sabemos todos —sonrió su tío—. Pero Anselm tiene razón en algo: eres el preferido. Todo parece indicar que el señor Adler y el señor Engel, en la oficina de Envíos, han estado discutiendo cuál de ellos es el más apropiado para enseñarte historia del nivel secundario. Todos te han adoptado, Friedrich. No permitas que *nadie* te haga sentir mal por eso —hizo un gesto de negar con el dedo y un guiño—. Pero jamás te olvides de tu verdadera familia. ¿Quién te enseñó a montar en bicicleta?

—Tú.

—¿Y a soplar la armónica?

—Tú.

—¿Y quién comenzó con el club de armónica de la fábrica para que pudieras participar?

Friedrich rio.

—Nunca se me va a olvidar, no tienes por qué preocuparte, tío —lo vio colgar sus herramientas encima de la mesa de al lado, trepado sobre un cajón de madera. El tío Gunter era más bajo que su padre, y mucho más rechoncho—. ¿Vas a venir a comer postre a casa esta noche?

El tío Gunter levantó una ceja:

—¿Y tú crees que me perdería uno de los *strudels* de manzana de Elisabeth? ¿Cómo crees que llegué a tener estos dedos que más parecen salchichas?

Friedrich volvió a su trabajo, sonriendo. Su labor más reciente era inspeccionar cada instrumento en busca de defectos.

Si la armónica se veía bien, la limpiaba para meterla en una caja delgada de cartón con todo y su tapa. Sostuvo en la mano una de las armónicas y la examinó.

¡Qué instrumento tan sencillo y a la vez con tanta capacidad! Estudió las relumbrantes placas metálicas y la madera de peral barnizada de negro. Volteó la armónica y recorrió los agujeros simétricos con el pulgar. Era un viaje muy poco común el del árbol de pera hasta la línea de ensamblaje para convertirse en algo capaz de hacer música.

Cada tantas horas, un empleado venía a recoger las armónicas que Friedrich revisaba para ponerlas en unas cajas donde cabían doce. Esas cajas angostas se empacaban en cartones, y los cartones, a su vez, en cajones que se subían a una carreta tirada por caballos para llevarlos hasta un tren eléctrico. Allí los transferían a los vagones que arrastraba una locomotora de vapor, que terminaba su ruta en el puerto de Bremerhaven, y allí se embarcaban en navíos. Este modelo, las armónicas Marine Band, estaba destinado a un puerto en Estados Unidos.

Friedrich pulió la armónica que tenía en la mano, la puso en su cajita y le susurró sus deseos de buen viaje: *gute reise*.

Ernst, su supervisor, que era además uno de los dueños de la fábrica, se acercó con las manos en los bolsillos de la larga bata blanca que usaba sobre el traje cuando estaba en la fábrica.

—Eso es lo que siempre he admirado de la familia Schmidt: tratan cada armónica como si fuera su amiga.

—Buenos días, señor —dijo Friedrich.

—Esperamos que esta nueva situación sea de tu agrado, Friedrich —hizo un gesto con la cabeza hacia el tío Gunter—. Tu tío es uno de los mejores artesanos que tiene esta compañía.

Nos pareció que tendría sentido que estuvieras ahora cerca de él, tras el retiro de Martin.

—Gracias —dijo Friedrich, alzando otra armónica.

—Me pregunto cuánto más durará —Ernst señaló el instrumento con un movimiento de cabeza.

—¿Qué, señor?

—La estrella. Parece una estrella de David. Y a raíz del nombramiento de Hitler como canciller, la animadversión contra los judíos va en aumento. Ya se ha hablado de quitar la estrella del emblema, pero me daría mucha tristeza que desapareciera.

Friedrich inclinó la armónica para ver mejor el emblema de la compañía: dos manos a ambos lados de un círculo que encerraba una estrella de seis puntas.

Había oído toda clase de teorías alrededor de la estrella: que las seis puntas representaban al dueño, Matthias Hohner, y a sus cinco hijos; que era una réplica de las que se veían talladas en las puertas de las iglesias; que era un vestigio de una de las pequeñas fábricas de armónicas que Hohner había comprado en su vida, como Messner o Weiss. ¿Alguno de ellos sería judío? ¿*Era* una estrella de David?

Ernst suspiró.

—Pero será mejor para el negocio que no esté ahí, supongo. No podemos darnos el lujo de ofender a los clientes, sin importar en qué lugar del mundo estén. Todos tienen un punto de vista sobre los judíos. Y con la situación en la que está el negocio…

El tío Gunter frunció el ceño.

—Sí, probablemente esa estrella será una de las víctimas de la política, como tantas otras cosas en estos tiempos.

Ernst se ruborizó.

El tío Gunter posó una mano en el brazo de Ernst.

—No me malinterprete, señor. Somos muchos los que estamos agradecidos con lo que ha hecho. Dependemos de nuestros trabajos.

—Gracias —dijo Ernst con gentileza—. Entonces, Gunter, Friedrich... sigamos.

Una vez que hubo salido, Friedrich preguntó:

—¿Quién iba a quedarse sin su empleo?

El tío Gunter se acercó a él y le habló en voz baja:

—A Ernst lo visitó uno de los oficiales de Hitler. Lo obligaron a inscribirse en el Partido Nazi para poder mantener la fábrica en funcionamiento. Lo conozco desde hace años, y no es un nazi.

—¿Y qué pasaba si no se unía? —preguntó Friedrich.

—¿Si se oponía a las políticas de Hitler? Por algo así lo mandarían a Dachau. Está lleno de opositores de Hitler. Dicen que es un *campo de trabajo y reeducación*, pero es un campo de prisioneros condenados a trabajos forzados. Hay un anuncio sobre la puerta que dice *El trabajo nos hará libres*. Pero debería decir *El trabajo nos pondrá bajo tierra*. ¿Qué más podía hacerse en su posición? —el tío Gunter se volvió hacia su mesa, meneando la cabeza.

Friedrich retomó el trabajo. ¿Qué hubiera hecho él? ¿Convertirse en nazi en contra de las creencias de su padre, y las suyas propias, de que hay más de una forma de pensar en este mundo, sólo para salvar los empleos de miles de trabajadores? ¿Sería capaz de hacerse nazi para evitar la cárcel, o incluso la muerte? Jamás había pensado en circunstancias semejantes. El remordimiento y la culpabilidad lo acosaron al darse cuenta de que él probablemente habría hecho exactamente lo mismo si estuviera en los zapatos de Ernst.

Mientras inspeccionaba y limpiaba una buena cantidad de armónicas, se quedó absorto pensando en las estrellas que adornaban la lámina de las cubiertas y su inevitable desaparición.

—Buen viaje para ustedes también —susurró.

5

—¿Vienes con nosotros? —le preguntó el tío Gunter cuando sonó el silbato que indicaba la hora de almorzar.

Friedrich se apresuró a quitarse el delantal y tomó su lonchera.

—Gracias, tío, pero tengo mis compañeros de almuerzo.

El tío Gunter movió la cabeza, despidiéndolo.

—Tu padre me contó de ellos. Anda, ve. Si pudiera conocerlos algún día. O mejor, comérmelos en la cena.

Friedrich sonrió con ironía y salió corriendo del edificio, a sabiendas de que el tío Gunter sólo estaba bromeando. Rodeó otros edificios y atravesó un pastizal hasta llegar a la orilla de un estanque. Más allá se veía un tupido bosque.

Friedrich se internó entre los arbustos para llegar a su lugar favorito, donde había un árbol caído. Se sentó y tres somormujos de garganta roja se acercaron desde el bosque, con su andar balanceante, apresurados por llegar hasta él. Friedrich les arrojó trocitos de pan a sus tres amigos glotones.

Mientras comía, empezó a soplar el viento. Nubes oscuras flotaron por el cielo, ocultando el sol. Los graznidos agudos de los somormujos salpicaron el aire.

—Caballeros, ¿están listos para ser mi público? Entonces, les pido que hagan uso de sus exquisitos modales —dijo. Las aves, que seguían piando y picoteando las migajas, no le hicieron el menor caso.

Los pinos del bosque susurraban con el ritmo pausado del viento. Desde el aserradero cercano, se escuchó el golpeteo de un martillo sobre metal.

Cuac. Pi-pi-pi.
Fuuush. Fuuush. Fuuush.
Ping, ping, ping, ping, ping, ping, ping.

En medio de esos sonidos rítmicos, Friedrich oyó... la canción de cuna de Brahms. Tarareó bajito la melodía. Recogió un palito, cerró los ojos y levantó los brazos. Se imaginó la orquesta. Con la mano derecha marcaba el compás con la batuta. Con la izquierda, revoloteando en un plano invisible, señaló la entrada de las cuerdas, luego de las maderas, y después con un movimiento de muñeca, marcó la de los bronces, mientras señalaba el arpa.

Abrió los ojos, y se dio cuenta de que la música que oía no estaba sólo en su imaginación. Alguien tocaba una armónica. Las notas eran claras y la pieza, compleja. Cuando él marcaba más lento el tempo al dirigir, la música también sonaba más despacio. Cuando aceleraba, la música lo seguía.

¡Había un músico atendiendo sus indicaciones! Pero ¿dónde?

Miró alrededor. No se veía nadie. Dejó caer los brazos y la música continuó. La cadencia era lenta, resonante, embrujadora. En un momento, las notas podían sonar como si brotaran de una flauta y, al siguiente, parecían provenir de un clarinete. En los tonos graves, alcanzaba a distinguirse un violonchelo.

Friedrich jamás había oído a nadie tocando así. Escuchó, hipnotizado, con la mirada y los oídos atentos a determinar el origen del sonido. Ojos y oídos fueron a dar a una ventana abierta en el piso más alto de la bodega que había al otro lado del pastizal. Tomó aire: *el cementerio.*

Friedrich nunca había estado allí. Pero había oído las historias que se contaban: *Allí es adonde van a morir las máquinas. Pasan cosas raras entre las sombras. Se ven luces y apariciones. Hay personas que han subido y jamás vuelven.*

Friedrich vaciló. Pero la tonada era tan cautivadora, tan curiosa. ¿Qué tan aterrador podía ser? Además, no eran más que rumores. Recogió su comida, caminó hasta la entrada y dejó su lonchera en la puerta. No era posible que alguien que tocaba semejante música pudiera representar un peligro para él.

Abrió la pesada puerta y entró al vestíbulo. La música provenía de lo alto. Lentamente, subió por la escalera en penumbras.

En el piso superior, Friedrich abrió una puerta y entró a una enorme estancia cavernosa. A ambos lados había grandes ventanas en forma de arco, pero apenas unos delgados rayos de luz penetraban la suciedad de los vidrios que se había acumulado con los años, y el salón permanecía entre sombras.

Viejas máquinas, como siluetas voluminosas de hierro y acero, llenaban el lugar. Del techo pendían docenas de ruedas y, debajo de ellas, en el piso o sobre mesas, estaban sus contrapartes: todos los elementos de un elaborado sistema de poleas. Las correas de cuero, ahora desconectadas e inservibles, colgaban de las vigas como negras serpientes.

Allí es adonde van a morir las máquinas.

La música se oía más fuerte ahora. Pero seguía sin ver ninguna señal de un músico.

El aire polvoriento e inmóvil hizo estornudar a Friedrich.

La música se detuvo.

—¿Hola? —gritó. Su saludo volvió con el eco—: La... aaa.

Un ratón huyó correteando frente a él.

El estribillo de la canción de cuna volvió a oírse. Parecía venir del rincón más alejado de la estancia. La música era tan insistente que lo atraía hacia allá. Las lágrimas le asomaron a los ojos. ¿Quién tocaba tan bien y con semejante pasión?

Maniobró alrededor de los deformes esqueletos de las máquinas. Un bulto grande, cubierto con un hule mugriento, ocultaba el rincón a su mirada. Lo rodeó.

De nuevo, la música se interrumpió.

Gritó:

—Por favor, salga de ahí.

Una vez más, escuchó la tonada.

Se esforzó por ver mejor en la penumbra, al lugar de donde le parecía que provenía el sonido.

No había nadie allí.

Friedrich fue hasta la ventana que había divisado desde el estanque. Tenía la certeza de haberla visto abierta, pero ahora la encontraba cerrada. El vidrio estaba opaco de suciedad, al igual que todos los demás. De las esquinas de la ventana caían telarañas. El piso estaba cubierto por una alfombra de polvo intacta. Nadie había puesto un pie allí en mucho tiempo.

Luces y apariciones.

¿Sería un fantasma lo que había oído? ¿O alguien que le estaba gastando una broma?

Friedrich se volvió y examinó el inmenso espacio. La única manera de salir era precisamente por donde él había entrado.

Nadie hubiera podido escabullirse hacia fuera sin que él lo notara.

Miró a la ventana de nuevo. Un escritorio con patas de león estaba colocado justo frente a ella. Se inclinó por encima de él y restregó la suciedad del vidrio para limpiarlo y que entrara algo de luz. Podía ver el sitio donde estaba el árbol caído, donde había almorzado junto con los somormujos. Ésa era la ventana correcta. Trató de abrirla y, al hacerlo, golpeó el escritorio. Algo en su interior resonó.

Friedrich abrió el cajón superior. Dentro estaba la caja de una armónica. La tomó e inspeccionó la tapa:

Marine Band
Fabricada por
M. Hohner
Alemania
No. 1896

La levantó y encontró dentro una versión antigua del modelo Marine Band que la compañía exportaba a Estados Unidos. Aunque la fecha indicaba el año en que esas armónicas habían sido introducidas al mercado, Friedrich sabía que podía haber sido fabricada en cualquier momento después de ese año. En el lado opuesto al de los orificios por los cuales se sopla, en el borde barnizado de negro, había una diminuta M roja.

¿Sería ése el instrumento que alguien había estado tocando? Si así era, ¿cómo...?

Él había *oído* la música, ¿cierto?

Sintió un escalofrío que lo hizo temblar, con la mirada pasando de una sombra a otra.

El silbato de la fábrica hizo su llamado. Friedrich se sobresaltó.

Pasan cosas raras entre las sombras... Hay personas que han subido y jamás vuelven.

Rápidamente, metió la armónica de nuevo en su caja, la deslizó en el bolsillo de la camisa y retrocedió siguiendo sus pasos. Bajó las escaleras a toda prisa, saltándose los últimos escalones, hasta emerger por la puerta.

Tuvo que permanecer agachado durante más de un minuto para recuperar el aliento, antes de recoger su lonchera y correr de regreso a su edificio.

—Sobrino, ¿qué te pasó? Estás más pálido que un fantasma —comentó el tío Gunter cuando Friedrich llegó finalmente a su mesa de trabajo.

—Creo que oí un fantasma —dijo Friedrich, poniéndose el delantal y relatando lo que le acababa de suceder.

—Hay una explicación lógica para eso —dijo el tío Gunter—. El sonido de la música busca una salida, igual que el agua. Viaja en muchas direcciones, puede ser que se haya amplificado el sonido que venía de otro lugar en el mismo edificio.

El muchacho no estaba tan seguro. La música se había oído como algo tan presente, como si la armónica quisiera que la encontrara.

—¿Crees que puedo conservarla?

—No veo por qué no. La compañía nos da varias al año.

Friedrich se acercó a su tío y le señaló la *M* roja.

—¿Y qué crees que signifique esto?

El tío la examinó.

—Parece la marca del artesano. Pero no es habitual marcar las armónicas que uno hace. Esta marca no afecta el sonido. El instrumento parece estar en buenas condiciones. No hay manera de saber cuánto tiempo llevaba en el escritorio. Probablemente le haya pertenecido a un empleado hace ya muchos años. Querrás limpiarla y afinarla, ¿no? —su tío le dio una palmadita en la espalda—. Si se enteran de que fuiste solo al cementerio, muchacho, los hombres te van a considerar un héroe. ¡La mayoría no se atrevería a hacerlo!

De regreso a casa esa tarde, Friedrich sacó la armónica de su bolsillo y se la llevó a los labios.

Tocó unos cuantos acordes. El tío Gunter tenía razón. Estaba desafinada pero, por el momento, a Friedrich no le importó. Tocó las primeras notas de una canción tradicional alemana sobre el regreso de los pájaros tras el invierno, "Alle Vögel sind schon da".

La armónica tenía un timbre rico y etéreo a la vez, el mismo sonido cautivante que había escuchado antes en el cementerio. Entre más la tocaba, el aire a su alrededor parecía cargarse de energía. Se sentía protegido por el manto de la música, como si nada pudiera atravesarse en su camino. ¿Era simple emoción por la llegada de Elisabeth y el hecho de que su familia se reuniría de nuevo? ¿O era algo más?

Estaba tan absorto en el sonido de la armónica y la tonada sencilla e hipnótica, que pasó de largo frente a la escuela antes de llegar a sentir cualquier ansiedad. Volteó en su calle y se dio cuenta de que había hecho todo el trayecto a su casa sin encorvarse. Ni siquiera la importó que la señora Gerber, la vecina que siempre lo importunaba con chismes o remedios caseros para la mancha de su cara, estuviera afuera barriendo frente a sus macetas de geranios. En lugar de evitarla, como de costumbre, la saludó:

—¡Buenas tardes, señora Gerber!

Ella interrumpió su quehacer y lo miró sorprendida.

—Buenas tardes, Friedrich…

Él se despidió con la mano y se metió la misteriosa armónica en el bolsillo.

Con cada paso que daba al subir los escalones de la entrada parecía que le golpeteara en el pecho como el latido del corazón.

Lo envolvió el aroma de la carne asada y las manzanas con canela.

Sonrió mientras colgaba su abrigo en el perchero del vestíbulo. Luego, se frotó las manos con ilusión.

El viejo reloj cucú, con sus contrapesos en forma de bellota de madera tallada, colgaba de la pared. La diminuta puertecita, enmarcada por una guirnalda de hojas de tilo y animalitos del bosque, se abrió. El pájaro cucú se deslizó hacia delante y cantó la hora.

—Lástima que no puedas disfrutar de nuestra comida, amiguito —le dijo Friedrich.

—Aquí —llamó una voz desde la cocina.

Friedrich encontró a su padre sentado a la mesa y a Elisabeth frente a la estufa, revolviendo el contenido de una olla con una cuchara de madera. Tenía un delantal amarrado en la cintura, sobre una falda gris y una blusa blanca. Los ojos de Friedrich recorrieron la pequeña cocina: la repisa de madera de avellano con la colección de platos pintados a mano de su madre; el mesón con los botes de hojalata, dispuestos en orden del más grande al más pequeño; la ventana con el postigo verde, y Elisabeth, ¡al fin en casa!

Se apresuró a llegar a su lado, la rodeó con los brazos por la cintura y la levantó del suelo.

—¡Friedrich! ¡Bájame!

Su padre rio.

Friedrich la soltó.

—¿Te hice falta, Elisabeth?

Ella ya casi cumplía dieciocho años. Era más alta que Friedrich, aunque no mucho, y tenía sus mismos ojos azules, que habían heredado de su padre. Llevaba el largo pelo rubio suelto, y sus mejillas con hoyuelos se veían coloradas por el calor en la habitación. Había pan recién horneado en una tabla sobre la mesa. En una bandeja estaban los *spaetzle*, una especie de tallarines caseros, y un *strudel*, el típico rollo de hojaldre con manzana y canela, espolvoreado de azúcar, reposaba para enfriarse en la parte de atrás de la estufa.

Friedrich persiguió a su hermana para tirar de su delantal. Ella lo esquivó, riendo, y lo amenazó con la cuchara de madera.

—¿Ya intentaste quitarle a algún paciente una mancha de nacimiento con un cepillo de limpiar zapatos? —preguntó.

Ella apoyó las manos en su cintura:

—¿Nunca vas a perdonarme por eso, no?

—No olvido tan fácilmente. ¿Te acuerdas cuando jugábamos a las escondidas, y si me encontrabas antes de que yo lograra sorprenderte, tu premio era vendarme como si fuera una momia?

Su padre asintió.

—Ya desde entonces tenías alma de enfermera.

El año anterior, Elisabeth se había ido a vivir a Stuttgart con los únicos familiares que tenían, además del tío Gunter: un primo de su madre, su esposa y su hija, Margarethe, que también estudiaba enfermería. Pero ahora los últimos tres meses de la capacitación de Elisabeth serían en el hospital del pueblo, bajo la tutela de su médico familiar, el doctor Braun.

—¡Qué bueno es tenerte en casa! —dijo Friedrich, como bienvenida—. Estoy listo para que me des todas las órdenes que quieras.

Elisabeth señaló un asiento con la cuchara:

—Siéntate junto a papá y traeré la comida. Primero tú, papá. Cuéntame de tus últimos días de trabajo y tus primeros días en la edad dorada.

Sentados a la mesa de la cocina, su padre les contó de todas las felicitaciones y las bromas amistosas que había recibido durante su última semana de trabajo en la fábrica, y de las cenas y comidas en su honor. Habló de organizar un pequeño ensamble de música de cámara.

—Claro, no será tan emocionante como nuestros conciertos en la sala. Espero que más tarde alguien me toque una polca en el piano.

Ella miró a Friedrich y después puso los ojos en blanco.

—¿Y qué hay de ti?

—Papá entregó mi solicitud de admisión al conservatorio.

—Tiene la audición en enero, y puedo decirte que está atemorizado —aseguró su padre—. Convéncelo, Elisabeth.

—Pero claro que debes presentarte. Eso es lo que siempre has querido —dijo ella—. ¿De qué te preocupas?

Friedrich se encogió de hombros. ¿No era evidente el motivo de su preocupación?

—Los jurados de la audición son sólo ocho personas —dijo su padre.

Para él, era fácil decirlo. No era quien tenía que pararse frente a un grupo de desconocidos, hacer como si no hubiera

nada extraño en su cara y tocar. Y luego, si lo admitían...
¿qué? ¿Sería capaz de sentarse en un salón de clases con los
demás alumnos a quienes jamás había visto antes? Aun si
lograba esquivar las miradas furtivas o aprehensivas, ¿de qué
iba a servir? ¿Podría llegar a pararse frente a todo un auditorio? ¿O atreverse a dirigir una *orquesta entera*? Esa idea le
producía dolores de estómago.

—Podrán considerarse afortunados de contar con alguien
de tu talento —dijo su hermana—. Y ahora, más que nunca,
Alemania necesita que sus *verdaderos* ciudadanos saquen a relucir todo su potencial y se conviertan en ejemplos.

Su padre frunció el ceño:

—Bueno, ésa es una manera de ver las cosas, pero...

—¿Y tu trabajo en el hospital cómo va? —Friedrich no
quería hablar del conservatorio. Y detectó que se estaba ges-
tando una discusión entre su padre y Elisabeth.

—Va bien. El otro día pude asistir a una cirugía recons-
tructiva. Era en el labio de un niñito. Fue emocionante. Espero
poder llegar a trabajar en el área pediátrica algún día.

Friedrich se dio cuenta de que ella a duras penas había
probado un par de bocados de la comida, y que había convertido su servilleta en una bola arrugada.

—¿Qué sucede, Elisabeth?

Ella miró al uno y al otro. Dejó su servilleta en la mesa,
plegó las manos por encima de su plato y tomó aire.

—Antes de que el tío llegue, hay algo que tengo que contarles. Espero que sepan entenderlo... —se enderezó en su
asiento—. Me reasignaron a un hospital en Berlín. No voy
a quedarme en Trossingen ni a trabajar con el doctor Braun.

—¿Te vas a Berlín? —su padre parpadeó decepcionado—.
¿Por qué? Ya habíamos arreglado todo para que estuvieras aquí.

—Lo sé —respondió ella—, me enteré apenas hace unos días. Al doctor Braun ya le notificaron.

Friedrich clavó la mirada en su plato, el corazón le pesaba en el pecho. No habría conversaciones hasta tarde en la noche, ni lecturas de libros en voz alta, ni juegos de cartas los domingos. Miró a su padre sin saber si esa tristeza era sólo por sí mismo o más que nada por él.

El rostro de su padre languideció.

—¿Cuánto tiempo vas a quedarte?

—Sólo el fin de semana. Me voy el lunes en el primer tren.

—Pero te hemos visto tan poco —dijo su padre, tratando de evitar las lágrimas.

—Sé que es una sorpresa para ambos, papá, y créeme que lo siento. Pero este puesto en Berlín será muy importante para mi carrera, tanto en el hospital como fuera de él.

—¿Y no puedes hablar con alguien para que reconsideren enviarte a Trossingen? —preguntó Friedrich.

—No. Fui yo... fui yo quien *solicitó* que me reasignaran.

Durante unos instantes, el único sonido que se oyó fue el tic-tac del reloj cucú en el vestíbulo.

Su padre frunció la cara, confundido.

—¿Tú lo pediste?

—¿Por qué? —preguntó Friedrich. ¿Acaso no quería estar junto a ellos?

—¡Hay tantas cosas que han cambiado para mí! Berlín es el centro de muchas de mis actividades en este momento. Debí decírselos la última vez que vine a casa, pero nunca surgió la ocasión adecuada. Verán... luego de que me mudé a Stuttgart, Margarethe y yo nos unimos a... a la Liga de Jóvenes Alemanas.

La cabeza de su padre se movió hacia atrás, como si hubiera recibido una bofetada.

—Elisabeth, *no puedes* hablar en serio.

Friedrich se atragantó con su comida.

—¿Estás en las Juventudes Hitlerianas?

7

¿Esa persona que estaba sentada frente a él en la mesa era su hermana o una criatura completamente desconocida?

—No pronuncies esas palabras con tal desprecio —dijo ella—. Pero sí, la Liga es la rama femenina de las Juventudes Hitlerianas. Defendemos la música, la literatura y los valores típicamente alemanes.

—¿En lugar de qué...? —preguntó su padre.

—Pues, en lugar de los que no son típicamente alemanes. Como la armónica, por ejemplo. Lamento decirles que no se considera típica y, por lo tanto, se ve como ofensiva.

—Pero de la armónica se ha derivado nuestro sustento, Elisabeth —la reconvino su padre—. Es lo que te permite estudiar en la escuela de enfermería y vivir en Stuttgart con Margarethe. No menospreciemos un instrumento que se remonta al antiguo *sheng* chino.

—Papá, por favor, pero si *ni siquiera* tocas la armónica.

—Pero yo sí —dijo Friedrich, sacando de su bolsillo la que se había encontrado en el cementerio y alzándola en alto—. En el club de armónica.

—No es un problema del instrumento en sí, sino del *tipo* de música que se interpreta con él —anotó Elisabeth—. Música que no se puede tolerar.

—¿A qué te refieres? —preguntó su hermano.

—A la música de negros. El jazz, que se considera degenerado.

—¡La música no tiene raza ni inclinación! —dijo su padre—. Cada instrumento tiene una voz, con su participación. La música es un lenguaje universal. Una especie de religión universal. Ciertamente, es *mi* religión. La música supera todas las diferencias que pueda haber entre las personas.

—No todos estarían de acuerdo, papá. Y debemos seguir las pautas del Partido Nacionalsocialista. No debemos oír ni interpretar música de compositores judíos.

—¡No seas ridícula! —dijo su padre.

El cucú del reloj gorjeó.

—Cállate, cucú —murmuró Friedrich—, a menos que quieras que te hagan quedar en ridículo.

—¡Para nada! —exclamó Elisabeth—. Los relojes cucú de la Selva Negra, como ése, son obra de artesanos alemanes. Hitler defiende el orgullo alemán, y debemos respaldarlo. Al fin y al cabo, es nuestro canciller.

—Pero Hindenburg *sigue* siendo nuestro presidente —dijo su padre, con una palmada sobre la mesa.

—Todo el mundo dice que Hitler se convertirá muy pronto en nuestro presidente. Es la respuesta a los problemas del país. Y el Partido Nazi es el único partido político aceptable en la Alemania de hoy.

—¿Leíste su libro, *Mein Kampf*? —le preguntó su padre.

Elisabeth lo miró a los ojos, dura y fría.

—Sinceramente, no. La intelectualidad no está bien vista. Hitler es el líder de los trabajadores, de la gente común, del verdadero alemán. Estoy muy enterada de sus expectativas para el país, conozco su ideología, y...

—Quiere que haya una raza *pura* —interrumpió su padre—. ¡Dice que todo el que no sea alemán es su enemigo!

Elisabeth lo miró como si sintiera lástima.

—Papá, lo único que hace es estimular el orgullo nacional. La Liga es una organización vital para chicas saludables con verdadero linaje alemán.

—¿Y eso cómo se comprueba? —le preguntó él.

—Con actas de bautizo, historias médicas, actas matrimoniales... Cualquiera puede pertenecer a la Liga mientras demuestre que no lleva más de un octavo de linaje no alemán en su sangre. No es tan cuestionable como crees. Y hay cosas peores que ser un verdadero alemán —se volteó hacia Friedrich—. *Deberías* unirte a las Juventudes Nazis. Estarías con muchachos de tu edad y de los alrededores. Hay encuentros y reuniones, y competencias al aire libre. Es tan divertido.

Friedrich se tocó la cara. ¿Acaso Elisabeth había olvidado la manera en que los chicos de su misma edad y de los alrededores lo trataban? ¿Y qué había de los planes de Hitler de limpiar la raza? ¿Friedrich clasificaría como verdadero alemán? ¿Sería lo suficientemente puro?

—No creo que les guste cómo me veo —dijo en voz baja.

—¡Ah, pero no debes ser tan orgulloso, Friedrich! Es importante que todos los alemanes de verdad aúnen sus esfuerzos por la patria. Por el bien del país y del hombre común.

A Friedrich le sorprendió que el discurso de Elisabeth fuera casi idéntico, palabra por palabra, al de Anselm. ¿Habrían estado en las mismas reuniones?

—Friedrich no va correr ese riesgo —dijo su padre.

—¡Qué terco e insensato eres, papá! Al menos Margarethe me apoya. *Ella* entiende mis sentimientos y los comparte, al igual que sus padres.

—¿Sus padres? —preguntó su padre.

Elisabeth levantó la barbilla.

—Ellos fueron quienes propusieron que asistiéramos a nuestra primera reunión.

Su padre contrajo el rostro en una mueca mientras se derrumbaba contra el respaldo de la silla.

—¿Nuestra propia familia? *¿Eso* es lo que haces en tu tiempo libre?

—Mi trabajo con la Liga es sólo los miércoles por la noche y los sábados —dijo ella—. Y me ha proporcionado una mucho mejor posición entre los doctores y las enfermeras —alejó su asiento de la mesa y se levantó—. Papá, *me encanta.* Hacemos caminatas y salidas. Cantamos. Me involucro con la comunidad, ayudo a la gente. Me valoran por mi capacitación en medicina. Ya formo parte del servicio médico de la juventud. Y estoy decidida a convertirme en líder. Para servir de ejemplo a chicas más jóvenes.

—Te brillan los ojos —dijo su padre.

Ella no le hizo caso:

—No voy a pasar mucho tiempo en casa porque, como potencial líder juvenil, debo dedicar mi tiempo extra a la Liga. Papá, necesito mi acta de bautismo. Y la tuya y la de mamá. O los anuncios de matrimonio. Y cualquier cosa que tengas de mis abuelos, si de milagro tuvieras algo. Sería *fabuloso* que hubieras conservado alguno de esos documentos, y que así yo pudiera probar mi linaje una generación más atrás. Entonces, ya tendría garantizada mi posición como líder.

¿Líder? ¿Su hermana iba a entrenar a otros para ser seguidores de Hitler?

Alguien llamó a la puerta.

—Ése debe ser el tío Gunter con su acordeón, con certeza —dijo Elisabeth—. Quizás él sí se alegrará con mis noticias —salió de la cocina.

Su padre se levantó, salió también y murmuró:

—Tu tío *tampoco* va a alegrarse.

—¿No quieres *strudel*? —preguntó Friedrich—. ¿No vas a tocar con nosotros?

Su padre se volvió hacia él:

—Diles que me fui a la cama con acidez estomacal.

Momentos más tarde, el tío Gunter entró a la cocina, rodeando con un brazo a Elisabeth.

—¡Al fin, Friedrich! Otra vez estamos todos juntos.

Friedrich le ofreció un asiento a su tío.

—Sí, todos juntos… menos papá, que pidió que lo disculparan y se retiró. Se sintió mal del estómago.

—Pues, qué lástima, ¡pero así habrá más para mí! —dijo, mirando el postre.

Elisabeth sirvió el *strudel*, conversando animadamente, sin incomodarse por la ausencia de su padre ni por el estado de ánimo de su hermano.

Al principio, el tío fue muy cordial y preguntó detalles del trabajo de Elisabeth. Pero luego, con cada revelación que ella hacía, Friedrich lo veía cada vez menos jovial, hasta dejar la mitad del postre, a pesar de lo mucho que le gustaba, y despedirse más temprano de lo normal. Se excusó alegando cansancio, se puso el abrigo y tomó su acordeón.

Antes de irse, su mirada se posó en Friedrich. Sus ojos se llenaron de algo que el muchacho no supo descifrar: ¿lástima o miedo o aprehensión?

¿Le preocupaba Elisabeth?

¿O Friedrich y su padre?

A la mañana siguiente, temprano, Friedrich encontró a su padre en la sala, recostado en un sillón.

Se veía empequeñecido, como si le hubieran extraído todo el aire del cuerpo. Sobre sus piernas sostenía una caja de sombreros forrada en tela. Había papeles y fotos dispersos a su alrededor, la tapa de la caja estaba en el suelo.

—¿Papá, que es todo esto?

—Los documentos que Elisabeth me pidió.

—Pero ¿por qué? Si no se los das no podrá convertirse en una líder y así tal vez… tal vez vuelva a entrar en razón.

—Friedrich, son documentos públicos. Si no los obtiene de mí, puede solicitar copias a través de un abogado. No puedo dejar de pensar que recibió malas influencias… —negó con la cabeza—. ¡Por nuestros propios parientes! —su padre sostuvo varios papeles—: Aquí están las actas de bautismo y matrimonio que necesita. Al fin las encontré —hizo un gesto con la cabeza hacia la caja—. Jamás había revisado lo que contenía. Siempre pensé que había un sombrero aquí dentro. No había buscado entre estas cosas desde que tu madre… —su padre bajo la mirada frotándose la frente con los dedos—. Supongo que me resultaba muy doloroso.

—¿Dónde está Elisabeth? —preguntó Friedrich.

—De visita donde la señora Von Gerber. Cuando vuelva de allá estará más enterada de lo que sucede en Trossingen que nosotros mismos. ¿Podrías volver a meter todo en la caja? Y llévala luego a mi cuarto. Tengo un alumno que viene pronto. Pero primero necesito una taza de té —su padre se dirigió a la cocina.

Friedrich recogió las fotos. Se detuvo en un retrato de su padre de pie al lado de su violonchelo, a los doce años. Lo sorprendió el parecido entre los dos. Tocó la foto. ¿Qué tan diferente hubiera sido su vida de haber nacido sin la marca de nacimiento, como su padre?

En otra foto, de una orquesta escolar, encontró a su padre en la sección de violonchelos, en la primera fila. Pero su mirada se detuvo en el joven director, de pie frente a los músicos, batuta en mano. ¿Algún día tomaría ese lugar?

Se metió las fotos en el bolsillo para luego lucirlas en la cómoda de su cuarto. Después recogió el resto de los papeles y los puso en una pila en la sombrerera. En el interior de la tapa encontró un sobre, pegado. Dentro había una hoja de papel. Tenía las huellas en tinta de los pies de un bebé. Abajo estaba su nombre: "Friedrich Martin Schmidt". Debajo estaba su fecha de nacimiento y a continuación las palabras: "Causa del deceso, epilepsia".

El corazón se le detuvo.

Leyó de nuevo.

Era su nombre y su fecha de nacimiento. De manera que tenían que ser las huellas de sus pies. Pero él no padecía epilepsia, ¡y estaba vivito y coleando! ¿Quién había escrito eso? ¿Por qué pensaron que estaba muerto? Las manos le temblaban mientras examinaba las diminutas huellas.

No oyó la puerta de entrada al abrirse, ni a Elisabeth pararse frente a él para quitarse la bufanda.

—Como era de esperar, la señora Von Gerber sabe todo acerca de todos así que fue fácil enterarme de las noticias del vecindario en una sola sentada. Se emocionó bastante con mi puesto en Berlín. Y me complace anunciar que el doctor Braun está muy satisfecho con que una de sus pacientes siga el camino de la medicina, incluso si no puede hacer su internado con él. La señora dijo que había echado de menos mi mermelada de membrillo, pero prometí que le prepararía un poco —Elisabeth se llevó las manos a la boca y miró a Friedrich—. ¿Qué te sucede? Estás lívido.

Le mostró el papel.

Mientras iba leyendo abrió la boca, pero de ella no brotó ninguna palabra. Al terminar, dijo:

—Tiene que haber un error.

—Pero es mi fecha de nacimiento y mi nombre —dijo él.

—Friedrich, tiene que haber una explicación. Ven conmigo.

Aturdido, siguió a su hermana hacia la cocina, donde su padre estaba frente al lavabo, llenando la tetera.

—¿Papá? —preguntó Elisabeth. Le tendió el papel.

Él lo examinó, confundido en un primer momento, y luego recordó con claridad.

—¿Dónde encontraron esto?

—Friedrich lo encontró, en la sombrerera.

Su padre asintió:

—Ha pasado tanto tiempo que lo había olvidado.

—¿Por qué dice ahí que estoy muerto? —preguntó el muchacho.

Su padre lo miró, luego a Elisabeth.

—Puedo explicarles. Por favor… siéntense.

9

Friedrich y Elisabeth se sentaron frente su padre, que puso la tetera sobre la mesa, entre sus manos.

Suspiró.

—Tu madre comenzó el trabajo de parto en medio de la noche. El doctor Braun y su enfermera vinieron a casa. Inmediatamente después de nacer empezaste a tener convulsiones. Eran tan fuertes que el doctor Braun dijo que probablemente no llegarías al día siguiente. Antes de que la enfermera se fuera, hizo las marcas de las huellas de tus pies, a manera de consuelo, algo que tu madre pudiera conservar. Pero después sobreviviste a la noche y al día siguiente. Y al otro día. Y al que le siguió. Unos meses más tarde fue tu madre... fue ella la que empezó a decaer —las lágrimas brotaron de los ojos de su padre.

—¿Por qué nunca me dijiste nada? —preguntó Friedrich—. ¿Nada de la epilepsia?

—En su lecho de muerte, tu madre me hizo prometer que no le contaría nada a nadie. Con el paso de las semanas tu mancha de nacimiento se había hecho más notoria, al igual que los rumores y las supersticiones. La señora Von Gerber estaba convencida de que tu madre se había derramado una copa de vino tinto en la barriga cuando te estaba esperando y que ésa era la causa de la mancha. El ayudante de la panadería decía que tu madre había sufrido un tremendo susto antes de que nacieras y que la conmoción había dejado esa mancha en tu cara.

—Lo recuerdo —dijo Elisabeth—. Y una gitana en la calle decía que era una señal de un secreto en la familia, algo en la historia de muchas generaciones que nunca se había sacado a la luz.

—No eran más que tonterías —dijo su padre—. A tu madre no le gustaba el vino. No había sufrido ningún susto. Ni tampoco tenía algún secreto de familia que hubiera que mantener oculto. Le preocupabas tú, Friedrich. Una de sus tías tenía el mismo tipo de mancha de nacimiento, y ella sabía que se convertiría en un problema. Si a eso le añadías el estigma de la epilepsia, era un lastre excesivo.

Friedrich miró a Elisabeth, confundido:

—¿Estigma?

—Más cuentos de viejas —dijo ella—. Hay gente que cree que las convulsiones son producidas por demonios o por locura y que no es una enfermedad. Pero eso es una opinión de ignorantes.

—Entonces, ya entiendes por qué tu madre nos pidió a mí y al doctor Braun que mantuviéramos en secreto el asunto de las convulsiones. Y así lo prometimos. A decir verdad, yo lo había olvidado. Jamás volviste a tener convulsiones después de cumplir el año.

Una vez en preescolar, Friedrich había visto un ataque de epilepsia. Estaba pintando en un caballete cuando el niño que estaba a su lado se derrumbó en el suelo. El pincel que sostenía voló a través del salón. Hizo unos ruidos como si se estuviera ahogando y todo su cuerpo se agitó y contorsionó.

Sus manos se cerraron en puños y se volvieron hacia su cuerpo. Y aulló como un animal. Durante unos instantes, el niño pareció enloquecido, como si lo hubieran poseído los demonios. Pero todo terminó tan rápidamente como había empezado. La maestra les había ordenado a los niños que salieran del salón. Cuando volvieron a entrar, el niño ya no estaba. Friedrich nunca lo volvió a ver.

¿Era posible que a Friedrich le diera un ataque en el momento menos pensado?

¿Y qué tal que le diera uno durante su audición? ¿Lo aceptarían en el conservatorio si lo supieran? ¿Sufría de locura? Se frotó las sienes.

Su padre le tendió la tetera.

—Nos caería bien un té a todos.

Friedrich la tomó, la llevó a la estufa y encendió el fuego. Elisabeth frunció el ceño.

—Las convulsiones probablemente eran causadas por una fiebre. Pero incluso así, estoy segura de que el doctor Braun registró todo en el historial médico. Es el procedimiento normal —se levantó de la mesa y empezó a caminar por la cocina, con la frente arrugada por la concentración.

Su padre negó en silencio.

—¿Y eso qué importa? El doctor Braun prometió que nunca diría una palabra a nadie y así lo ha cumplido.

—Al margen de la promesa, papá, sigue existiendo un registro, ¿no te das cuenta? —dijo Elisabeth—. Friedrich tiene una marca de nacimiento que es una deformidad física que ya sabemos que existe en la familia. Tú mismo dijiste que mamá tenía una tía con algo semejante. Y ahora hay un registro de epilepsia, que también se considera hereditaria. La nueva ley es clara en esos casos.

—¿Cuál nueva ley? —preguntó Friedrich.

Elisabeth miró a su padre:

—¿No le has dicho nada? Papá, te escribí al respecto hace ya meses.

El agua hirvió en la tetera.

—La conozco. Tu hermano no es candidato para esa ley —dijo él.

—Por la sola mancha ya era candidato —respondió ella—, y ahora, con la epilepsia, con toda seguridad lo es. En el hospital nos han capacitado en profundidad sobre esa ley, y…

Friedrich dio un manotazo sobre la mesa de la cocina.

—¡Dejen de hablar de mí como si no estuviera aquí presente! Ya no soy un bebé. ¿De qué ley están hablando? ¿Me van a reportar?

Elisabeth cruzó los brazos.

—La ley para la prevención de descendencia con enfermedades genéticas. Fue aprobada en julio. Los médicos tienen plazo hasta enero para reportar a los pacientes con malformaciones físicas o padecimientos hereditarios. La mayoría requerirá una operación para impedir que tengan descendencia, de manera que no puedan transmitir rasgos indeseables.

Friedrich miró a su padre.

—¿Una operación?

—¡Nadie te va operar! —exclamó su padre.

Elisabeth miró a su padre como lo haría con un niño pequeño.

—El doctor Braun no va a tener otra salida. A todos los médicos se les ha ordenado reportar a los pacientes con malformaciones físicas, alcoholismo, enfermedades mentales, ceguera, sordera, epilepsia… Hay un listado de infracciones.

—Pero si Friedrich no ha cometido ningún crimen.

—Estos rasgos, si se transmiten, serían infracciones en contra de futuros ciudadanos alemanes —explicó su hermana—. Para eso existe esta nueva ley: para impedir que eso vuelva a pasar.

Friedrich tenía una sensación extraña en el estómago, como solía sucederle cuando alguien estaba a punto de golpearlo en el patio de la escuela. En su mente nadaban mil preguntas: ¿Acaso su cara era un crimen? ¿No había nada más que fuera suyo a excepción de la marca de nacimiento y una enfermedad que ya no padecía? ¿Qué iba a pasar si los nazis lo encontraban demasiado horrible?

—¿Y tú acatas esta nueva ley? —preguntó su padre.

—La justifico —dijo Elisabeth—. Al doctor Braun se le exigirá que reporte a Friedrich. Al igual que a mí, pues la epilepsia y la marca de nacimiento se han visto en mi familia. Me ofreceré voluntariamente para la operación. Es lo mínimo que puedo hacer por mi país. Y me felicitarán por ello. Friedrich debería hacer lo mismo.

Su hermano la miró fijamente. ¿Era posible que estuviera convirtiendo una operación en una oportunidad para demostrar su patriotismo? ¿Y además quería que él también fuera operado?

El padre se ruborizó. Y habló con dificultad:

—Ya circulan rumores sobre cuántos sobrevivirán esta operación. ¿Quién puede asegurar que no pretenden matar a las personas que los nazis consideran indeseables para así poder crear la raza pura de Hitler?

Friedrich sintió que la sangre huía de su rostro.

—¿Papá…?

—No te preocupes, hijo mío. Voy a pedir una cita con el doctor Braun y hablaré con él.

—Es una excelente idea —anotó Elisabeth, con las manos en el respaldo de su silla—. Y te pido que en mi presencia, papá, no hables mal de Hitler o te limites a guardar silencio al respecto. Quiero creer que te vas a unir al partido, de manera que cuando mis superiores me interroguen sobre mi familia, y puedes estar seguro de que lo harán, yo estaré en capacidad de decir que no hay motivos para sospechar de tu oposición. Si tengo que reconocer que no eres partidario de Hitler, esa actitud no presagiaría nada bueno.

—¿Qué dices? —Friedrich no daba crédito a lo que acaba-ba de oír—. ¿Serías capaz de reportar a tu propio padre?

Elisabeth levantó la barbilla.

—El partido recompensa a quienes dicen la verdad. Si lle-gara a haber disidentes en mi familia, y yo no lo revelara en una entrevista, eso podría afectar mi posición en la Liga. Y quizá tendría consecuencias sobre mi trabajo en el hospital. Mi carrera terminaría allí. Sería mi ruina.

—¿Tu ruina? —preguntó Friedrich—. ¿Y qué hay de papá? Están encarcelando a quienes no quieren a Hitler, y allí los hacen trabajar hasta que mueren. ¿Y qué hay de mí? Podrían matarme mientras esté bajo el efecto de la anestesia, sólo porque no soy perfecto —sintió el regusto de la bilis en la garganta.

—Friedrich, no digas una palabra más —lo atajó su padre.

¿Acaso había perdido la razón?

Su padre se pasó las manos por el cabello. Se levantó y enderezó la espalda. Contempló a su hija y luego se volvió hacia su hijo, mirándolo intensamente a los ojos.

—Escúchame bien, Friedrich. Elisabeth tiene razón. Sere-mos ciudadanos leales.

—Pero…

—En esta casa no se va a oír una palabra más en contra de Hitler o los nazis —dijo su padre—. No lo permitiré.

Friedrich jadeó.

—Pero papá, no puedes aceptar…

La voz de su padre tembló de furia:

—¡No! ¡Ni una palabra más! ¿Me entiendes?

Friedrich no podía recordar que su padre le hubiera gritado así nunca antes en su vida.

—Sí —murmuró.

El padre tomó una pila de papeles que había en un extremo de la mesa y los depositó ante Elisabeth con un golpe seco.

—Aquí está todo lo que necesitas: tu acta de bautismo, la mía y la de tu madre, y los anuncios de matrimonio de tus abuelos. Puedes estar segura de que eres ciento por ciento alemana. Y ahora, tengo un alumno que está a punto de llegar y debo prepararme —salió de la cocina a toda prisa.

Instantes después, la puerta de la sala se cerró ruidosamente.

Elisabeth recogió los papeles y salió, canturreando en voz baja.

Friedrich se quedó mirando la puerta de la cocina, mucho después de que su hermana hubiera desaparecido.

La tetera silbó.

Una vez en su cuarto, la mente de Friedrich batalló para asimilar lo que acababa de suceder.

Se afanó en hacer algo para calmar sus pensamientos. Extendió un trapo limpio en uno de los extremos de su escritorio y allí dispuso las herramientas que necesitaría para limpiar la armónica. Con un destornillador diminuto, retiró las varillas que sostenían las láminas de la cubierta y las levantó.

Desde abajo le llegaron los sonidos familiares del violonchelo, pues el alumno de su padre ya había comenzado su lección. Al momento, Friedrich oyó el preludio de la *Suite para violonchelo no. 1* de Bach. Enderezó la cabeza para escuchar los arpegios.

En ellos, le pareció escuchar el ritmo de la discusión entre Elisabeth y su padre. Las notas se alternaban, como los comentarios que iban y venían, subían y bajaban. La música era tan precisa como la fragilidad de su conversación. A medida que avanzaba la pieza, sentía que la tensión iba en aumento, como la ansiedad que se guarda. Una vez terminado el movimiento, quedaba un regusto de tristeza sin resolver.

Friedrich volvió su atención a la armónica, y examinó el cuerpo de madera de peral y las lengüetas de caña. Las separó, alineándolas. Mojó levemente el trapo en alcohol para limpiar las piezas. Con una brocha pequeña y suave sacudió el peine de madera. Cuando las lengüetas quedaron secas las fijó nuevamente al cuerpo de la armónica. Tomó el instrumento, se lo llevó a la boca, y sopló por los agujeros para hacer la secuencia de notas de la escala.

Tocó la escala de nuevo, retiró la armónica de sus labios y se quedó observándola.

—El tercero y el octavo —dijo Elisabeth desde la puerta.

—De acuerdo —Friedrich la miró—. Están desafinadas. Sigues conservando tu buen oído.

—Tras años de insistencia de papá para que yo siguiera tocando piano, me gustara o no. ¿Puedo entrar?

Su hermano se encogió de hombros.

Ella entró, se sentó a los pies de la cama y miró alrededor.

—Todo se ve igual.

Friedrich paseó la mirada por la habitación. Ella tenía razón. En la cama estaba el cobertor que había tenido desde que era un niño pequeño. La cómoda lucía abarrotada de partituras. En su escritorio había una foto enmarcada de sus padres el día de su boda.

—Así me gusta.

—Por supuesto que sí. Nunca has sido muy dado a los cambios —su voz se hacía dulce y amable.

¿Acaso creía que podía actuar como si no hubiera pasado nada?

Friedrich oyó la voz amortiguada de su padre dándole instrucciones a su alumno abajo. El preludio comenzó de nuevo. Tomó una herramienta pequeña y afilada para hacer unos rasguños en las lengüetas de cobre. Sopló por los agujeros y rasqueteó un poco más. Cuando quedó satisfecho porque la armónica sonaba afinada, atornilló las cubiertas, una primero, la otra después y ajustó bien las varillas.

La hizo sonar una vez más, tocando la octava completa.

Elisabeth ladeó la cabeza.

—Suena muy distinta de otras armónicas.

Friedrich estuvo de acuerdo. Tenía un timbre cálido y etéreo.

—Lástima que sea inaceptable… al igual que yo.

Su hermana se puso tensa.

—¿Por qué no consigo que entiendas? Creo en Hitler y en lo que pregona. Es nuestro padre benevolente, que sacará al país de la oscuridad de la pobreza y de la población decadente, para seguir el camino de la grandeza y la riqueza.

Nuevamente, su hermana parecía estar leyendo el mismo guion que recitaba Anselm.

—Planeo concentrar todos mis esfuerzos en la Liga —dijo—. Allí me aprecian. Tanto por mis conocimientos de enfermería como por mi carácter moral y mi comportamiento ejemplar. Para ellos… para ellos soy alguien.

—También eres alguien para nosotros. Y no tienes que apegarte a todo lo que ellos dicen. Solías tener tu criterio y tus propios sentimientos.

—Pues éstos son mis sentimientos ahora. Además las chicas son como las hermanas que nunca tuve. Somos una familia.

—Pero si ya tienes una familia.

—Ésta es diferente. Es más grande. La Liga es una comunidad y me encanta pertenecer a ella —Elisabeth miraba fijamente el cobertor, como si el diseño de retazos fuera lo más interesante que había visto en la vida—. Friedrich, ¿alguna vez te has puesto a pensar en lo que fue mi infancia?

—Igual que la mía —dijo Friedrich.

—No, no exactamente. Yo tenía apenas seis años cuando mamá murió. Éramos tan cercanas que me sentí perdida sin ella. Papá ya había dejado la orquesta y estaba trabajando en la fábrica. Una enfermera venía durante el día para cuidarte. Pero papá y yo nos ocupábamos de ti en las noches. Cuando fuiste suficientemente mayor, yo te llevaba a la escuela y te recogía al terminar las clases. Y también me ocupaba de la casa y de cocinar. Todas las cosas que hubiera hecho una madre. Pero yo no era una madre. Era tan sólo una niña. En los fines de semana, papá daba sus clases, y yo me encargaba de cuidarte. No tenía oportunidad de salir al campo o al teatro, ni siquiera de ir a alguna actividad escolar que no fuera durante las horas de clase. ¿Alguna invitación? Ninguna. Nadie me invitaba. Todo por ser la hermana de... —Elisabeth se mordió los labios.

—¿Del niño monstruo? —preguntó Friedrich.

—Lo siento. No tenía intención de herirte.

Friedrich sintió que la tristeza y la rabia lo asfixiaban. Las palabras le salieron forzadas:

—Entonces, ¿por qué lo dices? ¿Es tu manera de ser sincera? Porque aquí no vas a obtener favores con eso. ¿Qué te sucede, Elisabeth? ¿No te das cuenta de que heriste a papá y también a mí? ¡Es como si fueras una persona desconocida!

Ella se levantó, caminó hacia la ventana y miró hacia fuera, con la vista fija en algo que Friedrich no alcanzaba a distinguir. Se volvió hacia él:

—Es que soy una persona diferente con una vida diferente. ¿Acaso está mal? —al no obtener respuesta, ella sacudió la cabeza y suspiró—. Tengo una actividad de la Liga esta tarde, si es que quieres venir. Vamos a ayudarle a un granjero aquí cerca a plantar sus cultivos. Verás, Friedrich, que llevamos a cabo buenas obras en la comunidad, todo por nuestra patria.

Su hermano la miró, perplejo, y negó con la cabeza.

Ella salió de su habitación, cerrando la puerta.

Él tomó la armónica de nuevo y empezó a soplar, tratando de reproducir la pieza de Bach que había oído tocar abajo. El peculiar instrumento sonó como si transmitiera el dolor que sentía: una revelación sorprendente, decepción, y una tristeza que lo invadía todo. Y al mismo tiempo, el timbre elegante y homogéneo que parecía envolverlo.

Jamás había tenido en cuenta la infancia de Elisabeth.

Ella también había cargado con el peso de su mancha.

¿Cómo fue que nunca se dio cuenta?

Dejó la armónica y caminó hacia el espejo que había sobre la cómoda. Examinó la mancha que florecía en su mejilla derecha. La furia se desplegó en su interior.

Lanzó la armónica al otro lado del cuarto. Agitó los brazos sobre la cómoda, mandando a volar todas las partituras.

¿Por qué había tenido que nacer así?

II

El domingo, la casa estaba silenciosa a no ser por el tictac del reloj cucú, y sus ocasionales gorjeos de ave.

El tío Gunter había esgrimido alguna excusa cortés para quedarse en su casa. El padre leía en la sala. Friedrich permanecía en su cuarto.

Elisabeth estaba atareada convirtiéndose en algo que no era. Cambió su ropa, cosida por una modista, por una blusa campesina y una falda de fieltro con peto algo pasadas de moda. Se peinó con dos largas trenzas gruesas. Hasta su habitación cambió. Su cama mantuvo el cobertor de ganchillo hecho por su madre, pero el óleo de un paisaje con flores que siempre había colgado en la cabecera fue reemplazado por un cartel grande con un par de niños de apariencia angelical vestidos de uniforme. La niña y el niño miraban hacia el cielo donde una esvástica irradiaba luz sobre sus caritas perfectas y sus dorados cabellos.

Esa noche, Elisabeth preparó el estofado favorito de su padre y su hermano, con salchichas. Los tres se sentaron a la mesa y no se habló de política. No hubo discusiones. Elisabeth y su padre se atrincheraron en las gentilezas propias de la conversación educada. Pero no le había dicho una palabra más a Friedrich y él tampoco le había hablado a ella. Elisabeth estaba pensativa. Su padre hurgaba la comida en el plato. Friedrich tampoco podía comer. Luego de unos cuantos bocados, se levantó de la mesa y se fue a su cuarto.

Más tarde, cuando todos ya se habían ido a la cama, Friedrich oyó a su padre caminar descalzo por el vestíbulo y abrir silenciosamente la puerta del cuarto de Elisabeth. Instantes después abrió también la de Friedrich y luego volvió a su propia habitación.

Friedrich oyó el clic de una lámpara al encenderse, el arrastre de una silla sobre el piso de madera, y el rasgueo del arco del violonchelo calentando sobre las cuerdas.

El corazón se le conmovió cuando su padre empezó a tocar la "Canción de cuna" de Brahms.

Cuando Elisabeth y él eran pequeños y no podían dormir, corrían a la habitación de su padre para pedirle que les tocara un concierto de buenas noches. El padre siempre se excusaba diciendo que estaba muy cansado pero, luego de una lluvia de besos que los envolvía, siempre cedía. Los hacía volver a sus habitaciones, diciéndoles que se despidieran de sus problemas pues estaban a punto de remontar el vuelo en las alas de la música.

"¡Adiós, adiós!", gritaban siempre, corriendo de vuelta a sus camas tras haber dejado las puertas abiertas para oír el concierto.

Esta noche, Friedrich deseaba poder desprenderse del peso que aplastaba su corazón y su mente para emprender el vuelo.

La pieza lo devolvió a la época en que Elisabeth había sido una voz constante y permanente que susurraba en su oído: "No le prestes atención a lo que digan los demás. No son tu familia. Tu familia siempre te dice la verdad".

Durante todos esos años, ¿ella sí había estado diciendo la verdad?

El padre tocó la "Canción de cuna" tres veces, cada una más lenta y suave y melancólica que la anterior.

Friedrich se cubrió la cabeza con el cobertor.

Durante todos esos años, ¿ella lo había querido en la misma manera en que él la había amado?

La última parte que interpretó el padre parecía ser un llanto ante la ruptura de la familia.

La nota final tembló.

Los ojos de Friedrich se llenaron de lágrimas.

Y lloró.

Elisabeth se fue temprano la mañana siguiente, sin despedirse.

Friedrich estaba dormido. Con todo, ella hubiera podido gritarle algo o dejar una nota o pedirle a su padre que le transmitiera un recado. ¿Se habría desvanecido de sus vidas sin decir una palabra?

—No va a volver, ¿cierto? —preguntó Friedrich después de cenar, mientras su padre llevaba el violonchelo a la sala para su lección semanal.

—No, hijo mío. Al menos, no volverá pronto. Quizás algún día. Me temo que todo sea mi culpa. Siempre tuve demasiadas expectativas puestas en ella porque era tan capaz. Jamás consideré que pudiera tener necesidades, por estar tan metido en mi propia tristeza luego de que tu madre... Siempre pensé que cuando me retirara, tendría más tiempo para pasar con ella. Pero ahora parece que es demasiado tarde. Está tan involucrada en... en el idealismo de ese fanático.

Friedrich tensó el arco y le aplicó resina.

—Pensé que no querías que se pronunciara una sola palabra más en contra de Hitler en esta casa.

—Debes saber que dije eso únicamente por Elisabeth. Es importante que ella crea que somos partidarios de Hitler, por la seguridad de todos. Sería capaz de hacer cualquier cosa para protegerlos a Elisabeth y a ti, incluso de unirme al Partido Nazi si fuera necesario. Por más que me cueste admitirlo, ella tiene razón en una cosa: si no estamos de acuerdo con Hitler, debemos guardarnos nuestras ideas. ¿Me entiendes? Observa y escucha. Ésa debe ser nuestra política. No hay que confiar en nadie. Hay que tener especial cuidado con los vecinos y en la fábrica. Menos con tu tío, por supuesto.

Friedrich negó con la cabeza.

—Papá, yo no soy el...

Su padre levantó una mano:

—Ya sé. Ya lo sé. Soy demasiado extrovertido y susceptible, pero espero poder contener mi lengua y guardarme mis opiniones para mí mismo. Creo que llegó el momento de ser prudentes y no debo cerrar mi mente a nada.

Friedrich apuntó a un platito colmado de pastillas de anís.

—Pero sigues haciendo las compras en la tienda de los judíos, ¿o no?

El padre suspiró.

—Sí, hijo. Ya sabes que es el único lugar en el cual consigo esas pastillas. Y que la tienda pertenece a la familia de uno de mis alumnos. Además, esta mañana los soldados garabatearon una torpe estrella amarilla en la puerta y colgaron un letrero: "Los judíos son la desgracia de Alemania". Vi a tres clientes habituales que se acercaban, lo pensaban dos veces y regresaban por donde habían venido. Eso no está bien.

—¿Pero no acabas de decir...?

—Dije que iba a guardarme mis opiniones, Friedrich. Y eso hice. No dije ni una sola palabra mientras estuve en la tienda. Me limité a comprar las cosas que necesitamos. No me pueden arrestar por eso. Al menos no por el momento.

El padre se acercó al piano y tocó un la.

Friedrich movió el arco sobre la cuerda correspondiente, hacia un lado y hacia otro, ajustando las clavijas. Antes de comenzar sus ejercicios, miró a su padre.

—¿Por qué te mantienes del lado de los judíos, papá? ¿No sería menos peligroso para nosotros participar en el boicot?

Su padre se le acercó y le puso una mano en el hombro.

—No lo hago sólo por los judíos, Friedrich. Lo hago también por ti. Cualquier injusticia que los nazis cometan contra los judíos, la podrán cometer contra ti o contra cualquiera que consideren indeseable. ¡Es una locura!

—¿Y yo… voy a tener que hacerme esa operación? —preguntó Friedrich.

—Ya pedí una cita con el doctor Braun. El próximo viernes hablaremos del tema. Por cuestiones de seguridad, comprometámonos tú y yo a que de ahora en adelante… —el padre se llevó el pulgar y el índice a la comisura de los labios e hizo un movimiento de sellarlos con un cierre. Sonrió, sin abrir los labios.

Friedrich asintió:

—Lo prometo.

Pero dudó que su padre consiguiera mantener su palabra.

13

Un viernes, dos semanas después, Friedrich aguardaba en las puertas de la fábrica tras salir del trabajo. Caminaba de un lado a otro en el frío aire de octubre.

Se palmeaba los brazos para mantener el calor y para distraer la ansiedad que le producía la reunión de su padre con el doctor Braun. Le había prometido a Friedrich que pasaría a buscarlo cuando terminaran, para así regresar a casa juntos, pero estaba retrasado.

Anselm venía saliendo de la fábrica y rápidamente arrinconó a Friedrich.

—¡Pero qué suerte! Tenía que hablar contigo.

No de nuevo. ¿Acaso no lo podía dejar en paz?

—El próximo miércoles voy a una reunión de las Juventudes Hitlerianas —le dijo—. Como soy un líder, ganaré puntos si llevo a un invitado.

—Gracias, pero no me interesa —respondió Friedrich, esquivando su mirada.

—Tu hermana y la mía son muy amigas, y ella me pidió…

¿Entonces todo esto era obra de Elisabeth?

—Esas cosas no son para mí —Friedrich se hizo a un lado.

Anselm continuó:

—Tarde o temprano vas a unirte. Y en este momento significaría mucho para mí y haría que mis supervisores me vieran con buenos ojos. Ya verás que te gustará.

Friedrich sabía perfectamente cuánto le gustaría. Pero recordó lo que le había prometido a su padre y guardó silencio.

—Ya será en otra ocasión —dijo Anselm, puyando con el dedo en el hombro del otro, de manera un poco brusca—. Ésa es mi misión. Lograr que vayas a una de las reuniones —se volteó para alejarse, silbando.

Friedrich apretó los puños. ¿Sería que Anselm no iba a darse por vencido? ¿Y Elisabeth? ¿Acaso él no le había dicho claramente que no quería unirse a esos grupos? Ahora tendría que inventarse alguna excusa para la semana siguiente.

Dos estudiantes que se acercaban hacia él, interrumpieron el hilo de sus pensamientos. Eran una chica y un chico, con estuches de instrumentos musicales. Friedrich supuso que debían venir del conservatorio. Al pasar junto a él, los oyó hablar de la "pieza de Beethoven". ¿Cuál sería? ¿Una sinfonía o un concierto? Hubiera querido gritarles "¡Yo también conozco las obras de Beethoven!". En lugar de eso, los observó alejarse. Si lo aceptaban en el conservatorio en enero, ¿se volverían amigos suyos? ¿Les importaría su apariencia? ¿Se burlarían de él? Por enésima vez, anhelaba y temía todo a la vez.

¿Y dónde se había metido su padre? Mientras esperaba, Friedrich sacó la armónica que siempre guardaba en el bolsillo de la camisa y tocó un pasaje de la *Novena sinfonía* de Beethoven, del cuarto movimiento. Como las manos le cubrían parcialmente la cara, pasaba desapercibido en la oscuridad. No era más que un niño tocando una música gozosa en la calle. Ni siquiera le importaba que la gente lo mirara, porque no parecían fijarse en su mancha. En cambio, sonreían y asentían, como si Friedrich tuviera algo qué decir con la armónica en un lenguaje que todos entendían.

¿Sucedía lo mismo cuando eran otros los que tocaban? ¿Acaso la apariencia del intérprete era secundaria porque lo que importaba verdaderamente era la música? ¿Si él llegaba a ser un maestro del violonchelo, la gente dejaría de mirar su cara para fijarse en su destreza? ¿Pasaría así con los jurados del conservatorio? ¿Y, quizás algún día, con el gran público?

El profundo sonido de la armónica invadió sus pensamientos con una resurgencia que era imposible pasar por alto, como si estuviera mirando el mundo a través de una lente diáfana. La esperanza se encendió como una diminuta brasa. Cuando terminó, bajó la armónica, con una satisfactoria sensación de calma.

Un hombre se acercó y le entregó una moneda.

—Fue maravilloso —le dijo antes de seguir su camino.

El muchacho rio. ¡No se había puesto a tocar para pedir monedas!

—¡Friedrich!

Se volvió y vio a su padre caminando hacia él, y su dicha se esfumó. Incluso a lo lejos, supo que estaba preocupado.

—Perdona mi retraso —dijo su padre cuando llegó a su lado.

Su voz se oyó tensa.

—¿Cómo se resolvieron las cosas?

Su padre tomó aire.

—Hablamos de todo en detalle. Desafortunadamente, el doctor Braun no puede hacer mucho. En enero, se verá obligado a reportar el contenido de tu historia clínica. Pero no es él quien toma la decisión definitiva. Hay algo llamado la

Corte de Salud Hereditaria, que se encarga de revisar cada caso. Son ellos los que deciden, y tu mancha de nacimiento y la epilepsia encajan en los criterios de esta ley.

—¿Eso quiere decir…?

Su padre se pasó las manos por el cabello.

—Le hice saber mis temores con respecto a la operación. Y le conté de tu futuro prometedor si te admiten en el conservatorio… Él ha sabido de tu talento para la música desde que eras pequeño. Dice que si te aceptan, podemos pedir al representante del conservatorio que escriba una carta a tu favor, solicitando una dispensa. Al parecer, Hitler y los nazis están dispuestos a hacer concesiones en casos de "verdaderos alemanes leales y con grandes aptitudes". Tu facilidad para la música podría ser tu salvación.

Friedrich tomó el brazo de su padre, y se colgó de él como se aferraba a la posibilidad de que sus dotes musicales lo pudieran salvar. Empezaron a caminar despacio de regreso a casa.

—¿Y si no me aceptan en el conservatorio, tendré que pasar por la operación?

Su padre asintió.

—El gobierno insistirá y podría forzarte, de ser necesario. Pero en ese caso, hijo mío, puedes estar seguro de que yo mismo enfrentaré a las autoridades.

¿Qué podía suceder si su padre armaba una escena ante las autoridades? Friedrich negó en silencio.

—No puedes llegar a dar golpes en un escritorio cualquiera como hacías cuando yo era niño, papá. Aquí estamos hablando de una ley. Están encarcelando a la gente por hablar en contra del gobierno —Friedrich se esforzaba por hablar en voz baja—. Si no me admiten en el conservatorio, debes prometerme que no…

—Jamás podría hacerme a un lado y permitir que algo así sucediera —la tensión crecía en la voz de su padre—. Eres brillante y bueno y responsable y talentoso y... y ahora esto... esta... ¡esta ley! ¿Por qué no puede la gente aceptarte y mirar en tu interior? No podría soportar que... —su rostro se contrajo con el dolor—. Debe haber algo que yo pueda hacer...

Friedrich rodeó a su padre con un brazo y trató de mostrarse calmado.

—Puedes dirigir mis ensayos. Supervisar mi práctica. Repasemos las partituras esta noche, para empezar a decidir qué voy a tocar en la audición, ¿te parece?

Su padre asintió.

—Pero puede que eso no sea suficiente. Debe haber algo más que yo pueda hacer... —sus palabras se perdieron entre las sombras.

A lo largo de toda su vida, su padre lo había protegido y defendido, le había abierto las puertas. Ahora, algo mucho más grande e incontrolable había derribado las fuerzas y la determinación que siempre había mostrado.

Un miedo desconocido acosó a Friedrich: se sentía desfallecer.

Si su padre no estaba allá abajo para recibirlo, ¿sería capaz, él solo, de caer de pie?

14

—No… No… No… —dijo Friedrich.

Todas las noches de las últimas dos semanas, se había sentado en un extremo de la mesa de la cocina para revisar pilas de partituras en busca de una pieza para tocar el día de su audición.

Su padre por lo general hacía lo mismo pero, esta noche, estaba sentado frente a él, escribiéndole una carta más a Elisabeth.

Friedrich tamborileó sobre una de las pilas.

—¿Y ésta? Haydn. El *Concierto no. 2*.

Su padre lo miró, asintiendo.

—Es suficientemente complejo. Sepárala con las otras que estamos considerando. Y recuerda lo que siempre les digo a ti y a mis alumnos: sea cual sea la pieza que escojas, debes interpretarla de tal manera que el público no tenga más opción que escucharla con el corazón.

Friedrich puso la partitura en una pila más baja y se levantó de la mesa. Necesitaba un descanso. Sacó la armónica de su bolsillo y tocó la canción de cuna de Brahms.

Cuando terminó, su padre lo miraba atentamente, y movía la cabeza con admiración.

—Me refería exactamente a eso, hijo mío. Eso estuvo... exultante. Lo sentí resonar... —se llevó una mano al corazón—, aquí. ¡Y esa armónica! ¡Qué timbre más extraordinario! Es como si estuvieras tocando tres instrumentos a la vez y no uno.

Friedrich se extrañó.

—Es cierto. Yo también lo oigo así. Cada tonada que interpreto como si estuviera en armonía con... con algo en mi interior.

Su padre asintió.

—Hay instrumentos que tienen cualidades inexplicables. Quizás encontraste el Stradivarius de las armónicas.

Friedrich la examinó.

—Ojalá recibiera todo el reconocimiento que se les da a los violines Stradivarius. ¡Lástima que no pueda tocarla en mi audición!

A su padre se le escapó una risita.

—Con las controversias actuales alrededor de la armónica, me imagino que sería motivo de gran alboroto.

El padre dobló la carta, la puso en un sobre, y escribió la dirección. Se la tendió a Friedrich:

—¿Podrías dejarla en la oficina de correos cuando vayas al trabajo mañana?

Friedrich tomó el sobre y lo hizo a un lado.

—Se fue hace un mes. ¿Por qué sigues escribiéndole todas las semanas si no has tenido noticia suya? ¿No te queda claro que ella ya tomó una decisión?

Su padre soltó la pluma.

—Sé que estás molesto con ella. Pero yo soy su padre. Y le sigo escribiendo porque la amo, y porque quiero que no olvide el sonido de mi voz.

Friedrich sonrió burlón, señalando el sobre con un gesto de la cabeza.

—¿Le contaste que nuestro dentista tuvo que cerrar su consultorio debido a otra ley que prohíbe que los judíos ejerzan la medicina? ¿Le preguntaste si participa en las grandes fogatas en Berlín en las que queman los libros que no glorifican los ideales de Hitler? ¿O le comentas de todos los alemanes que están huyendo del país porque se oponen a Hitler?

Su padre lo miró con seriedad.

—Ten cuidado con lo que dices, Friedrich. En tu voz se oye el desprecio. Me temo que empiezas a sonar igual que yo. Y no, para que lo sepas, jamás toco el tema de la política con Elisabeth. Le escribo sobre ustedes dos y le cuento mis recuerdos más preciados de la infancia de ambos. Le cuento lo orgulloso que estoy con sus logros como enfermera. Le cuento lo que comimos en la cena. ¿No te das cuenta? No pierdo la esperanza de que algún día ella vuelva ser mi hija y tu hermana. Al igual que nunca, nunca, me rendiría con respecto a ti. Es tan poco lo que puedo hacer por ella ahora, fuera de darle a entender que aquí estoy. Y de dejarla ser. Tal vez sería bueno que hicieras lo mismo.

Friedrich frunció el ceño y cruzó los brazos.

—Sé que no es fácil esperar que lo entiendas ahora —dijo su padre—. Pero algún día… Si yo falto, y el tío Gunter ya no está, puede ser que la necesites. Puede ser que se necesiten ambos.

¿De qué estaba hablando su padre?

—No voy a necesitarla, papá, a menos que sus sentimientos cambien.

—Hijo, puede ser que llegue el momento en que…

—¡No sigas, papá! —de un manotazo echó la carta al suelo. Friedrich se levantó y salió de la cocina, gritando por encima de su hombro—: ¡Tú y el tío Gunter no van a irse a ninguna parte!

15

Cuando Friedrich llegó a casa de la fábrica el jueves siguiente, los muebles de la sala estaban arrinconados contra las paredes y en el centro de la habitación había cuatro asientos de la cocina y el mismo número de atriles para partituras.

Había una mesita con un juego de té, galletas y un platito con pastillas de anís.

—¿Papá, que es todo esto?

Su padre aplaudió entusiasmado.

—Se dio una afortunada coincidencia. Llamé a algunos amigos para ver si podían reunirse conmigo para una improvisada sesión musical esta noche, y aceptaron —hizo un gesto hacia la mesa—. Compré unas cuantas cosas, para hacer más grata la reunión. Vienen un violinista y un violista. Yo seré el otro violinista, aunque tenga poca práctica. Y tú… ¿aceptarías tocar el violonchelo, tan sólo por hoy?

Friedrich se quitó el gorro de lana, la bufanda y el abrigo.

—No sé, papá… —respondió titubeante.

—Son Rudolf y Josef. Ya conoces a ambos, así que no tienes por qué incomodarte.

La hija de Rudolf había tomado lecciones de violonchelo con su padre, de manera que él había estado en la casa muchas veces. Y Josef era uno de los amigos más antiguos de su padre. Habían tocado juntos en la Filarmónica de Berlín. Era profesor de música en la Universidad de Stuttgart. Siempre que los visitaba se interesaba especialmente en Friedrich, prestaba atención a sus interpretaciones y le daba consejos para mejorar su técnica.

—Hay buenas razones para que toques con nosotros, y una de ellas es causar una buena impresión.

—¿Una buena impresión?

Su padre se veía radiante:

—Descubrí que Rudolf forma parte del consejo directivo del conservatorio. Así que es importante que ustedes dos se conozcan mejor. Y Josef asistió al conservatorio así que está familiarizado con lo que implica una audición. Les pedí que revisaran nuestra selección de piezas y nos recomendaran cuáles serían más adecuadas para el jurado.

Friedrich se puso las manos en la cintura y levantó las cejas.

—Papá, dime que no estás tratando de manipular…

Su padre hizo ademán de detenerlo con las manos.

—Te aseguro, hijo, que no fue más que una coincidencia fortuita. Fue después de haber invitado a Rudolf que me enteré de que él tenía una relación con el conservatorio. Y la única razón por la que llamé a Josef antes que a nadie fue porque… porque sé que necesita algo así. Perdió su trabajo —murmuró su padre— a causa de la nueva ley de Hitler para la restauración del servicio civil profesional.

—¿De la qué? —preguntó Friedrich.

—Una ley que prohíbe que los judíos trabajen como maestros o profesores. Él es judío, y además profesor. El mejor violista que he conocido. Cuando lo llamé, me contó que hace unas semanas, en medio de la noche, mandó a su esposa y a sus hijos a casa de unos parientes porque ya no podía pagar la renta. Él se quedó para cuidar de su padre, que no está en condiciones de viajar. Lo animé a que viniera esta noche a tocar porque la música es la mejor medicina para el alma.

—¡Fue un bonito gesto de tu parte, papá!

—Me encantaría comenzar la velada con la armónica. La misma pieza que tocaste para mí la semana pasada, la de Brahms. Creo que nuestros invitados se deleitarán con tus habilidades y con el peculiar timbre de esta dulzaina —sus ojos chispearon.

Friedrich no lo había visto tan animado desde el día anterior a la última visita de Elisabeth. ¿Cómo iba a negarse? Asintió.

—Entonces, apresúrate a comer tu cena y luego ve arriba, a cambiarte. Están por llegar. Y no olvides tu armónica.

Friedrich se palmeó el bolsillo de la camisa. No la olvidaría. Tal vez su padre tenía razón y esta velada iba a traerles suerte.

16

Friedrich acababa de subir al piso de arriba cuando se oyó un golpe en la puerta.

El alto y torpe Rudolf entró, cargando su violín. Momentos más tarde, llegó Josef con su viola. Sacó de su bolsillo un par de lentes de aro negro y se los puso.

Tras una breve presentación, los dos hombres sacaron los instrumentos de sus estuches y empezaron a aplicarle resina a los arcos.

—Antes de hablar del repertorio que vamos a tocar, Friedrich aceptó la invitación que le hice de tocar algo para ustedes —dijo el padre.

Friedrich sonrió apenado. Giró la cara para ocultar su marca de nacimiento y sacó la armónica de su bolsillo. Tocó unos cuantos compases y su pulso se aceleró. ¿Cómo era posible que se sintiera tan nervioso en la sala de su casa?

Cerró los ojos y empezó a tocar la pieza de Brahms. El peculiar timbre de la armónica lo calmó y se dejó llevar por la música hasta repetir el estribillo. Al terminar, se volvió para mirar a los señores. Si es que había logrado impresionar a alguien, esperaba que fuera a Rudolf, ya que él estaría evaluándolo como jurado muy pronto.

Pero fue Josef el que dijo:

—¡Qué bonito! Esa armónica suena diferente, más como un clarinete, o a veces como un piccolo.

—Tiene un timbre muy especial —dijo el padre, mirando a Rudolf que fruncía los labios—. ¿No te gustó esa pieza?

—Martin, es un juguete y no un instrumento —dijo Rudolf—. Y no está autorizada por el gobierno. Se le considera vulgar.

Friedrich vio que su padre se erizaba.

—Pues… bueno… —su padre arrugó el ceño.

Friedrich carraspeó y dijo rápidamente:

—Hablemos del repertorio.

Rudolf comenzó:

—Sugiero que sea Beethoven o Bruckner. O tal vez Bach. Están todos autorizados por el Partido Nazi.

Friedrich percibió la perplejidad de su padre. Rudolf era partidario de Hitler, y su padre no se había enterado. ¿Sabría Rudolf además que Josef era judío?

Éste se movió incómodo en su asiento.

—Pues yo… yo no tengo ningún inconveniente en tocar algo de esos compositores.

—Entonces, es un hecho —dijo Rudolf, y le hizo un gesto de asentimiento a Josef, examinando su cara en detalle—. Nos habíamos conocido antes, ¿cierto? Usted solía tocar en la orquesta con Martin. ¿Me equivoco?

Josef bajó su viola para ponerla sobre sus piernas.

—Sí, así es.

—¿Y sigue con la Filarmónica de Berlín?

—No, llevo unos años enseñando música en la universidad, en Stuttgart —respondió Josef—. Hasta hace poco.

Una expresión de reconocimiento cruzó fugazmente la cara de Rudolf.

—Pero su familia es de Trossingen, ¿cierto? Su padre y uno de sus tíos tienen una sastrería. La de los hermanos Cohen, ¿no? Y ésta fue cerrada recientemente por... por cuestiones de sentimiento y tensiones.

—Así es —confirmó Josef.

Rudolf se volvió hacia el padre de Friedrich:

—No puedo tocar con un judío.

El padre se levantó y tendió las manos, suplicante.

—Rudolf, ¿acaso no podemos dejar al margen esos sentimientos en pro de la música, ya que vamos a tocar todos juntos en mi casa? Josef es un músico. El mejor intérprete de viola que conozco. Tú eres un músico... Todos tenemos ese amor por la música en común.

Rudolf se puso de pie y señaló al padre con el arco, diciendo bruscamente:

—¡Por todos los cielos, Martin! Mi hermano es el nuevo comandante de la policía nazi en esta región. ¿Comprendes? No puedo arriesgarme a que piensen que soy un simpatizante. Ni siquiera puedo estar bajo el mismo techo con un judío. Si alguien llegara a pensar que soy cómplice... —su mirada se desvió hacia la ventana—. El hijo de mi hermano, mi sobrino Anselm, trabaja en la fábrica junto con Friedrich. Si tu hijo llegara a mencionarle a él que yo estuve aquí...

Friedrich soltó un respingo. ¿Entonces Anselm era el hijo del comandante de la policía nazi? Eso explicaba su comportamiento.

—No, señor. No voy a tocar el tema.

Rudolf puso el violín y el arco de vuelta en su estuche.

—Los nazis no se toman a la ligera a quienes simpatizan con los judíos.

—Tú y yo hemos hablado de política muchas veces, ¡y jamás habías sido partidario del nuevo régimen! —le espetó el padre—. No puedo creer que apoyes lo absurdo de estas leyes: debemos tocar la música que Hitler quiere que toquemos. Sólo debemos leer lo que Hitler apruebe. ¡Debemos vernos como Hitler espera que nos veamos!

Friedrich hubiera querido gritarle a su padre. ¿Se había olvidado de que ya no se le permitía ser un librepensador? ¿No se acordaba de la promesa de guardarse sus opiniones? ¿Se había olvidado de que Friedrich debía causar una buena impresión?

—Las cosas han cambiado —dijo Rudolf, cerrando el estuche con un golpe seco—. Me pliego a las nuevas leyes, por el bien de Alemania y el futuro de mi familia —movió la mano apuntando hacia Friedrich—. ¿Has mirado bien a tu propio hijo, Martin? Quizá las nuevas leyes tienen una buena justificación.

Friedrich sintió que la cara le ardía, como si acabaran de pegarle una bofetada. ¿Era eso lo que la gente pensaba cuando veían su mancha? ¿Que afortunadamente existían las nuevas leyes?

—Será mejor que me vaya —dijo Josef, poniéndose de pie.

—¡No! —gritó el padre, y añadió en voz más moderada—: Eres mi invitado.

Rudolf tomó su abrigo.

—Ya tomaste partido, Martin. Espero que entiendas que estoy obligado a contarle de esto a mi hermano —movió la cabeza de un lado a otro—. Me decepcionas, y lo mismo opinará mi hermano. ¿En qué podías estar pensando? —salió y dio un portazo.

El padre se dejó caer en su asiento, murmurando:

—Y yo que creí que íbamos a tocar música —miró a Josef y luego a Friedrich—. No tenía idea de que las cosas iban a llegar a este punto. Supuse que nos íbamos a llevar bien, al fin y al cabo todos somos músicos.

Josef posó una mano en uno de los hombros del padre.

—Eres muy ingenuo, amigo mío, al ponerte de mi parte. Eso no será bien visto. Y no hay nada que yo pueda hacer para ayudarte.

—Pero si soy yo el que debía estar ayudándote a ti —se disculpó el padre.

Josef empezó a guardar su viola.

—Es mejor que me vaya. Ya sabes cómo habla la gente. Un pequeño consejo, Friedrich: cuando prepares tu audición para el conservatorio evita a cualquier compositor judío. Toca algo de Wagner. A Hitler le encanta Wagner, de manera que a sus partidarios también les debe encantar. Y, al margen de las cuestiones políticas, Wagner es un gran compositor. Hasta luego, amigos míos —tomó su abrigo y salió apresurado.

Friedrich se volvió hacia su padre:

—¿Y ahora qué va a pasar?

Su padre suspiró.

—Con toda certeza, me van a interrogar. Y después, no lo sé. Debí mantener la boca cerrada... —encorvó la espalda y pareció que disminuía de tamaño—. Rudolf y yo hemos sido amigos durante más de veinte años. Le enseñé a su hija a tocar el violonchelo. Hemos ido juntos a conciertos... Es que ya nada tiene sentido, Friedrich. Unos vecinos delatan a otros. Los amigos se delatan entre sí... Todos tienen miedo. ¿Cuál es el siguiente horror que nos aguarda?

Friedrich le ayudó a su padre a ir hasta el sofá. Fue luego a la mesita, sirvió una taza de té y se la llevó.

—Quédate aquí, papá. Salgo a buscar al tío Gunter.

17

El tío Gunter dio vueltas por el cuarto mientras Friedrich y su padre le contaban lo que había pasado.

Cuando terminaron, el tío acercó uno de los asientos de la cocina y lo puso frente al sofá donde estaban sentados ambos. Miró a uno y a otro.

—¿Te das cuenta de lo que tenemos que hacer ahora? —el padre asintió.

—Debemos irnos.

—¿Irnos de aquí? —preguntó Friedrich—. Pero volveremos cuando todo esto se calme, ¿cierto? ¿A tiempo para mi audición en enero?

El rostro de su padre se contrajo de tristeza.

—Lo lamento tanto.

El tío Gunter sacudió la cabeza, con mirada solemne.

—Me parece que no comprendes, Friedrich. No sólo tenemos que irnos de Trossingen, sino también de Alemania.

—Si hubiera otra manera de mantenernos a salvo, hijo, ten por seguro que…

—Nos van a tener bajo vigilancia desde ahora —interrumpió el tío.

Friedrich se derrumbó en el sofá. ¿Irse de Alemania? ¿Dejar atrás el único hogar que había conocido? Las voces de su padre y su tío lo envolvieron.

Debe ser pronto... Mañana... Friedrich y yo iremos a la fábrica, como de costumbre... Ir al banco y sacar dinero, pero no tanto como para despertar sospechas... Habrá que dejar algo empacado y listo... Necesitamos una excusa... Visitar a Elisabeth en Berlín... Nos veremos en tu casa, Gunter... Caminaremos de noche, y dormiremos en los campos durante el día... Hacia el sur... Berna, en Suiza...

Friedrich miró a su padre y luego a su tío. ¿Todo esto era real? ¿Estaba sucediendo en verdad?

Los dejó en la sala y subió lentamente a su cuarto mientras continuaban con los planes, y su conversación era como un zumbido lejano.

Friedrich se sentó en el borde de su cama, descorazonado. Todas sus esperanzas y sueños y el mundo que le resultaba conocido y familiar acababan de esfumarse. ¿Cómo podía haber cambiado su vida con tal rapidez?

Estiró un brazo y tocó el violonchelo que estaba apoyado en su cama. Llevarían los instrumentos al departamento en que vivía su tío al día siguiente por la noche. Allá había una pequeña bodega que podía cerrarse. ¿Cuánto tiempo iban a pasar los instrumentos abandonados allí? ¿Meses? ¿Años? ¿Para siempre?

Buscó la armónica en su bolsillo, y empezó a tocar la parte coral con que concluye la *Cantata 147* de Bach y de inmediato se transportó a la primera vez que oyó esa pieza.

Estaba en preescolar, iba con su padre a la tienda de instrumentos musicales para comprar resina para el arco. En la tienda había un gramófono en medio de todo, dispuesto en un pedestal de madera tallada, una especie de podio. Sonaba una grabación de esa coral final y Friedrich quedó pasmado. Cuando terminó, le pidió al dueño de la tienda que la pusiera de nuevo y el señor le concedió el deseo. Esa noche, Friedrich se plantó frente a su padre con un peine a modo de batuta, y repitió toda la pieza musical, como quien cuenta una historia, nota a nota. Era su primer recuerdo de dirigir un conjunto musical, y aún podía rememorar la sorpresa y el deleite que se pintaban en las caras de su padre y de Elisabeth mientras le aplaudían.

Se tendió en la cama y miró hacia la noche.

¿Habría un conservatorio en Berna? ¿O algo tan maravilloso como su vida de Trossingen, con su padre y el tío Gunter y su "familia" de la fábrica?

Desde el vestíbulo oyó que la puertecita del reloj cucú se abría, y el pajarito se deslizaba hacia el frente para cantar la hora. Pero en lugar de su alegre cucú habitual, esta vez sonó como una alerta.

18

A la mañana siguiente, Friedrich se sentía abrumado por la preocupación y el agotamiento; escasamente había dormido y, cuando lo había conseguido, era un sueño ligero y sobresaltado.

Estaba ya por llegar a la fábrica cuando oyó la voz de Anselm:

—¡Espera, Friedrich!

Ese día no quería tener que ver nada con Anselm así que siguió caminando, como si no lo hubiera oído.

Sintió que alguien lo tomaba por el brazo y lo obligaba a detenerse.

—¡Te pedí que esperaras! —al principio, el chico pareció enojado pero luego su cara se abrió en una sonrisa—. ¿Te acuerdas que prometí llevarte a una reunión de las Juventudes Hitlerianas? Hay una esta noche. Es hora de que veas lo divertidas que son. Pasaré a recogerte a tu casa a las siete en punto.

¿Acaso Anselm no podía dejarlo en paz? Friedrich se zafó.

—Ya te dije que no estoy interesado —trató de que su voz sonara firme. Encorvó la espalda y aceleró el paso hacia la entrada de la fábrica.

Anselm lo siguió.

—No es cuestión de que te interese o no. Verás que después de tu primera reunión, estarás interesado. Tu hermana hizo que mi hermana le prometiera que yo te llevaría a una reunión, por tu propio bien y el de tu familia. Y planeo cumplir esa promesa. Para tu padre ya es demasiado tarde, Friedrich, pero no para ti.

El muchacho se detuvo, tenso, con las manos cerradas en puños.

—Exactamente. Anoche, ya tarde, mi tío le contó a mi padre todo lo de Martin Schmidt y su amigo judío. Por lo que oí, las cosas no pintan muy bien para tu padre —posó una mano sobre el hombro de Friedrich y lo apretó—. Pero aún hay esperanzas para ti. Entonces, ¿te veo esta noche? Es por tu bien y por Alemania.

Friedrich se libró del apretón de Anselm.

—Esta noche no puedo. Ya tengo planes.

—¿De qué planes hablas? ¿Qué puede ser más importante?

—Pues… es que no voy a estar en casa.

—¿Dónde vas a estar, entonces? ¡Dímelo!

¿Por qué Anselm lo fastidiaba así? Hubiera querido mandarlo a ocuparse de sus propios asuntos, pero sabía que no se iba a dar por vencido.

—Vamos a visitar a mi hermana a Berlín este fin de semana —le espetó—. Por un asunto de familia.

Anselm ladeó la cabeza, sin dejar de mirarlo.

—¿En serio? —y de repente, como si acabara de ocurrírsele algo, asintió sonriente. Se dio vuelta para alejarse al trote, y le gritó—: Lo que tú digas, Friedrich.

¿Por qué Anselm había retrocedido sin más? ¿Y por qué había partido al trote hacia el pueblo en lugar de ir hacia la fábrica?

Cuando Friedrich llegó a casa de regreso de la fábrica, el equipaje y los dos violonchelos ya estaban listos, aguardando junto a la puerta.

Su padre y él cenaron en silencio y despacio; aún era demasiado temprano para salir hacia la casa del tío Gunter. Después el padre lavó los platos y se los fue entregando uno a uno a Friedrich, que los secó y apiló. Sus manos ejecutaban maquinalmente los movimientos pero su mente estaba en otro lugar.

Unos golpes rudos lo sobresaltaron. Miró a su padre a los ojos.

—¿Esperamos a alguien?

El padre negó con la cabeza. Fue hasta la sala y se asomó a través de las cortinas.

—Es la autoridad. Escúchame bien, Friedrich. No vas a pronunciar palabra alguna. No importa lo que digan.

—Pero, papá… —Friedrich sintió la pesadumbre en su estómago.

Su padre se volvió y lo abrazó estrechamente.

—Lo lamento mucho, hijo. Fui yo quien nos metió en esta situación. Sin importar lo que suceda, no vayas a decir ni una palabra —su padre lo soltó y abrió la puerta.

Dos soldados de las tropas de asalto, con sus camisas pardas, los miraban. Uno era bajo y macizo, y el otro, al menos una cabeza más alto que su compañero.

—Señor Schmidt —dijo el más alto—. Soy el capitán Eiffel, y éste —señaló a su compañero con un gesto— es el capitán Faber. ¿Podemos entrar? —antes de que pudiera contestar, los dos ya estaban en el vestíbulo.

Eiffel señaló las valijas que el padre había preparado.

—¿Se van de viaje?

—Sí. A Berlín, a ver a mi hija.

Los dos soldados entraron a la sala y miraron alrededor. El padre los siguió, con Friedrich a su lado. Ninguno tomó asiento.

—Verá, señor Schmidt, precisamente ése es el problema —dijo Faber—. Nos enteramos de que viajarían a Berlín a ver a su hija. El asunto es que su hija no está en Berlín. Está con la hija del comandante preparando una reunión en Múnich y permanecerá allí todo el fin de semana.

—Pues… tenemos otros parientes a quienes visitar —respondió el padre.

—Estarán en Múnich, en esa concentración también —contestó Eiffel—. Lo del viaje a Berlín es una farsa, ¿cierto?

Friedrich se sintió mareado a medida que las piezas iban encajando en su mente. Por eso era que Anselm había dejado de acosarlo de repente en la mañana. Sabía de la reunión en Múnich, y que Elisabeth estaría allí. Había descubierto a Friedrich en una mentira y se lo contó a su padre, el comandante. Ahora su propio padre había caído en otro engaño.

—Me temo que tendrán que posponer su viaje, puesto que no tienen ninguna razón oficial para ir a Berlín —dijo Faber.

—Y necesitaremos que nos acompañe al cuartel regional, para un interrogatorio —dijo Eiffel.

—¿Y con qué propósito? —preguntó su padre.

—Allí se le explicará. ¿Nos acompaña? —Faber señaló la puerta.

—Por supuesto —el padre se volvió hacia el hijo—. Estoy seguro de que esto no tomará mucho tiempo.

Eiffel se acercó a Friedrich, y se detuvo a unos cuantos centímetros de su cara.

Éste retrocedió.

—El niño. Es deforme. ¿También le afecta la mente? —Eiffel habló como si Friedrich no estuviera presente y tan cerca como para oler su aliento.

—Ni es deforme ni es retrasado mental. Es un muchacho brillante —anotó su padre—. Lo que tiene no es más que una mancha de nacimiento.

—Pero es fea y resulta ofensiva —respondió Eiffel—. ¿Tiene a alguien que lo cuide?

—Sí, yo —contestó su padre—. Estaré de regreso en un par de horas, ¿cierto?

El par de hombres intercambiaron una mirada.

Faber levantó una ceja.

—¿Hay alguien más que pueda hacerse cargo de él si esto toma más de dos horas? De otra forma hay un lugar al que podemos enviarlo. Habrá oído hablar del Hogar de los Desamparados, ¿o no?

¿El asilo? Friedrich buscó la mano de su padre, tal como hacía cuando era niño.

—Eso no será necesario —el padre tomó la mano de su hijo y lo miró—. No te preocupes, hijo. Estoy seguro de que esto no es más que un malentendido. Mientras tanto, ve con tu tío Gunter.

Faber se volvió hacia Friedrich:

—¿Y tu tío comparte las mismas opiniones políticas de tu padre? Por lo general sucede así entre familiares. ¿Acaso es también un amante de los judíos? Vamos a requerir su nombre.

Perplejo, Friedrich miró al guardia y luego a su padre, que le hizo un gesto leve con la cabeza.

—No tiene ninguna importancia. Ya lo sabremos por tu padre.

—Dejemos al muchacho, y sigamos adelante con esto —dijo Eiffel.

El padre estrechó la mano de su hijo y luego la soltó.

Faber se puso en posición y anunció:

—En virtud del artículo primero del decreto del presidente del *Reich* para la protección del pueblo y el Estado del 28 de febrero de 1933, lo tomamos en custodia preventiva en el mejor interés del orden público y la seguridad, bajo sospecha de actividades peligrosas para el Estado.

Los soldados se pararon a cada lado de su padre y lo escoltaron desde la puerta de entrada hasta un auto negro y grande.

Cuando se hubo alejado, el muchacho tomó su abrigo y corrió.

19

Friedrich no recordaba cómo había llegado al edificio del tío Gunter.

Para cuando estuvo en el pasillo frente a la puerta de su departamento, le ardía el pecho y jadeaba para respirar. Golpeó a la puerta.

Cuando su tío abrió, Friedrich se lanzó al interior.

Los colores desaparecieron del rostro del tío Gunter:

—Así que ya vinieron.

El chico asintió, tratando de recuperar el aliento.

Su tío cerró la puerta, haciéndolo pasar a la cocina, y allí se sentaron.

—Cuéntame exactamente qué fue lo que dijeron.

Las palabras flotaban en la memoria de Friedrich, pero trató de repetirlas lo mejor que pudo.

—¿Tenían el uniforme de las tropas de asalto, con las camisas pardas? ¿O el uniforme de la policía del pueblo?

—Camisas pardas.

El tío Gunter se frotó la frente con la mano.

—Esto resultó peor de lo que esperábamos. La policía local es más solidaria…

—Papá dijo que estaría de regreso en unas cuantas horas —dijo el muchacho, levantándose—. Debo volver a casa a esperarlo.

El tío Gunter negó con la cabeza.

—No, Friedrich. No volverá en un par de horas, y no te puedes quedar aquí. Vendrán a hacer una requisa.

—¿En busca de qué? —preguntó Friedrich.

—En busca de información, de pruebas. De cualquier cosa que les sirva. Si llegan a encontrar libros o música que estén prohibidos, los confiscarán para quemarlos.

Friedrich se llevó las manos a la cabeza.

—Todo esto es mi culpa. Le dije a Anselm que nos íbamos a Berlín, a encontrarnos con Elisabeth. ¿Cómo iba yo a saber que ya no estaba en Berlín sino con la hija del comandante, la propia hermana de Anselm, en Múnich?

—Sobrino, nadie hubiera podido saberlo. No es tu culpa. Pero en este momento, no hay tiempo para discusiones. Tenemos que actuar rápido, regresar y sacar tus cosas.

❧

Las familiares calles de Trossingen, que tan bien conocía, de repente le parecieron peligrosas. ¿Los estarían vigilando? ¿Alguien los reportaría? ¿Cuánto tiempo pasaría antes de que el tío Gunter también fuera llamado a interrogatorio?

Una vez en casa, Friedrich se movió apresuradamente para recoger la foto de sus padres que tenía sobre la cómoda, la partitura para su audición, y su violonchelo y su arco. Se llevó la mano al bolsillo para asegurarse de que la armónica aún estaba allí.

El tío Gunter tomó el violonchelo de su hermano el equipaje que aguardaba. Apagó todas las luces y cerró la puerta.

Mientras se alejaban de prisa, Friedrich volteó a mirar su casa, que ahora era una cavidad oscura entre las otras fachadas iluminadas.

El tío Gunter lo urgió para que caminara más deprisa, a pesar del esfuerzo de cargar con los instrumentos y el equipaje. El miedo se apoderó del corazón del chico. ¿Qué pasaría si los nazis los veían? ¿Acaso podrían confundirlos con judíos que no habían podido pagar la renta? ¿Así habían sido las cosas para la familia de Josef cuando se vieron forzados a dejar su hogar? ¿Sería que su padre y él lograrían volver algún día a su casa?

Más tarde, cuando Friedrich estaba tumbado en el catre que el tío Gunter le había instalado frente a la chimenea, miró a su alrededor en el pequeño departamento de dos habitaciones, que ahora se veía abarrotado con sus valijas y los dos violonchelos.

Apretó la armónica contra su pecho y lloró sobre la almohada. Hubiera podido jurar que oía música… de Brahms… primero como una canción de cuna, luego como un lamento pesaroso y, por último, una marcha en *staccato*, acompañada por el ominoso sonido de los pasos de botas.

¿Lo estaba imaginando o era una premonición?

20

Friedrich pasó el fin de semana en estado de aturdimiento y ansiedad.

Su tío y él habían esperado que su padre fuera interrogado para luego salir libre en unas cuantas horas o al día siguiente. En vista de que no regresaba, rumiaron una y otra vez la misma pregunta: ¿lo tendrían detenido en el pueblo? ¿O lo habrían llevado a otro lugar? ¿Irían a liberarlo, o lo tendrían bajo custodia indefinidamente? ¿Estaría a salvo o...?

El lunes temprano en la mañana, antes de ir a trabajar, Friedrich y su tío pasaron nuevamente por la casa. El muchacho no podía sino abrigar la esperanza de encontrar a su padre sentado ante la mesa de la cocina, organizando partituras.

La señora Von Gerber estaba barriendo la entrada de su casa cuando ellos llegaron. Los saludó con un gesto de la cabeza.

—Friedrich: vi que la otra noche vinieron unos soldados que luego se llevaron a tu padre. ¿Tienes noticias de él?

El muchacho negó con la cabeza. Hubiera querido saber con certeza si la vecina estaba en realidad preocupada, o sólo andaba a la caza de más chismes.

—Es una desgracia que el gobierno piense que el señor Schmidt es su enemigo —dijo el tío—, cuando no es más que un músico temperamental.

—Siempre ha sido así —dijo la señora—. Muy dado a arranques sentimentales. Definitivamente Elisabeth es un punto a favor de la familia y del nuevo gobierno —con un gesto de la barbilla señaló la bandera nazi desplegada en su ventana—. Pretendo seguir su ejemplo. No quiero tener problemas —lanzó una mirada calle arriba y luego calle abajo. Dio un último escobazo y desapareció dentro de su casa.

Friedrich se quedó mirando la bandera.

—¿Señora Von Gerber?

El tío Gunter tiró de su brazo.

—No te creas todo lo que ves. Ven, entremos a revisar.

Cuando llegaron a la puerta de la casa, notaron que la jamba estaba astillada. Se miraron, preocupados antes de entrar lentamente. Las fotos colgadas en la pared lucían torcidas, y los abrigos y los sombreros estaban en una pila en el piso junto al perchero del vestíbulo. El reloj cucú seguía en su lugar, impávido.

—Tal vez no esté tan mal —dijo Friedrich.

El tío Gunter estaba en el umbral de la sala, y su cara dejaba traslucir algo completamente distinto. Friedrich se acercó a él y sus ojos se abrieron desmesuradamente. La habitación era un perfecto desastre. Los muebles estaban volcados. Había viejos arcos de violonchelo quebrados en dos. Partituras dispersas por todas partes, libros tirados en el suelo. Sólo *Mein Kampf*, de Adolf Hitler se mantenía en su lugar en un librero.

Los dos recorrieron la casa. Cada cuarto había sido requisado y revuelto. No había quedado ni un armario ni un cajón sin esculcar. Sólo la habitación de Elisabeth, con el cartel del par de niños nazis con sus uniformes, seguía intacto.

—Friedrich, quiero que vayas a la fábrica. Dile a Ernst que no me siento bien y que volveré mañana. No digas una palabra de esta requisa. ¿Me entiendes?

—Quiero quedarme contigo —dijo Friedrich.

Su tío negó con la cabeza.

—Voy a ver si puedo encontrar algunas respuestas, pero en secreto. Tengo un amigo de confianza que trabaja con la policía de aquí. Me debe un favor. Le pediré que haga unas averiguaciones sobre nosotros en el cuartel de la Comandancia. Necesito que vayas a la fábrica y te comportes como si aquí no hubiera pasado nada. Y esta noche nos vemos en mi casa.

Las noticias del arresto de su padre se habían difundido velozmente.

Cuando Friedrich entró a la parte de la fábrica en la que trabajaba, se sintió más observado que nunca a pesar de su mancha. Parecía como si todas las miradas lo vigilaran: miradas preocupadas, o frías con un aire de superioridad que insinuaba que su padre hubiera debido tener más cuidado, y también las ya conocidas miradas de lástima aunque, esta vez, no se debían a la mancha de su cara.

Mantuvo la cabeza baja, se apresuró a moverse a su lugar y se puso a trabajar. Cuando Ernst pasó en su ronda, le dijo que su tío no se sentía bien pero que mañana estaría de vuelta en su puesto.

Ernst asintió:

—Lamenté mucho enterarme de lo que le pasó a tu padre, Friedrich.

Su tono de voz era tan sincero que el chico no pudo levantar la vista por temor a estallar en llanto.

Cuando Anselm pasó a recoger las armónicas, venía con actitud de gallo de pelea.

—Supongo que ahora lo vas a pensar mejor la próxima vez que rechaces una invitación a una reunión, ¿cierto, Friedrich?

Friedrich no quiso mirarlo a los ojos y siguió caminando.

Anselm se inclinó hacia él.

—Hay otro encuentro de las Juventudes el mes próximo, para el solsticio de invierno. Esta vez sí vendrás conmigo. No queremos que a tu tío le pase lo mismo que a tu papá, ¿cierto? —se alejó silbando.

Sentía que la amenaza de Anselm le quemaba por dentro. Apretó los dientes hasta hacerlos rechinar para no decir algo de lo cual pudiera arrepentirse.

21

Tras salir del trabajo, Friedrich encontró a su tío esperándolo sentado a la mesa de la cocina en su departamento.

Acercó una silla y se sentó junto a él, escudriñándole la cara.

—Las noticias no son buenas, ¿no?

Su tío negó en silencio.

—Se lo llevaron a Dachau, en un tren con un grupo de prisioneros políticos. Allí lo tienen encerrado.

Dachau. "El trabajo nos hará libres." Friedrich se estremeció.

—¿El campo de trabajos forzados?

—Sí —respondió el tío Gunter.

—¿Durante cuánto tiempo? —susurró Friedrich.

—No lo sé. Fui a visitar a amigos que tienen algún familiar allí. Hay personas que han sido sentenciadas a arrestos de poco más de un mes, y otras de máximo unos años. Todo depende de cuánto tiempo estimen los nazis que les tomará reeducar al prisionero bajo la ideología nazi.

Friedrich se limpió las lágrimas.

—¿Y un prisionero no puede simplemente decir que ya está reeducado?

—Tienen maneras de saber si la persona dice la verdad —respondió su tío—. Los nazis infiltran espías en el campo, encubiertos como prisioneros. Además leen su correspondencia y vigilan a sus familias, con la esperanza de apresar a más disidentes.

—¿Y van a tratar de apresarte a ti?

Su tío le posó una mano en el brazo:

—Puede ser. Por lo pronto, preocupémonos por tu padre. Hay algo que podemos hacer para acortar su condena.

Friedrich se inclinó hacia delante:

—¿Cómo?

El tío miró alrededor como si alguien pudiera estar escuchándolos:

—Una vez que un preso ha cumplido un mes allá, alguien de su familia puede llevarle un rescate valioso al comandante de Dachau. Entonces, el preso queda en libertad condicional.

—¿Un rescate? —se animó el muchacho—. He guardado dinero de mi sueldo. Iba a usarlo para libros del conservatorio pero… —se encogió de hombros. Quién sabe si algún día llegara a ir al conservatorio… Y estaba dispuesto a hacer cualquier cosa por su padre—. Son como tres meses de mi sueldo.

—Y yo puedo añadir el doble de esa cantidad —dijo su tío—. Pero sigue sin ser suficiente. ¿Y qué hay de… Elisabeth?

—¿Elisabeth? No —respondió él. Sería darle el gusto de decirle lo que ella esperaba oír. Que su padre no había atendido sus consejos y que ahora estaba en problemas. Seguro se deleitaría sermoneándolo.

—Piénsalo dos veces, Friedrich —lo consoló su tío—. Podrías escribirle justo con lo que ella quiere oír. Que Martin y yo estamos ansiosos por unirnos al Partido Nazi. Que tú te harás parte de las Juventudes Hitlerianas. Y que necesitas su ayuda para devolver a tu padre a la buena senda alemana. Parte de ese discurso es una treta. Pero, ante la necesidad de salvar la vida de tu padre, ¿cuál es la diferencia? Y si ella, el preclaro ejemplo de la familia, fuera la encargada de llevar el dinero, con seguridad lo dejarían libre.

—¿Y no podemos pedirle a los papás de Margarethe?

El tío Gunter negó con la cabeza.

—Tu padre jamás ha confiado en ellos. Y este rescate no es algo exactamente legal…

—¿No es legal? —Friedrich sacudió la cabeza—. Entonces, Elisabeth no querrá dar su brazo a torcer.

—Yo no estaría tan seguro. Al fin y al cabo, es su padre también. Ella tiene derecho a saber dónde está y en qué situación se encuentra. Y no vas a pedirle un rescate, sino su ayuda para un estipendio de reeducación. Además, no tenemos a nadie más que pueda interesarse en ayudar. ¿Qué podemos perder si le preguntas?

Friedrich respiró hondo, cerrando los ojos un instante. Sabía la respuesta.

—Tendré que tragarme mi orgullo.

—A otros les ha resultado. Y mientras más pronto lo saquemos de allí, mejor. Los obligan a trabajar hasta… y yo… yo no puedo permitir que le hagan eso a mi hermano —el tío se frotó los ojos—. Hasta que no consigamos sacar a tu padre de allí, debemos dar la impresión de lealtad. Mañana iré a registrarme como miembro del partido y pediré dos banderas nazis, una para tu casa y otra para la mía. Eso puede lograr que me aplacen la posibilidad de un interrogatorio.

Friedrich suspiró:

—Y hoy mismo le escribiré a Elisabeth, la acérrima partidaria de Hitler.

22

Trossingen se preparaba para la temporada de fiestas, pero el corazón de Friedrich estaba roído por la preocupación y no había lugar para la dicha.

Su padre llevaba en Dachau poco más de un mes y él no había tenido noticias de Elisabeth. Su padre tampoco había contestado ninguna de las cartas que él y su tío Gunter le habían escrito. ¿Estaría enfermo? ¿Tendría suficientes prendas de abrigo? ¿Recibiría el alimento necesario? ¿Estaría… vivo aún?

Su tío señaló la cena con un gesto de la cabeza.

—A duras penas duermes algo, no comes sino que paseas la comida por el plato, tu trabajo en la fábrica se ha hecho más lento. No he oído sonar esa armónica en semanas. Come algo, sobrino. Necesitas tener fuerzas.

En el momento en que Friedrich se llevaba el tenedor a la boca, se oyó una serie de golpecitos rápidos en la puerta. El corazón se le aceleró. ¿Serían nuevamente los soldados? Siguió a su tío a la entrada, aferrado a su brazo.

Pero esta vez era la señora Von Gerber, enfundada en un largo abrigo de paño, trayendo una canasta con víveres.

—Adelante —le dijo el tío Gunter.

Ella entró.

—No voy a sentarme. Vengo a traerle un paquete a Friedrich. Llegó a mi casa en una caja dirigida a mí. Elisabeth, siempre tan considerada, se acordó de mandarme varios frascos de mermelada de membrillo. Y consiguió que una amiga me los trajera a casa. La nota que traía decía que no quería enviarlos por correo porque los frascos de vidrio eran delicados. Y pedía que le entregara esto a su hermano sin demora —de debajo de las provisiones, la señora sacó un grueso paquete cuadrado, amarrado con cordel. Se lo tendió a Friedrich—. Y me pidió total discreción al respecto.

—Muchas gracias —le dijo el muchacho.

Ella le hizo una seña al tío y bajó la voz:

—Le hacen ronda a la casa todos los días. Ayer vinieron soldados de nuevo e interrogaron a los vecinos. Preguntaron por usted, su actitud, su disposición hacia los judíos. Les dije que sólo lo conocía porque era el bondadoso tío de Elisabeth y Friedrich, nada más. Tras despedirse, permanecieron un rato en la entrada de mi casa, fumando. No pude evitar oír lo que decían: "Interróguenlo el miércoles, junto con los demás. Si lo que dice no parece creíble, llevenlo con el hermano".

El tío tomó la mano de la señora Von Gerber.

—Es usted muy amable…

Ella se retiró.

—Debo irme. Tengo que visitar a una amiga en el piso de arriba. Ella es mi excusa para venir a este edificio —se escabulló por la puerta y desapareció.

El tío Gunter cerró la puerta tras ella y bajó las persianas.

—Tío… van a interrogarte…

—No es nada que no sospecháramos. Además, les diré cosas que sonarán creíbles. Sé lo que tengo que decir para agradarles. Ahora, veamos lo que mandó Elisabeth —hizo un gesto, señalando el paquete.

Friedrich se sentó a la mesa. Con ayuda de un cuchillo, cortó el cordel y abrió la envoltura de papel de embalar. En la tapa de una caja cuadrada de latón había un sobre. Tomó aire antes de abrirlo, desplegó la carta y empezó a leer:

Querido Friedrich:

Gracias por tu reciente epístola. Te deseo un Feliz Solsticio de Invierno, en lugar de una Feliz Navidad. Incluso si todavía celebras la Navidad, se recomienda que nadie ponga estrellas en la punta de su árbol. La estrella de seis puntas es un símbolo judío. La de cinco puntas es un símbolo comunista. Ninguna de las dos se apega a la ideología nazi. Ningún tipo de estrella es apropiado.

Mi trabajo progresa...

Leyó someramente el resto de la carta. Toda se concentraba en su labor con la Liga y su deseo de que Friedrich se uniera a las Juventudes Hitlerianas. Abrió la caja y desplegó la hoja de papel.

—¡Galletas con forma de esvástica! ¿No es capaz de pensar en nada diferente de eso?

Empujó su silla hacia atrás, se levantó, tiró la carta sobre la mesa y empezó a caminar a un lado y otro de la cocina.

—¡Le escribí contándole que su padre está en Dachau! Le pedí que me ayudara, y ella me sale con un sermón sobre las estrellas. ¡Ni siquiera me pregunta por él! —las lágrimas le anegaron los ojos.

Su tío tomó la carta y empezó a leerla.

—Friedrich, ¿qué significa la posdata? "Espero que disfruten las galletas. Yo misma las preparé especialmente para ti y el tío Gunter. No te las comas todas de una sola vez, sobre todo porque yo no estaré allí presente para esconderlas y que te duren más".

Friedrich levantó las manos en alto, tratando de recordar.

—Cuando era chico, me comí toda una bandeja colmada de galletas. Ella estaba tan enojada que la vez siguiente escondió todas las que hizo en la caja del pan, en una especie de cajón o charola que tenía en el fondo para recoger las migajas.

El tío levantó las cejas. Se inclinó sobre la caja de latón. Sacó con cuidado las galletas, una a una, capa por capa. Cuando la caja estuvo vacía, tomó el cuchillo, insertó la punta bajo la base e hizo palanca para levantarla.

Un fondo falso saltó.

Friedrich contuvo la respiración.

Ocultos en el doble fondo había fajos de billetes, Reichsmarks. Sin dar crédito a sus ojos, Friedrich los tomó con cuidado, los abrió cual abanicos y los dispuso sobre la mesa.

—¿Será suficiente?

Su tío asintió.

—Es bastante. Y ella corrió un gran riesgo al mandarlos. Si la señora Von Gerber no hubiera sido de su total confianza, Elisabeth bien habría podido terminar siendo la siguiente bajo interrogatorio. Creo que podemos suponer con certeza que no se prestará para ser la mensajera con el rescate. Debemos cargar el dinero en la caja, tal como ella nos lo envió. Es una buena treta, además de que resulta muy patriótica. Pero aún necesitamos ingeniarnos para hacer la entrega. Vamos a dormir, a ver si durante la noche se nos ocurre alguna buena idea —sonrió el tío Gunter—. Puede ser que Elisabeth no sea la nazi que quisiera aparentar. Y tampoco la señora Von Gerber.

Una vez que su tío se acostó, Friedrich se sentó en la pequeña cocina, a contemplar los billetes. Sacó la armónica de su bolsillo y empezó a tocar "O Tannenbaum", un villancico dedicado al árbol de Navidad.

Cerró los ojos y sintió retroceder el tiempo. Elisabeth estaba sentada al piano, en la sala, tocando y cantando. Tenía doce años. Sus dedos bailaban sobre las teclas y su cabeza se mecía con la música.

Friedrich aún podía recordar la sensación de arrobamiento que lo paralizó.

Cuando ella se dio cuenta de que la miraba fascinado, interrumpió la música y con una palmadita en la banca del piano lo invitó a sentarse a su lado. Los dos cantaron el villancico completo...

Cuando terminaron la canción, se miraron y rieron. Elisabeth, en un impulso, tomó la cara de su hermano entre sus manos y le plantó un beso en cada mejilla. No importaba lo que hubiera dicho en los últimos meses... sí lo había querido mucho, aunque fuera hacía tiempo. ¿Seguiría amándolo?

Dejó la armónica en la mesa, junto a los billetes.

Después, tomó papel y lápiz, y le escribió a Elisabeth, agradeciéndole las recomendaciones sobre las estrellas. También le agradeció por las galletas, y le dijo que alegrarían mucho la temporada festiva. Le escribió sobre las minucias de la vida cotidiana y le contó lo que él y su tío habían cenado. Y le recordó aquella vez que le había puesto una cataplasma de mostaza en la cara, para ver si así desaparecía su mancha.

Le expresó sus buenos deseos, y escribió en el sobre el nombre de su hermana de la manera en que él lo pronunciaba familiarmente: Lisbeth Schmidt, prescindiendo de la E inicial, para que ella no olvidara el sonido y la entonación de la voz de su hermano.

23

Una hora antes de que empezara a clarear, Friedrich se despertó repentinamente, y se sentó en el catre.

De la habitación vecina le llegaban los suaves ronquidos del tío Gunter.

Poco antes de quedarse dormido la noche anterior, una idea había empezado a esbozarse en su mente. Ahora, el dibujo estaba completo. Se recostó de nuevo y repasó todo lo que tendría que acontecer y el orden en que debía hacerlo. Y sin darse cuenta se vio con las manos en el aire, dirigiendo.

Se quitó la cobija de encima. Necesitaba convencer a su tío.

—No me gusta, Friedrich. No me gusta para nada.

Su tío se sentó en el borde de la cama, con su overol, y se puso las botas de trabajo.

—Comamos un trozo de pan y salgamos para la fábrica —se encaminó a la cocina.

Friedrich lo siguió, tratando de razonar con él.

—Tío, incluso si Elisabeth se hubiera ofrecido a ser nuestra mensajera, cosa que no hizo, está en Berlín, en el norte, a más de doce horas en tren. Dachau queda a menos de la mitad de ese tiempo desde aquí, y está situado al oriente. Tiene lógica que deba ir yo. Además, te están vigilando. Tienes que irte, tal como planeamos antes de que arrestaran a papá.

—Le prometí a tu padre que no...

—Si te arrestan, tendrás que dejarme en todo caso. Ya oíste lo que dijo la señora Von Gerber. Te van a interrogar el miércoles. ¿A cuántos se llevan para interrogatorio y luego los dejan ir? Te van a arrestar. Y entonces, ¿qué va a ser de mí?

—Si desaparezco antes de que vengan a interrogarme, tan sólo se necesitará una llamada telefónica para bloquear cualquier intento tuyo de liberar a tu padre de Dachau.

—Pero no, si yo ya he estado allá —Friedrich tomó aire—. Tengo un plan. Hoy es viernes. Cuando lleguemos a la fábrica, deberás inventar una excusa para no ir a trabajar el lunes. Y entonces, esa noche partirás a Berna. Eso te dará tres días para llegar hasta allá, caminando por las carreteras secundarias de noche y durmiendo de día, tal como habíamos planeado en un principio, antes de que arrestaran a papá. Es fin de semana, nadie va a sospechar. Yo iré a la fábrica el lunes, y partiré a la hora del almuerzo, tras inventar una excusa para no leerle ese día al señor Eichmann. Tomaré el tren de la tarde, y entregaré el rescate el martes a primera hora.

El tío Gunter levantó las cejas.

—¿Y qué va a pasar cuando ninguno de los dos nos presentemos a la fábrica el martes en la mañana?

—Acabarán mandando alguien a buscarnos aquí —dijo Friedrich, señalando alrededor—. También tengo eso contemplado. Cuando lleguen, supondrán que saben lo que nos sucedió. Pero van a estar equivocados.

El tío cortó un par de rebanadas de pan, mientras Friedrich explicaba su idea.

Resopló y se frotó la barbilla

—Es un plan ingenioso.

—Debes partir esta noche.

Su tío se dirigió a la pequeña ventana que había sobre el lavabo y miró hacia fuera.

—Pero piensa en todo lo que podría salir mal. No sabemos en qué condiciones estará Martin. ¿Qué tal que no puede viajar? —estiró un dedo—. Espera un momento. Tengo un amigo de fiar, un doctor en Múnich. Si tu padre necesita que lo vea un médico, puedes acudir a él.

Friedrich sonrió.

—Pues dame su dirección y señas.

—Sí... ésa es una opción —se volvió a mirar a su sobrino—. No puedes llevarte nada que tenga valor sentimental, o los nazis te lo confiscarán, a excepción del dinero, por supuesto. Nos viene bien estar en plena temporada navideña. Habrá mucha gente viajando y eso los mantendrá ocupados. Me atrevería a pensar que el comandante de Dachau también pueda resultar más afable, por ser Navidad.

Su tío lo miró. La habitación se sentía a reventar con el peso de la dificultad y el peligro que implicaba lo que estaban a punto de hacer.

—Friedrich: ¿te das cuenta de que una vez que salgamos ya no habrá vuelta atrás?

—Sí tío, me doy cuenta.

—¿Y tú, de dónde sacaste tanta convicción?

—De mi padre, y de ti. E incluso de Elisabeth. Si ella puede poner en peligro todo lo que le importa en la vida para salvar a papá, ¿no debería yo hacer lo mismo?

Su tío asintió.

—Muy bien, esto es lo que le diré a Ernst a llegar a la fábrica: que llevo varios días con dolor de muela. Que llamé al dentista y la cita más próxima que pudieron darme es el lunes, y que sospecho que tendrán que extraerla, así que tendré que faltar todo el día a mi trabajo.

Friedrich sonrió.

—Y yo le diré al señor Eichmann que no podré leerle el lunes en la tarde porque tengo que ayudarte a regresar a casa desde el consultorio.

El tío Gunter respiró hondo, con la preocupación dibujada en la cara.

Friedrich se dio una palmadita en el bolsillo en el que cargaba la armónica, inconscientemente.

—Podremos hacerlo, tío. Un paso a la vez.

24

Esa noche, cuando la oscuridad ya se había cerrado, el tío Gunter se paró junto a su puerta, preparado para una jornada de camino en medio del frío invernal.

Se anudó una pesada bufanda de lana al cuello y se caló un gorro tejido. Se puso guantes, recorriendo el pequeño departamento con la mirada.

—Haz que parezca que nos hubieran llevado arrestados.

Friedrich asintió.

—Así lo haré.

—Y recuerda todo lo que hemos hablado sobre Dachau.

—Ya lo repasamos una docena de veces, tío.

—Ya lo sé. Estoy muy orgulloso de ti, Friedrich. Y tu padre también lo estará —acercó hacia sí al muchacho y lo abrazó—. Y no se te olvide quién es tu tío de verdad. ¿Quién te enseñó a montar en bicicleta?

—Tú.

—¿Y a tocar la armónica?

Friedrich rio, tratando de no llorar.

—Tú. ¿Cómo iba a olvidarlo?

—Con un poco de suerte, te veré en una semana. Ten mucho cuidado —su tío levantó la maleta, abrió la puerta, salió, y la cerró tras de sí.

—Haré todo lo posible —susurró el chico.

Friedrich se despertó en la mañana del sábado, con frío y temblando.

Encendió la chimenea y acercó el catre al fuego, para contemplar el juego de las llamas; fue entonces cuando se dio cuenta de que, por primera vez en su vida, estaba solo. Más aún, el destino de su familia estaba en sus manos. Si él no lograba cumplir con su cometido, ¿qué sería de todos ellos?

La gravedad de lo que estaba a punto de hacer se le reveló de repente. Tenía que comprar boletos, subirse al tren, sentarse frente a desconocidos. Tendría que aguantar las miradas de dependientes, porteros, inspectores de ferrocarril y gente que jamás antes había visto.

Acercó las manos al fuego para calentárselas, mientras repasaba mentalmente todo lo que había conversado con su tío. Tomaría el tren hacia Stuttgart, donde cambiaría de convoy para seguir a Múnich. Pero no debía atraer las miradas de nadie.

El dinero era una preocupación. No podía perderlo ni permitir que cayera en las manos equivocadas. Al llegar a Múnich, caminaría desde allí hasta el campo en Dachau. En la entrada, encontraría el edificio administrativo, donde el comandante y su personal tenían sus oficinas. Pediría hablar con el asistente del comandante para averiguar sobre su padre, Martin Schmidt.

Debía mostrarse cortés y humilde. Y sincero. No debía llevar nada con valor sentimental ni monetario porque su valija sería revisada y podrían confiscarle cualquier cosa. Si los guardias o el comandante preguntaban por su mancha de nacimiento, les diría que se había presentado en forma voluntaria para la operación, lo cual comprobaba su lealtad a la patria.

Mentiría.

Ensayó lo que diría al entregar el rescate.

—Mi familia está presta a acoger a mi padre en la nueva Alemania de Hitler, para que abrace los ideales nazis. Y como señal de nuestra buena fe y respeto, he traído un paquete de exquisiteces para el comandante.

Esas palabras se le enredaban en la lengua como si fueran piedrecillas, duras y resbalosas, y anhelaba poder escupirlas.

Pero las repitió una vez más. Y otra. Para no olvidarlas.

25

El domingo en la noche, Friedrich armó un pequeño hatillo y lo depositó junto a la puerta.

Puso la mesa para dos, sirvió los platillos y comió un poco de ambos. Luego dispersó una pila de periódicos por la habitación. Abrió las alacenas, sacó algunos platos y los rompió, amortiguando el ruido con trapos de cocina. Silenciosa y metódicamente, para no alertar a los vecinos aún, volcó lámparas y sillas, revolvió la correspondencia vieja y sacó ropa de los armarios. Dejó los restos de la cena en la mesa como si a él y a su tío los hubieran interrumpido en plena comida. Cuando oscureció, tomó un destornillador y, desde el pasillo, rasguñó la puerta para que pareciera forzada. Después hizo su tarea de matemáticas.

Cuando el escenario estuvo listo, se sentó en el catre, se llevó la armónica a los labios, y tocó un concierto de buenas noches con la "Canción de cuna" de Brahms, y la belleza de la música y la letra que resonaba en su mente lo calmaron.

Se meció a los lados, como acunando el pueblo entero de Trossingen y sus casas de vigas entreveradas. Tocó para el alto edificio de piedra y el conservatorio, y las notas cayeron en una especie de lluvia que le lavó la cara. Tocó para la fábrica, con su patio cuadrado empedrado, los edificios y el ancho depósito de agua que lo había mantenido a salvo. Se despidió de sus tragonas compañeras de almuerzo, junto con el cementerio aquel al que la mayoría de los hombres no se atrevían a ir solos. Y la alta escalera con el pequeño balcón desde el cual él se había imaginado dirigiendo una sinfonía con la percusión de la maquinaria. Le deseó buenas noches a la señora Steinweg, al señor Karl, al señor Eichmann y a los señores Adler y Engel, que seguían discutiendo cuál de los dos estaba más capacitado para enseñarle historia.

Tocó para su casa, con su cocina y la estantería de avellano, la colección de platos de su madre, las cajas de latón ordenadas de mayor a menor tamaño, los postigos verdes, la sala con su olor a resina de arco y las pastillas de anís de su padre, su habitación que seguía viéndose igual, como a él le gustaba, y la de Elisabeth, con el cobertor de ganchillo que había tejido su madre y el óleo del campo florido sobre la cabecera, donde siempre había estado.

Tocó para el reloj cucú, que descansaba esperando tras su diminuta puerta para dar el cuarto de hora.

Se acostó, completamente vestido, en el catre que en la mañana volcaría, y se tapó con un cobertor.

—Buenas noches —susurró.

26

En la fábrica, Friedrich pretendió que era cualquier otro lunes en la mañana.

Hizo de cuenta que cargar un hatillo medio cubierto con su abrigo era normal. Y también que esconderlo en un gabinete en su puesto de trabajo, sabiendo que había cientos de marcos en esos billetes a unos cuantos centímetros de sus pies, era cosa de todos los días. Despreocupadamente, mandó decirle al señor Eichmann con un aprendiz que no podría leerle esa tarde porque estaría acompañando a su tío Gunter de regreso a casa desde el consultorio del dentista. Cuando pasó el señor Karl en su ronda, Friedrich le entregó su tarea de matemáticas y le pidió que no la revisara sino hasta el día siguiente, pues tendría que salir temprano en la tarde.

Estuvo concentrado en su labor de revisar y pulir, sin levantar cabeza, hasta que vio a Anselm venir hacia él con una caja de armónicas.

—Friedrich, la reunión para el solsticio de invierno es el jueves. Podemos salir juntos desde la fábrica a las dos de la tarde. No quisiera que me rechazaras la invitación otra vez…

—Iré —contestó, con una sonrisa forzada.

—¡Por supuesto que sí! Y no te decepcionarás. Y yo así cumpliré mi promesa con tu hermana. Estoy seguro de que, cuando se entere, se sorprenderá de saber que logré convencerte. También es cierto que sé cómo persuadir, ¿o no?

Friedrich asintió y se concentró nuevamente en su trabajo.

—Lo sabes.

Durante el resto de la mañana, no pudo dejar de mirar el reloj.

Por último, sacó la armónica de su bolsillo y le dedicó mucho más tiempo del necesario a limpiarla y pulirla. Había pensado en que se la llevara su tío, pero con todos los detalles del plan en la mente, se le había pasado por alto. Ahora las palabras de su tío volvían a oírse en su cabeza: "No puedes llevarte nada que tenga valor sentimental, o los nazis te lo confiscarán". Miró a su alrededor para ver si alguien lo observaba, y sopló una última vez en la armónica que le había servido para encontrar tanta seguridad y confianza. El acorde sonó... esperanzador. Acarició la letra M que había en el lado de la armónica, la metió en una caja y sintió que se le encogía el corazón al ponerle la tapa. Acomodó la caja con otras tantas que serían empacadas en un cajón, cargadas en un tren eléctrico, transportadas por una locomotora de vapor hasta un barco mercante, y enviadas desde Alemania hacia el mundo a través del océano.

—*Gute reise*, querida amiga —le susurró, preguntándose quién sería la siguiente persona en hacerla sonar, y si la armónica le traería a esta persona la misma dicha y consuelo que le habían traído a él.

Se oyó el silbato para salir a almorzar. Friedrich esperó a que la mayoría de los hombres abandonaran el edificio antes de tomar su hatillo del gabinete, cubrirlo con su abrigo y salir él también.

Caía una ligera nevada afuera y, al exhalar, su aliento formó nubecitas frente a él. Una vez fuera de los predios de la fábrica, se detuvo para cubrirse con el abrigo. Las manos le temblaban. ¿Sería de miedo o de frío? Se puso un gorro tejido, que se caló hasta las orejas, y una bufanda de lana en el cuello, de manera que apenas una pequeña franja de su cara quedaba expuesta. Recogió el hatillo y se apuró para llegar a la estación de tren.

Compró su boleto. Había muy pocos pasajeros esperando a esa hora del día. Se sentó en una banca bajo un alero, a mirar la nieve que caía. Oyó el ruido de una escoba al barrer la nieve de la plataforma, las risas de dos jovencitas en una banca cercana, el traqueteo de un carrito que un porteador de equipajes empujaba sobre un piso de tablones. Metió las manos bajo sus muslos, para impedir que se pusieran a dirigir la orquesta.

El tren llegó a la hora esperada, dos soldados se bajaron.

—¡Papeles! ¡Es una inspección! ¡Todos los pasajeros deben presentar sus documentos!

El corazón de Friedrich latió apresurado. ¡Reconoció las voces! Eran los mismos soldados que habían estado en su casa y se habían llevado a su padre. Los mismos que lo consideraron feo y ofensivo a la vista. ¿Serían también los que requisaron y saquearon su casa? ¿Lo meterían en problemas ahora?

Un pasajero tras otro, y Eiffel y Faber fueron avanzando por el pasillo hasta que Faber llegó a su lado.

—¡Papeles!

A Friedrich le temblaron las manos al sacar su tarjeta de identidad del bolsillo y entregarla.

—¿Propósito del viaje?

—Visitar a parientes por las Navidades.

Faber revisó los papeles y se los devolvió.

—Todo en orden —y siguió.

El alivio lo invadió.

Hasta que Eiffel se paró frente a él.

—¡Espera!

Faber se volteó.

Eiffel se inclinó por encima del asiento y retiró el gorro y la bufanda de la cara del muchacho.

—Pero bueno, bueno, bueno... ¿A quién tenemos por aquí? —exclamó Eiffel—. Si es el pequeño monstruo, el hijo de aquel defensor de los judíos. Como siempre digo, de tal palo, tal astilla.

El chico se aferró con fuerza a su hatillo. Miró a un soldado y luego al otro, sintiendo que el miedo le subía por la garganta.

Faber se irguió muy derecho.

—Friedrich Schmidt: entregue su equipaje y salga al pasillo para una inspección, en nombre de Adolf Hitler y del tercer Reich.

Friedrich comenzó a respirar agitadamente. ¿Acaso su viaje iba terminar antes de haber iniciado?

La locomotora empezó a resoplar.

El muchacho se movió un lado para salir al pasillo.

Una racha de viento golpeó el tren y dejó caer un poco de nieve. Todas las miradas se volvieron hacia fuera. Enormes copos de nieve se arremolinaron y dieron vueltas cual bailarinas de un ballet de Tchaikovski.

Friedrich oyó el vals de *La bella durmiente* tocado por una orquesta sinfónica... Cuerdas, maderas, bronces, percusiones... Cien instrumentos unieron sus voces. Y en ese momento, algo misterioso se apoderó de su ser. No supo si era una reacción instintiva para retrasar a los soldados o un impulso para distraerlos, o algo diferente. El hecho es que no pudo controlar sus manos. Dejó caer su hatillo y empezó a dirigir la música.

Faber lo miró con reprobación, tomó el hatillo y revolvió en su contenido.

—Acaba de una vez con esa payasada —le gritó Eiffel, esforzándose por inspeccionar los bolsillos del muchacho—. Pronto vas a conocer el interior de una celda. ¡Lunático!

Y a pesar de que Eiffel y Faber lo sujetaron por el cuello y lo obligaron a bajar del tren, Friedrich no pudo sino imaginar bailarinas de nieve, diminutas, estrellas puras y cristalinas, girando y saltando al compás de la hipnótica música.

Un, dos, tres. Un, dos, tres. Un, dos, tres...

DOS

JUNIO, 1935

CONDADO DE FILADELFIA, PENSILVANIA

ESTADOS UNIDOS DE AMÉRICA

"América, la bella"

Música de Samuel A. Ward
Letra original de Katharine Lee Bates

6 6 5 5 6 6 -4 -4
Tus amplios cielos se abrirán,

5 -5 6 -6 -7 6
espigas ondearán,

6 6 5 5 6 6 -4 -4
las altas cimas mirarán

-8 7 -8 8 -6 -8
las llanuras sin par.

6 8 8 -8 7 7 -7 -7
¡América! ¡América!

7 -8 -7 -6 6 7
Su gracia Dios te dio,

7 7 -6 -6 7 7 6 6
sumó hermandad a tu bondad,

6 -6 7 6 -8 6
del uno al otro mar.

I

Tras una noche de lidiar con el calor en el dormitorio de los Mayores, Mike Flannery se acurrucó sobre su almohada, disfrutando el aire fresco que al fin entraba por las ventanas abiertas del Hospicio Bishop para Niños Pobres y Desamparados.

Se oyó el arrullo de una paloma. Los grifos de los lavabos goteaban. Los resortes crujían cuando los niños se daban vuelta en sus estrechos catres.

A través de la telaraña del sueño, Mike oyó el inconfundible silbido de Frankie: las últimas seis notas de "América, la bella", que era su señal para las emergencias.

Se apoyó en un codo, se frotó los ojos y tuvo la esperanza de haberse imaginado el silbido. Pero lo oyó de nuevo y la letra de esa parte de la canción resonó en su mente. Se sacudió la sábana de encima, caminó de puntillas hasta la ventana, y miró hacia abajo desde el segundo piso.

Frankie, su hermano menor, estaba junto a un arbusto de hortensias, señalando el roble que se recostaba en un costado del edificio.

Mike se apresuró a volver a su cama, se puso los pantalones y la camisa, se subió los tirantes, con cuidado para no despertar a los diecinueve muchachitos que también dormían en ese cuarto. Se pasó los dedos por el poco pelo que le habían dejado. El día anterior, un barbero había donado sus servicios al hospicio, y el pelo de Mike había quedado tan corto que el mechón que normalmente le caía sobre la ceja izquierda se mantenía perfectamente vertical sobre su cabeza, como un signo de exclamación. Ya era malo de por sí medir un metro con ochenta a los once años, *además* de tener el pelo rojo. Empeoraba las cosas porque llamaba mucho la atención. Se caló la gorra.

Caminó de puntillas por el pasillo y frente a la puerta de la señora Godfrey, la guardiana de su piso. Los ronquidos que venían desde dentro le aseguraban que no iba a despertarse pronto. Abrió la puerta de las escaleras, la cerró tras él, y bajó saltando los escalones de dos en dos hasta el rellano entre los pisos. Abrió la ventana y asomó la cabeza.

Frankie ya se había trepado al árbol, hasta una horqueta. Desde allá lo saludó, y siguió subiendo.

Mike no era capaz de mirar. Las alturas lo aterraban, y mirar hacia el suelo desde arriba lo mareaba. Dio un paso atrás y esperó, paseando la vista por los campos alrededor. El Hospicio Bishop quedaba apenas a unas horas de Filadelfia en coche, pero con todos los campos de maíz que lo rodeaban bien podía estar en medio de la nada.

Frankie ya estaba frente a él, afianzándose en una rama sobre su cabeza, mientras caminaba sobre otra hacia la ventana, como si fuera por la cuerda floja. Era un niño que no conocía el miedo. Mike contuvo la respiración hasta que su hermano pasó la pierna por encima del marco de la ventana y se metió al cubo de la escalera. Lo ayudó a levantarse.

—¿Qué haces aquí tan temprano? Si la señora Delancey se llega a enterar de que saliste de tu edificio antes del campanazo de la mañana, le contará a Pennyweather y te van a encerrar en el sótano de castigo otra vez —le retiró un par de ramitas del pelo a Frankie. Él también había estado con el barbero el día anterior, pero le habían hecho el típico corte de los más pequeños, con forma de tazón—. No me gusta que trepes el árbol.

—Es una emergencia —susurró Frankie, mirándolo insistentemente con sus ojos grandes y sinceros—. Y no tenía *otra* salida que treparme al árbol. Las puertas laterales están cerradas todavía y si me abrieras por la puerta principal harías mucho ruido.

—¿Qué pasó? —le preguntó Mike, llevándolo hacia las escaleras. Frankie se sentó en un escalón, y Mike hizo lo mismo dos más abajo, para quedar a la altura de los ojos del niño.

Era imposible no darse cuenta de que eran hermanos. El chico era como ver al mayor en pequeño, con cuatro años menos. Pero no tenía el pelo tan rojo, sino de un cobrizo menos llamativo. Ambos tenían la piel blanca y salpicada de pecas, pero Frankie tenía menos. A pesar de que ambos eran altos para su edad, Mike era larguirucho y desgarbado, algo torpe y callado, y el pequeño era atlético, enjuto y conversador.

—Anoche, la señora Delancey estaba tratando de hacernos callar a la hora de dormir —contó Frankie—. Otros niños y yo estábamos payaseando y jugando a las escondidas. Ella me encontró y me torció el brazo y me dijo que no veía la hora de deshacerse de mí. Que Pennyweather le había contado que a ti y a mí nos van a hacer llamar el viernes. O sea, mañana. Que vienen unas familias que quieren niños.

Mike tomó aire.

—¿O sea que nos van a entregar a una familia?

—Si hay alguien que nos quiera, sí. ¿Y qué tal que esa señora nos quiera separar de nuevo?

—Ya te lo dije: se supone que nos deben entregar juntos —dijo Mike—. No lo olvides: tú y yo siempre debemos estar juntos —levantó un puño.

Frankie hizo lo mismo y entrechocó su puño con el de su hermano.

—Sí, tú y yo, ¡juntos por siempre!

Mike lo ayudó a enderezarse.

—Es mejor que te vayas antes de que la señora Delancey se despierte. ¿Cómo vas a volver a entrar a tu edificio?

—Mi amigo James me está esperando en una ventana.

Mike alzó a Frankie para depositarlo en el marco de la ventana y que desde allí pudiera bajar por el árbol. Miró hacia el edificio de los Menores, donde se alojaban los niños de cinco a nueve años. Era una réplica del edificio de los Mayores. Una gigantesca fortaleza de ladrillo con intricados bordes de espina de pescado en las ventanas y las puertas. Había quienes podían considerarlas construcciones bellas, pero Mike no tenía muchas cosas buenas que decir de ese lugar que se asemejaba más a una perrera que a un hogar.

Llevaban en Bishop poco más de cinco meses, que no era nada comparado con el tiempo que llevaba la mayoría de los muchachos. De lunes a viernes se suponía que iban a la escuela. Pero desde el 1 de mayo, las clases habían quedado de lado para ocupar ese tiempo en trabajar en las granjas vecinas. Mike hubiera preferido asistir a clases. Y Frankie necesitaba más educación. A duras penas podía leer.

Mike caminó de un lado a otro en el rellano hasta oír el silbido que indicaba que su hermano había llegado a salvo al suelo. Se apresuró y lo observó correr por el patio y golpear en una ventana de la planta baja. Ésta abrió y James le ayudó a Frankie a entrar. El mayor no lo podía creer. El niño tenía más amigos de los que alcanzaba a contar.

En cambio, Mike no tenía ni uno. No importaba mucho. Ninguno de los mayores lo molestaba a causa de su tamaño, pero tampoco lo incluían en sus asuntos. No podía culparlos. No era bueno para los deportes, era reservado, y a pesar del esfuerzo que hacía, no podía evitar ser tan serio.

Le había prometido a la abuela que se haría cargo de Frankie y de su cuidado. Esa responsabilidad se había convertido casi en su nueva piel. Justo cuando pensaba que podría sacudírsela un poco, o respirar con más libertad, o tomársela menos en serio, la sentía limitándolo por todas partes. En cualquier situación, Mike siempre se preguntaba antes que nada qué podía salir mal y, acto seguido, cómo protegería a su hermano si algo llegaba a salir mal.

Se escabulló en silencio, de regreso a su dormitorio. Ratón estaba despatarrado en la cama al lado de la suya. Era mayor y más alto que él y no cabía en el catre. Mike lo rodeó con cuidado y se subió a su delgada colchoneta. A la luz grisácea del amanecer, se tendió de espaldas, a mirar las grietas en la vieja capa de pintura del techo.

Quizá la gente que vendría al día siguiente era la respuesta para salir de este lugar. Quizás hasta tenían un piano. Mike se frotó la frente. Por más que le doliera imaginarlo sería capaz de renunciar al piano si las personas eran gente decente y si él y Frankie podían seguir juntos.

Pero ¿qué pasaría si los entregaban a alguien malo hasta el tuétano?

Había tantas cosas que podían resultar mal...

2

Pennyweather los mandó llamar el viernes a las tres de la tarde.

Mike y Frankie aguardaron en la sala de visitas que estaba conectada con la oficina de esta señora. Las cortinas estaban abiertas para permitir la entrada de la luz del sol, con lo cual todo se veía alegre y lleno de color. En el centro de la sala había una mesa alargada, con bancas a cada lado. Un frutero con manzanas relucientes y un florero la adornaban. A Pennyweather le gustaba montar un buen espectáculo.

La puerta de su oficina estaba abierta y Mike la oyó hablando por teléfono.

—¿Instrumentos musicales? Sí, tenemos un piano… Hay varios de los muchachos que podrían… Por supuesto, lo pensaré… Sí. Podría oírlo. Es un piano vertical. De muy buena calidad. Dentro de una semana a la una de la tarde, y si le gusta lo que oye, puede hacer los arreglos para… Sí, hasta luego.

Mike dio un respingo. ¿Sería que Pennyweather iba a vender el piano?

El estropeado piano vertical que había en el comedor estaba desafinado por culpa de tantos años de niños aporreándole las teclas. Uno de los pedales se había roto. Y a pesar de eso, aún podía tocarse. En su primer día en el hospicio, Mike había devorado su comida y su cena para levantarse rápidamente a tocar. Pennyweather le puso fin al asunto, diciendo que no necesitaba más ruido durante las comidas, que ya con el alboroto de los platos y el bullicio de los niños tenía suficiente.

Mike había encontrado una alternativa. En el momento en que a los muchachos se les permitía levantarse de la mesa, se ofrecía para quitar las sobras de los platos y apilarlos para quien tuviera el turno de lavaplatos. Y si lo hacía con rapidez, tenía al menos media hora o más frente al piano antes de tener que estar de regreso en el dormitorio. A veces Frankie se quedaba y tocaban a dúo. Al principio, los del turno de lavar platos les tiraban trozos de pan, hasta que se percataron del talento de los dos hermanos. Ahora les hacían solicitudes musicales. Sin importar las malas condiciones del piano, a Mike le daría tristeza si se lo llevaban. Por otra parte, si los entregaban a una familia, no haría ninguna diferencia.

Pennyweather entró a la sala de visitas.

Frankie corrió hacia su hermano y se aferró de su brazo.

Ella se plantó frente a los dos con su vestido azul marino de cuello alto, con una mueca de amargura. Su cabello gris estaba recogido en moño en la parte superior de la cabeza, tan estirado que parecía que le tensaba los rasgos de la cara. Mike se preguntó si le dolería.

—De pie, derechos y quietos —les dijo—. El señor y la señora Rutledge van a llegar en cualquier momento. Son la última cita del día. No hablen a menos que les dirijan la palabra. Y traten de verse amables. Estos señores quieren dos muchachos, cosa que, como ustedes saben, no sucede muy a menudo.

A Mike el corazón le dio un brinco. ¿Querían dos muchachos?

Miró a Frankie, que le sonreía. Le limpió una mancha en la mejilla. Le vio los pantalones rasgados y la falta de calcetines. Su propia camisa estaba manchada y raída. La ropa que la abuela les había dado cuando los mandó al hospicio, que ella había lavado y planchado y doblado con tanto cuidado, había desaparecido en la lavandería general, que dejaba todo del mismo tono gris indefinido.

—¿Me veo bien? —preguntó Frankie.

—Ratón me dijo que entre más harapiento se vea uno, más probabilidades hay de que lo acojan, porque a la gente le da lástima —susurró Mike. Si eso era cierto, él y su hermano iban camino de escapar del hospicio.

La puerta se abrió y una pareja entró en la sala. El hombre llevaba un overol y una camisa azul de trabajo. Tenía un sombrero de ala ancha en la mano. Granjeros. Pero a Mike no le importaba que hubiera mucho trabajo siempre y cuando fueran amables.

La mujer, con guantes blancos y una carterita apretada entre el codo y las costillas, jugueteaba con los botones de su vestido estampado.

—Señor y señora Rutledge, sean bienvenidos al Hospicio Bishop para…

—¿Ésos son? —interrumpió el hombre.

—Sí. Michael y Franklin Flannery.

—Ya sé que le dije que necesitaba dos, pero camino acá paramos en el orfanato estatal y me conseguí un par de muchachos fortachones para trabajar en la granja. Los hombres hechos y derechos quieren que se les pague y yo no puedo ofrecerles más que cama y comida. Son tiempos duros, ya lo

sabe. Pero aquí, la señora, está decidida a buscarse un mucha-
chito menor para la casa, y por eso estamos aquí.

La señora se adelantó:

—Dar de comer a los pollos, desmalezar, traer y llevar
cosas.

El hombre se acercó a Frankie y le dio un apretoncito en
el brazo, como si examinara sus músculos.

—Parece debilucho.

El chico se zafó de sus manos.

—Oh, le aseguro que es más fuerte de lo que parece, señor
Rutledge —dijo Pennyweather—. Y si llegara a querer otro de
la misma edad que Franklin, puede llevárselos a ambos en las
mismas condiciones que acordamos antes por teléfono.

—¡Un buen trato! ¿Qué opina la señora?

La mujer se encogió de hombros.

—A veces es más fácil tener dos que uno, como sucede
con los cachorros.

El corazón de Mike latió con fuerza. ¿Iban a llevarse a dos
de los más chicos y no a él?

Rodeó los hombros de Frankie con el brazo.

—Somos hermanos. Debemos permanecer juntos.

El hombre se frotó la barbilla y examinó a Mike.

—¿Sabes hacer algo en particular? ¿Techar casas? ¿Levantar cercados? ¿Manejas tractor?

—Sé… sé tocar el… el piano —tartamudeó.

—Eso no me sirve de mucho. No. Ya me conseguí el par
de muchachos para el arado. Será suficiente con los dos niños.

Pennyweather caminó hacia Mike, fulminándolo con la
mirada.

—Ésta es una *buena* oportunidad para Franklin…

—¡No! —gritó el chico, abrazándose a la pierna del mayor.

167

—¡Nada de eso! —dijo el hombre—. Esas cosas no serán toleradas —se estiró para agarrar a Frankie por el brazo.

Mike empujó al señor.

—¡Deje en paz a mi hermano!

El señor Rutledge se tambaleó.

—¡Espera un momento! ¡Esas manos quietas!

El niño se abalanzó sobre el hombre, le agarró la mano, se la llevó a la boca y la mordió.

—¡Aaay! —gritó.

Pennyweather trató de alcanzar a Frankie sin lograrlo.

—¡Franklin!

Voló a esconderse detrás de su hermano mayor.

—¡Está sangrando! —gritó la mujer.

Gotas de sangre brotaron en la mano del hombre, que sacó un pañuelo del bolsillo para vendársela.

Frankie se trepó hacia los brazos de Mike, envolviéndolo con sus piernas y ocultando la cara contra el cuello de su hermano.

—No se lo recomiendo, señor —dijo Mike, abrazando a su hermano contra su cuerpo—. A la primera oportunidad, tratará de escaparse. No le sirve de nada sin mí.

—Jamás en mi vida había visto cosa semejante —dijo el hombre, y se volvió hacia Pennyweather—. ¿Qué es lo que están criando aquí? ¿Animales? Vámonos, mamá —le abrió la puerta a su mujer, miró a los muchachos con enojo, y cerró la puerta al salir.

Mike depositó a Frankie en el suelo y miró a Pennyweather, cuya cara reflejaba ira. Sus cejas levantadas casi le llegaban al nacimiento del pelo. Atravesó la sala a zancadas, abrió la puerta y señaló al chico:

—Espera afuera.

Tras cerrar de un portazo, giró para enfrentar al mayor.

El muchacho sintió que la cara le ardía, y supo que se le vería colorada en cuestión de segundos. Al menor asomo de vergüenza o enojo o culpa se sonrojaba, como un termómetro cuando detecta una fiebre alta. Su abuela siempre le dijo que era consecuencia de tener el pelo rojo y la piel blanca.

—Desde que llegaron aquí, a tu hermano lo han solicitado dos veces. La primera, escupió sobre el bebé de una señora. ¡Y ahora esto! Hay lugares mucho peores que este hospicio para niños salvajes como él.

Mike respondió con apuro.

—No era su intención. Lo hace sólo porque no quiere separarse de mí. Se lleva bien con todos los demás niños. Mientras sigamos juntos, no dará problemas.

Pennyweather cruzó los brazos.

—Ya es bastante difícil que una familia acoja a *un* niño. ¡Ni qué decir si son dos!

Mike se enderezó para verse lo más alto posible, y le suplicó con la mirada:

—Se lo *prometió* a nuestra abuela.

—Le prometí a ella que *haría todo lo posible*. Y esa promesa no es un compromiso de obligatorio cumplimiento —la furia de Pennyweather se mantenía en su mirada, pero su cara cambió y sonrió—. Además, pronto no hará ninguna diferencia. El hogar Hathaway, en el condado Montgomery, está lleno a rebosar de muchachos de más de catorce años. Y me resultará provechoso hacerles lugar aquí. Todos los menores que queden en septiembre se irán al orfanato estatal y así liberaremos camas para estos muchachos.

Mike sintió como si alguien lo hiciera tambalear, tirando de la alfombra sobre la cual estaba parado, y que en cualquier momento se desplomaría. Se afianzó contra la mesa.

—Entonces, iré con Frankie.

—No, si te alquilo como peón de granja.

—¡Pero es ilegal antes de los catorce! Todavía me faltan seis meses para cumplir los doce.

Pennyweather sacudió la cabeza.

—Con lo alto que eres, ¿quién va a pensar que no tienes catorce? Bastará con que diga que no tienes acta de nacimiento. Es algo que pasa todo el tiempo. Podrías quedar en una granja a setenta kilómetros de aquí, en otro condado. Así que ruega por que una familia se lleve a Franklin antes de septiembre, o irá a parar al orfanato estatal, y tú terminarás trabajando quién sabe dónde. Pueden irse los dos al sótano castigados, y darle tiempo a esa idea.

Desde que habían llegado al hospicio, a Mike le preocupaba lo que podría suceder si los separaban. Era como una nube negra en el horizonte de su mente, siempre al acecho, amenazante. Pero al menos tenía algo de tiempo para pensar en algún plan.

Ahora, en cambio, la tormenta ya no estaba a dos años y medio: podía desatarse en cualquier momento.

El sótano era un espacio amplio, como una especie de calabozo, debajo de la cocina.

En algún momento, habían encalado las paredes pero la capa blanca se había descascarillado y alcanzaban a verse algunos ladrillos detrás. En lo alto, había una ventana al nivel del suelo que dejaba entrar unos rayos de luz. La pared del fondo estaba cubierta de alacenas. En el centro del espacio había una mesa estrecha, y las bancas estaban alejadas, contra la pared.

—Por lo menos aquí estamos más frescos —dijo Frankie.

Mike se sentó en una banca, recostado contra el muro de ladrillo.

Su hermanito se sentó junto a él.

—Siento mucho haberlo mordido.

El mayor lo despeinó afectuosamente.

—A mí no me pareció mal.

El chico se quedó mirando las alacenas cerradas con candados.

—¿Qué crees que haya ahí dentro?

—Probablemente todo lo que les han quitado a los niños que llegan aquí —respondió Mike.

—¿Como las armónicas que la abuela nos dio?

—Como las armónicas.

El día que llegaron al hospicio, Pennyweather se las había confiscado, diciendo que si dejaba que cada niño tuviera una, el ruido la volvería loca. Las metió en una caja y jamás volvieron a verlas.

Frankie se tendió en la banca, con las manos bajo la nuca, mirando al techo.

—Cuéntame otra vez la historia.

Mike no tenía que preguntar cuál. Sólo había una que su hermano siempre quería escuchar.

—Hoy es tu turno de contarla —dijo Mike, sabiendo muy bien que de cualquier forma el otro era el que iba a hablar más.

—Muy bien —dijo Frankie—. Papá y mamá vivían en un pueblo con un aserradero...

—Allentown —señaló Mike.

—Soy yo el que está contando, ¿o no? —dijo el chico—. Allentown. Cuando yo era un bebecito, hubo un accidente en el aserradero y papá murió. Mamá nos llevó a casa de la abuela porque no teníamos dinero y los *popetarios* nos iban a poner en la calle.

—*Propietarios* —corrigió Mike.

—Eso. Así que mamá consiguió un trabajo en una cafetería y todos vivíamos en casa de la abuela y estábamos un poco apretujados.

—¿Y eso dónde era? —preguntó Mike.

—En Fili. Así es como se le dice también a Filadelfia. Fili.

Mike asintió, acordándose del diminuto departamento de la abuela, en un tercer piso, con su letrero escrito a mano en la ventana principal: *Lecciones de piano*. Había un piano vertical en la sala, y mientras la abuela estaba dando alguna clase, él tenía que quedarse en la habitación y jugar con su hermano. Cuando el tiempo era bueno, y si Frankie estaba durmiendo la siesta, podía salir a sentarse en los escalones de la entrada, y allí tocaba la armónica. Desde entonces ya era capaz de interpretar cualquier canción que oyera en la radio.

—Y mamá nos cantaba —dijo Frankie.

—Todas las noches… "Estrellita, ¿dónde estás?" y otras canciones infantiles…

—Y después mamá empezó a enfermarse, de *tubelosis*.

—*Tuberculosis* —corrigió Mike.

—Eso. Y tosía todo el tiempo y se fue poniendo cada vez más flaca, y un día se fue al hospital, ni siquiera los doctores pudieron curarla. Fue muy triste pero yo no me acuerdo de nada porque tenía apenas dos años. Pero tú sí te acuerdas porque tenías seis.

—Sí, yo sí me acuerdo —murmuró Mike.

La abuela le estaba dando su clase a Maribeth Flanagan, que vivía al otro lado del corredor. Cuando la niña terminó su pieza, "América, la bella", la abuela hizo un gesto de negar con la cabeza y dijo: *A ver, Maribeth, me vas a hacer dar saltos de alegría si te aprendes esa pieza como debe ser y le pones un poco de alma. Sigue ensayándola esta semana y haz que me sienta orgullosa la próxima clase.*

En ese momento, su madre llegó de trabajar en la cafetería, miró a la abuela, a Maribeth Flanagan, a Mike y se desmayó. Cuando volvió en sí, la abuela salió a buscar ayuda. Luego se fueron al hospital, y la señora Flanagan se quedó con Mike y Frankie. Mamá no volvió del hospital.

Día tras día, Mike estuvo de pie frente a la ventana, esperando que llegara su madre. La abuela lo retiraba con dulzura, pero él volvía, como un pájaro que se hubiera acostumbrado siempre al mismo poste. Y no pasaban ni los minutos ni las horas. Pareció un largo día de mirar por la ventana y esperar, un largo día que en realidad duró dos semanas, hasta que la abuela le dijo que su madre no había tenido las fuerzas para seguir en este mundo.

¿Acaso había otro mundo? ¿Dónde estaba ese otro mundo?

Después de eso, su abuela trató de interesarlo en libros y juegos, pero nada parecía funcionar hasta que lo sentó a su lado en el piano. Mientras ella daba una lección, Mike se quedaba a su lado, como si fuera su nueva percha, mirando esos dedos de otros niños en las teclas y oyendo el ruido del metrónomo.

Un día, entre una clase y otra, la abuela lo había dejado sentado en el banco del piano. Se esforzó para alcanzar las teclas, puso los dedos en la posición en que había visto hacerlo a los otros niños, y tocó. Pero en lugar de producir un acorde armonioso, fue un ruido destemplado y desagradable, como si la tristeza hubiera viajado de sus dedos a las teclas y los sonidos repitieran la desazón que sentía por dentro. Extendió los dedos hasta donde pudo, y aporreó las teclas una y otra vez, y la sala se fue llenando con su pena.

Cuando la abuela volvió a la sala y lo vio con la cara contraída y las manos golpeando desatinadamente el teclado, se dejó caer en una silla y rompió a llorar.

Esa noche, empezó a enseñarle como debía ser. Cada vez que aprendía una canción, era como si reflejara su tristeza y su rabia y su amor. La abuela decía que Dios le había dado un don para la música. Para sus adentros, él pensaba que era su madre quien le había dado eso que la abuela decía que se llamaba don, para poderlo oír tocar desde el otro mundo. A veces incluso se imaginaba a su mamá tarareando lo que él tocaba.

—¡Mike! ¿Me estás poniendo atención? —Frankie se enderezó en la banca del sótano y le sacudió un brazo.

—Sí, te estoy poniendo atención.

—La abuela nos cuidaba y nos quería.

—Sí —agregó Mike—. Nunca tuvimos mucho, pero siempre podíamos contar con ella.

Las cosas no habían sido nada fáciles en los últimos años que habían pasado con la abuela. Había tantas personas sin trabajo. Las clases de piano pasaron a ser un lujo para unos pocos. Los alumnos de la abuela empezaron a escasear, hasta no ser más que unos pocos. Y las familias de los que se mantenían a menudo pagaban con comida o con ropa usada que Mike o Frankie podían usar, en lugar de dinero. La mayoría de los meses, la abuela a duras penas se las arreglaba para juntar lo de la renta. A pesar de eso, siempre y cuando el clima lo permitiera, todos los domingos por la tarde abría de par en par la ventana de la sala, y ella y Mike se turnaban para tocar el piano para todos los vecinos. Brahms, Chopin, Mozart, Debussy. La abuela decía que quienes pasaban por momentos difíciles merecían algo de belleza en la vida, como cualquier otra persona, así no pudieran pagar la renta o tuvieran que hacer fila para el pan. Decía que el hecho de que una persona fuera pobre no la hacía también pobre de corazón.

—Cuando la abuela se puso muy viejita y enferma para cuidarnos, nos trajo al Hospicio Bishop porque éste era el único lugar con piano —dijo el chico.

Cerró los ojos. Aún podía ver a la abuela en la oficina de Pennyweather, con la enfermera a su lado. Temblorosa y envejecida, los había abrazado una última vez. La voz se le había quebrado al decirles: *Sigan siendo mis niños buenos y prometan que se van a cuidar el uno al otro. Ya aparecerá la persona indicada que esté buscando dos niños como ustedes. Me lo dice mi corazón.*

El sótano pareció asfixiar a Mike.

—Así es, Frankie —dijo, mientras se limpiaba las lágrimas que le habían escurrido por la mejilla—. Escogió este hospicio porque tenía un piano.

—Y después la abuela se fue a un hogar para viejitos y allí murió, y nos dejaron ir al funeral, pero luego tuvimos que volver aquí —dijo el chico—. La extraño.

Mike lo rodeó con un brazo.

—Y ahí se acaba la historia —susurró.

—No, ése no es el final —dijo Mike—. La historia sigue, ¿recuerdas? Algún día vamos a salir de este hospicio para ir a... Anda, eres tú el que está contando la historia.

—A Nueva York —siguió Frankie, trazando un arco con el brazo—. A la Gran Manzana. La abuela fue allá una vez y le encantó.

—Vamos a vivir allá —dijo Mike—. Va a ser nuestra ciudad.

—Vamos a subir al metro. Y vamos a vestir ropa nueva para ir a un concierto a Carnegie Hall, como hizo la abuela —siguió.

—Exactamente —anotó el mayor—. Ella siempre quiso llevarnos allá.

—Y habrá un piano grande, negro y reluciente, ¿cierto? —añadió Frankie—. Y un pianista famoso y una orquesta.

—Así es. El teatro estará lleno, hasta los palcos de más arriba. La abuela contaba que los palcos son dorados y las sillas, rojas. Y que todos los músicos van vestidos de negro. Y al final...

—¡Déjame, déjame! —interrumpió Frankie—. Nos vamos a parar y aplaudir y a gritar: "¡Bravo, bravo!".

Mike asintió. No le contó a su hermano que, cuando se imaginaba esta escena en Carnegie Hall, no se veía en una de las butacas rojas, sino en el escenario, con un esmoquin negro, junto al piano y haciendo una reverencia al público.

—Y después del concierto, iremos a un restaurante y pediremos filete y helado. No va ser como aquí, ¿cierto?

Mike miró a Frankie, su ropa harapienta. Podía oír los gruñidos del estómago hambriento de su hermano.

—No. Te prometo que no será como aquí.

4

La cena había pasado hacía rato cuando Pennyweather les permitió salir del sótano y los mandó a sus dormitorios.

La mayoría de los muchachos en el piso de Mike estaban arracimados alrededor de la radio, atentos a *Buck Rogers en el siglo xxv*. Para que la señora Godfrey les diera ese premio, debían haberse portado muy bien durante la cena. Mike se dejó caer en su catre.

Ratón, que leía las caricaturas en un periódico de hacía semanas, se enderezó y sacó dos manzanas y un trozo de pan de debajo de su almohada y se los ofreció a Mike.

—Sólo te perdiste la crema de pollo, también conocida como la papilla misteriosa. Me las arreglé para mandarle a Frankie algo de comer con sus compañeros. Esos niñitos pensaban que era la misión más importante de su vida.

—Gracias —Mike recibió la comida y mordió una manzana. Ratón tenía casi dieciséis años y era uno de los mayores en el Hospicio Bishop. A la mayoría de los muchachos no les caía bien porque era el consentido de Pennyweather, pero a Mike le parecía suficientemente decente. Se llamaba Stephen, pero nadie lo llamaba por su nombre. Con la piel muy blanca, ojos descoloridos y el pelo excesivamente claro recortado casi al rape, de manera que el cuero cabelludo rosa se asomaba, Ratón no podía quejarse de su apodo.

—Danny Moriarty estaba en la enfermería hoy, junto a la sala de visitas —dijo—. Oyó lo que sucedió. ¿En serio golpeaste a un tipo? ¿Y tu hermano lo mordió y lo hizo sangrar?

Mike asintió.

—Lo mío fue más un empujón que un puñetazo. Pero Frankie sí le marcó los dientes.

—Me enteré de que Pennyweather va a alquilarte.

—Pero si ni siquiera me *acerco* a los catorce —respondió Mike.

Ratón se encogió de hombros.

—Espabílate. Este hospicio es como un almacén de mano de obra barata. No has estado aquí en esta época del año, ya lo verás. Los granjeros llegan a primera hora de la mañana y se llevan a los mayores para hacer el trabajo de la jornada. Si la granja queda lejos, se los llevan durante semanas, y los regresan cuando termina la labor de arado o de cosecha o lo que sea. El lastimoso jornal que nos dan va a parar a manos de Pennyweather, dizque para ropa y artículos escolares. ¿Y tú has visto algo de ropa o de artículos escolares?

—¿Y por qué es que nadie dice…?

—Porque no hay nadie a quien contarle —dijo Ratón—. El viejo Bishop, dueño de este lugar, vive en la ciudad. Oí a las cocineras diciendo que Pennyweather sólo tiene que entregarle una cierta suma cada mes para tenerlo contento, y ella se embolsa el resto. Ninguna se atreve a decir nada, porque sus maridos están desempleados y no tienen un centavo. No pueden darse el lujo de perder sus trabajos. ¿De verdad Pennyweather dijo que va a deshacerse de todos los chicos menores y a llenar el hospicio con los muchachos de Hathaway?

Mike asintió.

—Los mayores son los que traen el dinero. Los menores sólo ocupan espacio. Para ella todo es negocio —Ratón se mordió el labio y asintió—. Eso me va a dificultar las cosas. Ya no seré uno de los mayores. Tal vez llegó la hora de…

Mike frunció el ceño.

—Pensé que tú no tenías problemas. ¿Acaso no eres la mascota…? —se contuvo y cerró el pico.

—¿La mascota de Pennyweather? Sí, lo reconozco. Soy un encanto con ella para que me permita hacer ciertas cosas. ¿Qué tiene de malo? Y hablando de eso, mañana en la mañana me llevo la carreta para hacer una entrega en el pueblo de Four Corners, porque el camión se averió. ¿Quieres venir conmigo? Estaré de vuelta a mediodía. Seguro es mejor que trabajar con el señor Otis, desyerbando y limpiando sus potreros. Podemos mandarle recado a Frankie con alguno de los chicos.

Mike examinó el corazón de su manzana. Sin contar el funeral de su abuela, no había salido del hospicio desde el primer día. Además, nunca se entregaban niños a familias en el fin de semana, así que nadie se llevaría a Frankie. Y al chico le gustaba trabajar con el señor Otis porque, al final del día, les daba una moneda de un centavo a cada uno. Mike asintió.

—Sí, voy contigo.

Antes del amanecer, Mike y Ratón ya iban montados en la carreta por el largo camino que los alejaba del hospicio.

De cada lado, los maizales bloqueaban su vista y lo único que había ante sus ojos eran los tallos verdes y el cielo gris. El aire era fresco, y el sonido de los cascos del caballo, hipnótico.

Durante un rato, ninguno de los dos habló. La mañana fue aclarando. Cuando terminaron los maizales, el mundo se abrió sobre amplios pastizales.

—Bonito, ¿no? —Ratón le dio un codazo cómplice a Mike.

—Cualquier cosa es más bonita que el hospicio —Mike apuntó al fondo de la carreta con un movimiento de cabeza. Los dos habían apilado con mucho cuidado una docena de cajas sobre una vieja manta de retazos, para amortiguarlas—. ¿Y qué contienen?

—Se supone que es un secreto. Pero una vez bajé al sótano antes de que Pennyweather hubiera terminado de empacar. Las alacenas de abajo están llenas a rebosar de conservas de durazno, ciruela y mermeladas. Lo que se te ocurra. Los botes tenían etiquetas con la leyenda *Damas Metodistas*. ¿Recuerdas a esas señoras de la Iglesia que se aparecen en el hospicio todos los meses?

—¿Ésas siempre sonrientes que vienen con canastas cubiertas? —preguntó Mike.

Ratón asintió.

—Preparan tarros de conservas para nosotros, pobres huérfanos. Pennyweather les cambia las etiquetas, los vende y se guarda el dinero. Una vez, me di cuenta de que a uno de los botes le faltaba el anillo que sella la tapa. Así que pregunté si podía quedármelo. Le dije que no lo iba a poder vender de cualquier forma y que a mí me encantaban los duraznos. Y que siempre había oído decir que ella era una persona muy justa. Me permitió quedarme con el frasco.

—De manera que Pennyweather sí tiene su corazoncito…

Ratón asintió.

—Todos tenemos nuestro corazoncito. A veces cuesta mucho encontrarlo. Hay algo que he aprendido: si necesitas o quieres algo de un adulto, tienes que acercarte y pedirlo educadamente. Expón tu caso, eso es lo que digo. Casi siempre, vas a obtener exactamente lo que pides. ¿Conoces ese dicho de *Se cazan más moscas con miel que con vinagre*?

Se lo había oído cientos de veces a la abuela.

—Significa que obtienes más si eres amable y cortés, en lugar de ser de otra manera.

—Así es. Eso me ha hecho más llevadera la temporada en el Hospicio Bishop. ¿Qué quieres hacer cuando salgas de allá?

Mike frunció el entrecejo.

—Fuera de ayudar a que se establezca Frankie, no se me ocurre nada.

—¿Le dijiste a Frankie lo que planea hacer Pennyweather?

Mike negó en silencio.

—No supe cómo decírselo.

—Escúchame bien —lo aleccionó Ratón—. Tienes que evitar que vaya a parar al orfanato estatal. No es un buen lugar ni para una rata de alcantarilla. Los niños allá están plagados de piojos y pulgas. El año pasado estuvo en cuarentena porque dos niños murieron de una fiebre. *Murieron*. Con eso, nuestro hospicio parece un hotel de lujo. La próxima vez que lo manden llamar para ver a una familia, asegúrate de que lo acepten. Pennyweather tiene que decirte dónde estará. Por ley tiene que hacerlo. Así podrás escribirle. He oído que incluso permiten que los hermanos visiten a estos niños adoptados en las vacaciones. Entiéndelo: tú no saldrás de Bishop hasta que no cumplas los dieciocho. Pero Frankie sí puede tener oportunidad de salir. Haz un plan. Debes de tener un plan.

Pasaron una señal que decía FOUR CORNERS, 3 KM.

Antes de llegar al cruce de dos caminos, Ratón detuvo el caballo y le entregó las riendas a Mike.

—Aquí me bajo yo. Voy a fugarme.

—¿Qué? ¿Te escapas? —la mente de Mike corría al galope—. ¡No quiero tener problemas en el hospicio!

—¡Calma! Entrega las cajas en Four Corners, recibe el dinero y llévaselo a Pennyweather. Dile que yo me largué corriendo y no pudiste alcanzarme. Me reportará a la policía, pero antes de que algún oficial perezoso salga a buscarme, yo ya estaré muy lejos. Además, a ella lo que le interesa es alguien que le traiga el dinero de regreso —se bajó de la carreta.

—Pero… ¿Adónde irás? ¿Qué harás?

—No te preocupes. Tengo un plan. Cuando cumpla los dieciocho tendré dos opciones: el ejército de Estados Unidos o el ejército de los árboles.

—¿El ejército de qué?

—El Cuerpo Civil para la Conservación. También lo llaman el ejército de los árboles. Es parte de los nuevos planes del presidente para sacar al país del triste agujero en el que está metido. Son empleos para hombres jóvenes, como tu servidor. Puedo terminar trabajando en cualquier parte, sembrando árboles, llenando de peces los ríos, construyendo parques… y pagan treinta y cinco dólares al mes, además. Me imagino que puedo hacer eso por un año o más, hasta que haya visto una buena parte del país. Después, me alistaré en el ejército para así poder ver el mundo. Un tipo que conozco, en la marina, me dijo que siempre se está librando una guerra en alguna parte del mundo.

—¿Y qué vas hacer de aquí a que cumplas los dieciocho?

—Ya casi tengo diecisiete. Puedo arreglármelas durante un año. Tengo un amigo que trabaja en la estación del tren en Filadelfia y que me permitiría subirme sin boleto a un tren. Me iré a Nueva York, para vivir en las calles. Ya lo he hecho antes. Conozco los lugares donde uno puede dormir, los comedores de asistencia. Incluso sé cómo colarme en algún partido de beisbol de los Yankees o en el teatro —Ratón sonrió.

Mike sintió que el corazón le daba un brinco. ¡Nueva York! Ése también era su plan, suyo y de Frankie.

Ratón se subió a la parte de atrás de la carreta, hizo las cajas a un lado hasta que pudo sacar la manta que había debajo. La dobló, la enrolló, se la metió bajo el brazo y saltó.

—Si logras arreglar la situación de tu hermano y quieres reunirte conmigo, mi amigo en la estación se llama McAllister. Dile que vas de mi parte. Él hará que puedas subir a un tren y te dirá en dónde puedes encontrarme.

Sin mirar atrás, Ratón se alejó, silbando.

Mike se quedó en la carreta, viendo cómo se alejaba. Trató de imaginarse lo que era no tener preocupaciones, no tener más que una manta por cargar, con todo el ancho mundo frente a los ojos. Había algo emocionante en la sola idea de montarse en un tren hacia la gran ciudad, para dormir quién sabe dónde, y de colarse a hurtadillas en un teatro. Mike se *habría* ido con Ratón, de no ser por su hermano. Él solo se las podía arreglar con muy poco. Sería tan fácil…

El remordimiento se coló en su mente.

Sigan siendo mis niños buenos y prometan que se van a cuidar el uno al otro.

¿Cómo podía siquiera pensar en dejar a Frankie? El niño lo adoraba, y él también lo quería muchísimo. Sacudió la cabeza, molesto consigo mismo. ¿Qué clase de hermano era?

Ratón desapareció tras una elevación en el camino.

Mike azotó las riendas y el caballo avanzó. Ratón tenía razón. Siempre había una guerra librándose en algún lugar del mundo. Y él tenía la suya propia, luchar por Frankie. Hizo la entrega en Four Corners, recibió el dinero y condujo la carreta de regreso al hospicio.

A lo largo de todo el camino, se sintió como un ave silvestre atrapada en una casa, remontándose paredes arriba, paredes abajo, aleteando contra las ventanas. En busca de una salida.

5

El lunes en la mañana, Mike se despertó sobresaltado de una pesadilla con piojos y liendres y fiebres y pulgas.

Se enderezó de repente en su catre, con el corazón acelerado. Antes de llegar a acostarse de nuevo, oyó el silbido de Frankie. Sólo podía significar una cosa.

Mientras Mike se levantaba para acudir al llamado, la advertencia de Ratón resonó en su memoria: *Tienes que evitar que vaya a parar al orfanato estatal... Debes tener un plan.* Si al niño lo llamaban para entrevistarse con una familia, ¿cómo iba a convencerlo de que tenía que aceptar?

Para cuando llegó a la escalera y abrió la ventana, Frankie ya estaba en la rama del árbol, esperando que lo dejara entrar.

Lo ayudó a saltar, le puso las manos en los hombros y dijo:

—Pase lo que pase, ya se me ocurrirá *alguna salida.* Te lo prometo, ¿está bien?

Frankie se encogió de hombros.

—Está bien... mira —metió la mano bajo la pretina de sus pantalones y sacó una hoja de periódico doblada. Se sentó en el piso con las piernas cruzadas, desplegó la hoja y alisó el papel. Había un titular que abarcaba ambas páginas: *Los Magos de la Armónica de Hoxie.*

—Es el conjunto de armónicas más grande que hay. ¡Son sesenta muchachos! La señora Delancey nos leyó el artículo ayer y nos permitió oírlos en la radio anoche. Cuando dejó el periódico en el bote de basura me escabullí para ir a buscar esta hoja antes que nadie. Mike, nadie se les iguala. Al oírlos, jurarías que tienen todo tipo de instrumentos y son sólo armónicas.

Mike se sentó en el suelo y se recostó en la pared, con un largo resoplido. Apuntó al periódico con la cabeza.

—Frankie, ¿y ésa es la emergencia? ¿Recuerdas que hablamos de usar esta señal para cosas muy muy importantes?

—Pero Mike, *míralos* —dijo su hermano, dando golpecitos sobre la foto que ocupaba media página—. Antes de morir, el gran John Philip Sousa les compuso una canción especial llamada "La Marcha de los Magos de la Armónica". Y hasta llegó a dirigir a la banda en un concierto. Han tocado en desfiles, ¡y para tres presidentes! —Frankie extendió tres dedos—. Coolidge, Hoover y nuestro querido Franklin Delano Roosevelt. Hasta llegaron a tocar para una *reina.* Es en serio. Y ahora la gente los llama *magos de la armónica* y…

—Toma aire, pequeño. Suenas como alguien que los anunciara en la radio.

Frankie miró al piso y se mordió el labio.

—Mira, podría comprar la armónica oficial de la banda si tuviera sesenta y cinco centavos, pero apenas tengo ahorrados veintitrés.

Mike no pudo evitar sonreír.

—El mes pasado oíste en la radio un anuncio de cereal y querías la tarjeta de beisbolistas que venía en el reverso de la caja. Y antes era el mapa planetario de Buck Rogers.

—Sí, pero no pude conseguir nada de eso —explicó Frankie—, porque había que comprar algo primero. Si quería la tarjeta de Lou Gehrig tenía que comprar una caja de cereal. Y para el mapa planetario, necesitaba una etiqueta de una lata de chocolate malteado Cocomalt. Pero para la armónica no hace falta conseguir nada primero. Sólo tienes que pedirla, ¿ves?

—Frankie, ¿y qué es tan importante en este asunto de la armónica como para que tuvieras que hacerme la señal de emergencia?

El niño ni tomaba aire:

—Al final del verano habrá un concurso con premios. El ganador y el segundo lugar obtienen un puesto en la banda. Y si un niño logra colarse en la banda, ya está arreglado. Hoxie, el director, paga por *todo*: uniformes, nuevas armónicas, clases de música… Lo que quieras. Hasta tienen su propio camión para las giras de conciertos. Y cada verano, hay una cosa llamada el campamento de armónicas, con todos los gastos pagados —señaló el periódico—. ¿No te parece increíble? Te apuesto que *podríamos* colarnos en la banda.

Mike leyó el pie de foto: *La Banda de Armónicas de Filadelfia, dirigida por Albert N. Hoxie, para niños de diez a catorce años.*

—Pero Frankie, si tú apenas tienes siete.

—Se ve menor que yo —el chico señaló a un niño en la primera fila del grupo en la foto.

Mike se acercó para ver mejor. Su hermano tenía razón. El niño parecía de cinco años.

—Dicen que es la mascota de la banda. Probablemente es el hermano de otro de los niños, no toca mal, y se ve bien con el uniforme. *Tú* podrías intentarlo. Si lograras entrar a la banda quizá me aceptarían como mascota.

Mike negó en silencio.

—¿Y tú crees que Pennyweather me va a dejar salir a hacer audiciones para entrar a una banda? ¿Y cómo vamos a conseguir todo esto sin que ella se entere? Además, incluso si tuviéramos la armónica, ella no nos va a permitir quedárnosla. Lo primero que hizo cuando llegamos fue quitarnos las nuestras.

—Todo eso ya lo tengo planeado —respondió su hermano—. Quienes se encargan de distribuir el correo son los menores. Dos van hasta el buzón que hay a la entrada del camino y luego entregan la correspondencia en la oficina de Pennyweather. Alguien puede recoger el paquete por mí y ocultarlo, tú y yo nos podemos turnar para ensayar, cuando estemos en el campo, donde ella no pueda oírnos.

Frankie señaló el periódico.

—Aquí dice que el director, Hoxie, también les busca hogar a los niños que no tienen familia… si es que los acepta en la banda. ¿Ves? Podríamos fugarnos y hacer la prueba en agosto… antes… antes de que llegue septiembre —miró el periódico, frunciendo el ceño.

Mike sintió un nudo en la garganta. Debió imaginar que Frankie se iba a enterar del plazo impuesto por Pennyweather. En el hospicio las noticias corrían de boca en boca.

—¿Así que te enteraste de que planea deshacerse de los menores para dejar lugar a los de Hathaway, y que me va a alquilar como peón de granja?

Frankie levantó la vista con mirada solemne hacia Mike, y asintió.

Mike lo rodeó con el brazo.

—Esta banda… Es una buena idea —se inclinó sobre el periódico para leer los detalles para pedir la armónica, junto a la fotografía—. *Armónica Hohner, el instrumento oficial de los Magos de la Armónica. Tú también puedes llegar a ser un músico. Incluye folleto de instrucciones* —miró a su hermano—. No tengo más que treinta centavos. Vamos a tener que esperar un poco para poder ahorrar.

Frankie le entregó la hoja de periódico.

—¿Puedes guardarme esto y también mi dinero? Eddie, el que duerme a dos camas de la mía, es un poco ladrón —sacó un puñado de monedas de su bolsillo.

—Seguro, yo te lo guardo —Mike le ayudó a su hermano a levantarse.

Cuando el chico tenía ya una pierna colgando fuera del marco de la ventana, se volvió hacia su hermano mayor.

—Era algo muy muy muy importante.

Mike asintió.

—Ya lo sé. Nos vemos más tarde —lo observó salir por la ventana y esperó hasta oír el silbido que indicaba que había llegado abajo.

Volvió al dormitorio y se sentó en el borde de la cama, examinando la letra pequeña en la solicitud para la armónica.

La entrega puede tomar entre cuatro y seis semanas.

Se cubrió la cara con las manos, frotándose la frente. Para el momento en que los dos lograran reunir todo el dinero y enviaran la orden para solicitar la armónica, más la espera para que llegara, sería demasiado tarde. Frankie ya estaría en el orfanato estatal.

Mike extrajo una delgada caja metálica de una ranura en la costura de su colchón. La había encontrado un día, abandonada por algún chico que había dormido en ese catre antes que él. Afortunadamente, la caja había pasado desapercibida en todas las inspecciones sorpresa de Pennyweather, en las cuales confiscaba cualquier cosa que los muchachos quisieran mantener oculta. Metió la hoja de periódico y las monedas dentro, la insertó de nuevo en el colchón y suspiró. ¿Acaso Frankie y él nunca iban a tener un momento de paz?

La mirada de Mike flotó hacia el catre vacío de Ratón, quien seguramente ya estaría en Nueva York para entonces. Quizás él y su hermano debían fugarse también. Podían buscar al tal McAllister en la estación de tren y luego encontrar a Ratón. Si Mike hacía las cosas bien, podrían estar lo suficientemente lejos del Hospicio Bishop para cuando Pennyweather los reportara a la policía.

Pero ¿cómo fugarse? ¿Y cuándo?

Durante el resto de la semana, Mike pensó con inquietud en su fuga.

Cuatro de los menores habían sido entregados a familias en los últimos días. Pennyweather estaba feriando a los niños como si fueran el especial de la semana en una tienda: dos por el precio de uno. ¿Cuánto tiempo le quedaba a Mike? ¿Qué tan lejos alcanzarían a llegar antes de que ella sospechara y los reportara? ¿Qué sucedería si un policía los capturaba?

Esas preguntas seguían pesando sobre Mike mientras trapeaba las escaleras la tarde del viernes.

La señora Godfrey apareció más abajo, en la entrada.

—Michael, la señora Pennyweather quiere que vayas de inmediato al comedor. Tu hermano ya está allí.

Dejó caer el trapeador y bajó las escaleras.

Llegó sin aliento al comedor para encontrarse con un hombre vestido de overol, que empacaba sus herramientas, y a Pennyweather, que aplicaba aceite de limón en la madera del piano. Había tres sillas alineadas allí cerca.

Frankie estaba en el banco del piano, meciendo las piernas.

Pennyweather levantó la vista.

—Michael, ven a sentarte con tu hermano.

Obedeció, y el chico se le acercó para susurrarle:

—Mandó afinar el piano. Y ahora quiere que toquemos una canción.

Mike suspiró y trató de tranquilizar su acelerado corazón.

—¿Eso es todo?

Su hermano asintió.

—Eso fue lo que dijo ella.

Entonces, ¿no iban a llevarse a Frankie? Mike no supo bien si sentía decepción o alivio.

El hombre cerró su caja de herramientas.

—Terminé, señora Pennyweather. También arreglé los pedales. Este instrumento tiene un hermoso timbre. Y no hace falta que me pague. Será mi contribución para estos niños huérfanos.

Pennyweather sonrió.

—Agradezco enormemente su gentileza.

Cuando el hombre salió, la señora se llevó las manos a las caderas y confrontó a los dos hermanos.

—Vienen unos señores a ver el piano. Pidieron que lo tocara alguien con dotes musicales para que ellos pudieran determinar su calidad —movió la cabeza, incrédula—. No sé por qué no pueden tocarlo ellos. Ustedes son los únicos capaces de tocar esta cosa sin hacer alboroto. Las cocineras me contaron que han estado ensayando una pieza en las noches, después de la cena, que las hace llorar. Tontas sentimentales. Toquen ésa y hagan que suene así de bien, o los dos irán a parar al sótano castigados —se volvió y empezó a pulir la tapa del piano.

Frankie tiró de la manga de Mike y le susurró:

—Pero la abuela escogió este lugar *por* el piano.

El mayor acercó su cabeza a la de su hermano:

—Shhh. Más vale que tengamos contenta a Penny-weather.

Dos hombres de traje con chaleco entraron al comedor. El más alto tenía canas y llevaba un portafolio.

—¿Es usted la señora Pennyweather? Soy el señor Golding, abogado de profesión, y éste es mi socio, el señor Howard.

El más joven era tan alto como Mike, con pecas y rubio.

—También soy amigo de la familia de la clienta. Me delegaron la decisión en este asunto.

Los dos se quitaron el sombrero.

—Encantada, caballeros —dijo Pennyweather asintiendo—. Me disculparán pero no entiendo bien. ¿Por qué necesitamos abogados para este asunto?

El señor Golding frunció el ceño.

—Señora, de llegar a algún acuerdo, definitivamente necesitaremos que todo esté dentro de la legalidad.

Pennyweather se encogió de hombros con desconcierto.

—Pues entonces procedamos con esto. Aquí están Michael y Franklin Flannery, nuestros mejores músicos, tal como lo pidieron.

—Maravilloso —dijo el señor Golding—. Nos encantará oírlos tocar.

—Por supuesto —respondió Pennyweather, indicando las sillas con un gesto—. Pueden sentarse, caballeros. ¿Muchachos?

Mike y Frankie se voltearon en el banco, hasta quedar frente al teclado.

—"América, la bella" —susurró Mike—. Ya te enseñé dónde debes entrar, primero suave y lento como un arrullo, y así casi hasta el final…

—Ya sé —dijo Frankie—, y luego como una tormenta hasta la parte que habla de los mares, y luego volvemos a la calma de nuevo —dispuso sus manos sobre las teclas, ya listo.

Mike empezó a tocar. Luego de unos cuantos compases, llamó la atención de su hermano con un gesto, y éste hizo su entrada.

El muchacho no podía creer que se tratara del mismo piano. No había notas desafinadas, ni tenía que evitar un sostenido porque sonaba mal. El afinador tenía razón: el piano tenía un timbre hermoso. Mike se dejó llenar por el sonido, como si estuviera comiendo algo delicioso y cada bocado fuera mejor que el anterior. Durante unos momentos para él no existió nada más que la música. Ninguna preocupación, ninguna Pennyweather. Sólo Frankie y él. Hasta podía imaginarse que estaba de regreso en la sala de la abuela, tocando un domingo por la tarde, con la ventana abierta para que todos en el vecindario pudieran oír la música y así tuvieran un poco de belleza en su vida.

Pisó el pedal de sordina, y los acordes llenaron el comedor.

Antes de los últimos compases, Mike dejó de tocar para que Frankie terminara la canción solo, de manera sencilla y dulce.

Miró a su alrededor.

En el extremo más alejado del comedor, las cocineras habían salido de la cocina y se secaban las lágrimas.

Los mayores se habían congregado en las ventanas, y escuchaban apoyados en los marcos.

Los menores se agolpaban en las puertas, asomándose al interior.

Pennyweather arrugaba la frente, como si no pudiera creer lo que oía.

El señor Golding levantó una ceja mirando al señor Howard.

Una vez que Frankie tocó la última nota, hubo una pausa de silencio. Y luego los muchachos empezaron a aplaudir y a silbar hasta que Pennyweather se puso de pie y dio una vuelta para despedirlos a todos.

Los dos hermanos se movieron incómodos en el banco.

El señor Howard se acercó.

—¿Qué edad tienes, Michael?

—Once años, señor.

—¿Y cómo aprendiste a tocar el piano? —su voz era suave y gentil.

—Con mi... —señaló a Frankie con un movimiento de cabeza—, con nuestra abuela. Ella daba lecciones de piano.

—Mike es el mejor pianista que conozco —dijo el chico.

El señor Howard sonrió:

—¿Y qué edad tienes tú, Franklin?

—Todo el mundo me llama Frankie. Tengo siete años, señor, ya casi ocho. Soy el segundo mejor pianista que conozco, pero Mike es un *progidio*.

El señor Howard sonrió al oír el error.

—Tienes razón, tu hermano toca muy bien. Y tú también —miró a Mike—. ¿Tú hiciste el arreglo para esa pieza?

—Sí, señor.

—Fue muy... muy hermoso —se aclaró la garganta—. ¿Cuánto llevan aquí, en el hospicio?

—Cinco meses y unas semanas —dijo Mike—. Y antes, casi siempre vivimos con la abuela hasta... hasta que vinimos a dar aquí.

Pennyweather batió palmas para interrumpir.

—Caballeros, ¿podemos retomar nuestra conversación? Muchachos, pueden retirarse.

—En realidad, preferiríamos que se quedaran aquí —dijo el señor Howard.

Pennyweather frunció los labios.

—No veo ninguna razón por la cual…

El señor Golding la interrumpió.

—Señora Pennyweather, nuestra firma representa a Eunice Dow Sturbridge, la hija de Thomas Dow. ¿Le resulta conocido este nombre?

—¿Y quién no lo conoce en Pensilvania? —respondió ella—. El señor Dow era un empresario. Tenía una compañía de llantas, ¿no? Leí en el periódico que había muerto el año pasado —cruzó los brazos—. ¿Y qué tiene que ver él en todo esto?

—Tras el fallecimiento del señor Dow, su hija quedó sin más familia en el mundo —explicó el señor Howard—. Y ella tiene que… ella quisiera adoptar a un niño.

La mirada de Pennyweather fue de un hombre al otro.

—Pensé que habían venido a comprar el piano.

—Oh, *nada de eso* —respondió el señor Golding—. Discúlpenos si nuestras intenciones no fueron claras. Le preguntamos si tenía un piano y si alguno de los niños tenía dotes musicales para tocarlo, de manera que pudiéramos evaluar la calidad del *músico*. Verá, el niño que se adopte deberá tener talento para la música.

El señor Howard asintió.

—La señora Sturbridge es una pianista muy talentosa. Así que ya entenderá usted el deseo de adoptar a un niño que comparta esa afinidad. Quisiéramos comenzar el proceso de adopción hoy mismo.

7

Los pensamientos parecían ranas saltarinas en la mente de Mike.

¿Querían adoptar a un niño *hoy mismo*?

La señora Sturbridge era rica. Si adoptaba a Frankie, el niño ya tendría un hogar. Estaría seguro y bien. Tendría cosas. Probablemente asistiría a un colegio privado. Y Mike sabría dónde vivía. Ésta era toda una oportunidad para Frankie, que no había que dejar pasar.

—Ya se prepararon los documentos necesarios para hacerlo —dijo el señor Golding, tomando su portafolio para abrirlo sobre sus piernas—. Y puedo dejarlos en el juzgado esta misma tarde. Estamos dispuestos a hacer una donación al hospicio y a darle a usted un pequeño estipendio por sus consideraciones especiales en relación con este caso.

Una sonrisa jugueteó en los labios de Pennyweather.

—Acepto profundamente agradecida… en nombre de los huérfanos —señaló a los dos niños Flannery—. Ahora, con respecto a cuál adoptar, mi consejo es que escojan a Franklin y que no se preocupen por Michael. Ya bastante agradecido estará por la suerte increíble de su hermano —le lanzó una sonrisa a Mike, pero él supo que en realidad era una advertencia velada.

—No quiero irme sin Mike —dijo Frankie.

Su hermano mayor lo abrazó.

—Quisiera hablar con los muchachos en privado —dijo el señor Howard.

Pennyweather se levantó.

—Me temo que eso no está permitido.

El señor Howard se levantó también, y el señor Golding cerró el portafolio con un chasquido repentino.

—Entonces, supongo que tendremos que hacer una visita al Hogar Hathaway.

—¡Un momento! No hace falta tanta prisa. Puedo hacer una excepción por esta única vez —se metió en su oficina y cerró la puerta.

Apenas ella salió, Frankie espetó:

—Se *supone* que no deben separarnos.

Mike miró a uno de los abogados, luego al otro:

—Señores, si pretenden llevarse sólo a un niño, entonces que sea Frankie. Es uno de los más jovenes del hospicio. La señora Pennyweather planea alquilarme como peón muy pronto. No tengo edad suficiente, pero supongo que mi tamaño lo compensa. Es por eso que a ella no le entusiasma mucho que me vaya. Pero si voy a estar trabajando lejos durante meses, no podré cuidar de Frankie. Y todavía está pequeño.

—¡No, Mike! —gimió su hermano, con los ojos inundados de lágrimas—. Tú y yo, siempre juntos, ¿recuerdas? Y vamos a ahorrar nuestro dinero para conseguir las armónicas y tratar de entrar a la banda de Hoxie y él *nos conseguirá* una casa y… —rompió a llorar.

Mike se arrodilló frente a su hermano y lo abrazó.

—No hagas un berrinche ahora. ¿No te das cuenta? Si te vas hoy, voy a saber dónde encontrarte y no irás a parar al orfanato estatal —tragó en seco, miró al señor Golding e hizo un esfuerzo por contener las lágrimas —. ¿Podría escribirle e ir a visitarlo?

—Claro que sí —dijo el señor Golding—. Incluso podría redactar una cláusula especial en los documentos.

Frankie negó con la cabeza, gimoteando.

—No.

—Y te apuesto que hay un piano —Mike miró al señor Howard.

El señor asintió.

—Hay un piano desesperadamente necesitado de alguien que lo toque.

Mike acarició la espalda de su hermano. Sabía que eso era lo correcto, pero no soportaba mirarlo a los ojos y ver cuánto lo lastimaba esa decisión.

—¿Escuchaste? Hay un piano. Y yo iré a visitarte siempre que pueda. Todo estará bien, te lo prometo.

Mike miró al señor Howard, buscando su apoyo.

El abogado evitó la mirada del muchacho y caminó hasta una ventana. Unos momentos después, regresó con los ojos brillantes, parpadeando sin parar. Carraspeó y se dirigió al señor Golding:

—Éste no parece ser un lugar muy prometedor, ¿verdad?

—No —dijo el señor Golding—. Y tiene pésima fama. Pero, aunque se vea difícil, señor Howard, aquí lo crucial es el tiempo. Éste es el quinto orfanato que hemos visitado en las últimas dos semanas. No hemos encontrado a un niño que les llegue a estos dos ni a los talones. Son bien educados, amables y, por lo que oí, extremadamente talentosos. Si con uno de ellos cumplimos nuestra misión, entonces cerremos este asunto de una vez.

El señor Howard iba y venía por el comedor, con las manos en las caderas.

La puerta de la oficina se abrió, Pennyweather entró de nuevo.

—¿Y entonces, caballeros?

—Tenemos entendido que Mike va a trabajar como peón de granja muy pronto. ¿Es eso cierto? —preguntó el señor Howard.

—Exactamente —dijo Pennyweather.

—Al alquilar al niño como mano de obra y ponerlo de peón usted estaría infringiendo la ley.

—Señor Howard, eso se llama *acoger* a un niño hoy en día. Si el granjero o el dueño del negocio viene a este lugar para acoger a un niño, no es asunto mío lo que el niño tenga que hacer para ganarse su sustento. Puede llamarlo como quiera, peón, niño adoptado o acogido, a mí me da igual.

Frankie miró a Mike con las lágrimas corriéndole por las mejillas.

—No quiero irme sin ti.

Mike se forzó a sonreír.

—Vas a vivir en una casa bonita. Y cuando vaya a visitarte, tocaremos el piano juntos. Te apuesto también que habrá árboles a los cuales trepar, y un gran jardín y buena comida. Te aseguro que allá sí tienen cereal y chocolate para el desayuno. Irás al colegio…

—No me interesan el cereal o el chocolate. ¡Yo quiero estar contigo! —Frankie sollozó contra el brazo de su hermano.

Y la determinación del mayor se vino abajo. De rodillas frente a Frankie, lo abrazó con fuerza.

El señor Howard se pasó ambas manos por el cabello. Se acercó al señor Golding y le dijo un secreto al oído.

—Usted es el representante en este asunto —dijo el señor Golding—. ¿Está decidido?

—Sí, lo estoy —respondió el señor Howard.

—Pues muy bien —concluyó el primero y se volvió hacia la directora—. Quisiera hablar con usted en su oficina y redactar los documentos.

—Creo que quedarán muy complacidos con Franklin —dijo Pennyweather, sonriendo—. Venga para que hablemos de esa donación para los huérfanos infortunados y de mi pequeño estipendio.

El señor Golding le devolvió la sonrisa.

—Ay, señora Pennyweather, me parece que usted nos subestima. No hacemos nada a pequeña escala.

El señor Golding llevó el Ford sedán negro hasta la calle Amaryllis, donde las casas mantenían su distancia de los vecinos y de la propia calle.

Luego de que se bajaran, el señor Golding los llamó:

—Le deseo suerte, señor Howard. Ahora voy al juzgado. No seré *yo* el que tiene que hablar con ella —hizo sonar la bocina y se alejó.

Frankie lo despidió.

El señor Howard sacudió la cabeza, sonriendo, y abrió la puerta enrejada.

Al final de un largo camino de entrada se encontraba una casa color caramelo, con molduras blancas y detalles en rojo. Un porche elevado con un faldón de celosía de madera rodeaba dos lados del primer piso. Una torre redonda con un tejado cónico se elevaba en la esquina izquierda de la casa y estaba coronada por una veleta. Los techos inclinados ascendían hacia el cielo.

Frankie se detuvo, boquiabierto y la contempló.

—Una linda casa, ¿verdad? —dijo el señor Howard tomando al chico de la mano—. Es estilo Reina Ana. Le hace falta algo de modernización en el interior, pero es una belleza.

—¿Cuántas personas viven aquí? —preguntó Frankie.

El señor Howard rio.

—Sólo una mujer, y ahora también ustedes dos, Michael y tú.

La mirada de Mike recorrió los amplios prados, el viejo olmo en un lado y los setos perfectamente podados.

—Vamos a vivir aquí, Mike —dijo Frankie, sonriendo de oreja a oreja. Se soltó de la mano del señor Howard y se fue brincando hacia la casa—. Nos van a adoptar de verdad no sólo para llevarnos a vivir con una familia que nos acoge.

Mike hubiera querido compartir la alegría de su hermano, pero intuía muy remotamente que todo se había solucionado con excesiva facilidad. En cuestión de unas pocas horas habían reunido sus pertenencias y los habían traído hasta acá. Que una familia los acogiera era una cosa, pero la adopción era algo muy diferente. Significaba pasar a formar verdaderamente parte de una familia. Para siempre. Pero nadie adoptaba a un niño sin conocerlo primero.

La abuela siempre decía que si algo parecía demasiado bueno para ser verdad era porque probablemente fuera un engaño. Una vez en el mercado le había mostrado que las manzanas más rojas y brillosas que se veían en la parte superior de los cestos a menudo escondían magulladuras y estaban medio podridas por dentro. ¿Acaso esta casa era una de esas manzanas relucientes que ocultaba algo?

Un hombre de piel oscura estaba hincado de rodillas junto a un cantero de flores cerca del porche. Cuando llegaron a su lado dejó la pala de jardinero y se puso de pie, dejando ver su figura alta y sólida.

El señor Howard lo saludó con la mano.

—Hola, señor Potter. Le presento a Michael y Franklin, los nuevos guardianes de la señora Sturbridge.

El señor Potter miró al uno y luego al otro, se limpió las manos en el delantal verde y asintió.

—Encantado de conocerlos.

El señor Howard se volvió hacia los dos hermanos.

—El señor Potter es el encargado del mantenimiento de toda la propiedad y el chofer de la señora Sturbridge. Él se ocupa de tener el Packard en perfectas condiciones. Y además está casado con la *señora* Potter, el ama de llaves. Señor Potter, ¿nos acompaña dentro para hacer las presentaciones?

El señor Potter negó con la cabeza.

—Será mejor que vuelva a los geranios. Me parece menos arriesgado. Ay, señor Howard, usted sí que sabe ponerle condimento a la vida —les guiñó un ojo a los muchachos.

—¿Qué condimento? —preguntó Frankie.

El señor Howard sonrió.

—Lo que quiere decir es que de ahora en adelante las cosas serán diferentes por aquí —los hermanos siguieron al señor Howard por los escalones que subían al porche y allí lo vieron timbrar—. Aquí vamos, muchachos.

Una mujer vestida de gris con delantal blanco abrió la puerta. Llevaba una cofia plisada, en forma de media luna, en la parte alta de la cabeza. Su piel muy morena era del mismo color que su cabello acicalado hacia atrás y anudado en un moño en la nuca.

La señora Potter miró al señor Howard levantando las cejas.

—Antes de que diga cualquier otra cosa —dijo el señor Howard—, le confirmo que sí, son niños. Y sí, son dos. ¿En dónde está ella?

—En la biblioteca, señor. Y permítame decir que es usted un hombre valiente.

No seré yo el que tiene que hablar con ella... Me parece menos arriesgado... ponerle condimento a la vida... un hombre valiente.

¿Por qué todos hablaban en una especie de código secreto? Los habían adoptado. ¿Acaso la señora Sturbridge no iba a estar contenta de verlos?

Entraron tras el señor Howard y pasaron al vestíbulo, que tenía el tamaño de todo el departamento de la abuela. El piso parecía un ajedrez de mármol blanco y negro. Una amplia escalinata con barandal de madera oscura recorría la pared izquierda y daba una curva hasta el segundo piso.

—¡Vaya! —susurró Frankie, levantando el cuello al tiempo que señalaba el candelabro dorado que goteaba tres capas de cristales como lágrimas de tamaño gigante—. Debe tener muchísimo dinero.

—Shhh... —dijo Mike, aunque era exactamente lo mismo que él estaba pensando. De manera que así vivían los ricos. Él nunca se había sentido pobre, pero tampoco había conocido la riqueza. Cuando vivían con su abuela, habían tenido suficiente para comer y un buen lugar donde dormir y contaban con la abuela que los adoraba, así que lo demás no tenía mayor importancia. La abuela solía decir que poco le importaba el esplendor mientras tuviera su piano y a sus dos muchachos. Si hubiera podido ver todo esto, habría dicho que no hacía la menor diferencia a menos que el corazón del dueño de la casa fuera tan hermoso como la casa.

—Michael, Franklin, esperen aquí —el señor Howard señaló una banca tapizada y mullida. Atravesó una puerta doble que había a la izquierda y la cerró tras él.

La señora Potter se acercó por el vestíbulo, sacudiendo la cabeza.

—Se nos viene una tormenta encima, lo juro por mi vida.

—¿Niños? ¿*Varones*? —gritó una voz femenina detrás de las puertas—. Te encargo que me busques *una niña*, una, ¿y regresas con *dos niños*? ¿Cómo se te pudo haber ocurrido?

Mike sintió que el estómago se le retorcía. Volteó a ver si Frankie había oído, pero parecía muy distraído, deslizando la mano por el barandal.

—Me nombraste tu representante, así que tomé la decisión —dijo el señor Howard—. Y es la decisión acertada. Los documentos ya se entregaron al juzgado. Los niños son hermanos y no me sentí capaz de separarlos. Espero que entiendas eso. Además, será más fácil con dos. Se tendrán el uno al otro. Ahora, te invito a conocerlos. Están en el vestíbulo.

La voz de ella sonó estridente.

—¿Qué hiciste?

—Tan sólo lo que se necesitaba —dijo el señor Howard—. Algo que *dejaste* para el último momento.

—Jamás pensé que llegaría a este punto. ¡Estoy *tratando* de cambiar las cosas!

—Me temo que ya se te acabó el tiempo —dijo el señor Howard.

Mike oyó un golpe contra una pared y, luego, vidrios rotos.

Frankie salió disparado desde las escaleras a abrazar a su hermano.

—No pasa nada —le susurró el chico. O al menos eso esperaba.

La señora quería una niña y el señor Howard los había llevado a ellos dos. Si le importaba tanto a ella, ¿por qué no había ido a escoger a quién adoptar? Había algo que no encajaba aquí.

Mike situó a su hermano frente a él y lo miró directo a los ojos.

—Debemos ser muy cuidadosos, y no olvidar nunca nuestros buenos modales. No queremos que ella se enoje, ¿me entiendes?

Antes de que Frankie pudiera contestar, salió el señor Howard de la biblioteca. Se paró junto a la puerta, aguardando. Una mujer se asomó a su lado, con la boca apretada en una línea triste. Aunque tenía la cara roja de ira o por haber llorado, Mike no lo sabía bien, podía ver las vetas doradas brillando en sus ojos color avellana. Su pelo era una melenita de rizos. Usaba un vestido negro que le llegaba un poco más abajo de la rodilla. Sobre sus tacones, era tan alta como Mike, pero delgada como un sauce. Un aroma a vainilla la envolvía. Por la manera en que Frankie la miró, Mike se dio cuenta de que había quedado prendado.

—Michael, Franklin, ella es Eunice Dow Sturbridge —dijo el señor Howard.

Mike hizo un leve movimiento de cabeza.

—Señora, mucho gusto. Muchas gracias por adoptarnos.

Frankie intervino:

—¿*Usted* va a ser nuestra nueva mamá? Es *mucho más bonita de lo que esperábamos y huele mucho mejor* que la señora Pennyweather.

Los ojos de la señora Sturbridge se llenaron de lágrimas al echarles un vistazo y puso una cara como si hubiera encontrado un animal muerto en una alcantarilla. Se dio vuelta y subió las escaleras a toda prisa. Al llegar al final, se inclinó sobre la baranda y gritó:

—Llévalos con la señora Potter, ¡de inmediato! —y desapareció por el pasillo. Unos instantes después, una puerta se cerró con tal estruendo que hizo tintinear el candelabro.

—Aunque no lo crean, muchachos —dijo el señor Howard—, nos fue bien.

Una barra de jabón flotaba en la superficie vaporosa de la bañera con patas de león.

La señora Potter estaba de pie frente a Mike y Frankie, cruzada de brazos, examinando su limpieza.

No parecía contenta.

Mike había visto esa mirada antes, en los ojos de la abuela todos los sábados, cuando tenían que darse un baño incluso si no lo necesitaban.

—Cuando yo salga de aquí, se van a desvestir y a meterse en la bañera por turnos para lavarse de pies a cabeza. Dejen su ropa en ese canasto. Mañana lavaré el resto de sus cosas.

—No tenemos más ropa —dijo Frankie.

Mike clavó la vista en el piso, sonrojado.

—Cuando vivíamos con nuestra abuela teníamos más y mejor…

—Pero se perdió todo al llegar al hospicio —dijo el chico.

—Entonces más tarde lavaré lo que tienen puesto —dijo la señora Potter—. Afortunadamente la señora tiene una poderosa secadora de ropa justo para esta clase de emergencia. Sus ropas no olerán igual que si se hubieran oreado al sol, pero estarán limpias. Voy a pedirle al señor Howard que les traiga un par de camisones para dormir. Los encontrarán colgando fuera de la puerta cuando salgan de bañarse.

—¿El señor Howard vive aquí cerca? —preguntó Mike.

—Sí, vive al final de la calle. Su padre era el abogado del señor Dow, que resulta ser el padre de la señora, pero supongo que eso ustedes ya lo saben. Y ahora el señor Howard hace lo mismo para la señora. Pero es más de la familia que un simple abogado. La conoce desde que ella medía apenas medio metro.

Frankie empezó a desabotonarse la camisa.

—¿Por qué la llama *señora*?

—El señor Potter y yo hemos estado aquí desde que ella nació. Nunca la hemos llamado de ninguna otra forma.

—¿Y es amable o cascarrabias? —quiso saber Frankie.

La señora Potter le entregó a cada uno una toallita pequeña para lavarse.

—Desde que el señor Dow murió hace un año, Dios lo tenga en su gloria eterna, ella no ha vuelto a ser la misma. Pero eso era de esperarse, teniendo en cuenta todo por lo que ha pasado. Incluso así, yo diría que, en el fondo, es una persona buena y amorosa.

—No le gustó como nos veíamos. ¿Cree que nos verá con mejores ojos una vez que estemos limpios? —preguntó Frankie.

—Ya lo veremos —dijo la señora Potter—. Parece que habrá un montón de incertidumbres que tendrán que definirse.

Mike tiró de Frankie para acercarlo y lo ayudó a desabotonarse. *Incertidumbres*. Que si eran niñas o no... Que si hacían pensar en algo recogido de la calle o no... Que si eran pobres o no... ¿De qué manera había que responder a eso para agradarle a ella?

—Señora Potter, ¿usted vive aquí? —preguntó Frankie.

Ella asintió.

—El señor Potter y yo vivimos en la casita que queda a un costado del jardín.

—¿De casualidad tendrá un hijo como de mi edad? —continuó el chico.

Ella rio.

—No. Tenemos a una hija hecha y derecha que vive y trabaja en Atlantic City. Se crio aquí, al mismo tiempo que la señora. Ahora es maestra. La vemos siempre que podemos.

—¿Al señor Potter le gusta jugar a las damas? —siguió Frankie con sus averiguaciones.

—De hecho, sí. Y también al señor Howard. Bueno, me van a cansar con tantas preguntas.

—Está emocionado —dijo Mike—. Jamás pensamos que podríamos acabar en una casa como ésta. O que pudiéramos seguir juntos.

La expresión en la cara de la señora Potter se suavizó.

—Ha sido un día lleno de sorpresas para todos. Ahora, ¡a la tina! Hay pollo con papas para la cena pero, como no tienen nada decente para ponerse y bajar al comedor, les subiré su comida en charola.

—¿En charola? —dijo Frankie—. Jamás he comido en charola.

La señora Potter hizo un esfuerzo por ocultar una sonrisa.

—Vendré en unos momentos para mostrarles el cuarto de la torre.

Frankie abrió los ojos como platos.

—¿Vamos a dormir en una torre?

—A bañarse —dijo, y cerró la puerta al salir.

—Me agrada —dijo el chico.

Mike asintió. La señora Potter le recordaba a la abuela, con su sentido práctico y los pies en la tierra pero, al mismo tiempo, los trataba cual mamá gallina a sus pollitos.

Esa noche, Mike se recostó en las almohadas en su cama doble con dosel.

La torre tenía una habitación en el segundo piso, justo debajo del techo cónico. Contra una de las paredes había un armario de caoba, los pisos estaban cubiertos por alfombras tejidas, y al banco que había en la ventana lo cubrían cojines bordados a mano. Era lo más lejano posible del hospicio.

La puerta se abrió. Frankie entró, vestido con uno de los camisones del señor Howard, las mangas arremangadas. Se trepó a la cama junto a Mike.

—¿Te lavaste los dientes?

Su hermano asintió, mientras se metía entre las sábanas.

El mayor apagó la luz.

Un grillo cantó afuera.

—Tremendo silencio —dijo Frankie.

—Estaba pensando justo en eso.

—Tengo miedo, Mike.

—¿Quieres que deje la luz encendida?

—No. No me da miedo la oscuridad —Frankie se le acercó y lo abrazó—. Lo que me asusta es cerrar los ojos, dormirme y despertarme en el hospicio otra vez.

—Ya sé —respondió el mayor—. Te prometo que vas a despertar aquí.

Mike miró a través de las sombras. Su mente seguía inquieta con tantas cosas que habían pasado y todo lo que se había dicho ese día.

… una pianista muy talentosa… tiene que adoptar un niño… tan sólo lo que se necesitaba… se te acabó el tiempo… no ha vuelto a ser la misma… todo por lo que ha pasado… incertidumbres…

Mike oyó cómo cambiaba el ritmo de la respiración de su hermano, y supo que se había dormido. Levantó con cuidado la mano que Frankie le había puesto sobre el pecho y lo cubrió con la sábana. El chico olía a jabón y al pollo de la cena. Y no había sido crema de pollo, sino muslos asados y jugosos.

¿Y qué tal que todo fuera un sueño?

Por si acaso, Mike luchó por mantenerse despierto, pero perdió la batalla.

10

Al principio, no supo dónde se encontraba.

Se enderezó, parpadeando y examinando la habitación hasta que recordó todo lo que había pasado el día anterior. A su lado, Frankie se dio la vuelta, aún dormido.

La ropa que traían el día anterior había sido lavada y doblada, y estaba dispuesta en un banco, a los pies de la cama. Mike se vistió y descendió por la escalera. Abajo todo estaba en silencio.

Las puertas dobles que daban a la biblioteca estaban abiertas. Mike entró, parecía una caverna en la penumbra. Las ventanas estaban cerradas con postigos de madera bien asegurados. Examinó las paredes enchapadas en madera, las pantallas con flecos de las lámparas y el enorme escritorio en ángulo en una esquina. Su mirada vagó por las estanterías de piso a techo, abarrotadas de libros, y la escalera rodante que alcanzaba hasta lo más alto. En una mesita redonda había una colección de metrónomos.

¿Dónde estaba el piano?

Recorrió nuevamente sus pasos, atravesó el vestíbulo hasta otras puertas dobles. Abrió una de las dos y quedó sin habla.

El sol de la mañana entraba a raudales por las altas ventanas y hacía brillar diminutas partículas de polvo en el aire. En cada esquina había una maceta con una palmerita. En el centro de la habitación se encontraba el instrumento más impresionante que Mike había visto en su vida: un piano de cola de concierto.

Era la primera vez que veía uno. Medía prácticamente dos metros desde el teclado hasta la parte de atrás. Una vez, la abuela lo había llevado a comprar partituras a una tienda y el dueño tenía un piano de media cola. Le permitió a Mike que lo tocara. Daba la sensación de que las notas brotaran desde el interior del instrumento, y el sonido volaba por todo el cuarto. ¿Acaso este piano sonaría igual?

Mike acarició la brillante superficie de ébano. Levantó la tapa y la apoyó en el soporte. Por unos instantes, quedó absorto en lo intrincado de los mecanismos: las clavijas para afinar, las cuerdas graves y agudas, la caja de resonancia y los martinetes. Se las arregló para sentarse en el banco del piano sin moverlo de su lugar, cerró los puños, los abrió y extendió los dedos todo lo que pudo. ¿No había dicho el señor Howard que el piano necesitaba desesperadamente que alguien lo tocara? ¿Acaso no los habían escogido en el hospicio por tener aptitudes musicales? Si la señora Sturbridge oía tocar a alguien, quizás iba a estar complacida. Pero ésa era una de las *incertidumbres.*

Había un libro de piano en el atril. Pasó las páginas hasta encontrarse con el *Nocturno no. 20* de Chopin. Puso sus manos en posición, sintiendo que el deseo de tocar atraía las puntas de sus dedos cada vez más hacia las teclas, como un imán.

Tocó los primeros acordes. El cuarto se llenó con el rico timbre del piano y su tono intenso. Era diferente a cualquier piano que hubiera oído antes. Las notas agudas sonaban más brillantes, las bajas, más oscuras y amenazadoras.

Recomenzó varias veces. Al principio, su fraseo sonó rígido, como falto de práctica. Y luego sintió que se sumergía en la música. Recordó cuando la abuela le había enseñado esa pieza, a los nueve años. Cuando terminó de tocarla, oyó la voz de ella: "Una vez más. Pero primero voy a abrir la ventana para que todo el vecindario pueda oírte tocar".

Mike se dejó llevar por las notas melancólicas, las insinuaciones de una marcha, la delicada filigrana y la parte final, lenta cada vez más lenta… Hasta la última nota que quedaba resonando. Casi podía percibir a su abuela sentada junto a él en la banca del piano, y oír a su madre tarareando…

Lo interrumpió un ruido extraño, una combinación de jadeo y chillido, y levantó la vista.

La señora Sturbridge estaba en el umbral de la puerta, con una mano en el pecho y cara de haber visto un fantasma.

Antes de que Mike pudiera pronunciar palabra, la señora Potter entró apresurada.

—Lo lamento mucho, señora, no lo oí bajar la escalera —tomó a Mike por el brazo y lo condujo a la cocina, y allí lo enfrentó—. Por más que tu música emocione mi alma, tengo que decirte con gran pena que tienes que dejar el piano en paz. Nunca jamás hay que tocarlo —su mirada se llenó de remordimiento—. Es una tristeza, un instrumento tan hermoso pidiendo a gritos que alguien lo toque. Y pensar en toda la música que solía brotar de él.

—No entiendo —dijo Mike—. Es que el señor Howard dijo…

La señora Potter levantó una mano para interrumpirlo.

—Hay muchísimas cosas que parecen ilógicas en esta casa. Ya te acostumbrarás. Ahora, ve a buscar a tu hermano y bajen a desayunar a la cocina. El señor Howard llegará pronto para llevarlos a la ciudad a comprar ropa.

—¿Y ella vendrá con nosotros? —si fuera así, tendría la oportunidad de disculparse por lo del piano y también de explicarle que Frankie y él antes solían verse más limpios y arreglados.

La señora Potter negó con la cabeza.

—La señora tiene otros planes y no va a volver sino hasta después de la cena. Y todavía no parece dispuesta a pasar un rato con ustedes. Anda, ve.

Mike subió las escaleras en busca de Frankie. ¿Por qué los había adoptado si no quería estar con ellos?

¿Cuántas otras cosas serían *ilógicas* en esta casa?

II

Mike llevaba a Frankie de la mano, caminaban deprisa tras el señor Howard, que iba por la calle Amaryllis a paso rápido y silbando sin parar.

Al pasar, señaló su casa en una esquina. Dos enormes olmos crecían a cada lado del camino que llevaba a la casa, y sus ramas casi se tocaban en el centro.

—Es de la misma época y estilo que la de la señora Sturbridge, pero yo la mandé remodelar por completo —sacó su reloj de bolsillo—. Vamos, muchachos, si cortamos camino por en medio del parque y nos damos prisa, podemos subirnos al siguiente tranvía.

Mike dio pasos más largos para no quedarse atrás. Dos cuadras más allá, el señor Howard señaló el parque con el kiosco en medio. Lo atravesaron rápidamente hasta la avenida arbolada al otro lado, justo a tiempo para subirse al tranvía que ya se acercaba.

A medida que avanzaban de parada en parada, las casas pasaron de ser grandes mansiones a convertirse en casitas modestas. Trecho a trecho, las edificaciones aumentaron su altura. Cuando el tranvía se detuvo en pleno alboroto del centro de Filadelfia, se bajaron.

A pesar de que hacía más calor y humedad aquí, entre las calles estrechas por las cuales no podía colarse un golpe de viento, Mike se sentía como en casa. Le recordaba el vecindario de la abuela: puertas que daban a una escalera estrecha para llegar a los departamentos, niñas saltando la cuerda en las aceras, niños jugando a la pelota en las calles, autos y camiones dando bocinazos. Miró hacia arriba, con la esperanza de ver una ventana con un aviso escrito a mano anunciando lecciones de piano, pero sabiendo perfectamente que no estaba para nada cerca del lugar donde antes vivía.

Cuando el señor Howard los introdujo a la tienda departamental Highlander por las puertas giratorias, el ruido quedó atrás. Adentro, todo se veía pulido y reluciente: las vitrinas, las mercancías, los rostros de los dependientes. Hasta el mismo aire olía a algo costoso. Todos los compradores parecían ir vestidos con su ropa de domingo. Mike se pasó la mano por su propia ropa, sintiendo que estaba en el lugar equivocado.

—Muchachos, suban al tercer piso, al departamento de jóvenes —dijo el señor Howard—. Llegaré allá en un momento, primero tengo que ocuparme de la cuenta de la señora Sturbridge en las oficinas.

Los hermanos avanzaron lentamente entre las vitrinas repletas de guantes y bufandas, paraguas, billeteras, sombreros y perfumes. Frankie se detuvo frente a una serie de figuritas de cristal. Una dependienta se le acercó apresurada, frunciendo el ceño.

Mike tiró de su hermano menor para llevarlo al ascensor.

—Al tercer piso —le dijo al ascensorista.

El hombre los miró y resopló. Se pasó los dedos por las solapas de su saco azul, como si quisiera sacudirse el polvo.

—No pueden andar a sus anchas haciendo alboroto en este establecimiento, chicos.

—Pero si no estamos haciendo alboroto —dijo Frankie.

—¿Planean comprar algo? —preguntó el hombre.

—Sí, señor —respondió Mike—. En el departamento de jóvenes.

El hombre los inspeccionó con la mirada. Hizo una seña a un vendedor, que se acercó con rapidez. Los dos hombres cuchichearon entre sí.

Mike oyó apenas retazos de su conversación: *Sin dinero… Buscando sólo una cosa… Ladronzuelos.*

Mike sintió que se le subía el calor a la cara y supo que la debía tener colorada.

El vendedor agarró a Frankie por el brazo.

—A ver, chicos, permítanme llevarlos a la salida. Creo que están en el lugar equivocado.

Frankie se sacudió al tipo y se aferró a Mike.

—¡Déjenos en paz!

Otros dos vendedores los rodearon abriendo los brazos. Uno agarró a Mike por el cuello de la camisa y le torció el brazo derecho tras la espalda, para obligarlo a caminar hacia la puerta.

Mike sintió terror.

—¡Suélteme! ¿Qué hace? —jamás lo habían tratado así. Trató de zafarse de las manos del hombre.

El vendedor lo agarró con más fuerza y le susurró al oído:

—Búsquense otra tienda para robar.

Frankie empezó a gritar:

—¡Alto! ¡No más! —se lanzó hacia delante, golpeando al hombre con sus puños.

—¡Llamen a la policía! —gritó el ascensorista.

La voz del señor Howard sonó como un trueno:

—¡Quítenles las manos de encima a esos muchachos y háganse a un lado! Si no, seré *yo* el que llame a las autoridades. Y no me refiero a la policía, sino al propio señor Highlander.

El vendedor soltó a Mike y retrocedió.

El muchacho temblaba de pies a cabeza, le ardían las lágrimas en los ojos. ¿Habían pensado que eran ladrones? Pero si él jamás se había robado nada en toda su vida. El señor Howard se acercó y rodeó a cada niño con un brazo.

—¿Están bien?

—Querían que nos fuéramos. ¡Quería llevarse a Mike —gimoteó Frankie—. Pero si no hicimos nada.

—Ya veremos cómo resolverlo —el señor Howard miró a uno de los vendedores—. ¡Llamen de inmediato al gerente de la tienda!

El señor Howard se sentó en un rechoncho sillón en el departamento de jóvenes, con Frankie sobre sus piernas y Mike a su lado.

—Lo lamento enormemente, señor Howard —dijo el gerente de la tienda, un hombre de baja estatura con un bigote delgadísimo. Iba y venía frente a ellos—. No fue más que un malentendido. No teníamos manera de saber que estos muchachos venían con usted.

El señor Howard levantó las cejas.

—Si mal no lo recuerdo, a lo largo de los años, mi clienta, la señora Sturbridge, ha gastado una buena cantidad de dinero en esta tienda y en este departamento.

—Sí, señor, *así es*, ciertamente.

—Estos muchachos son sus pupilos —dijo el señor Howard—. Son bien educados y están limpios. Sus ropas no son las mejores, eso es cierto, ¿pero acaso eso los transforma en ladrones? No. Hace de ellos un par de muchachos necesitados de ropa nueva, y es *por eso* que estamos aquí. La manera en que los trataron estuvo lejos de ser la correcta, señor, y más cuando estaban haciendo exactamente lo que les dije que hicieran. ¿Cree necesario que le comente algo de esto al señor Highlander?

—Oh, n-n-nooo, se-señor Howard —tartamudeó el gerente. Hizo chasquear los dedos y un joven vendedor se acercó—. Charles les ayudará. No hay razones para volver a mencionar este incidente y puede estar seguro de que yo hablaré con los empleados involucrados. Convocaré una reunión especialmente para eso, puede estar seguro.

—Muy bien —dijo el señor Howard—. Necesito un guardarropa completo para cada uno de estos jóvenes: cuatro camisas, tres pares de pantalones, calcetines, ropa interior, tirantes y una gorra que puede ser de paño o fieltro. Que uno de los pares de pantalones junto con una camisa sean más formales. Y agregue además un chaleco y una corbata para cada uno. Ah, y más vale que también ponga zapatos —les miró los pies—. Dos pares: marrones y de cordones para el día a día, y mocasines negros para ocasiones formales.

Frankie le sonrió a su hermano.

Éste no le pudo devolver la sonrisa. La vergüenza aún lo invadía, y todavía sentía el sonrojo de la humillación en la cara. Clavó la vista en el piso mientras Charles los llevaba a un vestidor. ¿Acaso la señora Sturbridge había pensado lo mismo la primera vez que los vio? ¿También se habría preguntado si eran ladronzuelos?

—Aquí estaré, muchachos, leyendo el periódico —dijo el señor Howard—. Cuando estén vestidos, salgan y me muestran cómo se ven.

Tras la cortina del vestidor, Mike se relajó. Los dos pasaron una hora probándose prendas y saliendo a mostrarle al señor Howard, para ver qué opinaba. Cuando se quedaban solos en el probador, se hacían muecas uno a otro en el espejo. Una vez que todo estuvo escogido y ajustado, siguieron al señor Howard, cargado de paquetes, hacia fuera de la tienda.

—Gracias, señor Howard —dijo Mike—. Gracias por traernos. Jamás habíamos tenido tanta ropa nueva y bonita al mismo tiempo. Y gracias también por defendernos.

El señor Howard sonrió.

—Ustedes tienen tanto derecho como cualquier otra persona de estar en esa tienda. Así que me están agradeciendo por nada. En cuanto a la ropa, es a Eunie a quien deben darle las gracias. Ella es su benefactora.

Mike asintió.

—Así lo haremos, señor. A la primera oportunidad.

—¿Eunie? —preguntó Frankie arrugando la nariz.

—Su nombre de pila es Eunice —dijo el señor Howard—. Empecé a decirle *Eunie* cuando ambos éramos niños.

—¿Y cómo debemos llamarla nosotros? —preguntó Frankie—. No le gustó cuando le pregunté si iba a ser nuestra madre.

—No… Pues… Vamos a darle un tiempo para hacerse a la idea —dijo el señor Howard—. Por ahora, señora a secas o señora Sturbridge será suficiente.

Mientras bajaban por la calle, Mike no podía evitar mirar su reflejo en las vitrinas de las tiendas. ¿Ése era él? Ya no se veía para nada como un personaje salido de una callejuela.

Se veía compuesto y reluciente, como si su lugar fuera al lado del señor Howard.

¿Acaso la señora Sturbridge, o señora a secas, o como quiera que la llamaran, estaría de acuerdo?

12

En el camino de regreso hacia la parada del tranvía, Frankie iba brincando por delante de Mike y el señor Howard, y se detuvo frente a una vitrina.

Se volvió hacia ellos, con los ojos muy abiertos, y les hizo señas para que se acercaran.

Mike trotó hacia él.

—¿Qué pasa?

—¡Son ellos! —exclamó, señalando un cartel grande expuesto en la vitrina del Emporio Musical Wilkenson—. ¡Son los Magos de la Armónica! —Frankie aplastó su nariz contra el vidrio.

Su hermano miró el cartel con la foto de más de sesenta muchachos vestidos con uniformes de estilo militar, capas y sombreros con adornos de plumas.

Un hombre diminuto con un delantal rojo salió de la tienda. Su bigote gris estaba cuidadosamente peinado para formar una especie de manubrio de bicicleta, curvándose hacia arriba en ambos lados.

—Buenas tardes, caballeros —señaló el cartel con la cabeza—. Son algo muy especial, ¿cierto? La famosa Banda de Armónicas de Filadelfia. Si ustedes van a participar en el concurso, muchachos, todavía están a tiempo.

—¿Que es todo esto, señor? —preguntó el señor Howard.

—Es una competencia a lo ancho de toda la ciudad, que se llevará a cabo en agosto. Ahora mismo hay miles de niños en lecciones de armónica en todo Filadelfia. Habrá muchos premios, entre ellos instrumentos musicales. Podríamos decir que es una especie de audición. Los cinco mejores serán invitados a unirse a la banda y a viajar con ella. Tienen su propio cuerpo de damas voluntarias reuniendo dinero para los uniformes, buscando casas en las que se pueden alojar los muchachos e incluso viendo cómo pueden mandarlos a la escuela.

Frankie asintió con la seguridad de un experto.

—Íbamos a probar ese concurso para poder salir del orfanato. Pero ya no tenemos que hacerlo porque nos adoptaron.

—¡Pero qué buenas noticias! Eso no quiere decir que no puedan concursar por el puro placer de hacerlo —dijo el señor Wilkenson.

—Pero hay que tener la armónica oficial y como mínimo diez años de edad, a menos que uno sea una mascota. Mire, aquí —Frankie señaló al niño en el cartel.

—Tienes razón. Ese pequeño es una de las grandes atracciones y sólo toca con la banda cuando están en la ciudad. No viaja con ellos. La banda tiene todo tipo de reglas sobre esas cosas. Pero ese niño es el furor de las multitudes cuando lleva el uniforme —le hizo un guiño a Frankie—. Y tienes razón con respecto a la armónica. Tiene que ser una Marine Band de Hohner afinada en do. Recibí un embarque ayer y se están vendiendo como pan caliente. Valen apenas sesenta y cinco centavos cada una —sacó un pañuelo de rayas del bolsillo de su delantal y se enjugó la frente—. Hablando de pan caliente, con este clima me siento como en una cocina ardiente. El calor me hace casi alucinar.

Frankie miró al señor Howard.

—La señora Pennyweather nos quitó las armónicas que la abuela nos había comprado.

El señor Howard sonrió.

—Señor Wilkenson, me parece que no estamos interesados en el concurso, pero dos armónicas nos vendrían muy bien.

—Por aquí, entonces —instó el señor. Abrió la puerta de la tienda, haciendo tintinear una campana que pendía del marco.

El señor Howard y Frankie fueron tras el señor Wilkenson, hacia el mostrador cerca de la caja registradora.

—Hay gatitos por el piso, así que tengan cuidado con dónde pisan —dijo el señor de la tienda—. Hay tres en alguna parte de este local.

Mike avanzó por el estrecho pasillo central, cuidando dónde ponía los pies y disfrutando el olor de la resina para arco, los estuches de cuero y el limpiador de madera. Su mirada no alcanzaba a abarcar todos los instrumentos que se acumulaban en cada espacio libre: trompetas en una vitrina, violonchelos recostados por ahí, violines, platillos y tambores colgando del techo, y un bombo sobre un pedestal. Le recordó a la tienda a la que su abuela lo había llevado una vez, a comprar partituras. *¿No es fabuloso?*, decía ella. *La música está a punto de escapar de todos estos instrumentos*. Sonrió, recordando cómo siempre había esperado ver salir una hilera de notas negras del pabellón de una tuba o de un trombón.

Frankie corrió hacia él, con un gatito manchado en una mano y una armónica nueva en la otra.

—Mira, Mike: viene con un folleto de instrucciones, con canciones —pasó la boca por toda la armónica—. ¿No te suena de maravilla? Ésta era la última que había junto a la caja registradora, pero el señor Wilkenson dijo que podías ir al mostrador de atrás y sacar una del contenedor de cartón que acaba de abrir —el chico volvió sin prisa hasta donde estaban el señor Howard y el dueño de la tienda conversando.

Mike logró llegar a la trastienda, hasta un mostrador frente a una bodega cerrada con una cortina. Sobre el mostrador había un contenedor grande y abierto, lleno de cajitas delgadas. Levantó una y la abrió. Dentro había doce cajas individuales alineadas, cada una decorada con una foto de la banda de la marina de Estados Unidos.

Recorrió la hilera de cajitas con el dedo. La última en el fondo llamó su atención. El borde azul parecía más brillante que el de las demás, el letrero rojo era más vivo, la foto de la banda de la marina más clara. Al tomar la caja, hubiera podido jurar que se había oído un acorde, como una campanilla muy aguda. Miró alrededor. Debía haber sido la caja registradora del señor Wilkenson.

Abrió la caja, tomó la armónica y le dio la vuelta. Notó una pequeña letra *M* escrita en rojo, a mano, en un borde. ¿La tenían todas? Se llevó la armónica a los labios, tocó la escala y las últimas seis notas de "América, la bella". Cuando llegó a la última nota, todos los instrumentos de la tienda resonaron con un largo acorde.

Se dio vuelta parar mirar los instrumentos inmóviles. No había nadie más allí. Todo estaba en silencio.

Hacía calor en la tienda y Mike se sentía levemente mareado. Se enjugó la frente, perlada de sudor, y metió la armónica en la caja. La tomó y se dirigió a la parte delantera de la tienda.

Lo escoltó un coro de sonidos: los clarinetes ululando, redobles de tambor, *pizzicato* de violines y el rasgueo profundo de un chelo. Cuando pasó al lado de las trompetas, éstas explotaron en una fanfarria.

Miró por encima de su hombro. Todo se veía igual. ¿Acaso la abuela tenía razón y la música estaba escapando? ¿O sería algún truco ingenioso del señor Wilkenson? Un gatito lo siguió, lanzándole zarpazos a los tobillos. A cada paso, el espacio a su alrededor se sentía más atiborrado de cosas y el aire, más denso.

—Ya pagué —dijo el señor Howard cuando Mike llegó a su lado—. Veo que ya escogiste una armónica.

Mike asintió.

El señor Wilkenson le hizo un guiño.

—Siempre he creído que es el instrumento el que escoge al músico y no al revés —le hizo un gesto de cabeza al señor Howard—. Gracias por su compra.

Cuando salieron y la puerta se cerró tras ellos, la campanilla de la entrada tintineó como un *piccolo* alborotado.

Una vez fuera, Mike se frotó la frente.

Quizás el calor lo había afectado también a él. Hasta la armónica se sentía caliente en su mano. Se inclinó hacia Frankie.

—¿Oíste algo raro allá dentro?

—No, pero a qué no adivinas… el señor Howard dijo que el señor Potter es la persona que mejor toca la armónica. Que no ha oído nada igual en *toda* su vida. Y que mañana tiene el día libre y tal vez pueda enseñarnos algunas canciones.

En el recorrido hasta la parada del tranvía, Mike y Frankie tocaron sus armónicas.

La de Mike sonaba diferente que la de su hermano. Tenía un timbre imposible de explicar... parecía como si fuera dueña de una voz antigua y más redonda. Mientras tocaba canciones que sabía de memoria, sintió que caminaba con pies más ligeros.

El tranvía se detuvo y sonó su campana.

El señor Howard sonrió.

—Vamos, muchachos. Es hora de volver a casa.

Frankie tomó la mano de Mike y le dio un apretoncito.

El mayor miró la cara sonriente del pequeño, y le devolvió el apretón.

El señor Howard había dicho *a casa*.

Quizás esta vez las cosas sí saldrían bien.

13

El señor Potter podía hacer que una armónica sonara como un tren en movimiento, o el llanto de un bebé, o la lluvia arrastrada por el viento.

El domingo en la tarde, Mike y Frankie estaban sentados en una banca bajo un árbol frondoso junto a la casita de los Potter, hipnotizados por su manera de tocar.

Mike no podía despegar la vista de las manos o la boca del señor Potter, y de la manera en que meneaba la cabeza al compás de la música. Reconocía las canciones pero las oía salpicadas de ritmos repetitivos. El sonido parecía transportarlo a otro lugar y otro tiempo, a un lugar antiguo y terrenal. Los tiempos empezaban y se detenían, preguntaban y respondían. Jamás había oído algo semejante. Cuando el señor Potter hizo una pausa, Mike le preguntó:

—¿Qué es ese sonido?

El señor Potter asintió sonriendo.

—Te gusta, ¿no? Se llama *blues*.

—¿Y por qué se llama así? —preguntó Frankie.

—*Blues* quiere decir tristeza o melancolía por las cosas de la vida. Así que la música inspirada en ese sentimiento tiene que ver con todas las pruebas y tribulaciones que la gente pueda llevar en el corazón. Es una música que habla de lo que las personas *quieren* pero no *tienen*. El blues es una canción que ruega por hacerse oír.

—Pero la música no suena triste todo el tiempo —dijo Mike.

—No, las canciones también tienen algo más. Y ahí está lo importante. No importa cuántas cosas te falten, porque la vida siempre te ofrece mucho más. Así que no importa cuánta tristeza haya en una canción. Siempre habrá una medida igual de esperanza de que algún día, no muy lejano, las cosas mejoren.

—¿Y puede hacer que cualquier canción suene como blues? —preguntó Mike.

—No siempre, pero la mayoría sí puedes transformarlas al estilo del blues. O sea, puedes darle el sabor del blues a casi cualquier canción —el señor Potter se llevó la armónica a los labios y tocó "Estrellita, ¿dónde estás?". Era la misma melodía que solía cantarles su mamá, pero con frases que se repetían. Al final, el señor Potter pareció precipitar la tonada hasta hacerla una especie de llanto.

—¿Y cómo lo hace? —preguntó Mike.

—Fácil —sonrió el señor Potter—. Tomas la melodía y la divides en partes y luego rehaces algunas de esas estrofas y las sazonas con tus sentimientos. De manera que tocas la canción como si estuvieras dando testimonio de lo que hay en tu corazón: alegría, tristeza, rabia. A ver, Mike, haz lo que yo hago —sopló dos acordes.

Mike los repitió.

Tocó una nota, dándole un efecto para bajar un poco el tono.

Mike lo imitó.

El señor Potter hizo que cada frase musical sonara diferente de la anterior. Y así siguieron, primero el señor Potter y después Mike. Con notas breves, como palabras, seguidas por frases más largas, como oraciones completas. Y luego, párrafos enteros de música, como si ambos sostuvieran un diálogo.

Cuando terminaron, Frankie aplaudió.

—¡Ahora yo!

El señor Potter empezó de nuevo, haciendo las frases más sencillas.

Una vez que el chico aprendió cómo hacerlo, Mike se unió a ellos. A la sombra del árbol, con el sonido de tres armónicas conversando entre sí, y todo lo que les había sucedido en los últimos días, Mike se arriesgó a dejar que un rayito de felicidad entrara en su corazón.

La señora Potter llamó a los muchachos desde la puerta trasera de la casa principal y les hizo señas para que fueran hacia allá.

Frankie salió corriendo primero.

El señor Potter señaló la armónica de Mike.

—Ésa tiene algo especial. Un no sé qué que no había oído antes.

Mike asintió.

—Me… Me siento diferente cuando la toco.

El señor Potter sonrió.

—A veces sucede que un instrumento tiene ese efecto sobre una persona. Hace que el mundo parezca más luminoso, lleno de oportunidades.

Mike comprendió lo que quería decir. Lo sentía.

—Señor Potter, ¿qué quiere decir esto? —le tendió la armónica señalando la diminuta letra $\mathcal{M}$ y sus curvas, dibujada sobre la madera, que había notado el día anterior.

—No sé. Jamás vi algo semejante. ¿La de Frankie también la tiene?

Mike negó con la cabeza.

—No, ya la revisé.

—Es probable que quien la fabricó haya puesto esa marca. Pero esa armónica no es lo único especial. Tienes un don natural. La señora Potter me contó que te había oído tocar el piano. Ahora sé a qué se refería. Espera un momento aquí.

El señor Potter entró en la casita. Minutos más tarde, salió para entregarle a Mike un grueso libro de música con tablatura para armónica.

—Puedes llevártelo un tiempo. Servirá para estimular tu interés. ¿Vas a volver mañana para que toquemos juntos otro rato?

Mike asintió.

—Gracias, sí, señor.

Se fue lentamente hacia la casa, tocando las canciones que acababa de aprender. De repente, algo que se movía le llamó la atención, y miró hacia una ventana del segundo piso. Allí estaba la señora Sturbridge, mirándolo. Pero antes de que alcanzara a levantar la mano para saludarla, ella desapareció y las cortinas se cerraron.

No había tenido la ocasión de disculparse por tocar el piano el día anterior. ¿Seguiría molesta por eso? ¿O sería por alguna otra razón?

El extraño comportamiento de la señora Sturbridge continuó. Durante las dos semanas siguientes, a duras penas la vieron. La señora Potter los mantuvo ocupados con toda una rutina de comidas y juego y quehaceres. El señor Potter permitía que

Frankie lo siguiera como un perrito. El señor Howard venía de vez en cuando al final de la tarde y cenaba con ellos, y se quedaba después para jugar a la pelota en el jardín, o a las damas en el porche. Los fines de semana los llevaba al parque. La señora jamás se unía a ellos.

Mike trató de convencerse de que no importaba. De que el simple hecho de seguir juntos era suficiente para Frankie y él. Pero veía la mirada de su hermano siguiendo a la señora Sturbridge cuando se cruzaban con ella. Percibía su deseo de ser nuevamente parte de una familia y, a veces, en lo más profundo de su corazón, él también se atrevía a desear exactamente eso.

El blues se convirtió en su consuelo. Practicaba siempre que podía con el señor Potter, y fueron avanzando página tras página del libro, transformando cada canción al estilo del blues. Cada vez que tocaba, se sentía parte de algo, atado a algo, elevándose pleno de posibilidades, como si fuera montado en hombros de alguna fuerza desconocida. Podía percibir el optimismo en su corazón, con lo cual la música brillaba desde dentro.

Sin embargo, en las horas que transcurrían entre un ensayo y otro, se sentía confundido, con desazón. Había algo podrido en la calle Amaryllis.

La víspera del 4 de julio, Día de la Independencia, Mike estaba sentado en su lado de la cama, hojeando el libro del señor Potter y estudiando las tablaturas.

Comenzó con el principio de una canción que mezcló con otra que suele cantarse para los cumpleaños, y terminó con una canción campesina muy jovial.

Frankie entró a la habitación y se sentó a su lado.

—Tócame una canción, por favor.

Mike no se hizo de rogar y tocó.

—Sonó muy bien —dijo. Los ojos casi se le cerraban—. ¿Tú crees que mañana…? —cerró los ojos y arrugó la frente como si estuviera expresando un deseo muy profundo.

Mike no necesitaba que su hermano terminara la pregunta. Todas las noches hacía la misma.

—¿Crees que *mañana* ella pasará un rato con nosotros?

Mike trató de alisar las arrugas en la frente de su hermano.

—Quizá nos lleva a ver los fuegos artificiales al parque… —murmuró el chico—. Sobre todo porque el señor Howard está de viaje.

—Pero claro. Tal vez mañana sea un día especial.

14

El 4 de julio llegó y se fue sin más.

Al siguiente sábado, después del desayuno, Mike se sentó en su cuarto a tocar la armónica mientras su hermano esperaba a que el señor Howard llegara para llevarlos al parque.

Frankie se levantó del piso, donde había estado dibujando, y fue hasta el espejo que había encima de la cómoda.

—Mike, ¿crees que necesito cortarme el pelo otra vez?

Mike dejó de tocar y lo examinó.

—Quizás en unas cuantas semanas, pero ahora te ves bien.

—¿Te parece que soy demasiado ruidoso?

—No, Frankie… ¿por qué?

—Porque aquí le caemos bien a todos… menos a ella. Le he estado dejando ramitos de flores del jardín junto a la puerta de su cuarto, y haciéndole dibujos para dejarlos en su lugar de la mesa del comedor. Pero ella nunca nos habla, por eso estaba pensando que entonces si el señor Howard me llevaba a la peluquería, o que si yo hiciera menos ruido, tal vez… —se encogió de hombros.

—Mira, como te he dicho ya muchas veces, se está acostumbrando a nosotros. No esperaba adoptar a niños varones.

Ni tampoco que fueran dos. Hay personas a las cuales les cuesta más que a otras dejar salir sus sentimientos. Al menos no estamos en el hospicio y seguimos juntos, ¿cierto?

Frankie asintió.

—Cierto.

—¿Sabes que a veces me siento culpable? Culpable porque tenemos tantas cosas bonitas ahora, cuando hay tantos niños que no tienen nada —dijo Mike—. ¿También te sientes así a veces?

Frankie asintió.

—Pienso en James y en que debe seguir en el hospicio, con los zapatos que le quedan chicos, cuando yo tengo dos pares nuevos.

—Yo igual. Pienso en Ratón, viviendo en la calle, y me pregunto qué irá a hacer cuando empiece a hacer frío, mientras que aquí tenemos una cama con una pila de edredones. Pienso mucho en esas cosas… En cómo fue que nos tocó a nosotros y no a ningún otro la suerte de venir aquí. Somos afortunados, tú y yo.

Frankie le respondió con una sonrisa indecisa.

Su hermano hubiera querido creer en sus propias palabras, pero a pesar de que ahora tenían tantas cosas, seguía habiendo demasiados cabos sueltos. Y aunque la señora Potter le había dicho que se acostumbraría a las cosas ilógicas, tras tres semanas no conseguía hacerlo, y eso le preocupaba. En el fondo, había algo que lo corroía por dentro, una pregunta mucho más profunda que aquel piano olvidado y desesperadamente necesitado de alguien que lo tocara.

La señora Potter apareció en la puerta.

—El señor Howard ya llegó. Ven, Frankie, deja que te limpie un poco.

—¿Y ella vendrá con nosotros? —preguntó el chico.

Su hermano mayor miró a la señora Potter, y detectó la mirada lastimera en sus ojos y su casi imperceptible movimiento de cabeza.

La señora Potter sonrió.

—No, hoy no. Pero en el parque hay todavía un montón de vendedores porque apenas acaba de pasar el Día de la Independencia. Te gustará —tomó a Frankie de la mano y lo sacó del cuarto.

Mike oyó voces que subían por la ventana abierta y se acercó. Afuera, en el jardín, la señora Sturbridge y el señor Howard estaban en el camino de entrada. Ella iba vestida de negro, como solía estarlo cuando iba a la ciudad, con guantes y cartera.

El señor Howard tenía las manos en las caderas.

—¿Vas a ir a ver a Golding hoy? ¿Por qué no vienes con nosotros?

—Estoy tratando de arreglar esto.

—Son buenos muchachos, Eunie, y con aptitudes. Te darías cuenta si les dieras la oportunidad.

Lo que respondió la señora Sturbridge fue tan suave que Mike no alcanzó a oírlo. Pero vio que la mirada de ella se fijaba en el suelo.

El señor Howard meneó la cabeza.

—Ya sé cuánto has sufrido, Eunie. Pero esos chicos también han sufrido. Lamento mucho haberte puesto en una situación que era mucho más extrema de lo que esperabas, y diferente. Intenté hacer lo mejor posible, ya que el tiempo se acababa. Ya sabes… tu padre quería asegurarse de que esta casa iba a estar llena de niños y de música, y de que tú abrirías nuevamente tu corazón.

Ella levantó la vista hacia el señor Howard.

—¿Y de qué me ha servido abrir mi corazón en el pasado? Toda la gente que ha significado algo para mí termina por abandonarme.

—Eso no es verdad. Yo nunca te he abandonado. Ni en el parque, cuando eras una niña y perdiste a tu madre. Ni tampoco cuando te casaste con un hombre que tu padre no aprobaba. Estuve a tu lado cuando el pequeño Henry... Y cuando tu padre... —se interrumpió y la voz se le quebró—. Nunca te dejé durante todas esas circunstancias, y aquí sigo. Pero si ésa es tu manera de decirme que no te importo, entonces quizás haya llegado el momento de que tome mi propio camino —se dio vuelta para dirigirse a la casa.

Ella lo siguió con la mirada. Levantó la vista más arriba y se dio cuenta de que Mike los miraba desde la ventana.

Él sintió que la sangre se le agolpaba en las mejillas. ¿Ahora ella se enojaría al verlo espiando? No parecía enojada, sino como si fuera a ponerse a llorar. En un abrir y cerrar de ojos, ella se dio vuelta y caminó hacia el coche, donde el señor Potter le mantenía abierta la puerta.

Mike vio el vehículo alejarse, y más preguntas lo acosaron.

¿Que tenía que ver el difunto padre de ella con la adopción?

¿Quién era Henry?

¿Y cuáles eran los hechos que ella estaba tratando de arreglar?

15

Camino del parque, el señor Howard no pronunció palabra ni tampoco silbó, como siempre, y no se vio nada del paso alegre con el que solía andar.

Al pasar frente a su casa, Frankie preguntó:

—¿Alguna vez se ha trepado a esos dos árboles?

El señor Howard negó con la cabeza.

—No lo he hecho desde niño. Pero ustedes pueden subirse a ellos siempre que quieran hacerlo.

—Mike no lo haría nunca. Le da miedo la altura.

—¿Es eso cierto, Mike?

Éste asintió.

—A mí me dan miedo las arañas —dijo Frankie—. ¿A qué le tiene miedo usted?

—Ahora mismo, lo que me da miedo es perder todo eso que siempre me ha importado —miró al uno y al otro—. Y también temo perder lo que está *empezando* a importarme.

—¿O sea, nosotros? —siguió Frankie.

El señor Howard sonrió, y al mismo tiempo pareció triste. Mike sintió que el corazón se le encogía.

—¿Saben? Yo tenía la esperanza de que Eunie y yo algún día… —se interrumpió, frunciendo el ceño.

—¿Qué algún día se casaran? —dijo Frankie.

El señor Howard se sonrojó. Hasta las pecas en su cara eran más notorias.

—¿La *ama*? —insistió Frankie.

El hombre hizo un gesto de impotencia con las manos.

—Puede ser que eso ya no importe. Tengo la posibilidad de que mi despacho de abogados me traslade a San Francisco al final de año. Aún no he respondido.

Frankie le tomó la mano.

—No se vaya, por favor.

—No puedo comprometerme a quedarme —dijo—. Va a depender de lo que suceda aquí.

Mike estaba desconcertado. ¿Qué tenía que pasar para que el señor Howard se quedara?

Al acercarse al parque, Frankie se adelantó corriendo y se unió a un grupo de niños que jugaban a la pelota. Mike y el señor Howard se sentaron en una de las bancas.

¿Qué sería de ellos si el señor Howard se iba? Ya no habría más salidas los sábados, ni más juegos en el jardín ni partidas de damas después de cenar. Sin él, la casa parecería más grande, sus vidas quedarían vacías, y más por el hecho de que la señora Sturbridge escasamente les dirigía la palabra.

Mike respiró hondo mientras la gran pregunta le quemaba el estómago. Se obligó a hacerla.

—Pero ¿por qué nos adoptó la señora Sturbridge? Escasamente la hemos visto desde que llegamos aquí. Y a pesar de que ahora nos vemos presentables, sigue sin querernos cerca.

El señor Howard se quitó el sombrero y lo miró fijamente como si allí se encontraran todas las respuestas.

—Supongo que puede interpretarse así. Y supongo que ya eres lo suficientemente mayor como para entender y además tienes derecho a saberlo. Verás, Michael, tu hermano y tú son el último deseo de su padre.

—¿O sea, de cuando ya se estaba muriendo?

El señor Howard se inclinó hacia atrás.

—No exactamente. Verás… Cuando Eunie tenía veinte años, se casó con un violinista que conoció en Nueva York, en un concierto de beneficencia. Este músico a veces pasaba meses tocando en el extranjero, de manera que ella vivía en esta gran casa con su padre. Su marido iba y venía. Unos años después, tuvieron un hijo, Henry. La casa se transformó en un lugar diferente gracias a él, quien al primero gatear y luego correr por todas partes, lo llenó de vida y risas y alegría. Se convirtió en la luz de la vida de Eunie y también de la de su padre. Entre los dos lo malacostumbraron a tener todo lo que pudiera querer.

—Por ejemplo, en el departamento de niños de la tienda Highlander —recordó Mike—. ¿Y dónde está Henry ahora?

—El marido de Eunie lo llevó un día a un lago cercano, contra los deseos de ella. Henry tenía apenas tres años y no sabía nadar. El hombre no le estaba prestando mucha atención pues se había encontrado con unos amigos allá y estaba conversando con ellos, y sucedió un accidente. Y… Henry murió.

De repente todo resultó muy claro. Mike susurró:

—Entonces por eso es que no quería adoptar a alguien, y menos a un niño.

El señor Howard miró hacia el parque.

—Jamás le perdonó a su esposo lo sucedido. Siguieron juntos unos cuantos años más pero él casi nunca estaba en casa, y pronto empezó a despilfarrar la fortuna de ella. Finalmente se divorciaron, y Eunie se encerró entre cuatro paredes. Casi nunca salía de la casa.

—Pero aún tenía a su padre, ¿o no? —agregó Mike.

—Sí, durante cinco años más. Él ya andaba en silla de ruedas, a causa de la polio. Cuidarlo le daba cierto significado a la vida de Eunie. Pero a medida que se fue poniendo más delicado, éste empezó a preocuparse por que su hija nunca fuera a tener una familia. No aspiraba a nada más que a que ella volviera a sentir amor y dicha. Modificó su testamento en secreto, de manera que ella heredaría la fortuna únicamente si comenzaba el proceso para adoptar a un niño dentro del año posterior a su muerte. Y especificaba que ojalá el niño tuviera aptitud musical. De otra forma, todo el dinero iría a parar a la beneficencia, incluida la casa. Eunie no había tocado con una orquesta en los últimos años, de manera que si no cedía, no tendría ingresos.

—¿Y ella se sorprendió? —preguntó Mike.

—Sorpresa fue apenas una parte de lo que sintió. Estaba indignada, iracunda y además triste por la muerte de su padre. Al principio, dijo que no iba a deshonrar la vida de Henry al reemplazarlo con otro niño. Intentó cambiar el testamento pero su padre era un hombre inteligente. Es un documento imposible de modificar. Y ella le dio largas al asunto de la adopción hasta que el plazo de un año estuvo apenas a unas cuantas semanas. Fue en ese momento en que me envió a escoger a un niño en su nombre para así cumplir con la ley… Para darle un margen de tiempo —el señor Howard miró a Mike, disculpándose.

—Pensé que nuestra adopción era definitiva.

—Los documentos están en trámite, pero tardan tres meses en entrar en vigencia. Ustedes fueron adoptados en la segunda semana de junio. En la segunda semana de septiembre, esa adopción será un hecho.

El estómago de Mike se retorció. Entonces eso es lo que ella había querido decir… *Estoy tratando de arreglar esto.* Y por eso era que casi no la habían visto. Ella *no* deseaba estar con ellos, y estaba buscando la manera de deshacerse de ellos.

—Mike, ¿te encuentras bien?

Mike dijo lentamente:

—¿Así que nos trajeron aquí para que los abogados tuvieran tres meses más para encontrar la manera en que ella pudiera *des*adoptarnos?

El señor Howard hizo girar su sombrero entre las manos, nervioso.

—Lo lamento mucho —rodeó con su brazo el hombro de Mike.

Mike se zafó del abrazo, y las palabras le salieron a trompicones.

—¿Cuánto falta para que ella nos mande de regreso? Dígamelo, señor Howard, *necesito* saberlo.

—Desde el punto de vista legal, a ella sólo se le exige adoptar un niño. Supongo que *podría* regresarlos a ambos y empezar el trámite con otro niño. Mientras el proceso de adopción esté activo, ella no infringe la ley. Pero no creo que eso sea lo que piense hacer.

Mike sintió como si hubiera estado trepando dificultosamente por un sendero empinado y que justo al alcanzar la cima, resbalaba y caía de nuevo hasta el pie.

—¿Entonces ella podría seguir adoptando a un niño diferente cada tres meses mientras vence el plazo del trámite? ¿Y lo hará pensar que va a poder vivir en una casa hermosa, y a comer bien, y vestirse con ropa bonita, y pasar tiempo con *usted*? ¿Y luego, cuando se entusiasme con que *al fin* algo bueno le sucede en la vida, lo devolverá nuevamente al hospicio?

—No creo que jamás llegue a ese punto.

Los pensamientos se apresuraban en el cerebro de Mike, y las palabras le salían casi sin pensar.

—Tengo que ocuparme de Frankie. El Hospicio Bishop ya no va a recibir a ninguno de los menores en septiembre. No puede terminar en el orfanato estatal. ¡Allá los niños se pueden morir! —Mike cerró los puños—. ¿Por qué nos escogió a nosotros si *sabía* lo que iba a pasar? ¡Quizás otra familia hubiera podido adoptarnos! ¡Quizás una familia a la que sí le *importáramos* habría...! —se le hizo un nudo en la garganta.

—Escucha, Mike... cuando los conocí, de inmediato supe que tenían algo especial. Perdí a mi hermano en la guerra, y daría lo que fuera por tenerlo de nuevo a mi lado. No me sentí *capaz* de separarlos. Ese día en el hospicio supe que la señora Pennyweather planeaba hacer precisamente eso. Supuse que si los traía aquí, los dos estarían seguros y juntos al menos durante el verano, y probablemente durante más tiempo.

Mike dejó caer la cabeza.

—Sabía que era demasiado bueno para ser verdad.

El señor Howard dijo en voz baja:

—Al final todo saldrá bien, ya verás. Tengo la certeza —resopló—. ¿Sabes que Eunie no siempre fue tan fría y distante? La tristeza y las pérdidas lo provocaron. Era una madre tan amorosa y, cuando estaba con Henry, su felicidad era desbordante. Era... mejor dicho, *puede* ser maravillosa. ¡Y tiene mucho talento! Era concertista de piano, ya lo sabes. Cuando aparecía en el escenario, mi corazón y el mundo entero se paralizaban. Reconozco que traerlos a ambos era un riesgo. Pero sigo convencido de que era lo mejor que podía hacerse. ¿No podemos esperar a que todo termine bien?

¿Cómo iba Mike a tener esperanzas de que todo terminase bien cuando lo contrario era mucho más probable? No hubo respuesta.

El señor Howard suspiró y le dio unas palmaditas en la espalda.

—Yo los adoptaría si la ley le permitiera a un hombre soltero hacer semejante cosa, pero no es así —se puso de pie y caminó hasta el carrito de un vendedor de helados y volvió con tres conos de chocolate rellenos de helado con envoltura de caritas sonrientes. Llamó a Frankie y le hizo señas para que se acercara.

El chico se trepó a la banca y sonrió, con las mejillas coloradas de tanto jugar.

—Muchas gracias, señor Howard —y ladeó el helado para lamer las gotas que se iban derritiendo. Miró a Mike—. No te estás comiendo tu helado. ¿Qué pasa?

—Nada, nada —Mike no iba a llenarle a su hermano la cabeza con la perspectiva del orfanato estatal. Además, las preocupaciones eran *su especialidad*.

Frankie terminó el helado y le suplicó al señor Howard que lo empujara en el columpio.

Mike se quedó en la banca, mirando su cono y cómo se iba desprendiendo el chocolate del centro de vainilla. Lo sostuvo sobre la hierba viéndolo derretirse: primero cayó la corteza de chocolate y luego el interior.

16

Esa noche, Mike no pudo dormir.

Las horas parecían interminables, y también sus problemas. En su mente no había más que niebla espesa. Veía pequeños parches de luz que se movían por el techo cuando la luna trataba de asomarse a través de las ramas del olmo en el jardín. Se levantó de la cama y empezó a dar vueltas de un lado a otro, cerrando y abriendo los puños, y sintiéndose tan desamparado como cuando estaba en el hospicio. Miró a Frankie, profundamente dormido, protegido y bien alimentado, con los labios arqueados en una sonrisa.

Mike tomó su armónica y fue a apoyarse en el marco de la ventana mirando hacia fuera. La estrella polar brillaba. Muy bajito empezó a tocar una canción que hablaba de las delicias hogareñas. Extrañaba a su abuela. Hubiera querido ser pequeño otra vez y sentarse a su lado en la banca del piano, mientras ella daba una de sus lecciones. ¿Qué debía hacer ahora? Su abuela le había dicho que la persona adecuada los encontraría. Pero ¿dónde estaba esa persona? ¿Y cuál era el camino que él debía tomar?

La segunda vez que tocó la canción, en lugar de hacerlo en forma lenta y sencilla igual que la primera, descompuso la tonada tal como el señor Potter le había enseñado, dejando salir las tribulaciones de su corazón. Las palabras del señor Potter resonaron en su mente:

Es una música que habla de lo que las personas quieren pero no tienen... No importa cuántas cosas te falten, porque la vida siempre te ofrece mucho más... Siempre habrá una medida igual de esperanza de que algún día, no muy lejano, las cosas mejoren.

La niebla en su mente comenzó a disiparse.

Frankie añoraba formar parte de una familia. La señora Sturbridge necesitaba cumplir el último deseo de su padre. Bastaba con un niño. Un niño era lo que ella había estado esperando. ¿Estaría más inclinada a conservar al pequeño si Mike salía de la estampa?

Se dejó llevar por la música y por la idea que se le había ocurrido. Retiró la armónica de su boca y la envolvió entre sus manos. Un rayo de luna la iluminó haciéndola relumbrar. Mike trazó la *M* roja con el dedo.

Cerró los ojos. ¿Adónde podía ir él?

Si regresaba al Hospicio Bishop y allí lo empleaban como peón de granja, o si huía, Frankie quedaría devastado. Pero si hacía algo diferente... Como presentarse a las audiciones para luego unirse a la Banda de Armónicas, el chico estaría encantado.

Se movió del lugar junto a la ventana y fue a sacar su caja metálica de un cajón de la cómoda. La abrió, tomó el artículo de periódico y recorrió el titular con el dedo: *Los Magos de la Armónica de Hoxie*. Los ojos de Mike se pasearon por la página, en busca del párrafo que necesitaba.

La banda cuenta con el apoyo filantrópico de su propio grupo de Damas Voluntarias. En los casos de muchachos necesitados o desamparados, el señor Hoxie y las damas voluntarias han escogido a los

*más excepcionales y les han encontrado familias que los acogieran
para que así pudieran vivir los beneficios dinámicos de la banda y su
camaradería musical, mientras disfrutaban también de un entorno
familiar.*

Si Mike lograba entrar a la banda no tendría que decirle
a Frankie que planeaba vivir con otra familia sino hasta más
adelante. Para entonces, ya sería septiembre, cuando empezaban las clases nuevamente. Se aseguraría de que su hermano viera todo esto como una gran oportunidad para él.
Fingiría que era lo que siempre había soñado. Le prometería
volver a visitarlo entre una gira y otra. Se sentía capaz de
decirle cualquier cosa a su hermano con tal de mantenerlo a
salvo, protegido.

Convencer al chico sería la parte fácil. El resto sólo fun-
cionaría si Hoxie lo escogía. Y si ella lograba abrir de nuevo
su corazón.

¿Qué era lo que había dicho Ratón?

*Todos tenemos nuestro corazoncito. A veces cuesta mucho encon-
trarlo… Si necesitas o quieres algo de un adulto, tienes que acercarte
y pedirlo… Expón tu caso.*

Mike volvió a la cama, rodeó a Frankie con un brazo protector, y cayó dormido bajo una carga que ya le resultaba
conocida: la de todas las cosas que podrían salir mal.

17

Mike se sentía agradecido por tener un plan, pero ponerlo en práctica resultó ser más difícil de lo que él pensaba.

A lo largo de la semana, estuvo atento a las idas y venidas de la señora Sturbridge, pero sólo logró verla en momentos fugaces. Cuando estaba en casa, permanecía en su habitación o en la biblioteca con la puerta cerrada, y nadie debía molestarla. Si estaba en el jardín y Mike salía, ella se apresuraba a entrar. Era sólo después de que Mike y Frankie subían para acostarse que ella bajaba al primer piso.

Cada vez que le preguntaba a la señora Potter dónde estaba, ella negaba con la cabeza y respondía:

—Otra vez en reuniones con abogados.

El sábado en la mañana, Mike sentía un nudo por dentro de tanta preocupación. Ya estaban a mediados de julio, el verano se iba demasiado pronto. El tiempo se le estaba acabando.

Antes de que el señor Howard llegara para llevarlos al parque, Mike vio que había llegado su oportunidad. Respiró hondo y llamó a la puerta de la biblioteca.

—Adelante.

Entró y encontró a la señora sentada ante el escritorio, escribiendo.

—¿Sí?

—Señora, yo... yo —Mike sintió que se le iba el aire. Se llevó la mano al bolsillo de la camisa y sintió una oleada de seguridad que provenía de la armónica.

—¿Qué sucede, Michael? Estoy muy ocupada en este momento. Ya casi tengo que salir a una cita y todavía hay cosas por...

Mike clavó la vista en el piso. Sintió el pecho frío. Trató de desembrollar las palabras en su cabeza.

—Ya sé por qué nos trajo aquí —logró decir—. El señor Howard me contó del testamento de su padre, y de cómo se había visto obligada a adoptarnos. Y de su hijo. Supongo que por eso no quería niños varones.

Ella frunció el ceño e hizo a un lado la pluma.

—El señor Howard no debió contarte todo eso. Tendré que hablar con él al respecto.

—No fue su culpa. Yo le pregunté sin rodeos por qué nos habían traído aquí. Sabía que había algo raro. Por la manera como usted se comporta con nosotros... No es muy difícil pensar que no nos quiere —respiró hondo—. Me gustaría saber si lo que la señora Potter y el señor Howard dicen de usted es cierto.

Ella levantó una ceja.

—¿Y qué es lo que dicen ellos de mí, exactamente? —se levantó y caminó hacia la ventana.

—La señora Potter dijo que usted, en el fondo, es una persona buena y amorosa. Supongo que eso quiere decir que su corazón está tan triste que le resulta difícil asomarse por debajo de ese peso. Cuando estaba triste luego de la muerte de mi mamá, mi abuela solía decirme que la tristeza es la carga más pesada que uno puede tener. Así que eso ya lo sé.

La señora se veía de perfil, recortada contra la ventana, mirando al jardín. Frunció el ceño. ¿Estaría irritada con lo que él decía?

Las palabras de Ratón lo empujaban a continuar: *Expón tu caso.*

—El señor Howard dijo que usted era una madre amorosa, y que cuando estaba con su hijo su felicidad era desbordante. Además dijo que era muy talentosa y que puede ser maravillosa. Así que, si todo eso es cierto, estaba pensando… si usted podría considerar la idea de quedarse con Frankie. Verá, si nos manda de regreso al Hospicio Bishop, enviarán a mi hermano al orfanato estatal, que no es un lugar adecuado ni siquiera para ratas. No soporto pensar en lo que podría sucederle a él allá. Es pequeño y necesita a alguien que lo cuide. En cambio, yo soy el afortunado. Yo sí recuerdo a nuestra mamá… —se mordió el interior de su mejilla para no llorar—: pero Frankie no —respiró hondo una vez más y se le quebró la voz—. Y la abuela, bueno, pues ella era lo mejor después de mamá, pero ya tampoco está. Y él necesita una madre. He visto la forma en que la mira, con la esperanza de que repare en él y empiece a quererlo. Es por eso que le ha estado haciendo dibujos y dejándole flores a su puerta y preguntándome todas las noches si al día siguiente usted pasará un rato con él.

La señora se volvió para mirarlo, meneando levemente la cabeza.

Mike dejó salir sus pensamientos.

—Le prometo que Frankie no va a tratar de ocupar el *lugar* de su hijo. Y que no sería necesario que la llamara mamá tampoco, ni nada parecido. Tal vez usted podría ser una especie de tía. Jamás tuvimos una tía.

Mike no sabía de dónde brotaban todas esas palabras.

—El señor Howard me dijo que basta con que usted se quede con un niño. Ya pensé muy bien todo esto. Yo podría irme. Podría intentar unirme a la Banda de Armónicas de Hoxie. Si uno logra que lo acepten, y no tiene hogar, el director le busca una familia. El señor Potter dice que toco la armónica mejor que nadie que haya oído antes, así que tal vez tengo buenas probabilidades. Si entro a la banda, podría vivir con una familia hasta que tenga edad suficiente para enrolarme en el ejército. Usted no tendrá que preocuparse por mí, para nada, únicamente cuidar de Frankie.

Ella susurró:

—¿Y eso es lo que *tú* quieres, Michael?

—Si ésa es la manera en que mi hermano pueda quedarse, supongo que es lo que yo quiero. Y si no logro entrar a la banda, puede mandarme de vuelta al hospicio, con la condición de que pueda visitar a Frankie de vez en cuando. Sólo necesito verlo a veces... y él necesita verme —Mike se enjugó los ojos—. Mientras él esté aquí con usted, no importa que yo esté en el hospicio o trabajando de peón de granja o con la banda de armónicas, pues al menos tendré la tranquilidad de saber que mi hermano está bien y que nadie lo está maltratando.

La señora Sturbridge se cubrió la boca con una mano.

¿Sería que lo que había dicho le había producido mareo? Mike no podía detenerse en ese momento.

—A mi hermano le agradan el señor y la señora Potter. Y el señor Howard... El señor Howard es lo más cercano a un padre que haya podido tener. Claro, si es que no se va a San

Francisco. No es que quiera irse. Bastaría una palabra de su parte para que él se quedara aquí para siempre. Él... él la ama.

Los ojos de ella se llenaron de lágrimas.

Sonó el timbre de la puerta.

—Ése es el señor Howard, que viene a llevarnos al parque —dijo Mike.

Ella asintió y respondió con un susurro.

—Entonces, será mejor que vayas.

—Señora Sturbridge: éste es el mejor lugar que mi hermano va a poder encontrar. Es el mejor lugar que *cualquiera* podría encontrar. Mi abuela decía que una casa grande repleta de cosas lindas no hace ninguna diferencia a menos que la persona que vive en ella tenga un corazón así de lindo. Si es verdad todo lo que dicen sobre usted, de su corazón bueno y amoroso y maravilloso... ¿podría conservar a Frankie?

Ella se volteó hacia la ventana y allí se quedó tan firme como una estatua. Pero Mike estaba seguro de haber visto lágrimas rodando por su mejilla.

Si tan sólo supiera qué significaban...

18

Camino al parque, Mike no podía quitarse de encima la sensación de haber olvidado algo.

¿Pero qué podía ser? Se tocó la cabeza para asegurarse de si llevaba puesta su gorra, y se metió la mano al bolsillo para comprobar que la armónica estaba allí. ¿Se habría olvidado de decir algo? No tenía idea de si la señora Sturbridge estaba más inclinada a quedarse con Frankie ahora, o si sus palabras sólo habían servido para empeorar las cosas. ¿Debía haberse disculpado por hacerla llorar? ¿O por su atrevimiento? ¿O al menos debía haberle dicho a la señora Potter que su ama estaba alterada?

—Señor Howard, me regreso a la casa —le dijo—. Olvidé algo.

—¿Estás seguro? —preguntó el señor Howard.

Mike asintió, sonrió para tranquilizarlos, y se volvió.

—Lo veré más tarde —gritó.

Al acercarse a la casa, se dio cuenta de que el coche seguía en el frente. ¿No se había ido el señor Potter a llevar a la señora a su cita todavía? Rodeó la casa hasta la entrada de la cocina y se escabulló dentro sin hacer ruido.

El señor Potter estaba sentado ante la mesa de la cocina, con la cabeza ladeada y la mirada perdida en la distancia, sonriendo levemente. La señora Potter permanecía junto al lavabo, inmóvil, con los ojos muy abiertos y una mano en el pecho.

Mike dio un paso hacia ellos.

Cuando la señora Potter lo vio, rápidamente se llevó un dedo a los labios para indicarle que no hiciera ruido.

¿Qué estaba pasando? ¿Por qué tenía que...?

De repente comprendió.

El piano.

Alguien tocaba el *Nocturno no. 20* de Chopin, la misma pieza que él había tocado en su primera mañana allí. Sólo que... esta vez sonaba magistral. ¿Sería *ella*? Mike sintió que la música lo atraía. Caminó cauteloso por el vestíbulo.

Una de las puertas del cuarto del piano estaba entreabierta. Se acercó, asomándose por la rendija.

La señora Sturbridge estaba sentada frente al piano, elegante, con los brazos y la cabeza apoyándose en la música que iba llenando el cuarto. Mike respiró ese sonido, inspirado por la emoción que contenía. El señor Howard estaba en lo cierto. El mundo parecía haberse detenido. Absorto, sintió que se le cerraban los párpados y la música lo arrastraba.

Poco después, un clamor de ira lo sacó de su trance. Se asomó de nuevo por la rendija y vio a la señora aporreando las teclas. Sintió un temblor horriblemente conocido en los huesos.

En su imaginación, se vio de vuelta en el departamento de la abuela, golpeando el teclado, con la tristeza que se transmitía de su corazón a sus dedos, llenando la habitación con su pena. Trató de contener las lágrimas. Conocía ese dolor.

La señora Sturbridge se apartó del piano, se levantó y lanzó un manotazo al soporte de la tapa, que cayó con un estruendo ensordecedor. Se hundió al caer en el banco y se derrumbó sobre el teclado, ocultando la cara en un brazo. Los sollozos la estremecían, notas disonantes brotaban con cada sacudida de su cuerpo.

Mike se recargó en la pared con los ojos ardiendo. La señora Potter pasó a su lado, apresurada, y él siguió paralizado allí. Seguía sin moverse cuando ambas salieron, la señora Potter casi cargando a la señora Sturbridge, que parecía una muñeca de trapo, y subieron las escaleras.

¿Todo eso era su culpa? ¿Había pedido demasiado?

19

Durante la mayor parte de la semana, la señora Potter anduvo en idas y venidas de la cocina a la habitación de la señora Sturbridge, para llevarle la comida en bandeja, y haciendo bajar la voz a todo el mundo porque la señora necesitaba reposo.

Mike arrastraba su remordimiento. Aún no le había contado a nadie de su conversación con ella. Quería disculparse pero no encontraba el momento ni el lugar.

Los ramitos de flores que Frankie dejaba en la puerta de su habitación se marchitaban; sus dibujos se iban apilando en el lugar de la señora en el comedor. El señor Howard iba a visitarla, pero ella se negaba a verlo. Alicaído, jugaba a la pelota con Frankie, o a las damas en el porche, y dejaba que el pequeño ganara todas las partidas.

El jueves, la señora Potter dijo que si la señora no mejoraba pronto tendría que llamar al médico. Mike estaba tan preocupado, pensando en que ella de pronto tuviera que ir al hospital, que le contó todo al señor Howard. Éste se limitó a darle una palmadita en el hombro y a decirle que le había dado la mejor medicina posible. Pero Mike no tenía idea de qué podía significar eso.

Más tarde, esa noche, oyó conversaciones en la biblioteca, y las voces parecían ser las de la señora Sturbridge y el señor Howard. Los murmullos eran tan bajos y sombríos que no pudo distinguir de qué hablaban. ¿Acaso ella había decidido algo con respecto a Frankie y él? El nudo en el estómago le pesaba.

A la noche siguiente, cuando los dos hermanos ya estaban listos para irse a la cama, alguien golpeó la puerta de su habitación. Mike abrió, esperando ver a la señora Potter, y le sorprendió encontrar allí a la señora Sturbridge, vestida con una bata y una pañoleta, y con mirada triste.

—Michael, ¿podemos hablar un momento, por favor?

El muchacho salió y cerró la puerta. Antes de que ella pudiera pronunciar palabra, él le dijo:

—Señora, sobre lo del otro día, siento mucho si…

Ella levantó una mano y meneó la cabeza.

—No hace falta que te disculpes. Estaba pensando en lo que me pediste. No había tenido en cuenta… las circunstancias en las que están Franklin y tú. Ahora… ahora veo que… —frunció el ceño y jugueteó con los flecos de la pañoleta—. Venía a decirte que si esa propuesta es lo que tú realmente quieres, entonces acepto. Pero quiero que sepas que no importa lo que suceda con la banda…

La puerta de la habitación se abrió. Frankie estaba frente a ellos, con mirada esperanzada.

—¿Y también quiere hablar conmigo?

La mirada de la señora Sturbridge se suavizó.

—De hecho, quería agradecerte todos esos ramos de flores y dibujos tan bonitos —cruzó la mirada con la de Mike y asintió.

No importa lo que suceda con la banda…

Ella iba a quedarse con Frankie.

Mike susurró:

—Gracias.

El sábado en la noche, Frankie entró corriendo a la habitación antes de la cena, entusiasmado.

—La señora Potter dice que bajemos en quince minutos a la biblioteca. Que el señor Howard vendrá a cenar. ¿Y sabes qué? Que *ella* se siente mejor y va a cenar con nosotros, *¡en el comedor!* La señora Potter dice que ya era hora de que las cosas cambiaran por aquí. Ah, y que tenemos que arreglarnos. Que nos pongamos una camisa limpia y nos peinemos un poco para vernos bien.

Mike rio y le ayudó a Frankie a peinarse. Parecía que las cosas tenían mejor apariencia y desde su conversación con la señora Sturbridge había notado otros cambios. El día anterior, el señor Potter había colgado un columpio en el olmo del jardín. Los postigos de la biblioteca habían sido retirados para que la luz la inundara. Uno de los dibujos del chico estaba a la vista en la cocina. Y esa mañana había estado allí un afinador para el piano.

Mientras guiaba a su hermano hacia el piso de abajo, a la biblioteca, no pudo evitar la alegría de ver al chico sonreír de oreja a oreja, sabiendo que quedaría bien instalado en esta casa. Al mismo tiempo, sintió la pesadumbre ante la perspectiva de verse más adelante solo, sin su hermano menor. ¿Acaso él necesitaba a Frankie tanto como el pequeño lo necesitaba a él?

El señor Howard se levantó del sofá en el que se había sentado con la señora Sturbridge. Ella lucía más bonita y más joven, con un vestido azul.

—Muchachos, qué gusto nos da verlos —dijo el señor Howard.

Ella asintió.

—Michael, Franklin, vengan aquí un momento antes de ir al comedor —y señaló dos sillas que había frente al sofá.

El señor Howard sostenía una sección del periódico de manera que pudieran ver el titular: *Próximo concurso de armónica*. Debajo había una fotografía de la banda de Hoxie.

—¿Recuerdan cuando el señor Wilkenson de la tienda de instrumentos nos contó sobre este concurso? Bueno pues me sorprendió gratamente que Eunie me llamara para decirme que había visto un artículo al respecto en el periódico de hoy —contó el señor Howard—. Ella pensó que sería una buena actividad para el verano, Mike, si es que te interesa.

Frankie dijo atropelladamente:

—Señora… señora Sturbridge, ¿la banda de armónicas? ¿En serio? ¿Mike podría participar?

Ella asintió.

—El señor Potter piensa que tiene talento de sobra. Y le serviría de pasatiempo hasta septiembre. Franklin, estaría bien si ustedes dos me llamaran tía Eunie.

Frankie se volteó hacia Mike.

—Dice que la podemos llamar *tía* Eunie.

Su hermano hubiera querido sentirse emocionado. Lo de la banda parecía una gran aventura, pero no conseguía pensar en nada distinto de las palabras *hasta septiembre*… que sería el momento en que él tendría que irse.

El señor Howard sostuvo el periódico en alto.

—Veamos cómo es el asunto —se aclaró la garganta y empezó a leer—. *Desde junio, más de cinco mil niños se han inscrito en lecciones de armónica y se vienen preparando para mostrar sus ha-*

bilidades en una competencia que empezará en varias iglesias alre-
dedor de Filadelfia, casas de familia y centros de la juventud católica.

—Más de *cinco mil* niños —Mike quedó boquiabierto. Jamás sospechó que fueran tantos.

Frankie soltó un silbido al oír la cifra.

El señor Howard continuó.

—La primera ronda del concurso será el 10 de agosto, ante un
jurado. Cada concursante interpretará una pieza obligatoria y una
libre. El jurado eligirá a los semifinalistas.

—¿Y dónde me tocaría concursar a mí? —preguntó Mike.

—Veamos… aquí hay una lista —dijo el señor Howard—.
Parece que el lugar más cercano es la sede de las Juventudes
Católicas que hay en el centro de la ciudad.

—¿Y qué viene después de eso? —Mike se inclinó hacia
el frente.

El señor Howard continuó leyendo:

—Una semana después, los semifinalistas competirán en la se-
gunda ronda en el templo bautista. Allí se escogerán veinte que com-
petirán en un salón privado del Ayuntamiento. Al día siguiente de
las finales, Albert Hoxie, junto con su famosa Banda de Armónicas
de Filadelfia, que ha tocado ante personalidades como Charles Lind-
bergh y la reina de Rumania, ofrecerá un concierto para la comuni-
dad en dicho salón. Estos magos de la música nunca dejan de fasci-
nar al público de todas las edades. Todos los finalistas y sus familias
tendrán asientos preferenciales para este concierto.

—¿Qué son asientos preferenciales? —preguntó Frankie.

—Son los mejores, los que están más cerca del escenario
—dijo la señora Sturbridge.

El señor Howard retomó la lectura:

—Unos días después, para dar tiempo a los jueces para deliberar
nuevamente y evaluar las habilidades de los finalistas, se les notifica-

rá a los ganadores por correo y recibirán premios como instrumentos musicales, vales para comprar ropa en tiendas de la ciudad, y lo más esperado de todo… una invitación para unirse a esta famosa banda, si así lo quieren.

Frankie se volvió hacia Mike.

—Di que sí, por favor. Si resultaras finalista, podríamos ir como invitados al concierto. Y si no, no pasa nada. Sólo que no tendremos los mejores asientos al frente. Pero a pesar de todo podríamos ver a la banda —hizo un ademán teatral con el brazo—. La banda de Magos de la Armónica de Hoxie —levantó ambas manos, cruzando los dedos para atraer la buena suerte, con mirada esperanzada.

La señora Sturbridge cruzó una mirada con Mike y asintió.

—Está bien, Frankie. Acepto —dijo.

El chico se lanzó a los brazos de su hermano:

—¡Yupiiiii!

—¿Cuál es la pieza obligatoria para la primera ronda? —preguntó la señora.

El señor Howard pasó la página del periódico.

—"My Old Kentucky Home", una canción tradicional contra la esclavitud.

—Mike ya se la sabe al derecho y al revés. Estaba en el folleto de instrucciones de las armónicas —dijo Frankie.

—¿Y la pieza libre puedes escogerla a tu antojo? —preguntó la señora.

—Podría tocar la "Canción de cuna" de Brahms, o tal vez "América, la bella" —propuso Mike.

—"América, la bella" estaría muy bien —dijo ella—. Las canciones patrióticas emocionan a la gente, y el señor Howard me dijo que cuando Franklin y tú la tocaron en el hospicio todo el mundo quedó bastante conmovido.

—Las cocineras lloraban y se enjugaban las lágrimas con sus trapos de cocina —recordó el señor Howard.

—Pero no estoy seguro de cómo hacer que funcione parte del fraseo en la armónica —dijo Mike.

—Mañana empezaremos a trabajar en eso en el piano, para encontrar la manera de adaptarlo —propuso la señora Sturbridge con una sonrisa—. Y le pedí al señor Potter que nos ayude. Dijo que estará encantado de apoyarte. Y ahora, te voy a confesar un secreto, Michael: para triunfar en cualquier concurso musical, debes interpretar algo que no pase desapercibido. No importa lo sencilla o difícil que sea una pieza, tienes que hacerla memorable. Y para lograrlo hay que practicar. Pero bien podemos hablar de eso más adelante. Percibo el delicioso aroma del asado de la señora Potter y me estoy muriendo de hambre. ¿Pasamos al comedor? —se puso de pie.

Frankie corrió a su lado para ofrecerle el brazo.

El señor Howard le hizo un guiño a Mike.

—Te dije que podíamos confiar en que todo iba a terminar bien. Los milagros nunca se acaban.

Pero Mike sabía que no era un milagro.

La señora Sturbridge y él tenían un acuerdo, y ella estaba cumpliendo su parte.

20

Todas las mañanas durante las tres semanas que siguieron, Mike se sentó junto la señora Sturbridge frente al piano, y ella le ayudó a adaptar y ensayar su pieza libre.

Ella le sugirió que empezara con su propio arreglo y luego, para la siguiente estrofa, se pasara al estilo del blues, y que terminara como le había enseñado alguna vez a Frankie: de manera sencilla y libre. La señora dijo que así sería memorable.

Todas las tardes practicó con el señor Potter, que le ayudó con la sección de blues. Mike no tenía la menor dificultad para sentir melancolía en el alma. O para saber qué era lo que anhelaba y no tenía. Si el blues era una canción que clamaba por ser escuchada, la segunda sección de la pieza que Mike había escogido era un llanto en busca de un lugar que pudiera considerar su hogar.

El día antes de la primera audición, Mike bajó en la mañana, como de costumbre, y encontró a la señora Sturbridge al piano. Se sentó junto a ella y sacó la armónica del bolsillo.

Ella negó con un dedo.

—Hoy no vamos a ensayar para el concurso. Ya estás más que listo. Hoy sólo quiero que toques —le sonrió e hizo un ademán con la mano para señalar el teclado y sostuvo unas partituras en la otra mano—. ¿Brahms? ¿O mi alumno preferirá Beethoven?

Mike se ruborizó. ¿En verdad había dicho *mi alumno*? Él sabía que no quería decir nada, pero...

—Beethoven —respondió.

Ella colocó la partitura en el atril.

—¿Conoces "Para Elisa"?

El muchacho asintió.

—Una vez la toqué en un recital. Hace mucho que no la ensayo. La parte de en medio no me sale muy bien.

Le dio unas palmaditas en el hombro.

—Empieza, y detente donde quieras. Vamos a tocarla juntos.

Mike empezó, concentrándose en las notas. Ella tocó la parte de en medio y Mike terminó.

—Ahora, te tocan a ti las notas agudas y a mí, las bajas —propuso ella.

Empezaron de nuevo, con Mike tocando la mano derecha y ella, la izquierda. Cuando se equivocaron, ella rio. Y él también. Con fuerza.

No quería parar de tocar.

—Ahora sólo usted.

Los dedos de ella volaron sobre las teclas. Cuando terminó, lo rodeó con el brazo, riendo. Había sido un gesto impulsivo y espontáneo, breve. Él lo sabía. Pero le gustó la sensación de estar bajo las alas de ella, y de saber que lo cuidaba, al menos por el momento.

21

Al día siguiente, Mike salió triunfante de la primera ronda en el Centro de las Juventudes Católicas.

Una semana después, tras las semifinales en el templo bautista, pasó a las finales.

Y al cabo de otra semana, caminaba a lo largo de un corredor en el Ayuntamiento hacia uno de los salones de recepción del alcalde. Apenas podía creer que hubiera llegado tan lejos en la competencia, o que el verano estuviera a punto de terminarse.

La tía Eunie, el señor Howard y Frankie venían tras él, hasta que llegaron a una puerta con un letrero: *Sala de espera exclusiva para finalistas.*

—¿Por qué no podemos entrar nosotros también? —preguntó el chico.

—Las finales son audiciones *privadas* —dijo la tía Eunie—. Veremos a Michael cuando termine.

Frankie miró a su hermano.

—Buena suerte, Mike.

—Gracias, pequeño —despeinó cariñosamente al chico.

El señor Howard le estrechó la mano y dio un paso atrás.

—Tengo la esperanza de que todo acabará bien.

La tía Eunie posó una mano sobre su brazo.

—He visto lo que eres capaz de hacer y creo que eres notable. El señor Potter no podría estar más orgulloso de tus avances —sonrió—. Debí habértelo dicho antes, Michael. Todo lo que me pediste aquel día en la biblioteca… Todo eso ya está *resuelto*, ¿me entiendes?

—Sí, señora —respondió él—. Gracias por cumplir su promesa con respecto a Frankie.

—No es sólo la promesa con respecto a Frankie, sino también en relación contigo.

—Lo sé —dijo. Y lo entendía, sí. Ella había mantenido la promesa que le había hecho, haciendo todo esto posible. Al día siguiente sería el concierto, y la semana entrante se enteraría por una carta en el correo si había logrado un lugar en la banda, y eso decidiría si tendría que volver al hospicio.

Mientras observaba a la tía Eunie con el señor Howard y Frankie, que se alejaban tomados de la mano por el corredor, el corazón se le encogió. Respiró hondo y se forzó a dejar de anhelar algo que no podría llegar a tener. Debía concentrarse en el concurso.

Otro muchacho se apresuró a la puerta.

—Escuha —le dijo a Mike—, tú debes ser el pelirrojo del que todo el mundo está hablando. Te vi en las semifinales. ¡Que tengas suerte hoy!

—Gracias, ¡tú también! —contestó él, manteniendo la puerta abierta para seguirlo adentro.

Los finalistas se agolpaban en los rincones. Se oían acordes, octavas y frases sueltas de la canción obligatoria por toda la habitación. Una mujer que llevaba la pañoleta de las Damas Voluntarias se movía entre ellos, distribuyendo el programa del día. Los muchachos se daban consejos unos a otros.

—¿A qué hora te tocó? Entre más tarde, mejor. Así te recuerdan más.

—Nooo. No es mejor tocar más tarde. Tendrás más tiempo para ponerte nervioso.

—Mi mamá me obligó a ponerme la camisa de los domingos con corbatín para dar una mejor impresión.

—Más vale que también toques bien.

Mike miró el papel que le habían entregado. Era el último de la lista.

La señora de la pañoleta aplaudió unas cuantas veces para pedir su atención.

—Vamos a empezar. Uno a uno irán pasando al salón vecino cuando los llamen por su nombre. Allí está el jurado. Tocarán primero la pieza obligatoria y luego la libre. Luego saldrán por la puerta que hay al otro lado de ese salón. Sus familias los estarán esperando en el vestíbulo principal. Los jueces dejarán las deliberaciones para el lunes. Los ganadores serán notificados por correo la semana próxima. Los resultados saldrán publicados en el periódico el siguiente sábado —miró sus notas—. Una cosa más. El concierto es mañana por la noche. Si tienen alguna armónica vieja que quieran donar a la caja recolectora, llévenla al concierto.

Mike buscó un lugar donde sentarse y se llevó la mano al bolsillo de la camisa, allí estaba la armónica. A estas alturas, era como una vieja amiga. De alguna manera extraña, había hecho posible su plan para salvar a Frankie. Y lo había acercado a la tía Eunie, así fuera por una temporada breve. Y todo por cuenta de ese pequeño instrumento. ¿Por qué milagro habían logrado encontrarse Mike y esa armónica? Tal vez el señor Wilkenson, que se la había vendido, estaba en lo cierto. Quizá la armónica lo había escogido.

La puerta que daba al salón del alcalde se abrió. Otra voluntaria les sonrió y luego llamó al primer participante.

El cuarto quedó en silencio. El muchacho se puso de pie, cruzó el umbral y el salón vecino se lo tragó.

Los demás empezaron a hablar de nuevo.

—¿Qué es la caja recolectora?

—Reciben instrumentos usados, los arreglan y luego los envían a niños pobres en California, que no tienen ni un centavo.

—Hoxie siempre está haciendo cosas como ésa. Las historias tristes lo conmueven.

—Tiene preferencia por los huérfanos. Hay muchísimos en la banda. Si no tienes papás, casi que es un hecho. Mala suerte la mía que tengo papá y mamá.

—No digas eso —le espetó Mike para su sorpresa. Luego, más bajito—: Eres afortunado de tener una familia.

Mike esperó y estuvo viendo cómo llamaban a los finalistas uno tras otro.

Para cuando oyó que anunciaban su nombre, se sintió mal.

22

Mike entró a un salón con paredes enchapadas en madera que le recordó la biblioteca de la tía Eunie.

En un extremo, un jurado compuesto por siete personas estaba sentado ante una mesa larga, y cada quien tenía lápiz y papel. La dama voluntaria presentó a los integrantes: el director de la orquesta municipal, el director del coro de la comunidad, el crítico de música del periódico *The Philadelphia Inquirer*, un edil del Concejo de la ciudad, el propietario del teatro local, el alcalde de Filadelfia y Albert N. Hoxie.

Este último iba vestido con el uniforme de la banda. Robusto, con grandes mejillas y grueso pelo ondulado peinado hacia atrás, era la viva imagen de la autoridad bondadosa.

—¿Eres Michael Flannery?

—Sí, señor.

—Pues entonces, muchacho, estamos a la expectativa de oír lo que puedes hacer. Buena suerte. Comienza cuando estés listo.

Mike se llevó la armónica a los labios y comenzó a tocar la pieza obligatoria. La interpretó tal como la tía Eunie le había enseñado, sin improvisaciones y con la técnica más perfecta que pudo lograr. Al terminar, hizo una pausa de un momento, miró a cada jurado y luego comenzó con su pieza libre: "América, la bella".

Tocó la primera estrofa lenta y fluidamente, como una canción de cuna. La segunda estrofa era la versión en blues con trinos y acordes y efectos sonoros. No le resultaba difícil sumergirse en la música y expresar con ella su atribulada aventura. Cerró los ojos y la revivió: la llegada a la calle Amaryllis, la salida en carreta con Ratón, estar tendido en su catre en el dormitorio mirando la pintura agrietada del techo, estar junto a la ventana de la abuela, a la espera, y oír a su madre cantarles a su hermano y a él.

Tocó la tercera estrofa como solían hacerlo Frankie y él, con el estribillo como una tormenta que fuera a estallar de repente para luego ir más despacio, con las notas calmadas y pausadas, claras y dulces.

Cuando terminó y se retiró la armónica de la boca, miró a los jurados, que a su vez lo observaban fijamente. Incómodo, pasó a apoyarse de un pie al otro. ¿Habría tocado mal? Varios se aclararon la garganta. Todos empezaron a escribir algo en sus papeles.

El señor Hoxie se puso de pie, rodeó la mesa y le estrechó la mano a Mike.

—Gracias, Michael. Tu interpretación fue impresionante. A la salida puedes recoger los boletos para el concierto de mañana en la noche. Y la próxima semana recibirás una carta con el resultado del concurso. Buena suerte. Eres un candidato *prometedor*.

Mike se sonrojó, pero esta vez fue por orgullo.

—Gracias, señor.

Cuando volvieron a la casa, el señor y la señora Potter los estaban esperando en la cocina con un pastel.

—Es para celebrar —dijo la tía Eunie.

—Pero ni siquiera sabemos si Mike lo logró o no —dijo Frankie.

—Cuando yo era niña —siguió la tía Eunie—, mi padre insistía en que debía haber pastel *después* de las audiciones y *antes* de los resultados. Decía que uno se merecía el pastel no sólo por ganar, sino también por hacer la prueba.

El señor Howard la miró y sonrió.

—Si hay pastel por hacer la prueba, entonces tú también te mereces un trozo, Eunie.

Ella le respondió con una sonrisa.

El señor Howard se frotó las manos.

—No saben la delicia que les espera, muchachos. La señora Potter hace el pastel de chocolate más exquisito del mundo.

—Eso es la pura verdad —dijo el señor Potter.

La señora Potter depositó un trozo de pastel frente a Frankie.

—¡Vaya! —exclamó—. ¿Qué gana Mike si queda en la banda?

Su hermano respondió:

—Me gano empezar a ensayar de nuevo, ¿cierto, tiíta?

Frankie soltó una risita.

—¿Tiíta?

Todos rieron.

Mike sintió que se le ponían coloradas las mejillas. Las palabras se le habían escapado por la boca. ¿Le importaría a ella? La miró y ella le devolvió una sonrisita, asintiendo, como si todo estuviera en orden.

Ya fuera que entrara a la banda o no, Mike dejaría todo eso pronto. Se concentró en el pastel y dio un bocado enorme, para así no tener que pensar en sus sentimientos.

Miró a todos y a cada uno. El señor Howard estiró un brazo para limpiar unas migas de pastel de la manga de la tía Eunie. Ella tomó una servilleta y limpió los rastros de chocolate de la mejilla de Frankie. Frankie miró a Mike y le sonrió con los dientes sucios de pastel.

El señor y la señora Potter reían con los gestos de Frankie.

Mike miró en todas direcciones: la cocina, las risas, el olor del pastel de chocolate preparado, todo sólo por hacer la prueba.

Cerró los ojos tratando de fijar el momento, hasta el último detalle, para así poder recordar el día y el lugar en que había logrado ser parte de algo.

23

Mientras se vestían para el concierto el domingo por la tarde, Frankie bombardeaba a su hermano con preguntas.

—¿Tú crees que los de la banda llevarán puestas sus capas? ¿Cómo logran que no se les caigan esos sombreros tan altos? ¿Qué canciones irán a tocar? ¿Estás seguro de que nos sentaremos en primera fila, en los mejores asientos?

—Frankie —le dijo—, me vas a agotar con tantas preguntas, como haces con la señora Potter. En este momento sólo puedo concentrarme en estar listo. Sí, estaremos en primera fila. Tú viste los boletos.

—¿Y si te escogen, vas a unirte a la banda?

—Ya lo hemos hablado mil veces. Si no me escogen, no pasa nada, como dijiste. Si me escogen, tendré que pensarlo.

—La tía Eunie probablemente te dejaría, siempre y cuando no pasaras demasiado tiempo lejos de casa.

Mike esquivó su mirada.

—Ajá, probablemente lo permita. Pero no sabremos nada hasta mediados de la semana próxima, cuando llegue la carta.

La señora Potter entró en la habitación con dos camisas blancas, planchadas y almidonadas.

—Ya es hora. La señora los está esperando abajo para hacerles el nudo de la corbata. El señor Howard ya llegó también. Y el señor Potter está llevando el auto a la entrada. Disfruta el concierto, Michael. Te mereces sentarte a oírlo y disfrutar algo después de todo el esfuerzo y los ensayos del último mes.

—Gracias, señora Potter.

Cuando iban todos saliendo hacia el coche, la tía Eunie se llevó la mano a la cabeza.

—Olvidé mi sombrero.

—Yo voy por él —ofreció Mike.

—Gracias. Está en la biblioteca, sobre el escritorio. Es el pequeño de fieltro, pero ten cuidado con el alfiler.

Mike entró corriendo. En el escritorio de la tía Eunie encontró el sombrero acampanado con el alfiler de perla atravesado en la coronilla. Lo levantó con cuidado y dejó al descubierto una pila de papeles.

Debajo había una carta del despacho del señor Golding. Mike no pudo evitar ver las palabras estampadas en el encabezado con grandes letras rojas.

APROBADO

Leyó el primer párrafo:

Su apelación para revertir las adopciones de Michael Flannery y Franklin Flannery ha sido aprobada y se hará cumplir desde el momento en que se reciba este documento con la firma notariada que se requiere para su archivo. Esto deberá hacerse a más tardar el 15 de septiembre de 1935.

Entonces, los estaba *des*adoptando. Mike sintió como si le hubieran pegado una patada en el estómago.

¿Le había mentido?

Se apoyó en el escritorio, temblando de pies a cabeza.

¿Cómo no se había dado cuenta? ¿Acaso no habían hecho un trato? ¿No había dicho ella que todo estaba resuelto? ¿Y qué habían sido las lecciones de piano, el pastel, las palabras amables? ¿Y qué sería de Frankie? Ella se comportaba como si le importara y estuviera empezando a quererle.

¿Cómo pudo equivocarse tanto respecto a ella?

¡Qué ingenuo había sido! Todo no era más que un simple pretexto. Un pretexto para tener tres meses más y que los abogados encontraran otra salida. Ella jamás había pretendido quedarse con ninguno de los dos.

Se oyó la bocina del vehículo.

La señora Potter entró a la biblioteca.

—Más vale que te des prisa, Michael. Te están esperando. ¿Te sientes bien? Estás pálido.

Sin responder, él tomó el sombrero y salió apresurado del cuarto. Mientras corría por el camino de entrada, el corazón le latía con fuerza. Estaba tan sorprendido que se subió al auto y se sentó atrás, entregándole el sombrero, como si nada hubiera pasado. Había tenido cuidado con el alfiler, y a pesar de eso sentía como si le hubieran clavado algo en el pecho.

El auto bajó por la calle Amaryllis. Al pasar por el parque, se quedó mirando la banca en la cual el señor Howard le había pedido que mantuviera la esperanza en que todo terminara bien… Donde le dijo que no creía que las cosas jamás llegarían a este punto. Pero allí habían llegado. Miró por la ventana y se sintió mareado.

—¿Qué pasa, Mike? Estás terriblemente callado —dijo el señor Howard.

¿Estaría él también al tanto?

—Estoy cansado, sólo eso —dijo Mike, volteando la cara y tratando de entender todo el asunto. Si lo aceptaban en la banda, no podría unirse a ella porque Frankie no tendría adónde ir, fuera del orfanato estatal. Y si no lo aceptaban en la banda, ambos serían enviados de vuelta al Hospicio Bishop. Pero Mike tampoco podía dejar que eso sucediera, por la misma razón.

¿Qué podía hacer?

Al principio, la solución se le figuró absurda.

Pero a medida que entraban al teatro del Ayuntamiento y se sentaban al frente con los veinte finalistas y sus familias, la idea fue tomando forma.

Las puertas se abrieron en la parte trasera del teatro. La Banda de Armónicas de Filadelfia bajó marchando por el pasillo principal con elegante precisión. Todo lo que tenía que ver con la banda era majestuoso: los uniformes azules como de cadetes con botones relucientes, los sombreros, los zapatos bien lustrados. Los miembros de la banda pasaron entre el público hacia el escenario, moviendo los brazos con las armónicas relumbrando en cada mano izquierda. Cuando el regimiento alcanzó la parte delantera del teatro, la línea se abrió y cada niño volteó hacia la derecha o hacia la izquierda, según le correspondiera para subir al escenario desde ambos lados y llenar las graderías.

El señor Albert N. Hoxie salió al escenario. El aplauso fue atronador, y eso que la banda no había tocado ni una sola nota. El director levantó la batuta. El espectacular sonido de la banda, como una orquesta completa con todo tipo de instrumentos, llenó el teatro con una marcha animada, la que John Philip Sousa había compuesto especialmente para ellos.

La banda era tan talentosa e impresionante como habían dicho todos. Mike la oyó con una mezcla de arrepentimiento y decisión, sabiendo que jamás tendría la oportunidad de formar parte de ella.

Al compás de la música, su plan terminó de fraguarse.

24

En medio de la noche, Mike se vistió y empacó su ropa y la de Frankie en una pequeña maleta.

Reunió unos cuantos libros, la cajita de metal que había traído del hospicio, y sus armónicas. La suya la metió en el bolsillo de su camisa. Miró a Frankie, que dormía tranquilamente en el otro extremo de la habitación. A Mike no le gustaba para nada llevarse a su hermano de un lugar en el que era tan feliz, pero no le quedaba otra opción.

Aguardó hasta las 4:30 de la mañana para que Frankie alcanzara a descansar un poco. Tenían un largo día por delante y no sabía cuándo o dónde podrían dormir de nuevo. Lo sacudió levemente por el hombro, murmurando:

—Levántate.

Sin abrir los ojos, su hermano farfulló:

—Estoy cansado.

Mike lo levantó suavemente para dejarlo sentado.

—Sé que es muy temprano, pero tienes que vestirte. Debemos irnos.

Con los párpados pesados, Frankie lo miró.

—¿Irnos? ¿Adónde? ¿Cuándo vamos a volver?

—No vamos a volver. Nos vamos para siempre.

El chico se restregó los ojos y se enderezó.

—¿Por qué? Me gusta estar aquí, no quiero irme.

—Shhhh, a mí también me gusta este lugar —susurró Mike—. Pero eso no tiene nada que ver. Escucha: anoche, antes de salir para el concierto, encontré unos papeles en el escritorio de la tía Eunie. Nos va a mandar de regreso al hospicio.

Frankie negó con la cabeza.

—No, ella no...

El muchacho rodeó a su hermano menor con un brazo.

—No estoy inventando cosas...

—Pero... Ahora ya le agradamos —gimió—. Yo lo sé, Mike. Le agradamos y nos quiere.

Lo abrazó.

—Yo también lo creí. Pero ella no debe querer a ningún niño porque los papeles del abogado dicen que ya no va a adoptarnos.

—Pero no *quiero* volver al hospicio.

—No te preocupes, no vamos a volver allá porque se supone que debemos estar juntos, ¿recuerdas? Nos vamos de aquí antes de que ella nos mande de regreso —tiró del camisón de Frankie hacia arriba para quitárselo y le pasó su ropa—. Anda, ahora vístete.

El chico lanzó los brazos al cuello de su hermano.

—¿Y qué hay del señor y la señora Potter y el señor Howard? —lloraba.

Mike lo acunó entre sus brazos, esforzándose por contener sus lágrimas.

—Les es... les escribí una nota para explicarles que nos vamos. Y que éste había sido el mejor verano de nuestra vida. Tendrán que entender. Quizás algún día podramos volver, a visitarlos. Pero ahora lo que tenemos que hacer es irnos. Tú y yo siempre juntos, ¿te acuerdas?

El chico asintió en silencio, con la cabeza a un lado del cuello de su hermano. Sollozando, se bajó de la cama y empezó a vestirse.

—¿Adónde… adónde vamos?

—Nos vamos en tren. Siempre has querido subirte a un tren, ¿o no?

El chico asintió, con los ojos muy abiertos aún llenos de lágrimas.

—¿Adónde?

—A Nueva York.

Frankie hipó y se le quebró la voz:

—¿Vamos a ir a Carnegie Hall y a comer filete y helado?

—Tal vez —dijo Mike. Caminó hasta la ventana en una de las paredes del cuarto—. No podemos arriesgarnos a bajar por las escaleras. Haremos demasiado ruido abriendo y cerrando la puerta, incluso la trasera —señaló el árbol junto a la ventana—. ¿Crees que podría bajar por ahí yo también?

Frankie asintió.

—Es uno de los fáciles.

Mike se asomó a la ventana y miró el árbol y la ruta que tendría que seguir para bajar de allí. El estómago se le retorció. Lanzó su equipaje afuera, al césped, y luego se volvió hacia dentro y le hizo un gesto a Frankie para que se acercara.

Sin ganas, el chico fue hasta la ventana. Se trepó al marco, sacó una pierna y miró hacia la habitación.

—Me gustaba nuestro cuarto —se estiró para alcanzar una rama un poco más arriba y se aferró a ella—. Es resistente. Mira bien cómo hago para bajar —dio un paso largo hasta otra rama y se sentó en ella, deslizándose sobre su trasero hasta el tronco. Allí se puso de pie y fue bajando de rama en rama.

Mike se obligó a mirar. En la rama más baja, Frankie se echó sobre ella y la abrazó para dar la vuelta y quedar de cabeza, descolgar las piernas y caer al suelo.

Su hermano mayor se volvió a mirar una última vez la habitación y susurró:

—Me gustaba nuestro cuarto a mí también —sacó una pierna por encima del marco de la ventana y se agarró de la rama superior. Después se paró en la que estaba debajo, tal como lo había hecho Frankie, agachándose para trasladarse sentado, lentamente. Cuando llegó al tronco, lo abrazó con fuerza, cerrando los ojos.

Frankie susurró:

—No mires al suelo, que te vas a marear. Sólo busca la siguiente rama donde poner el pie.

Mike respiró hondo y abrió los ojos, mirando la corteza. El corazón le latía desbocado. Estiró una pierna hasta sentir la rama que había más abajo. Abrió los brazos sobre el tronco tanteando con la otra pierna. Un golpe de brisa hizo sonar las hojas. Su pierna se sacudía sin poder encontrar la rama.

Sin pensarlo, miró abajo. Estaba mucho más alto de lo que había pensado. Mareado, se inclinó hacia un lado para agarrarse de una rama cercana. La armónica resbaló fuera de su bolsillo y cayó en el entronque de una rama más pequeña. Pensó que podía alcanzarla, así que se enderezó para estirarse todo lo posible y tomarla con la punta de los dedos. Pero vaciló.

Y cayó.

En los segundos que transcurrieron antes de que su cuerpo y la tierra chocaran, el viento tocó un acorde en la armónica que llevaba en la mano.

El golpe contra el suelo le sacó el aire.

Miró hacia la noche, tendido boca arriba durante los interminables instantes sin aliento. No podía levantarse, ni hablar, tan sólo podía esperar y esperar hasta estar en condiciones de inhalar nuevamente.

Por encima de él, las ramas oscuras y retorcidas del olmo se levantaban hacia el cielo como los dedos deformes de una bruja. Y a pesar de estar en este extraño limbo, vio las estrellas allá arriba, diminutos puntos de luz que asomaban a veces entre las hojas en movimiento.

Sintió que su pecho se encogía.

Frankie apareció sobre él, con mirada angustiada, llamándolo. Pero la voz del chico se desvaneció. La cubrió el sonido de alguien tocando la "Canción de cuna" de Brahms en un violonchelo.

Y luego eso también se desvaneció…

Hasta que Mike no pudo oír mas que el canto de los pájaros, el ulular del viento a través de troncos huecos y el gorgoteo de un arroyo corriendo sobre guijarros pulidos.

TRES

DICIEMBRE, 1942

SUR DE CALIFORNIA

ESTADOS UNIDOS DE AMÉRICA

AULD LANG SYNE
Letra original de Robert Burns

6   7   7   7   8 -8 7 -8 8
¿Por qué perder las esperanzas

8   7   7 8 9 -10
de volverse a ver?

-10   9   8   8   7   -8 7 -8   8
¿Por qué perder las esperanzas

7   -6 -6   6   7
si hay tanto querer?

-10   9   8   8 7 -8 7 -8
No es más que un hasta luego

-10   9   8   8   9 -10
No es más que un breve adiós

-10   9 8 8   7 -8 7 -8
Muy pronto junto al fuego

8 -8 7 -6   -6   6 7
Nos reunirá el Señor.

I

En La Colonia, un barrio de casitas encaladas en las afueras del condado de Fresno, Ivy Maria Lopez y su madre iban camino de la oficina de correos, a la espera de una carta.

Con una mano la madre se cerraba sobre el cuello los dos suéteres que llevaba puestos uno sobre otro, y con la otra cargaba un canasto vacío para la ropa limpia.

Ivy se entretenía por el camino, tocando la armónica. Estaba lo suficientemente lejos de su madre como para que ella no alcanzara a oír la música, pero se esforzaba por tocar bajito de cualquier forma. La semana siguiente participaría en un programa de radio con su grupo escolar. Aún no les había contado nada a sus papás. Su maestra, la señorita Delgado, la había escogido para tocar el solo.

—¡Ven acá, Ivy, que tenemos que recoger el correo y la ropa antes de que oscurezca! —gritó su mamá, y luego miró al cielo—. Y antes de que llueva.

Ivy se apuró para alcanzarla, y su mirada siguió la de su madre. Nubes color carbón emborronaban el cielo, amenazantes. Se metió la armónica en la chamarra. La chamarra de *él* con ese bolsillo oculto con cremallera, de manera que las monedas no podían escapar de allí.

—Mamá, ¿es posible estar dentro de una canción?

—¿Qué disparates estás diciendo, Ivy?

—Pues que cuando toco la armónica siento como si estuviera viajando sobre las notas… a lugares distantes.

A lo lejos, un camión pitó cinco veces.

Su mamá se quejó:

—No tenemos tiempo para bobadas, Ivy. El correo está llegando en este momento. Tendremos que esperar a que el cartero lea los nombres de los destinatarios. Ve tú a la oficina de correos, que yo iré por la ropa.

—¿Y puedo ir a ver a Araceli después? —preguntó Ivy—. Se lo prometí.

—¿No tienes deberes? Ya sabes lo que papá opina de…

Ivy negó con la cabeza.

—La señorita Delgado dijo que nuestra única tarea era practicar nuestras canciones para la función de la semana entrante —abrió los brazos—. *En La hora familiar Colgate hoy tenemos a los niños de quinto año de la señorita Delgado.*

Su mamá sonrió, a medias.

—Lo sé.

—¿Crees que todos en La Colonia escucharán el programa? ¿Y también la gente más allá de Fresno? ¿Crees que la estación de radio nos pedirá que toquemos alguna otra vez?

El ceño de su mamá se había fruncido.

—Ay, Ivy, ¡tú siempre con tantas preguntas sobre frivolidades! Por eso es que tu papá dice que tienes la cabeza en las nubes. Es hora de que bajes a la tierra —su mirada se paseó por el barrio en dirección de la oficina de correos. Ivy se dio cuenta de que su madre estaba demasiado preocupada para prestarle atención.

A pesar de eso, le dolieron sus palabras. No podía evitar hacer preguntas. Y tocar la armónica en la radio no era más frívolo que la afición al basquetbol de su hermano Fernando, que cursaba el bachillerato. Y su mamá y su papá jamás dijeron que eso fuera una frivolidad, y además iban a todos los partidos.

Ivy se tragó sus magullados sentimientos. Estaba segura de que cuando la oyeran interpretando su solo en la radio, entenderían lo que la señorita Delgado ya sabía: que también había algo digno de notar en ella.

—Si llegan cartas, llévalas a casa *antes* de que vayas con Araceli.

—Así lo haré —Ivy se paró de puntillas para darle un beso en la mejilla a su mamá. Mientras la miraba alejarse, meneándose hacia los puestos comunales, con el canasto apoyado en la cadera, no pudo evitar darse cuenta de cuánto se parecían Fernando y ella: altos, delgados, con ojos grandes y espeso pelo negro. Su papá era lo contrario: bajo, rechoncho, calvo y algo bizco cuando sonreía. Ivy acarició una de sus largas trenzas. ¿Ahora que tenía la cabeza rapada, Fernando se parecería más a su papá?

En las cercanías, alguien tocó "Noche de paz" en la guitarra. Sin dejar de caminar, Ivy se llevó la armónica a los labios y acompañó la música. En las ventanas de las casitas titilaban luces navideñas. Arriba, en el cielo, las oscuras nubes se movían. Se levantó una brisa. La imaginación de Ivy se llenó con el vago resplandor de las luces de colores, la conmovedora canción y el aroma de la tierra mojada que flotaba en el viento. Cerró los ojos y sintió que viajaba en el tiempo, sin rumbo fijo, vestida con una túnica enjoyada, tras una caravana a través de las arenas infinitas bajo el cielo estrellado.

… Todo duerme en derredor…

Cuando la canción terminó, levantó la vista para mirar a las vecinas: la señora Pérez y su nuera, atentas y asintiendo. Las personas prestaban atención cuando ella tocaba la armónica. La tomaban en serio y apreciaban su talento. Cuando sus papás oyeran su interpretación en el programa de radio, Ivy esperaba que también ellos la notaran.

Una vez en la oficina de correos, se abrió paso entre la multitud hasta el mostrador principal y aguardó a que el dependiente abriera el bulto de cartas. Las paredes estaban cubiertas de carteles alusivos a alistarse en el ejército: ¡ÚNETE AL CUERPO DE ENFERMERAS DEL EJÉRCITO!, ¡DALE ALAS AL EJÉRCITO!, ¡A LOS CAÑONES, ÚNETE LA MARINA!, ¡SIEMPRE ADELANTE CON LOS MARINES! Parecía que las fuerzas militares quisieran a cualquiera mayor de dieciocho años para desempeñar alguna función. Fernando no había necesitado un cartel para *convencerse* de alistarse.

Mientras el cartero leía los nombres en voz alta, Ivy contemplaba las miradas anhelantes de madres y jóvenes viudas:

—Alberto Moreno. Martina Alvarado. Maria Peña. Jose Hernandez. Elena Guzman. Victor Lopez…

El corazón de Ivy dio un brinco.

—¡Aquí! —levantó la mano y se estiró para recibir el grueso sobre dirigido a su padre, con una hilera de estampillas de tres centavos en el frente. Examinó la dirección del remitente y sintió una punzada de desilusión. No era carta de Fernando. Había pasado más de un mes desde las últimas noticias de su parte y cada día sus padres estaban más tensos.

Esperó hasta que el cartero volteara, revisó el interior de la bolsa de cartas y dijo:

—Eso es todo por hoy, amigos míos. Si no fue hoy, será mañana.

Ivy se apresuró a volver a casa, donde encontró a su papá sentado ante la mesa de la cocina. Los ojos le brillaron cuando vio el sobre.

—¿Una carta?

Ivy lo depositó en la mesa.

—Lo siento, papá, no es de Nando —se volvió para dirigirse a la puerta.

—Espera, ¿adónde vas con tanta prisa? Ya casi es de noche.

Ella se volteó hacia él.

—Con Araceli. Mamá dijo que podía ir.

El padre la despidió con la mano y empezó a abrir el sobre.

—Vuelve pronto.

Antes de que Ivy llegara a la puerta, oyó a su papá llamar a su mamá:

—¡Luz! ¡Luz!

Ella salió de la habitación.

—¿Qué pasa, Victor?

Ivy se detuvo con la mano en la perilla de la puerta.

—Es de mi primo Guillermo. ¡Es el milagro que hemos estado esperando! Una granja en el condado de Orange, cerca de Los Ángeles. Guillermo hizo los arreglos y el trato, y ahora nos envía los documentos.

El corazón de Ivy latió con fuerza y ella susurró:

—No.

La voz de su padre continuó:

—El dueño necesita a alguien para encargarse de supervisar y del riego. ¡Y ése soy yo! También hay una carta para ti, de su esposa Bertina, y aquí están los papeles para registrar a Ivy en la escuela. Y todas las instrucciones del dueño. ¡Ivy Maria, tenemos noticias!

Pero ella no quiso oír nada más.

Abrió la puerta y salió corriendo.

¿Dónde se había metido Araceli?

Ivy anduvo de un lado para otro bajo los pimientos en los que siempre se encontraban, las ramas desnudas ahora por el invierno, con nudos como puños cerrados. Gotas heladas le salpicaron la cara. Susurró:

—Apresúrate…

Araceli era la primera mejor amiga que había tenido. Había sido difícil hacer amigos de cualquier tipo tras haber vivido en tantos lugares: Buttonwillow, Modesto, Selma, Shafter y otros pueblos cuyos nombres había olvidado hacía mucho. Todo eso había cambiado al llegar a Fresno. Por primera vez en mucho tiempo, su papá había trabajado en el mismo lugar durante un año. Durante todo un año.

Araceli y ella habían llegado a La Colonia la misma semana. Aunque Araceli estaba un año adelante en la escuela, las dos niñas eran tan parecidas, con sus pestañas negras, largas trenzas castañas y amplias sonrisas, que la gente pensó que eran hermanas. Rápidamente descubrieron que tenían todavía más cosas en común. Araceli también había vivido en muchos lugares del centro de California, incluso en algunos en los que había estado Ivy, pero en diferentes momentos.

A ambas les encantaba leer, jugar matatena y eran capaces de saltar la cuerda cien veces seguidas sin fallar.

Ivy sopló en la armónica, produciendo un gemido solitario.

—¡Ivy!

Se dio vuelta.

Araceli venía deprisa hacia ella, con un gorro morado tejido bien encasquetado hasta las orejas. Besó a Ivy en la mejilla, manteniendo un brazo tras su espalda.

—Perdón por la tardanza. Tenía que ir hasta la tienda por encargo de mi madre.

Ivy trató de sonar alegre.

—¿Tu gorro es nuevo?

—Mi mamá me lo hizo. Y… —sonrió y reveló lo que tenía tras la espalda— le pedí que hiciera uno igual para ti.

Le tendió un gorro púrpura idéntico.

Ivy se lo puso.

—¿Cómo me veo?

—¡Igual a mí! —rio Araceli—. Ahora nadie podrá distinguirnos.

Ivy rio también, pero la alegría se le mezcló con la tristeza y empezó a llorar.

—¿Qué pasa?

—Que me… me voy.

Araceli puso expresión de incredulidad.

—No… ¿Cuándo? ¿Adónde?

—Pronto, creo. Algún lugar cerca de Los Ángeles —Ivy clavó la vista en el suelo. Hojas quebradizas cubrían sus zapatos, y susurraban una despedida. Pateó las que quedaban.

Araceli la abrazó.

—No llores. No importa. Siempre vamos a ser amigas. Además, yo también hubiera podido ser la que se fuera, junto con mi familia. Mi padre dice que todo el mundo tarde o temprano se va de La Colonia, si es que quieren salir adelante en este mundo.

Ivy sollozó y trató de sonreír. ¿Por qué había tenido que ser más temprano que tarde?

—Hagámonos la promesa de escribirnos cada semana —propuso Araceli—. Dos veces por semana. ¡O hasta tres! —bajó la mirada—. No me vas a olvidar, ¿cierto?

Ivy negó con la cabeza.

—Jamás.

Gruesas gotas levantaron polvo al abrirse el cielo.

—¡Corre! —gritó Araceli.

Se lanzaron chillando apresuradas al alero de una casa en la esquina donde debían separarse. Se miraron, tomándose de las manos. Pero Ivy no lograba encontrar el ánimo para saltar o reír como hacían normalmente.

Araceli se le acercó y le dio un beso en la mejilla.

—¡Nos vemos mañana! —corrió a toda prisa atravesando la calle hacia su casa, abrió la puerta y se quedó en el umbral, iluminada desde atrás por la luz del interior.

Ivy trató de grabarse la imagen en la mente: su mejor amiga, con un gorro morado idéntico al suyo, despidiéndola y lanzándole besos. Le devolvió los besos y fingió que no eran el comienzo del adiós.

Las gotas de lluvia la golpearon en la carrera hacia su casa.

Ivy cerró de un portazo, dejando la lluvia fuera.

Le dolieron las manos y los pies por el cambio de temperatura de frío helado a cálido. Se quitó el gorro y la chamarra y oyó a su papá hablando con su mamá en la cocina.

—¿Y qué hacemos con Nando? —preguntó su mamá.

—Escribirle esta noche —respondió papá—. Cuando termine esta guerra, nuestro hijo volverá a una casa *de verdad*. Nuestra casa, *¡al fin*, Luz! No podemos dejar pasar esta oportunidad. Lamento decir que tenemos que irnos cuanto antes.

Ivy frunció el ceño y entró en la cocina.

—¿Cuándo?

Su mamá la miró, como disculpándose.

—Por la mañana.

Ivy quedó tiesa.

—¿En la mañana? Pero… ¿qué pasará con mis amigos y la señorita Delgado? —sintió el latigazo de la decepción al enterarse de las noticias. Dejó escapar su secreto—: ¡Y la presentación en el programa de radio! ¡Yo iba a tocar un solo! ¡Era una sorpresa para ustedes!

Su papá se frotó la cabeza con ambas manos.

—Ivy, ésta es una de esas oportunidades que sólo se presentan una vez en la vida, y es importante para la familia. Ya tendrás otras ocasiones de tocar en público, ¡tal vez en tu nueva escuela! —abrió los brazos como para suplicarle que entendiera.

A Ivy le ardieron los ojos y trató de contener las lágrimas. Estaba segura de que si Fernando estuviera ahí y *tuviera* un partido de basquetbol en esos mismos días, su papá esperaría hasta *después* del juego para marcharse. A pesar de lo mucho que quería decir lo que pensaba, se contuvo. A su mamá no le parecería bien poner a Fernando como ejemplo justo cuando estaba lejos, peleando una guerra. Y su papá, bueno, era caso aparte. Cuando él decía que era hora de marcharse, se marchaban. No cambiaría de idea a menos que a ella se le ocurriera alguna razón práctica.

—Tendré que decirle a la señorita Delgado que no voy a poder tocar el solo, y ella contaba conmigo. Y Araceli cree que vamos a vernos mañana.

Los ojos de su mamá se llenaron de remordimiento, pero su voz sonó firme.

—No hay nada que podamos hacer. Guillermo y Bertina tuvieron que irse de la granja intempestivamente. Los hermanos de Bertina están todos en la guerra, y su padre enfermó. No les quedó otro remedio que ir a Texas para ayudar a su familia. Las tierras no pueden quedarse sin nadie que las cuide. Así que tienes que entender que es una urgencia. Puedes escribir una nota a la señorita Delgado y a Araceli, y podemos ponerlas en el correo mañana al irnos de aquí.

Ivy gimió.

—No es *lo mismo* que en persona. Araceli es mi mejor amiga. Y la señorita Delgado es mi profesora favorita. La mejor que he tenido.

—Lo sé —dijo su mamá, rodeando a Ivy con el brazo—. Pero habrá otras maestras y otras amigas. Y tendremos una casa con un patio en el que podremos plantar flores y una huerta. Hasta hay una lavadora, ¿te imaginas? No tendremos que ponernos a lavar la ropa a mano. Yo tomaré el trabajo de Bertina: le ayudaré a una vecina con el lavado. Ya está todo arreglado.

—Y yo estaré a cargo de sesenta acres de tierra —dijo papá levantando el sobre—. Tenemos suerte de que Guillermo me hubiera recomendado a mí, mucha suerte.

Ivy miró a su papá, sintiéndose aturdida.

—Ivy, hay ciertas posibilidades de que esta situación se convierta en *permanente* —dijo él—. Es lo que siempre hemos deseado. Irás a una nueva escuela, una mejor, ¡con excelentes maestros! Y el clima no se puede comparar. Te prometo que todo será mejor.

—¡Pero es que iba a tocar un solo! ¡He ensayado muchísimo!

Papá levantó las manos.

—Hay cosas mucho más importantes ahora que este... que este capricho tuyo.

Las palabras de su padre la herían. ¿Por qué le parecía tan poca cosa que ella tocara la armónica? ¿Y por qué, aunque fuera por una vez, no podía cambiar de idea? Ivy clavó la mirada en el piso y se mordió los labios para no llorar.

Allí, en La Colonia, finalmente había sentido que pertenecía a algo, a Araceli, a la señorita Delgado, a los vecinos. Ninguno de ellos la consideraba frívola o caprichosa. Y ahora todo ese sentido de pertenencia tenía que hacerse a un lado, cual basura en el camino. ¿Y para qué? ¿Acaso esta mudanza sería diferente de las anteriores?

Su papá suspiró.

—Ivy, ¿en realidad esperas que nos quedemos seis días más cuando hay árboles que necesitan que los rieguen y una casa que nos espera y la posibilidad de una situación permanente, sólo porque quieres entonar una cancioncita de dos minutos en la armónica?

Los pensamientos formaron un remolino en su cabeza. Sabía que quería una respuesta, pero en ese momento recordó la promesa que le había hecho a Fernando de ser como un buen soldado y ayudar a sus papás mientras él estaba lejos. ¿Significaba eso hacer lo necesario para que su papá y su mamá estuvieran felices, incluso si la hacía infeliz a ella?

—No —dijo en voz baja.

—Tu mamá y yo tenemos que hablar con mis jefes y despedirnos de algunas personas. Volveremos en una hora para empacar —le dio una palmadita en el hombro antes de que ambos salieran.

Ivy fue a la habitación que había compartido con Fernando antes de que él se marchara. Había varias cajas vacías en una cama. Su maleta estaba abierta sobre la otra. Tiró varias prendas de ropa en ella. Al final de la otra semana comenzarían las vacaciones de Navidad. Otros padres habrían esperado hasta que sus hijos salieran de la escuela, pero no su papá. Tenían que irse *ya*. Ivy se derrumbó en su cama y dejó brotar las lágrimas.

Mejor. Su papá siempre estaba buscando un lugar que encajara en esa idea: mejor. Una vez, este lugar, Fresno, había sido mejor. Ahora, no era más que el último lugar en el que habían vivido.

Sabía cómo serían las cosas luego de que partieran. Durante unos días, las noticias arderían en los labios de todos como el jugo de los chiles serranos. Después, en unas cuantas semanas, el recuerdo de Ivy Maria Lopez se desvanecería en el olvido, como si nunca hubiera vivido allí… Como si no hubiera pertenecido a ese lugar durante todo un año.

La mañana era gris, y apenas clareaba, cuando su papá tomó el volante de la camioneta. Su mamá se sentó en medio, e Ivy quedó junto a la ventanilla.

Se detuvieron frente a la oficina de correos.

Ivy hizo todo lo posible por no llorar al bajarse de la cabina y depositar las cartas para la señorita Delgado y para Araceli en el buzón. A pesar de todo, se le escaparon unas cuantas lágrimas. Antes de trepar de vuelta al camión, lanzó una última mirada a La Colonia, apenas un borrón entre la densa niebla.

Papá dirigió la camioneta hacia la autopista 99, entrecerrando los ojos para ver lo mejor posible algo de la carretera frente a él.

—Hace un año, en diciembre, llegamos a Fresno. Había mucha niebla entonces. Hoy hay mucha niebla. Nada ha cambiado.

Ivy miró hacia adelante. Aunque su papá hablaba del clima, ¿cómo podía decir semejante cosa? Todo había cambiado, también ella. Si hasta podía señalar con el dedo el día exacto en que su vida se había vuelto diferente.

El 8 de septiembre había empezado como cualquier otro día de escuela: nueva maestra, nuevo salón de clase, y nervios.

Como siempre, Fernando había insistido en acompañarla a la escuela, llevándola de la mano por la carretera, entre los viñedos de un lado y los almendros del otro.

—Quiero que todos se enteren de que tienes un hermano mayor que te protege —dijo—. Además, necesito contarte algo. ¿Puedes guardarme un secreto?

Ivy asintió.

—Me encantan los secretos.

—Hoy es un día importante, ¿sabes por qué?

—Pues porque es tu cumpleaños, y mi primer día en quinto grado.

—Hay algo más. ¿Te acuerdas de lo que sucedió en diciembre pasado, al día siguiente de nuestra llegada a Fresno?

—Nadie podría olvidarlo —respondió ella—: el ataque a Pearl Harbor —era domingo y acababan de salir de la Iglesia de Nuestra Señora de los Milagros cuando un hombre corrió hacia ellos, agitando los brazos y gritando. El país había sido atacado por bombas japonesas en Hawái. Su papá los apuró a volver a casa. Se pasaron toda la tarde alrededor de la radio.

Fernando le dio un apretoncito en la mano.

—¿Recuerdas que al día siguiente el presidente Roosevelt declaró la guerra y yo dije que quería alistarme en el ejército?

Ella asintió. Papá y él habían escuchado las noticias noche tras noche. Ya desde ese momento Fernando tenía esa mirada: anhelo, frustración y el deseo de *hacer* algo.

—Sí, pero mamá dijo que la guerra terminaría para cuando tuvieras edad suficiente para… —al darse cuenta de lo que todo esto significaba, se interrumpió y lo miró. Ese día su hermano cumplía *dieciocho años*—. ¿Nando?

Él se arrodilló frente a ella y le sostuvo los brazos, mirándola a los ojos.

—Esta tarde voy con dos de mis amigos a alistarme en el ejército. Pero necesito que me ayudes. No sé cuánto tiempo va a tomar y no quiero que papá y mamá se preocupen. Si preguntan dónde estoy durante la tarde, ¿puedes decirles que llevé a alguien a tomar el tren? No es una mentira, pues vamos a dejar a alguien en la estación al pasar. Y puedes decirles que estaré de regreso en casa para la hora de la cena. ¿Podrás hacerlo?

A Ivy no le gustaba este secreto. Tenía un regusto ácido. Pero asintió.

—¿Y cuánto tiempo pasará antes de que te vayas lejos?

—Unas tres semanas, creo —la abrazó, y siguieron caminando—. Esta misma noche les contaré, pero no digas una palabra hasta entonces.

Durante el resto del camino a la escuela, Ivy avanzó en silencio, tratando de entender lo que esto implicaría para la familia. ¿Acaso Fernando y sus compañeros no habían dicho que conocían a gente que había tratado de alistarse en el ejército pero los habían rechazado porque no eran aptos para la milicia? Quizá sucedía lo mismo con él. Al fin y al cabo, la guerra era para los hombres, los *soldados*, no para un muchacho que bromeaba y le jalaba las trenzas y jugaba al escondite. Fernando era callado y amable. Desarmaba cosas y las volvía a armar para entender cómo funcionaban. Arreglaba todo lo que estuviera roto, y a veces le pedía a Ivy que fuera su asistente y le entregara las herramientas. Era un *reparador*, no un *combatiente*. Ella tenía la seguridad de que en el ejército se darían cuenta pronto de que su hermano no estaba hecho para la guerra.

A pesar de eso, el secreto le pesó todo el día.

Su nueva maestra, la señorita Delgado, tenía la cara redonda, las mejillas sonrosadas y el pelo corto y rizado. Mientras la maestra asignaba los pupitres y repetía las reglas del salón y daba su clase, Ivy pensaba en cómo reaccionarían sus papás al enterarse de las noticias de Fernando. ¿Se enojarían? ¿Se sentirían defraudados? ¿Podrían prohibirle que se fuera?

Una hora antes de la campana de salida, Ivy estaba asomada por la ventana viendo a las ardillas que subían y bajaban a toda prisa por el tronco del árbol junto a su salón, con la mente aún absorta pensando en Fernando. La maestra batió palmas para llamar la atención de todos y los invitó a sentarse en el piso.

La señorita Delgado se puso una caja sobre la falda.

—Tengo una sorpresa para ustedes. Nuestra estación de radio local está haciendo una campaña para reunir fondos para la guerra y para ayudar a la escuela —levantó en alto un cuadernillo de estampillas—. Cuando juntemos las suficientes estampillas de guerra para llenar este cuadernillo, nuestro grupo será invitado a tocar en un programa de *radio*.

Todos se mostraron sorprendidos.

—Pueden comprar estampillas de diez centavos en muchas tiendas —explicó la maestra—. Una vez que llenemos todas las páginas con aproximadamente dieciocho dólares en estampillas, lo podemos convertir en un bono de guerra, que en diez años valdrá veinticinco dólares, para mejorar nuestra escuela.

—¿Y qué vamos a cantar? —preguntó alguien.

La señorita Delgado hizo un gesto de negación.

—Otros cursos van a cantar, pero el nuestro hará algo muy especial —metió la mano en la caja y sacó una reluciente armónica—. Recibí esta donación de armónicas. Las restauraron para dejarlas como nuevas, y hay una para cada uno de ustedes. Les voy a enseñar a tocar. Espero que hagamos música muy bella todos juntos.

Todos aplaudieron y vitorearon.

La señorita Delgado los llamó por su nombre, uno a uno, para que cada quien pudiera escoger una armónica. Cuando le llegó el turno a Ivy, se asomó a la caja. El sol de la tarde entraba por las ventanas y centelleó sobre una de las dulzainas, haciéndola relucir más que las demás. Los intrincados grabados de la lámina externa eran más notorios que en las otras, el relieve era más profundo y también más bonito. Cerró los dedos alrededor de ella.

De regreso a su lugar, examinó la armónica, y con el dedo siguió el trazo de la diminuta *M* roja que tenía pintada en un borde. ¿Acaso las otras armónicas también tenían letras? ¿O su antiguo dueño tenía un nombre cuya letra inicial era *M*?

La señorita Delgado les enseñó a inspirar y soplar para hacer diferentes notas en la armónica. Le entregó a cada uno un folleto titulado *Armónica fácil*, y les enseñó a leer la tablatura para tocar "Estrellita, ¿dónde estás?". Y pronto el aula se llenó de ruido confuso. La señorita Delgado dio unos golpecitos en el pizarrón con su puntero para que guardaran silencio.

—Vamos a intentarlo todos juntos.

Ivy se concentró, siguiendo la notación encima de cada sílaba. Desde la primera frase, su armónica se hizo notar entre las demás… *en el cielo sobre el mar*… El timbre claro y resonante, sedoso y embrujador… *un diamante de verdad*… Cerró los ojos y se sintió flotar en la más oscura de las noches entre cristales titilantes… Uno a uno, sus compañeros fueron dejando de tocar, hasta que Ivy fue la única en hacerlo. Abrió los ojos. Cuando se dio cuenta de que todo el curso la estaba mirando, se detuvo.

—Ivy, ¿tocas algún instrumento musical? —preguntó la señorita.

Ella negó, avergonzada.

—Fue muy *bonito*. Tienes aptitud, verdadero talento para la música. Supongo que podrías aprender a tocar casi cualquier instrumento si lo intentas.

Ivy sintió que se sonrojaba de orgullo.

La señorita Delgado se volvió hacia el resto de la clase.

—Quiero que todos practiquen en casa. Y que empiecen a ahorrar para las estampillas de guerra.

Pero Ivy no podía oír más que lo que había dicho antes, que resonaba una y otra vez en su mente: *Tienes aptitud, verdadero talento para la música.*

Su maestra quizá no lo supo, pero había plantado una semilla que no iba a dejar de crecer. Su mamá tenía talento para la costura y la jardinería. Su papá, para asuntos de riego y supervisión de granjas. Fernando, para saber cómo funcionaban las cosas y repararlas. Ahora Ivy también tenía uno. ¿Había estado en su interior todo este tiempo, a la espera de ser descubierto?

Después de clases, se sintió afortunada de tener la armónica para mostrársela a sus papás, y lo del programa de radio y las estampillas para contarles, y así mantener lo del secreto de Fernando al margen mientras su mamá preparaba la cena especial de cumpleaños.

Cuando al fin llegó a casa su hermano, pareció hacerse más alto al anunciar:

—¡Me alisté en el ejército! Quiero proteger a nuestro país contra Alemania e Italia y Japón. Es *mi deber* como ciudadano estadunidense.

Papá le dio unas palmaditas en la espalda, con cara de orgullo y resignación. Mamá lloró. Y no pudo parar ni siquiera después del abrazo que le dio Fernando tratando de tranquilizarla. Así que le pidió a Ivy que tocara la canción que había aprendido, para alegrar el momento. De nuevo, el sonido tibio y puro del instrumento los sorprendió a todos. Incluso, cortó el llanto de mamá.

Durante las tres semanas siguientes, Fernando le pidió que tocara todas las noches.

—Por favor, ¿sí, Ivy? Te daré un centavo por concierto y prometo no jalarte las trenzas nunca más.

A Ivy le daba gusto complacerlo, y le sorprendía ver lo rápido que había aprendido. Ya escasamente tenía que mirar el folleto. Practicaba en cada momento libre que tenía. Y entre más tocaba, más parecía que la armónica la llenara con un valor y un sentido de dignidad que no había sentido nunca antes.

Habían sido muchas veladas alegres cargadas de recuerdos dulces... Los cuatro reunidos alrededor de la mesa del comedor, Fernando disfrutando la música y cantando si podía; papá y mamá saboreando su café, riendo y a veces aplaudiendo al compás o también cantando; todos aferrados a ese sentido de familia.

La noche anterior a que Fernando y sus dos amigos partieron para hacer el entrenamiento básico, le llevó a Ivy su chamarra.

—Puedes usarla hasta que yo vuelva.

—Pero si todavía no termina el verano, hace calor.

Él se la colocó sobre los hombros.

—Me agradecerás en el invierno, cuando te estés helando hasta los huesos. ¿Recuerdas de lo que haces cuando baja la temperatura en la noche y se te pierden los cobertores?

Ella asintió.

—Te llamo y tú te levantas de la cama y vuelves a cubrirme con ellos.

—Bueno, pues ya no estaré más para hacerlo. Así que me ocuparé de mantenerte abrigada con mi chamarra. Si te la pones para dormir, no se te puede caer.

Ella rio.

—Puede ser que me la ponga. Pero no para dormir.

Fernando la rodeó con un brazo.

—Como quieras, pero me importa que sepas que seguiré cuidándote para que estés abrigada y segura, incluso desde lejos.

El peso de la despedida se sintió entre los dos.

—Ivy, cuando me vaya, necesito que seas valiente como soldado para papá y mamá. Por eso, tendrás que ser tú la que arregle las cosas ahora.

—¿Yo? Pero no sé cómo. No tengo las herramientas.

—Hay otras maneras de arreglar cosas. Cuando me vaya, nuestra familia va a quedar un poco descompuesta y rota. Confío en ti para mantenerla en una sola pieza. Eres lista. Sigue siendo una buena estudiante. Y así, papá y mamá tendrán una cosa menos por la cual preocuparse mientras estoy lejos en la guerra. Eres talentosa. De verdad *tienes* un don. Ya viste cómo al tocar la armónica nos trajiste alegría en estas últimas semanas. Sigue tocando. Papá y mamá van a necesitar más que nunca un poco de alegría en la vida. También eres considerada. Y papá y mamá van a necesitar ese apoyo, sobre todo si mis cartas tardan en llegar. O si algo llegara a pasarme. Ya ves que sí tienes las herramientas. ¿Te harás cargo de eso por mí? ¿De arreglar las cosas mientras no estoy y de mantener unida a la familia? —le presentó su meñique para sellar el compromiso.

Ella enganchó su dedo en el de su hermano.

—Pero no va a pasarte nada, ¿cierto?

—No, si está en mis manos evitarlo —Fernando abrió la otra mano y le presentó una moneda de un centavo—. ¿Una última canción antes de partir?

Ivy tomó la moneda, la guardó en el bolsillo con cierre de la chamarra y empezó a tocar una canción que hablaba de un camino polvoriento entre colinas y valles. En su imaginación, vio un bosque oscuro en el que Fernando corría a través de zarzas y espinos, solo y asustado, en busca de una salida. Una sombra amenazadora se le fue acercando. El miedo la hizo respirar aceleradamente. Dejó caer la armónica, que hizo ruido al encontrar el piso.

—Ten cuidado, Nando —dijo ella, ocultando la cabeza entre los brazos de él.

Al terminar el entrenamiento básico, los amigos de Fernando regresaron a sus casas de licencia, con las cabezas casi rapadas, los brazos musculosos y las caras tostadas por el sol. Sus familias los asediaron con comida casera y afecto. Pero Fernando no volvió. En lugar de eso lo enviaron directamente al entrenamiento avanzado. El ejército lo consideró perfectamente apto para la guerra.

Y entonces, Ivy y su familia comenzaron a vivir como tantas otras, de carta en carta.

A su curso le tomó apenas tres meses llenar el cuadernillo de estampillas y que lo invitaran a *La hora familiar Colgate*, en la radio. Iban a tocar la canción "Auld Lang Syne", que suele tocarse en cumpleaños, despedidas y reuniones en las que reina el afecto. Cuando la señorita Delgado le preguntó a Ivy si podía tocar un solo, con la canción "América, la bella", ella lloró de la emoción y de inmediato le escribió a Fernando para contarle.

Durante más de tres horas, la camioneta recorrió la autopista 99 detrás de las difusas luces rojas de los autos que iban delante. La niebla seguía tan espesa como la leche.

Papá bajó la marcha, y el motor gruñó al empezar la lenta subida por las montañas.

—¿Falta mucho? —preguntó Ivy.

—Unas cuantas horas más. Primero tenemos que cruzar la sierra y luego ir hasta Los Ángeles. Pronto nos detendremos para estirarnos un poco.

La camioneta siguió ascendiendo. La niebla se fue despejando y de repente el mundo se hizo más claro.

En un momento mágico, como si alguien hubiera arrancado el velo gris que les cubría la cabeza, el cielo azul los sorprendió y los picos de las montañas se vieron crecer, radiantes y húmedos al resplandor del sol.

Su papá estaba en lo cierto en cuanto a una cosa.

El clima era mejor.

4

—Mira, Ivy. Ésa debe ser tu nueva escuela —dijo su mamá.

Estaba cayendo la tarde y papá finalmente había abandonado la autopista para tomar una larga carretera que se extendía hacia el horizonte, entre cultivos de naranjas por un lado y de limón por el otro. Su papá frenó un poco la marcha para atravesar el pueblo y se detuvo frente a un edificio de una sola planta, con paredes blancas de estuco, y un letrero: ESCUELA LINCOLN.

Había un grupito de palmeras señalando las esquinas del frente de la propiedad. El edificio estaba rodeado de prados bien cuidados. Bajo cada ventana había un cantero de flores con geranios, y el camino que llevaba hasta los escalones de la entrada estaba bordeado con rosales, algunos de ellos en flor.

—Es más verde y bonito aquí, ¿cierto? —dijo papá bajando el vidrio de la ventana y apoyando el codo en la puerta. Un olor cítrico perfumó la cabina—. No está en grises y marrones como el valle en invierno. Es una tierra de sol y flores, incluso en diciembre.

Ivy no tenía argumentos para contradecirlo.

Leyó el letrero pegado a lo largo de las ventanas de dos salones: LOS ALUMNOS DE QUINTO Y SEXTO GRADO PUEDEN UNIRSE A LA ORQUESTA LINCOLN. ¡COMIENZA EN ENERO!

—¿Orquesta? —dijo Ivy. Ninguna de sus anteriores escuelas había tenido orquesta. Hasta la palabra, al igual que la escuela, parecía hermosa y bien cuidada. Se imaginó que la mayoría de los alumnos que la formarían ya habían estado en lecciones de música y tenían un instrumento. En todo caso, ¡era una orquesta!

Papá siguió adelante, e Ivy volteó para ver el patio de juegos: un área asfaltada, con líneas y cuadros para los juegos de los niños, y un aro de basquetbol. Más atrás había un pastizal con lo necesario para jugar beisbol.

—¿Están *seguros* de que ésta es mi escuela?

Papá se inclinó hacia delante y dio unos golpecitos al grueso sobre que llevaba en el tablero.

—Guillermo y Bertina enviaron los documentos para la Escuela Lincoln, y eso es lo que dice el letrero —le dio un empujoncito, sonriendo.

Ivy no pudo evitar sonreír también.

Su papá condujo la camioneta unos cuantos kilómetros más y giró para tomar una larga carretera sin pavimentar en medio de un naranjal.

—¡Allí!

Señaló al frente, a una zona despejada de árboles, en cuyo centro había una casa de madera. Tenía un porche en el frente, apenas lo suficientemente ancho para acomodar las dos mecedoras que aguardaban a que alguien se sentara en ellas. Las puertas del granero que servía como garaje no cerraban del todo en el medio. Y la casa y el garaje se veían necesitados de una buena mano de pintura, pero eran más grandes y acogedores que su casita en Fresno.

Se bajaron de la camioneta, se estiraron un poco y dieron una vuelta por el predio. El jardín trasero estaba cercado con bardas ya viejas, indecisas a la hora de inclinarse hacia un lado o hacia el otro. En una franja de sol a un costado de la casa, había dos postes en forma de T, uno frente a otro, con cuerdas para colgar la ropa. En los canteros de flores había lirios, con hojas amarillentas y cafés.

Papá sacó del sobre un mapa dibujado a mano y lo examinó. Levantó la vista, y señaló a través de las hileras de naranjos que había en el mismo lado del camino.

—A través del naranjal, se alcanza a distinguir la casa del dueño en la distancia.

—¿Y el dueño tiene hijos? —preguntó Ivy.

—Un muchacho algo mayor que Fernando, que está con los marines. Y dos niñas casi de tu edad. Pero no están aquí en este momento...

Ivy sintió que el corazón le daba un brinco. Al menos había niñas de su edad. Confiaba en que podrían ser amigas, aunque sabía que nunca llegaría a tener otra amiga como Araceli. Pero ya era algo.

—¿Y volverán pronto, papá? ¿Están de vacaciones? ¿Iremos juntas a la escuela?

Su papá miró a su mamá, pero no respondió. Se afanó en desatar la maleta de Ivy. Cuando se la recibió, ella sintió que había algo que su papá no quería contarle. ¿Qué podía ser?

Antes de que pudiera preguntar cualquier otra cosa, su mamá la tomó de la mano y la llevó hacia la casa. Entraron primero a un porche trasero, protegido con malla metálica. En un rincón había una lavadora de tanque circular. Un cable eléctrico colgaba de uno de sus lados y encima estaban los dos rodillos, como los que se usaban para amasar, que servían para exprimir la ropa, a la espera de que los alimentaran con prendas mojadas. Su mamá sonrió.

—No vamos a tener que restregar la ropa en una tina metálica, ¡qué lujo!

Entraron en la casa, y fueron de habitación en habitación.

—Tiene lo que necesitamos: una mesa con sus sillas, camas, un sofá en la sala —dijo mamá—. Y el resto está en la camioneta. Es sencillo pero limpio. Se siente acogedor.

Era cierto. La niña no pudo dejar de notar la entonación de la voz de su madre. Quizá mudarse a este lugar la alegraría y no se preocuparía tanto por Fernando. Mientras recorrían la casa, asomándose a cada habitación, Ivy sintió que su propio ánimo se contentaba.

Llegaron al más pequeño de los tres dormitorios, que tenía una cama metálica individual con su colchón. Las paredes estaban tapizadas con un papel estampado con enredaderas verdes y diminutas flores rosas, bastante desvaídas.

—Y éste es tu cuarto —le dijo su mamá.

Ivy la miró.

—¿Mi *propio* cuarto? —siempre había tenido que compartir habitación con Fernando. Trató de imaginarse un cuarto para ella sola, sin las dos camas apretujadas una junto a otra, o la cómoda atiborrada con los trofeos de basquetbol de Fernando, o compartiendo los cajones y el armario—. Pero, mamá, ¿tú no necesitas una habitación para coser?

La señora sonrió.

—Voy a instalar mi máquina de coser en el cuarto de Fernando hasta que él vuelva de la guerra. Creo que disfrutaré cosiendo entre todas sus cosas.

Papá apareció cargado con la pequeña cómoda de tres cajones. La arrimó contra una pared y le dio a su hija una pal-

319

madita en el hombro. Antes de salir para seguir descargando la camioneta, le sonrió y dijo:

—¿No te dije que todo iba a ser mejor?

Ivy caminó por el cuarto. Se sentó en el colchón para probarlo, reviso el interior del armario y observó por la ventana las hileras de naranjos que rodeaban la casa. Pensó en su nueva escuela. La tentaba dejarse convencer por lo que decía su papá, especialmente ahora que oía a su mamá canturreando en la cocina, y que él silbaba mientras revisaba las cajas, y ambos parecían más felices que nunca en los últimos meses. Ivy permitió que un rayito de felicidad iluminara su corazón. Nunca, en todos los lugares en los que habían vivido, había tenido una habitación propia.

Sacó la armónica de su bolsillo y empezó a tocar una canción que hablaba de hacerse a la mar... Y en su mente, viajó a su propia islita, rodeada por un océano de hojas verdes y cerosas, con peces redondos y dorados asomándose entre las olas.

Ivy ya había desempacado su ropa, había colgado la chamarra de Fernando en el armario y dejado la armónica sobre la cómoda junto con el folleto de instrucciones, cuando se oyó que llamaban a la puerta principal.

¿Acaso las hijas del propietario habrían vuelto a casa?

Ivy corrió a la puerta y la abrió justo cuando su mamá aparecía tras ella.

En los escalones de la entrada había una mujer y una niña. La señora llevaba un vestido de domingo, aunque era apenas jueves, un sombrero que parecía una lancha invertida y una chaquetilla de paño. Sostenía una pila de telas negras en los brazos. ¡La niña parecía ser de la edad de Ivy! Llevaba un conjunto azul de vestido y abrigo, y tenía el pelo peinado hacia un lado y recogido con un moño azul. Con ese cabello tan negro, la piel tan blanca y los ojos del color de las hojas verde oscuro, parecía una muñeca de porcelana en la vitrina de una juguetería.

Detrás de ellas había un auto, un enorme Buick, estacionado en el camino de entrada. Un hombre musculoso, con pelo corto color arena, aguardaba de pie junto a la puerta del conductor. Tenía las manos en la cintura, los codos hacia fuera y los pies separados, como si fuera un soldado.

—¡Hola! —dijo mamá.

—Buenas tardes. Me llamo Joyce Ward —dijo la señora—. Y ésta es mi hija, Susan. ¿Es usted... —miró un papel que tenía en la mano— la señora Lopez?

—Sí, soy Luz Lopez —dijo mamá.

—Bertina dijo que llegarían pronto. Volvíamos del pueblo y vimos su camioneta así que nos detuvimos. ¿Ella le escribió? ¿Le contó de la ropa que me lava y me plancha?

—Sí, claro —respondió mamá—. Los miércoles debo recoger la ropa y traerla a casa. Los viernes la llevo a su casa, y allá termino con el planchado.

—Exactamente. ¿Y está dispuesta a hacerlo?

Asintió.

—Por supuesto que sí. ¿Cuál es su dirección?

—Nuestra casa está descendiendo la colina, al dar vuelta en la calle Blanchard. Es la blanca y alta con el tejado verde. El solar de su casa conecta con el de la mía, pero es más fácil llegar en auto. ¡Qué alivio que ya está usted aquí! He estado perdida sin Bertina. Verá, sufro de artritis y se me dificulta levantar la plancha. Y la ropa se está acumulando.

—Puedo pasar y recoger una parte antes del miércoles, si usted quiere.

—¿Podría hacerlo? —preguntó la señora Ward—. Sería de enorme ayuda.

Mamá sonrió.

—Claro que sí. Mañana por la tarde...

Ivy se aclaró la garganta.

Su mamá posó una mano sobre el hombro de la niña.

—Ésta es mi hija, Ivy. Fernando, nuestro hijo, está en el ejército.

Ivy se dio cuenta de que la cara de la señora Ward se tensaba.

—Oraremos por que esté sano y salvo.

—Gracias —dijo mamá—. Tengo una pregunta. Ivy asistirá a la Escuela Lincoln, a quinto grado. Necesito ir a entregar sus papeles mañana antes de que pueda empezar clases. ¿Saben dónde la recogerá el autobús escolar?

—Al final de su calle —dijo la señora Ward—. A Susan la recoge a las ocho en punto, y ustedes serían la siguiente parada. Si mañana entrega los papeles, supongo que podría empezar a ir a clases el lunes. Queda sólo una semana antes de las vacaciones de Navidad, pero eso al menos le permitirá conocer la escuela. Probablemente ya la vieron de camino a casa.

Susan se acercó a Ivy y sonrió.

—Yo también estoy en quinto grado, así que nos veremos todos los días.

Ivy respondió con una sonrisa y asintió, aliviada de contar con un rostro familiar desde el primer día. Hasta ahora, nunca había empezado a asistir a una nueva escuela sin Fernando a su lado.

—Te reservaré un asiento en el autobús —dijo Susan.

La señora Ward le entregó a su mamá la pila de telas negras.

—Éstas son para ustedes. Mi esposo es militar retirado, y es el presidente de la organización de Seguridad Civil de este condado. Esas telas son las cortinas de protección para sus ventanas. Todos debemos usarlas en las noches.

—Son para que los japoneses no puedan ver desde lejos la costa oeste de Estados Unidos, y que así no puedan bombardearnos —explicó Susan—. Con una sola chispa de luz, sus aviones ya podrán distinguir California.

Ivy estiró su mano para sujetar la de su madre con fuerza. ¿Corrían peligro allí?

Susan debió percibir su nerviosismo.

—No te preocupes —dijo—. Mi papá dice que estamos perfectamente seguros si todos usamos esas cortinas.

—Si le interesa, soy voluntaria de la Cruz Roja los domingos por la tarde, y hacemos vendajes y otros aditamentos para heridas de los soldados —contó la señora Ward—. Siempre estamos en busca de nuevas voluntarias.

Mamá asintió.

—Creo que me gustaría mucho hacer eso.

La señora Ward miró al auto y bajó la voz.

—Y puede traer a Ivy a la casa siempre que vaya. Le servirá de compañía a Susan.

La niña quedó sorprendida.

—¿Prometes venir mañana con tu mamá?

Ivy asintió.

—Está bien.

La señora Ward volvió a mirar hacia el auto. Su marido había empezado a andar de un lado para otro. ¿Por qué no se habría acercado a la puerta para presentarse?

La señora tomó la mano de Susan:

—Será mejor que nos vayamos.

Ivy observó cómo se alejaban por el camino de la entrada.

El señor Ward dio la vuelta por delante del auto para abrirle la puerta a su mujer, y luego a Susan, atrás. Cuando ambas se subieron, cerró las puertas, se llevó las manos a las caderas, y les hizo una mínima reverencia con la cabeza a ambas, frunciendo el ceño.

—Mamá, el señor Ward no se ve nada amigable —dijo Ivy, mientras el coche se alejaba.

—No —estuvo de acuerdo su madre—. Al contrario, pero uno nunca debe fiarse de las apariencias. Cuando alguien tiene una cara como ésa, suele ser porque esconde una razón que los demás no podemos ver.

Ivy observó al auto alejarse. ¿Qué podía estar escondiendo el señor Ward?

—¿**P**or qué no me dejaste ir con mamá a la escuela?
—le preguntó Ivy a su papá a la mañana siguiente,
mientras caminaban a través del huerto de naranjas.

—Ya hablamos de eso, Ivy Maria —le respondió su papá.

—Pero *¿por qué* tengo que ir a casa del patrón? Dijiste que
las hijas ni siquiera están aquí para conocerlas. ¿No es más
importante que conozca a mi nueva maestra?

—Tu mamá sólo va a llevar los papeles y a confirmar que
empezarás a asistir a clases el lunes. Los alumnos y la profesora están en clase ahora. Y después, mamá tenía otras cosas
que hacer y no sabemos cuánto tiempo vaya a demorarse.
Quería que vinieras conmigo para explicarte unas cuantas
cosas…

Ivy sacó la armónica del bolsillo de la chamarra de su hermano y empezó a tocar una canción pero, antes de llegar al
final, se interrumpió y preguntó:

—¿Y tú crees que mi nueva maestra vaya a ser tan linda como
la señorita Delgado? Es que era como una reina en un castillo.
Nosotros éramos sus súbditos y cada día ella abría el cofre de
un tesoro y nos obsequiaba joyas…

Su papá la miró ceñudo:

—Ya basta con tus ensueños. Estás un poco mayorcita para todo eso. Y además ¡me interrumpiste! ¿No oíste que te dije que necesitaba explicarte unas cuantas cosas? Ahora, guarda ese juguete.

Ivy sintió el aguijonazo de esas palabras y se guardó la armónica.

—Perdón, papá. ¿Qué es lo que querías explicarme?

Su papá siguió andando hasta que salieron de entre los árboles, y entonces le mostró una casa venida a menos. El césped se veía de color arena debido a la falta de agua. Las plantas en los canteros se habían marchitado y el suelo hervía de maleza. Había tablones clavados en puertas y ventanas, para clausurarlas. El porche que recorría el frente y un costado de la casa estaba encostrado de polvo y tierra.

—¿Qué sucedió, papá?

—¿Recuerdas de que la primavera pasada todos los niños japoneses dejaron tu escuela en Fresno?

Ivy asintió.

—La señorita Delgado dijo que tenían que irse a vivir a un campamento especial porque estamos en guerra con Japón —un día su salón estaba lleno, con todos los pupitres ocupados, y al siguiente, la mitad estaba libre.

—Eso es lo que les pasó al patrón y a su familia —explicó papá—. Los Yamamoto son japoneses. El gobierno los considera *enemigos de Estados Unidos*. Hay cientos de granjas como éstas en toda California, en las que los propietarios han sido llevados a campamentos. Si no se pagan las cuentas mensualmente, pierden todo. Y por eso estoy aquí.

—¿Vas a salvarles la granja? —preguntó Ivy.

Su papá asintió.

—Voy a administrarla a nombre del señor Yamamoto mientras él no está. Me ocuparé de las cuentas, de pagarme un salario y de guardar las ganancias para él. A cambio, cuando termine la guerra, él me conservará como capataz y me traspasará la casa y el terreno en el que está construida, y se convertirá en *nuestra* propiedad —pronunció las palabras como si fueran una plegaria.

Nuestra propiedad. Eso quería decir que se *quedarían* y no se irían, incluso después de un año. Y había cosas por las cuales valía la pena quedarse: la Escuela Lincoln, la orquesta, su habitación propia, Fernando, que volvería a una casa de verdad. E incluso podría haber amigas.

—Dentro de unas semanas, el hijo del señor Yamamoto, Kenneth, tendrá permiso de traerme los documentos —continuó papá—. Si le produzco una buena impresión y le gusta la manera en que me estoy ocupando de la granja, firmaremos un trato que garantice esperanzas para ¹as dos familias. Así que, como ves, nuestro futuro está enlazado al de ellos.

—Si el hijo puede venir desde el campamento de prisioneros japoneses, ¿por qué no pueden salir todos?

Su papá negó con la cabeza.

—Kenneth no está en el campamento. Es oficial de los marines. Es traductor. Le darán un permiso corto, para ocuparse de los asuntos de su padre.

—¿Sus padres y hermanas son enemigos, pero él no?

Su papá negó nuevamente.

—No veo cómo ninguno de ellos podría considerarse enemigo de nada. La granja ha estado en manos de esa familia en los últimos cuarenta años. El señor Yamamoto luchó por Estados Unidos en la primera guerra mundial.

—Entonces, ¿por qué los mandaron lejos?

—Son muy buenas preguntas, Ivy, pero para algunas preguntas no hay buenas respuestas —caminó hacia el solar de atrás.

Ivy lo siguió, y la cabeza se le iba llenando de preguntas.

—¿Y qué pasa cuando los granjeros japoneses no pueden encontrar quien les supervise las granjas?

—El banco las vende por mucho menos de lo que valen. Y hay mucha gente que quiere comprar las tierras. El señor Ward, nuestro vecino, es uno de ésos. Ya ha comprado tres granjas en la zona. Le hizo una oferta al señor Yamamoto, pero éste la rechazó.

¿Sería eso lo que escondía el señor Ward? ¿Que quería la granja de los Yamamoto pero no había logrado adquirirla? ¿Estaría molesto con papá por llegar a salvarla?

Fueron hacia un lado de la casa, donde alguna vez hubo un huerto. Las espalderas de alambre sostenían arbustos de tomate marchitos con tomates podridos. Detrás, había una caseta de madera con una ventana.

Del bolsillo interior de su saco, papá extrajo el sobre que Guillermo le había enviado, y lo inclinó de manera que cayó en su mano un llavero con una docena de llaves, junto con dos llaveros más pequeños, cada cual con una sola llave.

—Son duplicados para la caseta y la casa —probó diferentes llaves en el candado de la caseta hasta que lo abrió. Al retirarlo, uno de los goznes cayó—. Mañana lo arreglaré —dijo.

Ivy miró adentro mientras papá hacía inventario de las palas, rastrillos y azadones. De unos clavos en la pared colgaban sombreros de paja de ala ancha. En una caja de madera había paquetitos de semillas. Pero lo que le conmovió el corazón fue la carretilla a escala de niño. Estaba llena de palitas y sombreros y diminutas macetas, embrocadas una en otra. Se imaginó a las dos niñas siguiendo al padre, plantando semillas en el huerto. De brotes que nunca verían crecer.

Cuando su papá terminó de contar las herramientas, cerró la caseta lo mejor que pudo y se encaminaron a la casa. Ivy dejó escapar una exclamación de sorpresa cuando llegaron a la puerta trasera. Alguien había escrito:

¡JAPS! ¡ENEMIGOS AMARILLOS!

—¡Qué feo, papá!

Papá aspiró aire por los labios entreabiertos.

—No me gustan esas palabras.

—El hijo se va a sentir herido si ve esto. No va a gustarle. Debemos borrarlo con pintura, papá.

—Me da gusto que pienses así. Eso es exactamente lo que tenemos que hacer. Debemos entrar a la casa también, pero tomará más tiempo revisar sus cosas. Quizá tu mamá puede hacerlo la semana entrante.

—¿Y qué es lo que tenemos que buscar?

—Cuando una casa permanece cerrada mucho tiempo, siempre conviene revisar que no haya goteras ni fugas de agua ni nidos de ratas, y también asegurarse de que las ventanas estén bien cerradas para que no puedan meterse ni los pájaros ni las ardillas —sacudió la cabeza en respuesta a lo que habían escrito en la puerta.

Ivy estiró la mano para tocar las infames palabras.

—¿Quién pudo hacer esto, papá?

—Yo creo que muchas personas podrían hacerlo. Leí en el periódico que alguien le prendió fuego al edificio donde estaba un templo japonés. Y que alguien rompió todas las ventanas de la lavandería japonesa. Está registrado que esos edificios aún pertenecen a japoneses. Lo mismo sucede con esta granja. La gente sabe que el señor Yamamoto no vendió.

Ivy se preocupó.

—¿Y no es un riesgo para ti, papá? ¿La gente se molestará porque estás trabajando aquí?

—No creo. Hay escasez de granjeros. ¿Sabes cómo nos llama el gobierno ahora? —se enderezó un poco—. Ejército de abastecimiento, porque no sólo tenemos que producir alimentos para el país, sino también para los soldados. Es por eso que el gobierno busca que las familias siembren sus huertos, para aligerarles la carga a los granjeros. Durante la guerra, todos los ciudadanos somos soldados de un tipo u otro. Incluso en los campos de confinamiento, el gobierno tiene a los japo-estadunidenses cultivando las tierras alrededor.

—Pero ¿y los Yamamoto no hubieran podido ser soldados de abastecimiento en sus propios terrenos?

Su padre suspiró, pero no respondió. En lugar de eso, sacó una fotografía de un sobre y la examinó.

Ivy se acercó para ver mejor. Era una foto del señor y la señora Yamamoto y su familia. Estaban de pie frente a una iglesia. El señor tenía lentes de marco oscuro. La señora llevaba un vestido con cuello de encaje. Kenneth ya era un poco más alto que su padre. Las dos niñas, con el pelo cortado al estilo paje y flequillo, tenían vestido de domingo y zapatitos de trabilla. La menor tenía la cabeza inclinada hacia su hermana, sonreía y al mismo tiempo sostenía una muñeca que parecía querer mucho. Ivy no estaba muy segura de cómo debían verse los enemigos, pero era incapaz de imaginarse que tuvieran la apariencia de esta familia.

Señaló la muñeca.

—¿Tú crees que le permitieron llevársela?

Papá asintió.

—Probablemente sí. Podían llevarse todo lo que les cupiera en los brazos, y nada más. Ahora, nuestra misión es proteger lo que dejaron atrás, hasta su regreso.

De repente, Ivy se sintió culpable por quejarse de tener que empacar todo y dejar Fresno tan intempestivamente. Al menos, ella había tenido la oportunidad de llegar a este lugar, a una casa que un día sería de su familia, mientras que las niñas Yamamoto estaban en un campo de prisioneros sólo con lo que habían podido cargar entre sus brazos.

Ivy siguió a su papá de regreso por donde habían venido, y se detuvieron frente a una parte de la casa que estaba cubierta desde el suelo hasta los aleros, con un entramado de madera que había sido clavado sobre planchas de madera. Y por el entramado trepaban enredaderas en total confusión, colgando también hacia los lados.

Ivy frunció el ceño.

—Necesita podarse, papá.

Su padre examinó las plantas.

—De acuerdo, pero el señor Yamamoto pidió expresamente en su carta que las dejara crecer sin podarlas. Tiene sus manías. Pero puedo decirte que esta granja es todo para él. Haré lo que me pide.

—Con las ventanas clausuradas, la casa se ve triste, como avergonzada, papá. Como un perro cuando lo castigas.

—Sí, la casa se ve triste —dijo él.

Anduvieron por un camino hasta un cobertizo de madera cerca de la carretera. Tenía sólo tres paredes, una especie de banca arrinconada contra la parte trasera y una mesa con la tapa combada delante.

—¿Y esto es una parada de autobús? —preguntó Ivy.

Papa negó.

—Es el puesto de la señora Yamamoto. Solía vender naranjas en primavera, y verduras en verano.

Mientras papá inspeccionaba el cobertizo, Ivy sacó la armónica del bolsillo y tocó una canción. Miró hacia la casa y en su mente vio un lugar diferente en un momento diferente: una casa recién pintada con cortinas de encaje en las ventanas. La hierba verde y cuidada, y un almuerzo dispuesto sobre una vieja manta. Y las niñas Yamamoto, tomadas de las manos bailaban en círculo con la muñeca, al ritmo de la canción que ella tocaba. Bailaban hasta marearse por completo y caer redondas sobre la hierba, riendo medio aturdidas.

Ivy dejó la armónica, sabiendo que las niñas Yamamoto hubieran sido amigas suyas... de no ser porque las habían enviado lejos.

7

La casa de los Ward parecía más de un cuento de hadas que de una plantación de naranjas.

Era grande y blanca, y con un tejado muy empinado que cubría dos pisos. En el porche, los aleros y las ventanas había celosías decoradas. Pulcra y prolija, la casa estaba situada en medio de un jardín de hierba con canteros de flores llenos de geranios. A diferencia de la casa de los Yamamoto, aquí no se veía una sola hoja seca, ni maleza, ni una flor marchita empañando la belleza del jardín. En la ventana del frente colgaban dos banderas pequeñas una junto a otra. Ambas tenían el borde rojo, un campo blanco y una estrella en el centro; una con estrella azul, la otra, dorada.

—Mamá, la casa… Es bellísima —dijo Ivy al bajarse de la camioneta esa tarde para recoger la ropa para planchar.

—Es muy bonita, ¿verdad? —dijo su mamá.

Recorrieron el sendero hasta la puerta. Ivy susurró:

—¿Y qué pasa si el señor Ward está aquí?

—Bastará con que seas cortés y bien educada. Y recuerda, no todo es lo que parece. Estoy segura de que no es tan poco amable como parece.

Ivy timbró.

Se oyeron campanillas y luego el sonido de pisadas. La puerta se abrió y vieron a Susan sonriendo frente a ellas. Estaba peinada con trenzas y llevaba un suéter verde sobre una blusa blanca con cuello de encaje. Ivy recorrió con sus manos la chamarra de Fernando y su overol, y sintió que debía haberse vestido con algo más bonito.

—¡Pasen! —las invitó—. Mi mamá me dijo que les dijera que ya venía. Está en el garaje. Ivy, mira mi pelo. Me peiné igual que tú.

Ivy trató de no quedarse boquiabierta ante tanto esplendor mientras seguía a su mamá por el vestíbulo. Una escalera de roble llevaba al segundo piso. Había una sala con sofás de pata de león, tapizados en color vino tinto. Un árbol de Navidad, que llegaba hasta el techo, estaba decorado con figuras de cristal y coronado por un ángel de pelo dorado.

Ivy jamás había visto tanto lujo. Susan lo tenía todo: una casa hermosa, linda ropa y una cara bonita.

—¿Quieres ver mi cuarto? —le preguntó a Ivy.

Ella miró a su mamá y asintió.

—Será mejor que te quedes conmigo —dijo su madre.

—Está bien, señora Lopez —la tranquilizó Susan—. La hija de Bertina siempre subía a mi cuarto y tenía apenas cinco años.

—Bien, pero sólo unos momentos —mamá cedió.

Ivy siguió a Susan por las escaleras hacia una habitación tres veces más grande que la suya. Había una cómoda y un tocador blancos, lo mismo que el buró, y una cama con dosel y un cobertor blanco de felpilla. Una de las puertas del armario doble estaba abierta y dejaba ver una hilera de vestidos. El cuarto parecía una foto del catálogo de alguna tienda departamental, como los que Ivy y Fernando solían hojear soñando con lo que comprarían si tuvieran dinero. De repente, su entusiasmo por el nuevo cuarto que ahora tenía para ella sola empezó a disminuir.

¿*Sabría* Susan lo afortunada que era? En cierta forma, no era muy justo que tuviera tanto, tras ver la casa de los Yamamoto esa mañana, y al pensar en su propia habitación con el papel de las paredes descolorido.

Susan señaló la armónica que asomaba del bolsillo de Ivy.

—¿Podrías tocar algo?

Tragándose la envidia, Ivy dijo:

—Claro —sacó el instrumento y tocó un villancico: "Jingle Bells".

La otra le aplaudió cuando terminó.

—¡Muy bien!

—Gracias. Iba a tocar en un programa de radio con mis compañeros y hacer un solo, pero tuvimos que viajar acá —sintió una punzada de remordimiento.

—¡Un programa de radio, vaya! Deberías entrar a la orquesta —dijo Susan—. Todos los de quinto y sexto pueden hacerlo. Hay una reunión informativa el próximo jueves después de clases, y las lecciones de música empiezan en enero, después de las vacaciones. Apuesto a que te iría muy bien con la flauta. Eso es lo que yo voy a tocar.

—Ojalá pudiera. Pero no tengo una flauta, y jamás he tomado lecciones de música.

—No necesitas tener flauta —dijo Susan—. El señor Daniels, que es el director de la orquesta, te puede prestar el instrumento y enseñarte a tocar. Tomamos lecciones durante tres meses y luego ensayamos todos juntos como orquesta. Habrá un concierto en junio y todo eso. Lo sé porque mis hermanos tocaron clarinete —sonrió—. Si te unes a la orquesta, estaremos juntas todos los jueves al terminar las clases.

La señorita Delgado le había dicho que sería capaz de aprender a tocar casi cualquier instrumento, si lo intentaba. E Ivy quería intentarlo.

—Voy a preguntar a mis papás.

— Si te dicen que sí, mi mamá puede traerte de regreso a casa el jueves después de la reunión, pues nos tenemos que quedar mucho después de que se va el autobús —Susan hizo un gesto con la cabeza hacia la armónica—. Jamás he tocado una de éstas. ¿Es difícil?

—Si tienes una, te puedo enseñar.

—En el cuarto de mis hermanos. Ven —la invitó a seguirla.

En el extremo el pasillo, entraron a una habitación aún más grande. Todos los muebles, las dos camas individuales, las cómodas y los escritorios, eran de pino. En cada una de las cómodas había un marco con una foto de un soldado en uniforme. El de la izquierda estaba cubierto de medallas.

Susan rebuscó en el cajón superior de uno de los escritorios. Señaló las fotos con un movimiento de cabeza.

—Ésos son mis hermanos, Donald y Tom. Tom está en el ejército y conduce un tanque, y Donald... —cerró el cajón frunciendo el ceño, y abrió el siguiente. Sacó una armónica—. *Sabía* que había una en algún lado.

Ivy sonrió.

—Tengo un folleto en casa que te muestra cómo se toca, paso a paso. Puedo traértelo.

Las voces de las madres de ambas llegaron desde la planta baja.

—Es mejor que me vaya —dijo Ivy.

—¿Quieres que nos veamos mañana en el naranjal? Si atraviesas el que hay detrás de tu casa hasta la carretera que divide ambos terrenos, verás una vieja carreta —levantó la armónica—. Podrías darme mi primera clase. ¿A las dos de la tarde?

—Muy bien —asintió Ivy.

—¿Me lo prometes? —preguntó, como si no le creyera.

—Te lo prometo —Ivy se apresuró a bajar.

Susan la siguió y no dejó de agitar la mano desde el porche, mientras Ivy y su mamá subían al camión y retrocedían lentamente por el largo camino de entrada.

—La niña parece simpática —dijo mamá.

—¡Si vieras su cuarto! Como el de una princesa. Tiene el armario lleno de vestidos. ¡Ojalá yo tuviera al menos la mitad de los que tiene! ¡Lo tiene todo!

—Ivy, no me gusta que dejes salir tanta envidia. Sí, podrá tener cosas, pero no son más que eso: cosas. Es una niña como cualquier otra, como tú. Y es bueno que conozcas a alguien de tu edad que viva en los alrededores.

—No sé por qué querrá ser mi amiga. Supongo que debe tener amigas por docenas. Claro, nunca llegará a ser mi *mejor* amiga, porque tengo a Araceli.

—Quizá quiere ser tu amiga porque *necesita* una amiga —dijo su mamá—. Y también recuerda que puedes tener más de una mejor amiga.

—Ay, no, mamá. Araceli ya ocupa ese lugar en mi corazón.

Su mamá sonrió:

—Tu corazón es más grande de lo que crees.

Ivy miró a Susan y su casa con las banderas en la ventana que se iban haciendo cada vez más pequeñas.

—¿Para qué son esas banderas, mamá?

—Cada estrella representa a un soldado, y ellos tienen dos hijos en la guerra.

—Deberíamos tener una en nuestra casa —dijo Ivy—. Por Fernando. Pero tal vez una dorada, pues son más bonitas.

—No *vuelvas* a decir esas cosas, Ivy Maria —su madre dejó una sola mano en el volante y con la otra se persignó.

—¿Por qué? —preguntó la niña.

—La estrella dorada representa a un soldado que murió.

8

Aunque el tibio sol brillaba en la tarde del sábado, siguió llevando la chamarra de Fernando y el gorro morado de Araceli.

Les había escrito a ambos la noche anterior, contándoles todo sobre la casa y su cuarto propio, los Yamamoto y los Ward.

Cuando llegó al camino de tierra que dividía las dos fincas, Ivy vio a Susan que la saludaba desde la larga carreta de madera atravesada entre dos hileras de árboles.

Corrió para llegar allá.

—Hola —dijo, trepándose para luego sentarse en la banca frente a Susan—. ¿Para qué sirve esta carreta?

—Hace mucho tiempo, mi abuelo solía engancharla a un caballo y la usaba para llevar cosas por toda la granja. Pero ahora sirve para jugar. Mi papá fue quien hizo las bancas.

Ivy señaló tres nombres tallados en la chapa del interior de la carreta:

DONALD TOM KENNY

—¿Fueron tus hermanos?

Susan asintió.

—Solían traer aquí las cajas de las naranjas y construir fuertes. Y cuando jugaban a las escondidas en la plantación, la carreta era la base.

—¿Quién es Kenny?

—Kenneth Yamamoto —contestó—. Siempre le dijimos Kenny —se puso de pie y señaló la casa amarilla a lo lejos, a través de la plantación—. Desde aquí puedes ver los tejados de las tres casas: la tuya, la mía, la de los Yamamoto. Forman un triángulo. Kenny fue el mejor amigo de Donald durante toda su vida. Fue él quien lo convenció de unirse a los marines. A mi papá no le gustó ni un poquito porque él pertenece al ejército hasta la médula, y quería que sus hijos escogieran el ejército, no la marina. Pero Donald… murió en el bombardeo en Pearl Harbor.

Ivy sintió que el estómago se le encogía. Recorrió el nombre tallado en la madera con el dedo.

—¿Por eso tienen la bandera con la estrella dorada en la ventana?

Susan asintió.

—Mi mamá y otras señoras las cosieron con sus máquinas, para recordarlos. Mi mamá está haciendo una para tu casa, por tu hermano. Espero… Espero que él no muera.

Ivy sintió un escalofrío. Aunque no hacía frío y tenía puesta la chamarra de su hermano, se le erizó la piel de los brazos. Cuando Fernando se fue a la guerra, ella sabía que era peligroso. Pero el peligro parecía muy lejano.

—Yo también espero que no muera —tomó aire—. ¿Y Kenny Yamamoto resultó herido en los bombardeos?

Susan se inclinó hacia ella.

—No. Y mi papá dice que no es un milagro que hubiera escapado pues seguramente sabía del bombardeo desde antes.

Dice que Kenny debía estar encerrado con el resto de los japoneses. Y que si Donald no hubiera escuchado a ese espía jap, seguiría vivo.

Ivy sintió que el cuerpo se le entumía.

—¿Un espía?

Susan abrió mucho los ojos y asintió.

—Mi papá dice que, hasta donde sabe, Kenny *finge* ser un ciudadano leal para así poder obtener información que les pasa a los japoneses. La *familia entera* podría ser de espías. Cree que los Yamamoto ocultan algo y que, de ser así, él podría probarlo y los mandará a todos a prisión, y la granja será expropiada por el banco y vendida.

—¿Y cómo lo probará?

—Inspeccionando su casa hasta el último rincón.

A Ivy se le enredaron los sentimientos. Ni siquiera conocía a los Yamamoto, pero después de estar en su triste casa y de ver su jardín tan descuidado, y de enterarse de dónde estaban ahora, sentía que debía protegerlos. Además, ¿no estaban ya de alguna manera en una cárcel?

Se sentó aún más erguida.

—Mi papá no trabajaría para espías, así que estoy segura de que no lo son. Y tampoco le gusta la palabra *jap*. Alguien la escribió en la casa pero vamos a cubrirla con pintura.

Susan continuó.

—Mi papá sabe todas esas cosas porque solía estar en inteligencia del ejército y ahora está a cargo de la organización de Seguridad Civil. Siempre está en reuniones. Dice que todo estadunidense de bien debe mantener un ojo alerta para detectar cualquier actividad sospechosa y reportarla a la policía. Hasta los niños. Es nuestro *deber*. ¿Has visto algo sospechoso allá?

—¿Sospechoso como qué?

—No sé. Documentos secretos. Cualquier cosa que pudiera ayudarles a los japs, perdón a los japoneses, a ganar la guerra.

Ivy se encogió de hombros.

—No he estado en el interior de la casa. Sólo en la caseta, pero no había más que cosas de jardinería.

—Si llegas a entrar en la casa, ten cuidado porque puede ser que esté sembrada de trampas o que le hayan puesto bombas para proteger sus cosas de espionaje. Mi papá dice que la gente como ellos es capaz de cualquier cosa.

Ivy negó con la cabeza y levantó las cejas. ¿Acaso Susan creía todas las cosas que estaba diciendo?

Susan se encogió de hombros.

—*Podría* ser cierto —se incorporó un poco, mordiéndose el labio—. Yo solía jugar con las hermanas de Kenny, Karen y Annie, todo el tiempo —miró hacia la casa de los Yamamoto—. Su mamá era mi profesora de piano. Pero todo eso terminó después de que Donald... —su mirada se posó en la armónica que tenía en la mano—. ¿Me puedes enseñar?

A Ivy le dio mucho gusto cerrar el capítulo de los espías. No quería tener que preocuparse por lo que podría pasar si los Yamamoto eran enviados a la cárcel, o qué pasaría con su familia si el banco vendía la granja. Ya era suficiente con tener que preocuparse por Fernando.

Repasaron las primeras páginas del folleto *Armónica fácil*, tal como había hecho la señorita Delgado. Ivy le explicó a Susan cómo funcionaban las tablaturas y le enseñó a tocar "Estrellita, ¿dónde estás?", para luego oírla cuando pudo hacerlo sola.

—Aprendes muy rápido. Eres buena para la música.

Susan le respondió con una sonrisa indecisa.

—Al menos soy buena en algo —se recostó en la banca y miró hacia arriba, al cielo.

—Sé a qué te refieres —dijo Ivy, imitándola—. Mi hermano, Fernando, es bueno *para todo*. Puede desarmar cualquier cosa y volverla a armar de nuevo, hasta una máquina de coser. Ahora está terminando su entrenamiento y lo enviarán al frente. Mis papás *no* hablan de otra cosa.

—*Nadie* habla de otra cosa —dijo Susan—. ¿Por qué siempre tienes puesta esa chamarra y ese gorro?

—La chamarra es de Fernando. Me la prestó mientras está en la guerra. Quiere que sepa que sigue cuidándome, o sea, manteniéndome abrigada, aunque sea desde lejos. El gorro es por mi mejor amiga, Araceli. Su mamá nos hizo dos idénticos. Somos tan parecidas que la gente piensa… O pensaba que éramos hermanas —las palabras le salían a borbotones, y Susan parecía tan ansiosa de escuchar que Ivy terminó contándole todo sobre la señorita Delgado y el programa de radio, y de cómo habían tenido que irse de Fresno, y lo adelantada que estaba en lectura y aritmética.

—Yo también solía estar entre los primeros de mi clase —dijo Susan—. Pero me fui quedando atrás. No sé por qué. Antes… mis papás me ayudaban con los deberes. Ahora siempre están demasiado cansados… y tristes.

Ivy trató de imaginarse a su familia sin Fernando y cómo eso los distanciaría. Si algo tan terrible llegara a suceder, no estaba muy segura de ser capaz de cumplir su promesa y mantenerlos unidos. De sólo pensarlo sintió que el corazón le pesaba en el pecho.

—Yo te ayudaré con los deberes.

Susan se enderezó para mirarla, incrédula.

—¿En serio?

—Claro —dijo Ivy—. Tendremos los mismos deberes, ¿cierto? Ni siquiera hay que decirle a nadie. Puede ser nuestro secreto.

A Susan se le llenaron los ojos de lágrimas y se los enjugó.

—Gracias, Ivy. ¿Sabes? Me da gusto que se hayan mudado aquí. En realidad... no tengo amigos.

Ivy rodó para quedar de lado, recostando la cabeza sobre una mano. Resultaba difícil de creer que Susan, que lo tenía todo, no tuviera amigos.

—¿Por qué?

—No me lo permiten. No podía invitar a nadie a casa, y *de ninguna manera* puedo ir a casa de nadie a menos que vaya con mi mamá. Si mi papá llegara a preguntar qué estás haciendo ahí, mi mamá le diría que la señora Lopez no tuvo con quién dejarte mientras trabajaba. Mi mamá logra que todo esté bien.

Ivy estaba desconcertada.

—Pero ahora estamos juntas, ¿no?

—Sigo todavía en nuestra propiedad. Juego aquí sola con frecuencia. Mi mamá dice que a mi papá le preocupa muchísimo perder a otro de sus hijos, especialmente con Tom combatiendo en algún lugar de Europa. No sé qué sería de nosotros si Tom no volviera a casa a salvo, sobre todo después de lo de Donald —y luego susurró—: A veces, mi papá llora un poco por Donald.

Ivy no supo qué decir. Todo se oía tan triste. Sin embargo, no pudo imaginarse al señor Ward, con esa cara como de piedra, llorando.

Susan bajó la vista hacia su armónica y frunció el ceño.

—Fue por un telegrama, ya sabes. Así nos enteramos de lo de Donald.

Ivy se sentó, y con su mano estrechó la de Susan. Permanecieron así unos momentos, absortas en sus propios pensamientos, y no se oía más ruido que el gorjeo de los pájaros en los árboles, alrededor.

A lo lejos, un tañido interrumpió la calma.

—Es mi mamá, tocando la campana del porche trasero. Debo volver a casa —Susan se bajó de la carreta—. Te veo el lunes por la mañana. El autobús me recoge a mí primero. Recuerda, si quieres te guardo un lugar junto a mí.

Ivy asintió.

—Sí, por favor.

Susan siguió hablando mientras caminaba hacia los árboles.

—¿Quieres que nos sigamos viendo aquí los sábados? El próximo sábado no puedo, porque nos vamos a casa de mi abuela por Navidad. Pero podré una vez que vuelva. Podría ser *nuestro* lugar especial, en lugar de que pertenezca a los chicos.

—Seguro —respondió Ivy.

—¿Me lo prometes solemnemente?

Ivy sonrió, arrugando el ceño.

—¿Por qué necesitas siempre que te haga promesas?

Susan se encogió de hombros.

—Supongo que… porque a veces las personas dicen que las verás de nuevo… pero nunca las vuelves a ver.

Ivy miró los nombres tallados en la carreta y entendió. Se puso una mano en el pecho, sobre el corazón y dijo:

—Te lo prometo solemnemente.

Mientras su papá arreglaba la puerta de la caseta el domingo, Ivy pintó por encima del letrero de la puerta trasera de la casa de los Yamamoto y trató de no pensar en espías.

Su papá había dicho que el futuro de los Yamamoto estaba ligado al de su propia familia. Así que, si alguien demostraba que los propietarios de la granja eran espías, su papá se quedaría sin trabajo y tendrían que irse a otro lugar, tal vez a uno sin posibilidades de participar en una orquesta o tener una casa.

Más tarde, cuando alistaba la ropa para la escuela, los espías seguían dando vueltas en su mente. ¿Qué se ponían los espías? ¿Vestían de negro? ¿O usaban ropa normal durante el día y dejaban su uniforme de espías para la noche, cuando hacían su trabajo? ¿La ropa negra podría considerarse una prueba?

Ivy no durmió tranquila y se despertó mucho más temprano de lo necesario el lunes en la mañana. Pero no estaba tan nerviosa como cualquier otro primer día de escuela. Al menos no tendría que preocuparse por averiguar dónde estaba todo o por saber cuál era el lugar para almorzar o con quién podría jugar en el recreo. Susan estaría allí.

Su mamá la acompañó hasta el final del camino y esperaron a que el autobús se detuviera, haciendo silbar los frenos.

Besó a su mamá para despedirse y subió los escalones.

Susan se levantó, sonriendo, y le hizo señas para que se acercara a sentarse. Ivy recorrió el pasillo y se sentó junto a ella.

—Hola —dijo Susan, dándole un apretoncito en la mano—. ¿Estás nerviosa?

—Mejor dicho, emocionada. Y contenta de estar juntas —respondió.

El autobús hizo su recorrido por carreteras secundarias, recogiendo a más alumnos, mientras las dos hablaban de cómo convertirían la carreta en una casita para que dejara de ser un fuerte. Finalmente, el autobús se detuvo frente a la Escuela Lincoln. Algunos de los alumnos se levantaron para bajarse, pero Ivy notó que otros permanecieron sentados. ¿Por qué sería? Se puso de pie y Susan se le adelantó por el pasillo. Ella la siguió.

En la parte delantera del autobús, el chofer permitió que la primera pasara pero frenó a la segunda.

—Señorita, ¿adónde va?

Susan giró en redondo y miró a Ivy, con cara de sorpresa. Y entonces pareció que acababa de entender algo.

Se volvió hacia el chofer.

—Ah, sólo está moviéndose a un asiento delantero, ¿verdad, Ivy? — inclinó la cabeza hacia el asiento, para indicarle dónde debería sentarse—. Guárdame un lugar para el regreso, ¿sí? El autobús pasa primero por tu escuela, así que te subirás primero que yo —bajó los escalones de prisa, diciendo adiós con la mano y lanzándole a Ivy una mirada de preocupación.

¿Tu escuela? ¿A qué se refería Susan?

El chofer del autobús cerró las puertas.

—¡Espere! —gritó Ivy, mirándolo—. Estoy en quinto grado, en la Escuela Lincoln.

El chofer tomó una tabla con papeles y la examinó.

—¿Ivy Lopez?

—Sí.

—Ésta es la sede principal de la Escuela Lincoln. A usted le toca la sede anexa, la escuela de adaptación a Estados Unidos. Es la siguiente parada.

¿Adaptación a Estados Unidos? ¿Qué significaba eso? Ivy era estadunidense. El chofer puso en marcha el autobús y arrancaron a trompicones.

Ivy se sentó como pudo en el asiento delantero.

Mientras el autobús se alejaba, un grupo de muchachos en los escalones de la sede principal de la escuela lo despidieron cantando burlones: "El viejo McDonald tenía una granja".

Ivy sintió que el corazón se le encogía. Debía haber un error. Se volvió para mirar a los otros alumnos que quedaban. No parecían para nada molestos de que el autobús se alejara. Hablaban entre sí y se reían como si nada raro hubiera pasado.

Varios kilómetros más adelante, el chofer se detuvo y abrió las puertas del autobús.

—¡Escuela anexa Lincoln! —gritó.

Por la ventana, Ivy vio una construcción alargada y baja, con tejas de lata corrugada, en medio de un potrero polvoriento. No había canteros de flores, ni geranios ni rosas. Ni palmeras. ¿Era ésta su escuela? Parecía una bodega para equipo de granja. Y ahí fue cuando se dio cuenta de que todos los alumnos que iban en el autobús y que estaban frente a la escuela se asemejaban entre sí: ojos marrón, pelo oscuro, piel morena, como ella.

Un muchacho que salía de la parte trasera del autobús se detuvo a su lado, señalándole la puerta, sonriente.

Sin pronunciar palabra, Ivy se levantó de su asiento y bajó.

Se quedó en el camino de entrada, mirando la escuela, mientras alumnos y padres inundaban todo a su alrededor.

El muchacho se le acercó.

—Me llamo Ignacio. ¿Es tu primer día? ¿De dónde vienes?

—De Fresno —dijo Ivy, aún confundida.

—No sabías que había dos escuelas,¿cierto?

Ella negó en silencio y bajó la vista, sintiendo que se sonrojaba de vergüenza.

—¿En qué grado estás?

—En quinto —dijo Ivy.

—Yo voy en sexto. Te va a gustar tu maestra, la señorita Carmelo. Fue mi maestra el año pasado. Te gustará si eres buena estudiante.

Ivy se enderezó, para verse más alta.

—Tenía las mejores calificaciones de la clase en mi otra escuela.

Ignacio infló el pecho.

—Y yo soy el corredor más rápido en tres condados. Tengo el récord escolar, y medallas y todo lo demás.

La otra cruzó los brazos desafiante.

—¡Yo iba a tocar en un programa de radio!

El chico rio.

—Anda, estrella de la radio, ven a que te muestre tu clase. Y en caso de que te lo estés preguntando, sí, las cosas aquí son tan terribles como parecen. Pero podemos ir a la sede principal de la escuela después de clases, si estamos inscritos en deporte o en música.

Ella lo siguió.

—Pero... yo soy estadunidense y habló inglés.

—Yo también.

—Y entonces... ¿por qué estamos aquí?

Ignacio se encogió de hombros y apuntó al final del corredor.

—Aula 16. Nos vemos.

Ivy se asomó en cada aula hasta llegar a la suya. La señorita Carmelo, una mujer menuda, con un moño de pelo negro en la cabeza, la saludó y le asignó un pupitre junto a la ventana.

Ignacio tenía razón. Era simpática. Pero no permitía que los estudiantes se adelantaran. Durante toda la mañana, en todas las asignaturas, Ivy terminó sus ejercicios antes que los demás y se sentó a esperar con los brazos cruzados sobre el pupitre, mirando al potrero vacío. ¿Por qué Susan no le había comentado de las dos escuelas? Se había comportado como si fueran a estar ambas en el mismo salón. ¿O no? Incluso había dicho que se verían todos los días. ¿O se referiría a que iban a verse únicamente en el autobús?

En las mesas que había afuera para almorzar, Ivy se sentó sola, mirando eso que llamaban el patio de juegos: un área enmalezada delimitada con una cadena. No había un trozo asfaltado con líneas y cuadros para los juegos. No había césped. No había zonas para jugar beisbol o pelota. Detrás del patio de juegos había una granja que producía huevos. Las gallinas picoteaban y cloqueaban en hilera tras hilera de gallineros elevados. Había plumas de pollo en ambos lados de la barda. No era de sorprenderse que los muchachos de la sede principal de la escuela les cantaran la canción del viejo granjero McDonald.

Ivy sacó la armónica de su bolsillo, confiando en que tocar una tonada la haría sentir que todavía era alguien. Sopló un acorde y sintió un tris de determinación, un diminuto chispazo de valor... Hasta que el viento cambió de dirección. El olor de la granja de huevos le revolvió el estómago y sintió que iba a vomitar. Dejó la armónica.

Durante la tarde, la señorita Carmelo repasó inglés con los que no lo hablaban bien. Ivy creyó que iba a quedarse dormida de aburrimiento, pero contestó correctamente todas las preguntas cuando se lo pidieron, y terminó los ejercicios en minutos.

Al final del día, la señorita Carmelo la llamó a su pupitre.

—Hablas inglés muy bien. No creo que necesites este repaso todas las tardes.

—No, señorita Carmelo. Nací en Estados Unidos. Habló inglés a la perfección.

—Sí, ya lo veo. Creo que te aprovecharían mejor en otra parte.

El alivio la invadió y respondió:

—Gracias, señorita Carmelo. Yo *sabía* que había un error, y que estaba en el lugar equivocado.

La maestra asintió.

—¿Qué opinarías de ir al grupo de tercero todas las tardes y ayudar con los pequeños? La señorita Alapisco está necesitando desesperadamente alguien que le traduzca.

—¿Una traductora? —preguntó extrañada—. Pensé que me mandaría a la escuela principal.

—Oh, no, querida niña. Eso no es posible. Ayudarás a enseñar inglés a los más pequeños. Serás la asistente de la maestra. ¿Qué te parece? Yo creo que no tiene sentido que estés aquí. Podrías empezar mañana, después del almuerzo.

Ivy sintió que se ruborizaba, pero asintió y caminó de vuelta a su pupitre. Percibió el temblor de las lágrimas de rabia que pugnaban por salir y las contuvo lo mejor que pudo.

Miró por la ventana de nuevo, pensando en todas las cosas que podría hacer en las tardes si asistiera a la escuela principal… Todas las cosas de las cuales se perdería. Aún no tenía idea de qué cosas serían, pero estaba segura de que eran mucho más importantes que ayudar en las clases de tercer grado.

Al terminar las clases, mientras Ivy caminaba hacia fuera, alguien le entregó un volante con la consigna *Participa en la orquesta* y la información sobre la reunión del jueves. Se lo metió en el bolsillo.

En la fila para el autobús, vio a un muchacho en bicicleta, pedaleando veloz. Tenía las mangas blancas arremangadas y los pantalones azules amarrados con cordel en los tobillos para que no se fueran a enredar en la cadena de la bicicleta. Llevaba una gorra azul con algún tipo de emblema y una bolsa de cuero colgada en bandolera. Si *ella* tuviera una bicicleta podría ir y volver de la escuela sin tener que sufrir la humillación del autobús y oír las burlas de los alumnos de la sede principal.

Cuando subió al autobús, una niñita, tal vez de preescolar, se sentó a su lado. Ivy no hizo ni siquiera el intento de reservarle el lugar a Susan. En la sede principal, los alumnos se subieron al autobús, con los mismos volantes en la mano. Ivy vio la mirada preocupada de Susan, buscándola, pero se limitó a señalar a su compañera de asiento con la cabeza y a encogerse de hombros.

Durante todo el camino a casa, Ivy miró por la ventana. ¿Por qué nadie, ni Susan ni la señora Ward ni Bertina ni Guillermo, les habían dicho a Ivy, su papá o su mamá que había dos escuelas? ¿Sabían que las cosas eran diferentes en otras partes de California? ¿No sabían que todo esto era muy humillante? Una vez más, luchó por que no se le salieran las lágrimas.

Cuando Ivy caminó por el pasillo para bajarse del autobús, Susan le dijo:

—Adiós, Ivy, nos vemos mañana.

—Adiós —contestó ella, sin cruzar la mirada, demasiado avergonzada para ver la cara de Susan apenada por lo que le estaba pasando.

Bajó los escalones hasta el camino. Nunca se había sentido tan agradecida ante una puerta que se cerrara a sus espaldas, o el sonido del autobús que se alejaba.

En el momento en que vio a su mamá de pie, a medio camino de la entrada, sonriendo y con los brazos abiertos para recibirla en casa, todas las emociones que se había guardado desbordaron al exterior.

10

Esa noche, a la hora de la cena, mientras oía la perorata de su padre, Ivy se sentía como si la hubieran exprimido entre los rodillos de la lavadora.

—Mi familia ha vivido aquí durante más de un siglo. ¡Mi abuelo trabajaba en un rancho cuando estos territorios formaban parte de México y aún no eran el estado de California! Y tú, Ivy, eres tan estadunidense como tu mamá o yo, y como nuestros padres, antes que nosotros, y los padres de nuestros padres, que Dios los tenga en su gloria. Luz, ¿no te dijeron nada de que hubiera dos escuelas cuando la inscribiste?

—Ni una palabra —dijo su mamá—. Me recibieron los documentos. Me dieron las gracias. Dijeron que podía empezar hoy y que el autobús la recogería. Bertina tampoco dijo nada en su carta. La señora Ward no dijo nada cuando le pregunté dónde recogería el autobús a Ivy. Todos aquí se comportan como si eso fuera lo normal.

—¿Y tu amiga no dijo nada? —preguntó su papá, mirándola.

Ivy negó en silencio.

Durante el transcurso de la cena, el padre pasó apenas unos minutos en silencio, para luego volver al ataque:

—¿Por qué son diferentes las cosas aquí? En Fresno, muchos niños iban juntos a la escuela: japoneses, filipinos, mexicanos, anglos. ¿Acaso no estamos en el mismo estado de California?

Se sirvió varias cucharadas del guiso de albóndigas que hacía su mamá y siguió su perorata, con una albóndiga en equilibrio sobre la cuchara.

—Entonces, está bien que participemos en música y deportes, ¿no? ¡Pero sólo *después* de clases! Está bien que participemos en la guerra. ¡Mi propio hijo está combatiendo por *nuestro país*! ¿Qué disparates son ésos? —papá sorbió y masticó—. Voy a hablar con los directores de ambas escuelas para pedir que te transfieran a la principal.

Ivy clavó la vista en su plato, revolviendo las albóndigas de un lado para otro. Algo le decía que su papá no iba a dejar pasar este asunto facilmente. Le agradecía profundamente su defensa, pero también le preocupaba. ¿Sería capaz de protagonizar una escena con los directores? ¿Qué pasaría si su papá tenía éxito y la transferían a la otra escuela? ¿Se quejarían entonces los padres de la escuela anexa y provocarían problemas? ¿Los maestros la tratarían igual que a los demás alumnos? ¿Y qué pasaría si su papá *no* tenía éxito? ¿Los chicos que cantaban la canción burlona la molestarían aún más? ¿Y los estudiantes de la anexa pensarían que ella los miraba por encima del hombro, como creyéndose demasiado buena para estar entre ellos?

—Mañana por la mañana llamaré para pedir una cita —dijo su papá—. Hasta entonces, ¡te quedarás en casa!

Una vocecita dentro de su cabeza susurró la palabra *orquesta*.

Ivy sintió pánico.

—Papá, no quisiera perderme la reunión para lo de la orquesta el jueves. ¿Puedo ir?

—Ivy, aquí estamos hablando de tu *educación*, y no de actividades extracurriculares que no tienen ningún propósito.

Ella se enderezó un poco.

—¡Pero para mí sí tiene propósito! ¡La música es importante para mí! Y Fernando me dijo que siguiera tocando, porque eso le traía alegría a la familia.

Su mamá debió detectar la desesperación en su rostro porque dijo:

—Victor, por el bien de Ivy, no busques un problema mayor.

—No voy a buscar un problema —respondió él—, ¡sino una *solución*!

Cuando su papá volvió a casa el miércoles en la noche, entró directamente a la sala y se derrumbó en una silla.

Ivy y su mamá lo siguieron, y se sentaron frente a él en el sofá.

—¿Qué sucedió, papá? —preguntó Ivy.

Papá se limitó a menear la cabeza de lado a lado, con expresión de derrota.

—¿Victor? —insistió su mamá.

Él se aclaró la garganta.

—Los dos directores dijeron lo mismo. Que eran políticas del distrito escolar. Estuvieron de acuerdo en que no tenía el menor sentido, pero dicen que no pueden hacer nada al respecto —miró a Ivy—. Lo lamento mucho.

Ivy jamás lo había oído hablar con tal arrepentimiento. Se daba cuenta de que él pensaba que le había fallado.

—Está bien, papá.

—No, no está bien. Si las cosas siguen igual, nunca van a estar bien.

Miró a mamá, perplejo.

—Me dijo que a los niños mexicanos los separan por razones de lenguaje y salubridad.

—¿Salubridad? —preguntó mamá.

—¿Y por qué? Si no estoy enferma —dijo Ivy.

Su papá sonrió.

—El director de la escuela principal me miró a los ojos y dijo que muchos de los mexicanos están sucios y necesitan bañarse con más frecuencia. Que tienen piojos y liendres y transmiten enfermedades.

—¿Sucios? ¡Parece cosa de locos! —exclamó mamá—. Si todos los niños pasan por las mismas enfermedades.

Y entonces la voz de papá se tensó de frustración y rabia.

—No había manera de razonar con él, Luz. Le dije que Ivy habla inglés perfectamente y que es la mejor de su curso en todas las asignaturas. Y respondió que aunque eso pueda ser cierto, no podía admitirla en la escuela porque no sería justo con los demás mexicanos. Además, me dijo que es ilegal que yo no permita que Ivy vaya a la escuela a menos que esté enferma. ¡Ilegal!

—¿Y qué dijo el director de la escuela anexa? —preguntó Ivy.

Papá suspiró.

—Está de acuerdo en que no deberías tener que pasar las tardes ayudándole a la maestra de tercer grado. Que después de las vacaciones te van hacer exámenes para ver si puedes pasar a sexto grado. También me contó que hay padres en todo el condado de Orange formando un grupo y que están buscando un abogado que los asesore. Habrá una reunión pronto.

—Victor, tal vez éste no sea el mejor lugar para nosotros después de todo. Quizá deberíamos regresar a Fresno. ¿Podrías conseguir que te aceptaran de nuevo en tu trabajo?

Ivy miró a su mamá aturdida. ¿Estaba dispuesta a dejar todo eso por ella?

—Pero, mamá, la casa y el jardín y la lavadora.

—¿Y a qué precio, hija? Ni siquiera puedes asistir a una escuela pública normal. Tu papá siempre dice que la educación lo es todo.

Papá se levantó de la silla y dio vueltas por el cuarto.

—Ésa es una opción. Estoy seguro de que podría recuperar mi trabajo —miró por la ventana hacia el naranjal. Pero no asintió porque estuviera de acuerdo, sino porque no quería dejar todo lo que veía.

Si se iban, nunca podría aprovechar esta oportunidad, que era de esas que se presentan sólo una vez en la vida. Y por más que Ivy extrañara mucho a Araceli y a la señorita Delgado, también sabía, en el fondo del corazón, que volver a Fresno sería como dar un paso atrás. Era tal como había dicho el papá de Araceli. Que todo el mundo se va de La Colonia tarde o temprano, si es que quiere hacerse un camino en este mundo. Ahora no quería poner en peligro todas las cosas que siempre habían anhelado. Además, Fernando confiaba en ella.

Antes de que su papá pudiera decidir, Ivy habló:

—Creo que debemos quedarnos. Puedo tratar de sacar el mejor partido de la escuela anexa. Mi profesora es amable. Y… y puedo pedir permiso para avanzar más en mis estudios, o pasar a sexto grado, como te dijeron. Además, ya le escribí a Fernando contándole de la nueva casa y de lo mucho que le va a gustar este lugar. Puedo vivir en dos mundos. Iré a la escuela anexa durante el día, y a la principal en las tardes.

Su papá la miró como si nunca la hubiera visto bien en realidad. Al final, le sonrió levemente y asintió.

—Estoy de acuerdo, Ivy. Es más sensato quedarnos donde hay más oportunidades para todos, y luchar por lo que consideramos correcto. Te prometo que eso será lo que haré. Voy a asistir a esa reunión para ver qué puede hacerse en esta situación.

—Pero tomará tiempo que las cosas cambien —dijo su mamá poniendo una mano en el brazo de Ivy.

—Sí —dijo su papá—. Tomará un tiempo. El distrito escolar no va a cambiar de idea de la noche a la mañana.

Ivy sabía lo que querían decir. Quizás el cambio no llegaría a tiempo para beneficiarla. Tal vez tendría que asistir a la escuela anexa por los próximos dos años, aunque no fuera lo adecuado. Pensó en los Yamamoto. Su humillación tenía que ser diez veces mayor que la de ella. O cien veces mayor.

—Entiendo. ¿Y puedo ir a la orquesta mañana?

Su papá resopló.

—Sí, si es algo tan importante.

Ivy corrió hacia él y le dio un abrazo.

—Lo es, papá. Ya verás.

Más tarde, en su cama, miraba la oscuridad y pensaba nuevamente si valía la pena quedarse. No quería que la consideraran menos que nadie ni tampoco sentirse diferente. Quería pertenecer a algo y ser alguien que importara a los demás.

Incluso si llegaba a unirse a la orquesta, nunca se incorporaría a la escuela principal Lincoln. Jamás llegaría a pertenecer allí. No de la manera en que Susan y los demás podían.

Aunque se había bañado hacía poco, de repente se sintió sucia. Y aunque estaba sana, se sintió enferma. Jamás había tenido piojos, pero ahora, al tocarse el pelo, sintió que bichos diminutos caminaban por su cuero cabelludo y le mordisqueaban la piel.

Lágrimas calientes rodaron por sus mejillas. Se levantó de la cama, tomó la chamarra de Fernando del armario y se la puso. Por primera vez desde que se la había dado, la usó en la cama.

¿Cómo iba a mantener unida a la familia cuando ella estaba rota?

II

Cuando Ivy se subió al autobús el jueves en la mañana, vio a Susan reservando el lugar a su lado con un brazo.

Ivy se sentó con ella.

—¿Te encuentras bien? Perdiste dos días de escuela.

—No me sentía bien —respondió ella, y no era una mentira.

—Hoy es la reunión de la orquesta. Mi mamá habló con la tuya para llevarte de regreso a casa después.

Ivy asintió.

—Eso me dijo.

—No me pude sentar junto a ti el lunes, al regreso de la escuela. Pero siempre puedes reservar asientos. El chofer te lo permite. ¿Qué tal estuvo tu primer día? —Susan parecía genuinamente preocupada por ella, así que no supo bien por qué seguía sintiéndose traicionada.

—Bien —dijo Ivy, tratando de oírse alegre—. Mi maestra es amable. Pero estoy más adelantada que todos los demás. Puede ser que me pasen a sexto grado.

Susan dejó escapar una exclamación de sorpresa.

—Nosotros tuvimos una prueba de matemáticas. Me fue tan mal… —se oyó abrumada.

Ivy sintió tristeza por ella otra vez.

—Puedo ayudarte, si quieres. ¿Recuerdas que ya te lo había dicho?

El autobús se detuvo en la escuela principal.

—¡Eso sería una maravilla! —dijo Susan, abrazándola antes de levantarse y encaminarse por el pasillo.

Cuando el autobús arrancó, Ivy oyó a los muchachos cantando burlones la canción de la granja.

Se mordió los labios con fuerza para esquivar las lágrimas, y sintió el regusto a sangre.

Después de clases, Ivy fue la única que se bajó en la escuela principal para la reunión de la orquesta.

¿Por qué no había ningún otro alumno de la escuela anexa? ¿Acaso sabían algo que Ivy ignoraba?

El aula de música tenía el tamaño de dos normales. Había unas mesas en el frente, en donde se exhibían varios instrumentos en sus estuches: cornos, flautas, violines, un oboe, un violonchelo. Contra la pared lateral había un piano y lo que parecía ser una batería guardada en fundas acolchadas.

Unos veinte alumnos estaban sentados ante el señor Daniels, un hombre robusto con barba gris.

Susan le hizo señas y le indicó un asiento a su lado. Ivy se acercó y se sentó.

El señor Daniels juntó las manos.

—Si están ustedes aquí hoy es porque les interesa embarcarse en la increíble aventura de una orquesta.

Todas las cabezas asintieron.

El director les entregó hojas informativas y el horario de ensayos.

—Sus padres tendrán que firmar una autorización y ustedes se harán responsables de sus valiosos instrumentos. El gobierno ha vetado la fabricación de nuevos instrumentos, porque las fábricas están ahora obligadas a manufacturar productos para la guerra. Desafortunadamente, no sabemos cuánto durará.

Una de las chicas levantó la mano.

—Mi mamá dijo que puede ser que el año próximo ni siquiera haya orquesta. ¿Es cierto eso?

El señor Daniels se aclaró la garganta.

—Hay padres que se preguntan por qué las autoridades educativas se molestan en pagar un maestro de música en medio de una guerra. ¡Bueno! Yo opino que la oportunidad de hacer música es algo que todo el mundo debe recibir al menos una vez en la vida, aunque no avancen mucho más allá por ese camino. Para muchos de ustedes, ésta puede ser su única experiencia musical. Si ése es el caso, quiero que sea inolvidable. Además, todos necesitamos de la belleza y la luz que nos da la música, y *más* en esta época terrible. ¡Entonces, con mayor razón tocaremos fabulosamente este año y traeremos un poco de brillo a este oscuro mundo! De esa manera, podemos convencer a nuestros contrarios de que bien vale la pena continuar un programa musical. Espero que estén de acuerdo.

A Ivy ya le había empezado a agradar el señor Daniels.

—Ahora, más vale que nos vayamos conociendo. Uno a uno irán presentándose y diciendo qué instrumento quieren aprender, o si ya saben tocar uno.

Ivy escuchó a los demás alumnos hablar de sus preferencias, y el señor Daniels fue tomando nota en su tabla. Algunos escogieron el piano. Había un chico que llevaba cuatro años tocando violonchelo. Otro, la batería.

Cuando llegó su turno, dijo:

—Me llamo Ivy Maria Lopez.

Detrás suyo, oyó a uno de los muchachos susurrar el estribillo de la canción con la cual se burlaban de los de la escuela anexa, y luego reírse.

El estómago se le revolvió. Clavó la vista en el piso. ¿Era por eso que no había más alumnos de la escuela anexa en la orquesta?

El señor Daniels dio tres palmadas.

—¡Ya basta! Espero que sepan comportarse en esta clase, como si estuvieran en un concierto. Y eso quiere decir mostrarse respetuoso con los músicos. Todos son bienvenidos en este lugar. Prosigue, Ivy. Tu amiga Susan ya me contó que vendrías desde la otra escuela. ¿Y es cierto que ibas a tocar un solo en un programa de radio?

¿Susan le había contado sobre ella? Levantó la vista y asintió.

—Sí, con mi curso cuando vivía en Fresno. No sé cuál será el instrumento de mi interés. Puede ser que la flauta. Hasta el momento, lo que sé tocar es armónica.

Se oyeron muchas más risas. Alguien gritó mofándose:

—Eso no es un instrumento.

El señor Daniels se cruzó de brazos.

—Algunos de ustedes se sorprenderán al enterarse de que hay un armonicista clásico, Larry Adler, que toca con orquestas sinfónicas por todo el mundo. Yo lo oí tocar una vez *Rhapsody in Blue* en la radio y fue algo sublime. ¿Tienes aquí tu armónica, Ivy?

Ella asintió.

—¿Podrías tocarnos algo?

Al levantarse y sacar el instrumento de su bolsillo, miró a su alrededor. Algunos de los alumnos ocultaban la sonrisa burlona tras una mano. ¿Y qué pasaría si ella no tocaba bien? Pues se reirían aún más.

Sopló un acorde a modo de calentamiento, y en su mente oyó a la señorita Delgado y a Fernando decir que ella tenía un don. En ese momento, supo que tenía tanto derecho a estar en ese salón como los alumnos de la escuela principal. Empezó a tocar una canción que todos conocían, sobre el regreso a casa de los soldados victoriosos.

Cerró los ojos y dejó que la música la llevara con sus emociones, siguiendo la letra. Ella conocía el dolor de extrañar a alguien, y podía imaginar la dicha de un reencuentro. Tocó la primera estrofa como una marcha, animosa y con un propósito claro. La segunda fue lenta y melancólica. El salón había sido diseñado para la música y los sonidos se amplificaban. Proyectó su música hacia el techo, de manera que las notas viajaran hacia arriba para luego rebotar hacia abajo.

Cuando llegó a la última estrofa, le infundió toda la fuerza y la nostalgia que pudo extraer de su corazón. Luego de la nota final, hubo un momento de silencio expectante y el único sonido fue el de movimiento de pies. Ivy se preparó para las risas, pero recibió aplausos.

—¡Gracias! —exclamó el señor Daniels—. Fue brillante, sin duda. Eres *prometedora* en la música. Y algo me dice que… —meneó un dedo en dirección a ella y sonrió— que vas a enamorarte de la flauta.

Le sonrió al director y se sentó. Aún ruborizada, deseó que Fernando la pudiera oír. ¡Hubiera pagado más de un centavo por ese concierto!

—Bien, si no hay más comentarios sobre Ivy y la armónica, que veo que *no* hay, hablemos del horario de ensayos. Les daré clase a los de cuerdas el lunes, el martes a los de percusión, bronces los miércoles y vientos los jueves. La semana después de las vacaciones les entregaré los instrumentos. Y en la semana del 11 de enero, empezaremos de verdad.

Ivy estaba absorta en lo que decía. El señor Daniels había hablado de *una aventura increíble*, de *belleza y luz*, de su interpretación *brillante, sin duda*, de *empezar de verdad*, y esas frases alimentaban su optimismo.

—Hoy estuviste muy bien —le dijo Susan, en los escalones de la entrada, mientras aguardaban a que la señora Ward las recogiera.

Ivy limpió la armónica con el borde de su vestido.

—Gracias por contarle al señor Daniels que yo vendría de la otra escuela. Eso estuvo bien.

—Lo siento mucho, Ivy. Pensé que ya sabías de las dos escuelas —murmuró Susan—. Me sentí tan mal cuando me di cuenta de que no, y después mi mamá habló con la tuya, y se sintió horrible también. Dijo que jamás pensó en comentarlo y que seguramente fue una sorpresa desagradable para todos ustedes.

—Es que nunca antes había estado separada. *Jamás*.

—Pues es como se hacen las cosas aquí —dijo Susan.

—Pero los filipinos van a tu escuela. Y los japoneses también, antes de que los mandaran a los campos de prisioneros. ¿Por qué no los mexicanos?

—No lo sé. Ha sido así desde que recuerdo.

—A la escuela anexa la consideran una especie de granja-escuela.

Susan clavó la vista en el piso.

—Ya lo sé.

—Mi padre habló con los directores ayer, pero... —sintió que los ojos se le anegaban en lágrimas.

—Sí —respondió Susan—. Todos los años, una de las familias mexicanas trata de cambiar de escuela a su hijo y... —no dijo nada más.

Ivy sonrió. Sabía cómo terminaba la frase... *Y no sirve de nada.*

—Mi mamá estaba tan molesta con todo eso que dijo que debíamos regresar a Fresno.

Susan puso cara de angustia.

—Pero no se van, ¿o sí?

Ivy vio el pánico en sus ojos.

—No. Vamos a quedarnos y a pelear. Y yo voy a continuar en la orquesta.

Susan dejó escapar un suspiro.

—Qué alegría me da.

—A mí también —dijo Ivy.

—Mañana nos vamos a casa de mi abuela para pasar las fiestas —dijo Susan—. Mi papá vuelve justo después de Navidad, pero mi mamá y yo nos quedamos hasta el Año Nuevo. ¿Quieres que nos veamos en la carreta al día siguiente de mi regreso, a la misma hora de siempre? —levantó la mano y cruzó dos dedos, con expresión esperanzada.

Susan parecía tenerlo todo, menos amigos. Y quería desesperadamente hacerse amiga de Ivy. Quizá no llegaría a importarle a los demás alumnos de la escuela principal Lincoln, pero a Susan ya le importaba. ¿Cómo iba a defraudarla?

Asintió.

—Te lo prometo.

12

La Noche Buena no fue igual sin Fernando, que siempre insistía en que tomaran chocolate con galletas y se quedaran despiertos hasta la medianoche para abrir los regalos.

Ivy se sentó entre su mamá y su papá en el sofá, para disfrutar los tres de esa tradición, aunque sentían su ausencia.

Papá levantó la taza.

—Feliz Navidad.

Mamá e Ivy levantaron las suyas y repitieron:

—Feliz Navidad.

Mamá movió un poco a la izquierda una fotografía de Fernando en la secundaria. Y luego la movió a la derecha.

—Y por Fernando, también —dijo—. Te extrañamos.

—Está con nosotros de corazón —agregó su papá—. Y... les tengo una sorpresa a las dos —sacó dos sobres que escondía tras su espalda.

—¿Cartas? —preguntó Ivy.

—Llegaron esta mañana —dijo su papá—, y yo estaba cerca de la entrada cuando pasó el cartero. Las guardé para darles la sorpresa.

Ivy tomó la carta dirigida a ella.

Su mamá se llevó la otra al pecho. A pesar de la escasa luz, Ivy alcanzó a distinguir los ojos brillantes de su mamá al abrir el sobre y alisar el papel. Sostuvo la carta cerca de la lámpara para leerla en voz alta.

Queridos mamá y papá:

Perdónenme por no haber escrito en tanto tiempo. Durante el entrenamiento avanzado no hemos tenido autorización de mandar correspondencia, sólo de recibirla. Supongo que no quieren que ninguno de nuestros secretos de radio pueda filtrarse. Por la boca muere el pez, y se hunden los barcos. Eso quiere decir que si hablamos libremente y sin censura, la información podría caer en manos enemigas y poner en riesgo a otros soldados. Ayer recibí carta de papá. ¡Una casa en el condado de Orange! Eso sí que es un avance. Desde cualquier punto de vista, parece una buena oportunidad. Será agradable volver a casa, a una casa dè verdad, permanente. Quiero echar raíces. Y éstas son mis noticias. Ahora soy un operador de radio certificado. Puedo desarmar una radio y volverla a ensamblar más rápido que cualquiera en mi unidad, y también logro tener recepción cuando otros no. Mi nuevo apodo es Marte Lopez. Mis compañeros bromean diciendo que podría comunicarme con otro planeta a través de la radio si me lo propusiera.

Papá rio.

—*Marte Lopez*, ¡qué adecuado!

La otra noticia es que finalmente recibí mis órdenes. Pronto me trasladarán por vía aérea en un transporte militar.

—¿Lo trasladan? ¿Adónde? —preguntó Ivy.

—No está autorizado a decirlo —aclaró su papá—. Continúa, Luz.

¿Han visto esos aviones barrigones surcando el cielo? Estaré en uno de ellos. No sé qué día con exactitud. Sólo que será en las próximas semanas. Lo que se dice por acá es que la guerra no va a durar mucho más. Incluso los oficiales lo dicen.

Mamá levantó la vista de la carta.

—Hasta los *oficiales* dicen que la guerra terminará pronto.

Papá sonrió, dándole un apretoncito en la mano, mientras ella continuaba la lectura.

Nos ponen películas todas las semanas y vemos la manera en que los estadunidenses de todo el país están contribuyendo con la causa, con pequeños o grandes esfuerzos. Me siento orgulloso de aportar mi granito de arena.

Con todo el amor de su hijo, Fernando.

—Si la guerra termina pronto, para la próxima Navidad lo tendremos con nosotros —dijo mamá.

Papá carraspeó.

—Sí. Puedo decirles que el año que viene será mejor. En dos semanas, el hijo del señor Yamamoto vendrá a firmar los papeles. Voy a participar en las reuniones para ver qué puede hacerse con respecto a la escuela de Ivy. Para cuando termine la guerra, tendremos nuestra… —se le quebró la voz— nuestra propia casa para que Fernando llegue a vivir con nosotros. Sí, el año próximo pinta prometedor.

Mientras sus papás se quedaban abrazados en el sofá, releyendo la carta, Ivy abrió la suya y la leyó en silencio.

Querida Ivy:

Hoy recibí tu carta. Lamento mucho que no hayas podido presentarte en la radio. Espero que toques la pieza de tu solo para mí cuando vuelva a casa. Pero parece que vendrán cosas buenas para todos nosotros cuando la guerra termine.

Cada batallón tiene un lema: Valor en las dificultades; Siempre lo máximo; Listos para la guerra y para la paz. *El de mi batallón es:* Al frente, en defensa de la verdad. *Hagamos eso también para nuestra familia. Confío en que seas como un buen soldado y marches siempre al frente.*

Espero que sigas tocando la armónica. ¡Qué no daría yo por oír uno de tus conciertos ahora! Cambio. En la jerga de los operadores de radio, eso quiere decir que terminé de hablar y estoy a la espera de lo que la otra persona, en el otro extremo, tenga algo que decir. ¡Y ésa eres tú!

Con todo mi cariño, Nando.

P.D. ¿Recuerdas que en Fresno ahorrabas para las estampillas de guerra? Mi sargento dice que una de diez centavos sirve para comprar cinco balas, y que cada bala detiene a un nazi. La verdad es que entre más pronto los detengamos, más pronto terminará la guerra y volveré a casa.

Al final de la hoja de papel, Fernando había pegado una moneda de un centavo con cinta. Ivy sostuvo la carta en alto para mostrarles a sus papás y sonrió.

—A cuenta de un concierto.

Era pasada la medianoche. Les dio las buenas noches a sus papás y les dejó la carta, para que pudieran leerla.

Fue a su cuarto y se paró frente a la ventana, mirando las sombras en el naranjal.

Tomó la armónica y tocó una canción para Fernando, y la letra reflejaba su orgullo, amor y dedicación.

¡Gloria, gloria, aleluya!
Ahí viene su verdad.

—Muy bien, Nando —susurró—. Al frente, en defensa de la verdad.

Se sentó en su cama y le escribió una carta. Le contó de las dos escuelas, de la decisión que habían tomado de permanecer en el condado de Orange en lugar de volver a Fresno, de la orquesta, del señor Daniels y las lecciones de flauta, y de cómo esperaba que todo funcionara para que él pudiera regresar a esa casa y echar raíces. Le aseguró que se estaba comportando cual buen soldado, y que podía seguir contando con ella.

Se despidió sin mencionar los dos obstáculos para el futuro de su familia: uno era que Kenny Yamamoto y su papá aún tenían que firmar los papeles. Si Kenny Yamamoto no quedaba satisfecho con lo que viera al regresar, probablemente no firmaría.

Eso era algo que Ivy podía arreglar.

El otro obstáculo era como una astilla clavada en su dedo que nunca dejaba de doler. Si los Yamamoto eran espías, irían a la cárcel y su granja se vendería. En ese caso, ¿qué sucedería con su propia familia?

Susan había dicho que la única manera de demostrar que los Yamamoto no eran espías era inspeccionando su casa. ¿No había dicho su papá que era algo que necesitaban hacer en todo caso? Si Ivy lograba entrar y confirmar que no había nada sospechoso, podría decirle a Susan, que a su vez le contaría a su padre. Y hasta ahí llegaría todo el rumor de que eran espías.

¿Pero cómo y cuándo conseguiría entrar a la casa?

Al día siguiente de la Navidad, Ivy supo que era la ocasión perfecta.

Estaba con su mamá, de rodillas sobre una cobija doblada frente a un descuidado lecho de flores, extrayendo bulbos de lirios. Con una pala, Ivy sacó un manojo de bulbos encostrado de tierra y lo tiró junto a otro montón sobre un trozo de tela de costal.

—¿De qué color son?

Su mamá miró uno de los bulbos.

—Tendrán que florecer para que sepamos. Espero que sean morados con manchas amarillas. Son mis preferidos.

—¿Y qué vamos a hacer con los que estamos sacando? —preguntó Ivy.

—Son fáciles de trasplantar. Guardaré algunos para sembrarlos al lado de la casa, y le daré otros a la señora Ward. Con el resto, no estoy segura.

—Mamá, quiero sembrar algunos en la casa de los propietarios. Allá todo se ve tan triste.

—¡Qué buena idea, Ivy! Ojalá se me hubiera ocurrido a mí también. Quizá para cuando echen raíces y florezcan, la familia ya estará de regreso para disfrutarlos.

—Podemos llevarnos éstos y guardarlos en la caseta hasta que los pueda sembrar —y agregó, despreocupadamente—: Ah, y papá dijo que necesitábamos revisar el interior de la casa. Podemos hacerlo mientras estamos allá.

—Sí, le prometí a tu papá que lo haría pero no he tenido un momento. Ya que se fue al pueblo a comprar provisiones esta tarde, bien podemos ir hasta allá —se levantó, sacudiéndose el delantal—. Voy a buscar las llaves de la caseta y de la casa.

Antes de atravesar el naranjal, mamá tomó un puño de pinzas de la ropa del tendedero.

—Son para levantar un poco las cortinas negras y dejar entrar algo de luz, porque no hay electricidad.

Ivy oyó en su mente las advertencias de Susan: *Si llegas a entrar en la casa, ten cuidado porque puede ser que esté sembrada de trampas o que le hayan puesto bombas para proteger sus cosas de espionaje.*

Ella no creía nada de eso y estaba dispuesta a demostrar que los Yamamoto no eran espías. En todo caso, ¿debería contarle a su mamá lo que Susan había dicho, por si acaso?

Para cuando logró envolver todos los bulbos de lirio en el costal, su mamá ya iba a medio camino por el naranjal. Se apresuró para llegar con ella al jardín de los Yamamoto. Cuando la alcanzó, ya había abierto la caseta e iba hacia la puerta trasera de la casa. Ivy dejó en el suelo de tierra el atado que llevaba y rápidamente siguió hacia la casa, decidida a advertirle a su mamá de las trampas. Pero no fue tan veloz como esperaba, y la señora ya había abierto la puerta trasera y estaba de pie en medio de una cocina común y corriente, que no parecía para nada terreno de espionaje. Ivy respiró hondo, aliviada.

—Muy bien —dijo su mamá, levantando una esquina de la cortina de una ventana de la cocina, y usando la pinza para mantenerla levantada—, necesitamos revisar el interior de cada armario y alacena.

—Y ver que no haya suciedad de ratón, ni goteras ni nidos de ardilla —completó Ivy—. Eso me dijo papá.

Mamá se puso las manos en las caderas.

—Es triste, ¿no? La última vez que Kenneth Yamamoto estuvo en casa, su familia estaba aquí —negó con la cabeza—. Piensa lo difícil que será para él encontrar esto a su regreso.

La mesa de la cocina se veía solitaria e inhóspita sin un frutero en el centro y las sillas alrededor. ¿Acaso el señor y la señora Yamamoto se sentaban cada uno en un extremo y sus hijos en medio? ¿Cuáles serían los asientos de Karen y Annie?

Ivy ayudó a su mamá a levantar las cortinas de la sala. Como las ventanas estaban clausuradas con tablas por fuera, apenas entraban unas franjas de luz. Los muebles estaban amontonados en el centro de la habitación y cubiertos con sábanas; las formas montañosas se erguían como icebergs. Olía a encerrado.

—¿Y por qué tienen cortinas negras si no hay electricidad? —preguntó Ivy.

—Probablemente las cortinas ya eran necesarias antes de que se los llevaran. Estaban actuando como buenos ciudadanos. Ahora, al menos, si alguien retira las tablas de las ventanas, no podrá ver mayor cosa hacia dentro. Cuando las casas están abandonadas, la gente hace cosas extrañas. Creen que es una invitación a robar.

La señora inspeccionó cada ventana y pasó luego a los dormitorios. El primero no tenía más que una cama matrimonial con su colchón. Abrió una de las puertas del armario.

Estaba atiborrado de ropa para adultos. En el piso, había un radio en un rincón, rodeado por filas ordenadas de cajas de cartón con letreros escritos en el frente: *sábanas, fundas, manteles*. Había una hilera de botas ante la puerta. Debía ser la habitación del señor y la señora Yamamoto.

La señora sacó unas cuantas cajas y examinó cuidadosamente el interior.

El siguiente dormitorio era más o menos lo mismo, con cajas en el piso del armario, pero en la repisa había bates de beisbol y pelotas desinfladas que probablemente habían pertenecido a Kenny. En el tercer dormitorio, había dos camas donde seguramente habían dormido Karen y Annie. Ivy se las imaginó allí, riendo y contándose secretos en la oscuridad antes de caer dormidas, la menor abrazada a su muñeca.

Mamá abrió el armario, y una caja que no tenía tapa se volcó. Por el piso se desparramaron un montón de fotos.

—¡Qué desorden!

—Yo las levanto, mamá —dijo Ivy, con curiosidad de ver las fotos.

—Gracias. Yo iré a revisar las alacenas en la cocina —el sonido de sus pasos se fue desvaneciendo a medida que se alejaba.

Una por una, Ivy fue guardando las fotos en la caja. Había una de la orquesta de la Escuela Lincoln con las niñas Yamamoto tocando un dueto de flautas. ¡También tocaban la flauta! Ivy volteó la foto. Tenían los nombres escritos en el reverso, con muy buena letra. Otra foto mostraba a las dos hermanas con vestidos iguales, sentadas ante el piano. Había un montón de fotos de bebés. Kenny de niño, tocando el violín, con las palabras *Concierto de primavera de Lincoln* escritas en el recuadro blanco. El señor y la señora Yamamoto en los escalones de la entrada, con un bebé. Kenny, Donald y Tom, abrazados, con bates y guantes de beisbol, sonriendo. Kenny y Donald con el uniforme de marines, estrechándose la mano. ¡Kenny debió sufrir tanto cuando su mejor amigo murió en el bombardeo!

Con cada nueva foto, Ivy se sintió más cerca de la vida de los Yamamoto y le dolió pensar en todo lo que habían perdido. Metió la caja de nuevo en el armario. Buscó la tapa, haciendo a un lado la ropa que colgaba de los ganchos.

Fue en ese momento en que vio una puerta en el fondo del armario. ¿Por qué habría una puerta dentro de un armario? La imaginación de Ivy empezó a correr desatada. ¿Sería una entrada a un túnel secreto? ¿Sería ésa la prueba que el papá de Susan esperaba encontrar? ¿En verdad los Yamamoto *sí* estarían escondiendo algo?

Ivy miró hacia arriba. En la parte superior de la puerta, había un pasador con candado. Hizo a un lado parte de la ropa, sacó algunas cajas y encontró otro pasador con candado en la parte de abajo de la puerta.

Respiró hondo. Pensó que probablemente sería una especie de bodega, para cosas especiales que no querían arriesgarse a dejar afuera, en la casa, cosas frágiles o valiosas. ¿Acaso los japoneses no tenían kimonos preciados? Tendría sentido guardarlos bajo llave. Al fin y al cabo, su papá había dicho que sólo podían llevarse al campamento lo que alcanzaran a cargar entre sus brazos. Y su mamá le había dicho que la gente roba de las casas abandonadas. Tenía sentido guardar bajo llave los objetos valiosos.

Ivy sintió de repente la pesada carga de la responsabilidad… de saber sobre este armario oculto. ¿Debería contarles a sus papás?

Le pareció oír un acorde, como una exhalación prolongada. Se llevó la mano al bolsillo de los pantalones y sintió la armónica. ¿Había sonado sola, o era un suspiro suyo que no había notado? ¿O estaba imaginando cosas, tal como su papá siempre decía que le pasaba?

Sus pensamientos dieron un brinco. Su familia y la de los Yamamoto estaban unidas. Si había algo sospechoso en aquel sitio y se descubría, ambas familias estarían en problemas. Ivy era probablemente la única persona fuera de los Yamamoto que sabía de la existencia de esa puerta. Y sabía guardar un secreto. No tendría que decir nada.

Sería su manera de ayudar, de darle a su familia la oportunidad de seguir adelante, al frente, juntos.

Ivy reacomodó la ropa y puso las cajas en su lugar.

—Hija... —la llamó su mamá—. Suelta las cortinas en cada cuarto de la casa a medida que vienes, y cierra bien la puerta detrás. Yo me encargaré de cerrar la caseta y te veré frente a la casa.

—¡Muy bien, mamá! —Ivy cerró la puerta del armario y salió de la casa, como si no hubiera pasado nada fuera de lo común.

Pero al rodear la casa hacia el jardín descuidado, quedó paralizada.

El coche del señor Ward estaba estacionado y en marcha al final del camino de los Yamamoto. Ivy podía ver al señor Ward mirando por la ventana del vehículo, como si hubiera estado vigilando.

El corazón le latió con fuerza. Él no podía tener idea de lo que ella acababa de descubrir, ¿o sí? Trató de comportarse con naturalidad al salir por el camino, y lo saludó con la mano.

Pero el señor Ward aceleró y se alejó deprisa.

14

Al día siguiente, Ivy se levantó decidida a conquistar uno de los obstáculos que se interponían en el futuro de su familia.

—Quiero volver a casa de los Yamamoto —le dijo a su mamá.

Se había pasado la mañana pensando en qué decir y cuándo hacerlo, para que su mamá no se lo impidiera. Habían terminado de comer y la señora se estaba poniendo el saco para salir a hacer vendas con las voluntarias de la Cruz Roja.

—Pero si estuvimos ayer allí.

—Sí, pero quiero plantar los lirios y arreglar el huerto para cuando venga Kenny Yamamoto. Ya te he ayudado con eso antes, sé lo que hay que hacer. Papá dijo que si a Kenny Yamamoto le gusta la manera en que está cuidando la propiedad de su familia, entonces firmará el acuerdo. Y tú dijiste que para él sería triste volver con el estado en que está su casa. También estaba pensando que cuando las naranjas y las verduras del huerto estén a punto, podría venderlas en el puesto de la señora Yamamoto y usar el dinero para comprar estampillas de guerra. Quizá Susan podría ayudar. Fernando dice que entre más pronto detengamos a los nazis, más pronto terminará la guerra. Y le puedo decir a Kenny Yamamoto que planeo convertir las estampillas en bonos de guerra para dárselos a su padre cuando termine todo esto.

Su mamá la miró asombrada.

—¡Qué niña más sensata y generosa! Desde que llegamos aquí, hija, cada vez estoy más orgullosa de ti. Te estás convirtiendo en una niña madura y responsable, con los pies bien puestos en la tierra. Tu papá está trabajando en el naranjal al norte de la casa esta tarde, por si lo necesitas. La otra llave de la caseta está en el cajón, junto a la puerta trasera. No te quedes hasta muy tarde y lleva tu chamarra.

Aliviada y entusiasmada, Ivy se guardó la llave de la caseta en el bolsillo de los pantalones y corrió a casa de los Yamamoto.

Tomó una pala, un rastrillo pequeño y algunos sobres de semillas. Limpió de maleza los canteros que había frente a la casa, y cavó pequeños hoyos para los bulbos de los lirios. Los sembró, dejando apenas que la punta sobresaliera de la superficie. Allanó la tierra alrededor de cada uno para hacer más grata su larga siesta subterránea.

Mientras trabajaba, se encontró mirando hacia la casa y preguntándose por aquel armario. Trató de hacer a un lado su curiosidad.

Pasó luego al huerto y quitó las espalderas de alambre para las enredaderas, dejándolas a un lado. Arrancó las viejas tomateras, y con el azadón armó dos largos surcos. En uno, sembró semillas de zanahoria. En el otro, de rábanos. El resto de la huerta tendría que esperar hasta que el clima fuera menos frío.

En la caseta, tomó las pequeñas macetas de barro junto a la ventana y plantó flores en cada una, rociándolas de agua con una regadera diminuta.

Mientras se alejaba del jardín principal, miró hacia el camino y vio al muchacho en bicicleta, el mismo que se habría encontrado mientras esperaba el autobús en la escuela. Iba inclinado sobre el manubrio, pedaleando tan rápido como podía por la carretera. Ivy lo saludó con la mano, pero él no respondió al saludo. ¿Por qué iría siempre tan apurado? ¿Adónde iría?

A Ivy le dio gusto no tener semejante prisa. Lentamente barrió el porche delantero y luego se sentó en los escalones, satisfecha con su labor. Había algo reconfortante en ese momento, al estar sentada al pie de la casa adormecida, con el aroma de la tierra recién trabajada y mirando los canteros de lirios, aguardando que reverdecieran.

Sacó su armónica y tocó un himno religioso sobre ángeles en lo alto. Cerró los ojos. Cuando llegó el estribillo, se imaginó un campo lleno de ángeles que habían estado durmiendo en un lugar lejano y antiguo… Ángeles morados con lenguas amarillas que brotaban del suelo entonando *Gloria in excelsis Deo*.

La canción la llenó de consuelo y le dio la sensación de que todo iba a mejorar.

El sábado, Ivy estaba tan emocionada de encontrarse con Susan y contarle todo lo que había pasado, bueno, casi todo, que llegó demasiado temprano.

Se sentó en la carreta, a tocar en la armónica la tonada que hubiera interpretado con su clase en *La hora familiar Colgate*. La noche anterior había oído en la radio a la orquesta de Guy Lombardo interpretándola y la gente la cantaba. No podía recordar toda la letra, sólo se preguntaba una y otra vez si los antiguos afectos debían olvidarse o no.

Hacía más de tres semanas que se habían mudado a la nueva granja, e Ivy le había escrito a Araceli en cuatro ocasiones. Pero no había recibido respuesta. Su mamá le había dicho que el correo se hacía más lento en la temporada navideña, y su papá le había comentado que la familia de Araceli bien podía haberse mudado también de La Colonia. Pero, si era así, ¿por qué Araceli no le había enviado su nueva dirección? ¿Se habría olvidado de ella?

Fue bueno que Susan interrumpiera sus pensamientos cuando llegó corriendo por el naranjal, con unos papeles en la mano y llamándola por su nombre. Se subió a la carreta y se sentó junto a su amiga.

—¡Feliz Año Nuevo!

—¡Para ti también!

Se abrazaron y se contaron una a la otra acerca de los regalos que habían recibido y de cómo habían pasado las vacaciones.

Ivy le explicó que había estado arreglando el jardín de los Yamamoto y sembrando una huerta.

—Kenny Yamamoto viene el próximo fin de semana. Si le gusta la manera en que papá está cuidando la casa y la granja, firmarán los papeles para permitir que nos quedemos aquí para siempre.

—¿O sea que tal vez tendrías que *irte* si a Kenny Yamamoto no le gusta la manera en que trabaja tu papá?

Ivy asintió.

—Por eso estoy tratando de que todo se vea bien. Y... —sonrió— planeo vender naranjas y verduras en el puesto de la señora Yamamoto para comprar bonos de guerra con el dinero. ¿Quieres ayudarme? Estaríamos ayudando a nuestro país.

—Claro que quiero. ¡Y no quiero que te vayas nunca! Pero no sé si mis padres me den permiso... Ya sabes, porque es en casa de los Yamamoto.

—No te preocupes —dijo Ivy—. Puedes contarle a tu papá que mi mamá y yo inspeccionamos toda la casa, y no encontramos ningún documento secreto o nada que pudiera ayudar a Japón a ganar la guerra —no era una mentira, pero el asunto de la puerta oculta en el armario aún la intrigaba.

Susan se mordió el labio, pensando.

—Si es por la guerra y por nuestros soldados... quizás aceptan —sonrió—. ¡Nuestro propio puesto de venta! Pero primero... —levantó los papeles en alto—. Ejercicios. Necesito adelantar en matemáticas o mi mamá no me dejará hacer ninguna actividad extra, ni siquiera la orquesta.

El aire se sintió más tibio. Ivy se quitó la chamarra de su hermano, la extendió en el fondo de la carreta y se sentó sobre ella. Permitió que Susan se pusiera el gorro morado y se dedicaron los deberes.

Cuando terminaron, Ivy sacó la armónica y tocó la misma canción que antes: "Auld Lang Syne".

—Ojalá supiera lo que quiere decir el título de esa canción —dijo al terminar.

—Mi papá me dijo que significa *los tiempos ya idos*, y me contó también que habla de buenos recuerdos con buenos amigos. Y que incluso si uno llega a separarse durante mucho tiempo, o si no vuelve a ver a una persona, aún puede pensar en ella con cariño y buenos sentimientos.

Ivy inclinó la cabeza. ¿Acaso el señor Ward había dicho eso? Parecía como si no quisiera que nadie en su familia recordara a los Yamamoto de esa manera. ¿Tal vez la guerra había expulsado todos los buenos recuerdos de su corazón?

La campana resonó en la distancia.

Susan recogió sus cosas, le entregó a Ivy el gorro tejido y le dio un abrazo.

—Les contaré a mis papás lo del puesto para vender naranjas y verduras esta misma noche. Y que tú inspeccionaste la casa y que los Yamamoto no son espías, así que no hay ningún problema. Crucemos los dedos para que digan que sí puedo.

Ivy la despidió.

Antes de que Susan desapareciera entre los árboles, se dio vuelta y levantó una mano, con los dedos cruzados.

Ivy hizo lo mismo.

16

—¿Crees que firmará? —preguntó Ivy, tras los pasos de su papá que iba de hilera en hilera del naranjal. Estaba marcando cada árbol con tiras de tela de colores, según lo que tuviera que hacerse en cada caso: amarillo si había que podarlo, verde si había que darle tratamiento contra la plaga y rojo si había que cortarlo de raíz.

—Ya lo sabremos en ocho días, el domingo —dijo su papá—. Tiene tres días de licencia. Primero irá al campamento en Arizona a ver a su padre. Después, tomará un autobús para venir a encontrarse conmigo. Llegará en la mañana, pasará aquí unas cuantas horas y lo llevaré a tomar el autobús de regreso en la tarde.

Se subieron al camión y fueron hacia la parte lejana del naranjal, donde papá revisó las bombas de riego, los canales y los tubos que llegaban a los campos. Cortó frutas de los árboles, las peló, las probó y le entregó el resto a Ivy para que las comiera también, mientras él tomaba nota sobre el grado de dulzura y jugosidad.

—En cosa de un mes estarán listas para la cosecha.

—Y entonces, ¡podré venderlas! —le ilusionaba la perspectiva, y esperaba que los papás de Susan le permitieran participar también. Ivy miró alrededor, hilera tras hilera de naranjos—. ¿Y quién ayudará cuando sea el momento de la cosecha?

—Ése es un problema. Hablaré con Kenny Yamamoto sobre el asunto. Conozco a un granjero en San Bernardino que podría prestarme algunos de sus trabajadores. Hay tantos hombres en la guerra y tantas mujeres en las fábricas, que no tenemos suficientes personas para la pizca. Estados Unidos le ruega a México que mande braceros, porque no quedan suficientes trabajadores aquí.

—Pero si no hubieran encerrado al señor Yamamoto y a sus trabajadores japoneses en el campamento…

—Sí, Ivy, estás pensando lo mismo que yo. Que entonces no tendríamos que rogar por que nos enviaran braceros.

Se subieron de nuevo a la camioneta y atravesaron el naranjal.

—¿Me puedes dejar en la casa de los Yamamoto para regar el huerto? Te puedo mostrar los rábanos. Ya están germinando.

Su papá volteó a la altura del puesto de venta y tomó el camino que llevaba a la casa. Ya más cerca, se inclinó al frente, hacia el parabrisas, para ver mejor a través del vidrio polvoriento.

—¿Qué sucede? —preguntó su hija.

Apagó el motor, tomó a Ivy de la mano y la ayudó a bajarse por el lado del conductor.

—No estoy seguro. Quédate junto a mí.

Dieron unos cuantos pasos hacia la casa, e Ivy contuvo la respiración.

Los canteros de flores frente a la casa habían sido pisoteados, y los bulbos arrancados de la tierra para luego tirarlos contra la casa, ensuciándola. El porche estaba cubierto de terrones y bulbos. Ivy parpadeó, como si no pudiera creer lo que veía.

Se soltó de la mano de su padre y corrió hacia un lado de la casa. Alguien había destrozado su huerto con una pala. Las plantitas de rábano estaban rotas y desperdigadas por esa parte del jardín. Los surcos habían sido allanados.

Sintió un nudo en la garganta.

—Todo mi trabajo, papá.

Él llegó tras ella y le puso una mano en el hombro.

—Lo lamento tanto, Ivy Maria.

La niña corrió a la caseta. La ventana estaba rota, y las macetitas ya no se veían en el marco. Estaban dentro, destrozadas contra el piso, entre astillas de vidrio.

Ivy sintió como si alguien le hubiera asestado un puñetazo en el estómago. Su arduo trabajo había sido destruido.

Mientras su papá la llevaba hacia la camioneta, vio lo que habían garabateado con pintura roja sobre la puerta trasera recién reformada:

¡NO VUELVAN, ESPÍAS JAPS!

¿Quién podía haber hecho algo semejante? ¿El señor Ward?

—No quiero que vuelvas por aquí sola —dijo su papá—. Es por tu propio bien, Ivy Maria.

—Pero… tengo que limpiar todo, para la visita de Kenny —si él llegaba a ver esta destrucción, seguramente no querría firmar los papeles.

—No, Ivy, hoy no. Vamos a esperar hasta que ya casi sea el día de su llegada. De manera que quienquiera que haya hecho esto no tenga tiempo de repetirlo.

—Pero… Las plantitas… Los rábanos…

—Lo sé —dijo su papá—. Le explicaré todo a él en su momento.

Algo grande y fiero brotó en el interior de Ivy.

—¿Qué le pasa a esta gente, papá? ¿Por qué hacen algo así? ¿Por qué nadie hace nada para detenerlos?

—Les duele el corazón. Quienes solían ser amigos, dejaron de serlo. Los vecinos ya no son vecinos. Durante una guerra, la gente siente que es necesario culpar a alguien y toma partido. Los corazones se empequeñecen.

—Mamá dice que los corazones son más grandes de lo que creemos —lágrimas de rabia le corrían por las mejillas.

Su papá la rodeó con un brazo.

—Hija, ¿cómo te volviste tan sabia tan pronto? ¿Dónde está esa niña con la cabeza en las nubes? Me parece que la echo un poco de menos —le dio un apretoncito en el hombro—. ¿Me puedes tocar algo en la armónica? ¿Esa canción que ibas a interpretar en la radio, tal vez? El solo —se llevó la mano al bolsillo, sacó unas monedas, las examinó y le entregó una de un centavo.

Ivy tomó la moneda y abrazó a su papá. Mientras andaba hasta la camioneta, y por todo el camino a casa, estuvo intentando recuperar el aliento, aún ahogada por la indignación, mientras tocaba una versión muy entrecortada de "América, la bella".

17

Cuando Ivy fue a ver quién llamaba a la puerta tan bruscamente a la noche siguiente, la sorprendió encontrar al señor Ward parado ante la entrada.

Se aclaró la garganta.

—Quisiera hablar con el señor Lopez.

Papá se asomó detrás de Ivy.

—¿En qué puedo ayudar?

—¿Podría venir un momento?

Papá tomó su saco, salió y cerró la puerta tras de sí.

Ivy los miró por la ventana, frustrada por no poder oír lo que decían. Su papá estaba recostado contra la camioneta, con los brazos cruzados, escuchando. El señor Ward estaba en su postura habitual, con las manos en la cintura y los codos hacia fuera.

Luego de que el señor Ward fue hasta su coche y se alejó, su papá entró, con el ceño fruncido.

—¿Qué pasó, Victor? —preguntó su mamá.

—Dice que vio lo sucedido allá en la casa y que cree que tiene la solución para terminar con esos actos de vandalismo. Que quisiera entrevistarse con Kenetth Yamamoto cuando llegue. Quiere comprarles la tierra. Contó que la primera vez que les hizo una oferta era tan baja que ellos se sintieron insultados. Ahora se da cuenta de eso. Le dije que el señor Yamamoto ha escrito explicando que no quiere vender bajo ninguna circunstancia, pero…

—Pero ¿qué? —preguntó Ivy.

—El señor Ward dice que todo el mundo tiene su precio. Y tiene razón, hija. Si los Yamamoto aceptan vender, dijo que me tendría en cuenta como posible capataz de las tierras. Pero no me garantizó nada. Le dije que yo podía arreglar el encuentro, quién soy yo para negarme. Es decisión del patrón. El señor Ward quiere inspeccionar el terreno y todo lo que tiene: la casa, la caseta, el garaje. *Antes* de que Kenneth Yamamoto llegue.

Ivy sintió que se le subía la sangre al rostro. ¿Y qué iba a pasar si descubría la puerta en el fondo del aramrio? Trató de sonar despreocupada.

—¿Por qué?

—Dice que para preparar una buena oferta. Que vendrá con su abogado, para que lo asesore. Pero presiento que aquí hay algo más.

—Creo que yo sé de qué se trata, papá. Susan me dijo que el señor Ward cree que los Yamamoto son espías japoneses.

—¿Qué? —preguntó su mamá—. ¿Espías? ¿Qué son estas tonterías, Ivy?

—No son inventos míos, mamá. Susan dijo que su padre cree que en la casa hay mapas y documentos secretos que ayudaron a que los japoneses bombardearan Pearl Harbor, y que si eso puede probarse, entonces los Yamamoto podrán ser enviados a prisión. Y así perderán la granja porque el banco puede venderla a quienquiera que tenga el dinero para comprarla.

Mamá miró a papá.

—¿Victor?

El señor se frotó la barbilla.

—Tiene sentido. Si el señor Yamamoto no quiere vender, y el señor Ward puede probar algo así, será otra manera de obtener la propiedad. Me preguntó si yo había estado en la casa y si sabía qué habían dejado allí. Le dije que Ivy y tú habían abierto todas las alacenas y puertas y no habían visto nada más que las pertenencias de la familia.

—Eso es cierto —dijo mamá—, ¿no, Ivy?

Ivy asintió, tratando de zafarse del secreto que conocía.

—Sin embargo, dijo que vería como un favor que le permitiéramos echar un vistazo porque no quiere comprar si hay evidencia de que en ese lugar se planeó algo en contra de Estados Unidos. Eso le daría mala reputación al lugar, un problema que dificultaría venderlo de nuevo más adelante. Creo que lo que Susan le dijo a Ivy es verdad. El señor Ward quiere encontrar cualquier pista que pueda implicar a los Yamamoto para obtener lo que quiere. Trae a su abogado como testigo.

—Victor, ¡no puedes estar hablando en serio! Guillermo trabajó durante años para el señor Yamamoto. Con toda certeza, él habría mencionado…

—Estoy hablando en serio, Luz. El señor Ward, lo veo en sus ojos, cree que al comprar la casa y deshacerse de los Yamamoto está protegiendo a los vecinos y a su familia. Para él es un asunto personal.

—Cree que Kenny es responsable por la muerte de su hijo —agregó Ivy.

En la frente de su mamá se pintaron muchas arrugas.

—¿Qué? ¿Cómo puede ser posible? La señora Ward me comentó que su hijo murió en Pearl Harbor.

—El señor Ward no quería que Donald se uniera a los marines. Pero Kenny lo convenció porque eran muy amigos —dijo Ivy.

—Pero eso es una manera equivocada de ver las cosas. Pobre hombre, qué triste —dijo mamá—. Victor, ¿vas a permitir que entre a ver la casa?

—¿Y qué puedo hacer? Si se lo impido y el señor Ward convence a los Yamamoto de vender, entonces esa negativa irá en mi contra. ¿Sabes qué querrá decir eso? Nunca me contratará y tendríamos que mudarnos otra vez.

—No me quiero mudar —dijo Ivy.

—Ninguno de nosotros lo quiere —insistió su mamá.

Su papá se aclaró la garganta.

—Quisiera que ustedes dos estuvieran allí, también, porque ya revisaron la casa.

—¿Cuándo sería? —preguntó mamá.

—El viernes, a las cuatro de la tarde.

La señora tomó aire.

—Tengamos sentido práctico. No hay por qué preocuparse. No afectará que ellos vayan a mirar. Una vez que vean que no hay nada, todo quedará arreglado.

Ivy fue a su cuarto y se tendió en su cama, preocupada. Cuando inspeccionaran la casa, seguramente encontrarán la puerta oculta en el armario. ¿Qué pasaría si detrás había algo que atentaba contra Estados Unidos?

¿Cómo podía ella averiguarlo?

Una idea se quedó dando vueltas entre los pensamientos de Ivy. A pesar de que la desechó por considerarla peligrosa, además de una muestra de desobediencia, le recordaba una pregunta que le había hecho a Fernando. ¿Quién va a arreglar las cosas mientras tú no estás?

Y la respuesta de su hermano: *Pues tú*.

Se frotó la frente, sabiendo cómo podría lograrlo. Era lunes y ella tendría hasta el viernes en la tarde. El mayor problema era decidir *cuándo* hacerlo.

El siguiente pensamiento que cruzó por su mente fue el más abrumador. Si llegaba a encontrar algo sospechoso, ¿qué haría?

18

Cuando Ivy volvió de la escuela el miércoles por la tarde, encontró la casa vacía y supo que ésa era su oportunidad.

Su mamá le había dejado una nota: su papá estaba en una reunión con los papás de la escuela anexa Lincoln y volvería hasta la hora de la cena. Y ella estaría trabajando en casa de los Ward hasta las cinco.

Ivy fue deprisa al cajón de la cocina, cerca de la puerta trasera, esperando que su papá hubiera dejado allá el llavero grande. Para su alivio, así fue. Lo guardó en el bolsillo de la chamarra de Fernando y salió de la casa corriendo. Mientras trotaba por el naranjal, las llaves le golpeteaban en el costado.

En la puerta trasera de la casa de los Yamamoto, Ivy miró hacia atrás para asegurarse de que no hubiera nadie. Después, se deslizó rápidamente al interior, todavía sin recuperar el aliento.

Se sintió muy extraña por estar en la casa sola, con nada más que el silencio para hacerle compañía. Fue directamente hasta la tercera habitación, donde levantó las cortinas todo lo que pudo para permitir que entrara luz al cuarto. Con el corazón desbocado, abrió el armario. Fue sacando las cajas hacia el cuarto, una por una. Cuando sólo quedaban dos, las empujó más cerca de la puerta oculta y se paró sobre ellas para alcanzar el candado de arriba.

Le temblaron las manos mientras probaba varias llaves. Finalmente, una funcionó.

Empujó las dos cajas hasta sacarlas al cuarto, para dejar espacio para abrir la puerta. El candado de abajo se destrabó con la primera llave que probó.

Se le aceleró la respiración.

Abrió la puerta oculta.

El aire rancio y las sombras enormes la intimidaron. Dio un paso dentro, parpadeando para adaptarse a la escasa luz.

Las figuras más grandes que había en la habitación tomaron forma. Sin poder dar crédito a lo que veía, caminó por el cuarto, sin estar muy segura al principio de lo que veía. Y luego, poco a poco, empezó entender lo que significaba.

La pared del fondo, que era la que daba al exterior, estaba cubierta de un lado a otro por un biombo japonés pintado con delicadas ramas de árbol y flores de cerezo. Se asomó a ver qué había tras él y vio una pared con unas puertas dobles en el centro. De repente cayó en cuenta de lo que había al otro lado: el enrejado de madera y las enredaderas. Así que por eso era que el señor Yamamoto no quería que su papá las podara. De hacerlo, hubieran quedado las puertas al descubierto.

Ivy recorrió con el dedo una pila de papeles que había en una mesa. ¿Serían los documentos que habían ayudado a que Japón bombardeara Pearl Harbor? Miró una hilera de libros. ¿Era ésa la prueba que podría enviar a los Yamamoto a la cárcel?

Miró a su alrededor. ¿Cómo lo habían logrado? ¿Cómo habían maniobrado para concentrarlo todo allí? Era evidente que había mucha más gente involucrada, y no sólo los Yamamoto. ¿Habría equipos de trabajo y reuniones? ¿Y entregas a altas horas de la noche? Eso parecía. Todos eran culpables de lo mismo.

A Ivy le ardieron los ojos inundados de lágrimas. Era todo tan triste. Parecía tan injusto.

El señor Ward había tenido razón. Los Yamamoto ocultaban algo. Algo grande.

Así que dejó todo como lo había encontrado, puso los candados y arregló el armario para que quedara tal como estaba a su llegada.

Fernando había dicho que los estadunidenses de todo el país estaban colaborando, con mucho o con poco, para que se terminara la guerra.

—Yo haré mi parte —murmuró.

El viernes por la tarde, les mostraría a sus papás y al abogado y al señor Ward... la verdad.

Era su deber.

19

El señor Ward estaba en el porche frente a la casa de los Yamamoto el viernes por la tarde, y parecía listo para entrar en combate.

Muy erguido, con los brazos cruzados y una linterna en una mano. A su lado, su abogado sostenía un portafolio.

Mientras mamá, papá e Ivy subían los escalones, el señor Ward se acercó a ellos y les tendió su mano libre.

—Señor Lopez, éste es mi abogado, el señor Pauling.

Papá estrechó la mano de ambos hombres.

—Ésta es mi esposa, Luz, y mi hija, Ivy.

El señor Pauling asintió.

—Apreciamos su cooperación, señor Lopez. Quiero señalar que, legalmente, usted no tiene ninguna obligación de permitirnos la entrada, pues no es el dueño de la propiedad. Así que le pido que me confirme que, como encargado, usted lo hace como un favor al señor Ward. ¿Es correcto?

—Sí —dijo papá, señalando con un gesto la puerta principal clausurada con tablones—. Tendremos que entrar por la puerta de atrás.

El señor Ward le hizo una pequeña reverencia.

—Lo sigo.

En cuestión de minutos, estaban todos en la cocina de los Yamamoto.

Mamá se adelantó para ir levantando las cortinas. El señor Ward examinó la cocina como si fuera un posible comprador, abriendo cajones, iluminando el interior de las alacenas con su linterna y también debajo del lavabo, golpeando las paredes.

El señor Pauling lo siguió.

—Como verá —dijo papá—, todo está en buenas condiciones.

El señor Ward no contestó y fue hacia la sala. Levantó las sábanas y estudió los muebles que había debajo. Tomó una escoba que había quedado en un rincón y golpeó el techo. También dio patadas sobre el piso de listón de madera. Cuando pasó a la primera habitación, abrió el armario.

—¿Ya inspeccionaron estas cosas?

—No abrimos las cajas. Ivy yo sólo nos aseguramos de que no hubiera ratones ni fugas de agua o goteras —dijo mamá—. Y de que las ventanas estuvieran bien cerradas.

—Tengo que hacerle una pregunta, señora Lopez, de rutina —dijo el señor Pauling—. ¿Ha retirado algún objeto de la casa?

La señora negó con la cabeza.

—Jamás haría algo así.

El señor Pauling miró a Ivy.

—No, señor. No he sacado nada de la casa.

—Pero has pasado bastante tiempo aquí, trabajando en el huerto —dijo el señor Ward.

Ivy asintió.

—Sí. Para que se vea bonito cuando Kenny Yamamoto venga a visitarlo el domingo.

El señor Ward se hincó de rodillas frente a ella.

—A ver, señorita, ¿sí sabes que nuestro país está en guerra con Japón y los japoneses?

—Todo el mundo lo sabe —respondió—. Desde el ataque a Pearl Harbor.

Papá intervino.

—Por supuesto que lo sabe. Nuestro hijo, su hermano, está combatiendo en el ejército de Estados Unidos.

El señor Ward se levantó.

—Señor Lopez, ¿se da cuenta de que los japoneses que vivían aquí están recluidos porque representaban una amenaza para nuestra seguridad?

—¿Amenaza? —preguntó papá.

—Cuando los Yamamoto vivían aquí, siempre había gente entrando y saliendo de esta casa —contó el señor Ward—. Sobre todo después del bombardeo a Pearl Harbor. Y no eran sólo granjeros japoneses, sino otros que cargaban portafolios. Y a veces las luces estaban encendidas hasta muy tarde en la noche. Llegaban camiones a todas las horas del día.

—Pero eso no quiere decir… —empezó papá.

—¿Cómo sabemos que no eran municiones? En tiempo de guerra, toda precaución vale —dijo el señor Ward—. Hay simpatizantes japoneses que vigilaron nuestro espacio aéreo antes de Pearl Harbor. Escribieron descripciones de nuestros aviones, que veían volar por encima de sus cabezas, y las mandaron al gobierno japonés.

Papá siguió negando.

—No creo que los Yamamoto…

El señor Ward tenía la cara roja.

—Soy *experto* en este tipo de trabajo. Si no me permite inspeccionar bien, reportaré mis inquietudes a la policía. ¿Eso es lo que quiere?

Al subir el tono de las voces, Ivy se puso ansiosa. Se acercó a su mamá.

El señor Pauling puso una mano sobre el brazo del señor Ward.

—Calmémonos un poco. Para poder ir con la policía, necesita tener pruebas.

Papá miró fijamente a los dos señores.

—No entiendo. Pensé que quería ver la casa porque estaba interesado en comprarla.

El señor Ward resopló.

—Tengo dos cometidos respecto a esta casa. Reportar las amenazas contra nuestra seguridad, y comprarla para que esas amenazas nunca vuelvan a presentarse.

—Señor Lopez, si lo permite, podemos terminar esto rápidamente —explicó el señor Pauling.

Papá señaló el armario.

El señor Ward sacó caja tras caja y las puso en el centro de la habitación, para inspeccionar cada una.

—No hay más que platos, y sábanas y trapos de cocina —murmuró.

El señor Ward resopló de nuevo, pasó a la siguiente habitación, y repitió la misma inspección. Cuando no encontró más que cajas con ropa de niños, se arrodilló frente a Ivy.

—Ahora, Ivy, cuando tú y tu madre vinieron a la casa, ¿viste algo que te pareciera fuera de lo normal? ¿Has visto algo en la caseta o en la cochera o en la casa que no te pareciera común y corriente?

La niña miró al señor Ward, al señor Pauling, a su mamá y su papá. El corazón le iba a explotar con tanta expectativa. Tomó aire y trató de parecer calmada.

—¿Ivy? Contéstale al señor Ward, por favor —dijo su papá.

—¿Se refiere a algo como una puerta oculta?

—¡Lo sabía! —dijo el señor Ward.

Papá dio un paso adelante.

—¿De qué estás hablando, Ivy? ¡Éste no es momento de juegos!

Ivy negó con la cabeza.

—¡No estoy jugando, papá! Cuando revisamos la casa, una caja llena de fotos se cayó y quedaron dispersas en la otra habitación. ¿Recuerdas, mamá? Me encargaste que las recogiera, y cuando puse la caja sobre las demás, vi una puerta en el fondo del armario, con candado. Les puedo mostrar.

Su mamá quedó lívida.

—¿Por qué no me dijiste nada?

—Lo siento, mamá. Pensé que era sólo otro armario para guardar cosas —no le gustaba engatusar a su madre ni siquiera por unos cuantos minutos, pero todo terminaría pronto.

—¡Hay que llamar a la policía! —dijo el señor Ward.

El señor Pauling levantó una mano.

—Primero asegurémonos de que no sea otro armario y nada más, ¿no les parece?

—Muéstranos, Ivy —dijo papá invitándola con un gesto de la mano.

Los llevó a la tercera habitación.

Su mamá levantó las cortinas para que entrara luz.

Ivy abrió el armario, hizo la ropa a un lado y señaló la puerta secreta.

Vio al señor Ward y el señor Pauling sacando las cajas hacia el centro de la habitación y moviendo la ropa que colgaba.

Cuando el lugar quedó vacío, su papá sacó las llaves, probando una y otra hasta que ambos candados quedaron abiertos. Abrió la puerta.

El señor Ward y el señor Pauling siguieron la luz de la linterna hacia la habitación, con Ivy, su mamá y su papá a la zaga.

La luz iluminó la habitación y su contenido. Todas las siluetas brillaron.

—¡Oh! —exclamó su mamá.

—¿Cómo? —preguntó su papá.

Ivy vio con satisfacción que el señor Pauling sofocaba una sonrisa, y que los ojos del señor Ward iban de un lado para otro.

Ella fue moviéndose por todo el cuarto, abriendo cierres y levantando tapas.

En ese espacio del tamaño de un dormitorio no había uno sino tres pianos, y uno era de cola, de concierto. Había instrumentos variados dispersos por ahí: cuatro violonchelos y al menos una docena de estuches de violín que Ivy abrió. Los instrumentos y sus arcos descansaban en sus camas de terciopelo.

Papá caminó alrededor de la habitación. No le llevó mucho tiempo mirar detrás del biombo pintado y ver las puertas dobles, tal como Ivy había hecho un par de días antes.

—Puertas dobles. Afuera, están cubiertas con enredaderas y quedan ocultas. Ahora ya tiene sentido, ¿no? —dijo—. Podía llevarse tan poco a los campamentos. El señor Yamamoto era uno de los pocos en esta zona que pudo conservar sus tierras. No está haciendo más que almacenar y proteger las posesiones más preciadas de sus amigos. Los hombres que usted vio entrando y saliendo de la casa con portafolios... —se encogió de hombros— estaban cargando instrumentos. Eran músicos... —miró a Ivy y sonrió—. Como mi hija.

—Creo que ya hemos visto suficiente —dijo el señor Pauling, dándose la vuelta para salir.

—¡No, espere! —exclamó el señor Ward. Confundido, se apoyó las manos en las caderas—. ¿Qué hay en los compartimentos de los bancos de los pianos? ¿Y en las pilas de partituras? Podrían ser códigos secretos.

El señor Pauling levantó las cejas y meneó la cabeza.

Papá levantó la tapa de cada banco de piano y se quedó a un lado mientras el señor Ward rebuscaba entre las piezas de Chopin y Beethoven y Brahms.

Del tercer banco, papá sacó lo único que había dentro: una caja plana con un diseño muy intrincado de incrustaciones en madera, reluciente de laca. La depositó en la mesa.

El señor Ward se adelantó.

Papá levantó la tapa.

Había una carta sobre el resto del contenido. Papá la desplegó.

—¿Qué es, papá? —preguntó Ivy.

Su padre se volvió y mostró la hoja de papel, señalando el encabezado:

—Es el sello oficial del presidente de Estados Unidos. Esta carta es un reconocimiento otorgado por valor —señaló el interior de la caja—. Y éstas son las medallas que recibió el señor Yamamoto por sus servicios a la patria durante la primera guerra mundial.

El señor Pauling se aclaró la garganta y se volvió hacia su cliente.

—No veo ningún documento del gobierno ni diagramas de la costa californiana, ni planos de aviones o barcos. ¿Está usted satisfecho?

El señor Ward parecía desconcertado y su mirada vagó por la habitación. Tomó aire y se enderezó.

—Siempre es preferible confirmar que sospechar. Todos, hombres, mujeres y niños, debemos ser diligentes... —se le quebró la voz y se le llenaron los ojos de lágrimas—. Han muerto tantos de nuestros muchachos, tantos... mi muchacho... —la pena lo invadió y tembló de pies a cabeza.

Ivy fue a su lado. Ya no parecía un hombre poco amigable, sino el padre de alguien que había perdido a su hijo en la guerra.

Lo miró a los ojos y le tomó la mano.

Los ojos de su madre se llenaron de lágrimas y se situó al otro lado del señor Ward, tomándolo dulcemente por el brazo.

Entre las dos lo guiaron fuera de la casa.

20

El papá de Ivy pintó la puerta trasera de la casa de los Yamamoto nuevamente.

Mientras mamá volvía a empacar todas las cajas que el señor Ward había inspeccionado el día anterior, Ivy lavó con la manguera toda la tierra que ensuciaba el frente de la casa y el porche.

Volvieron a sembrar los lirios, limpiaron los destrozos del huerto con rastrillos y rescataron algunas de las plantitas de las macetas en la caseta.

El último gesto de Ivy antes de que Kenny Yamamoto regresara a su casa fue colgar una pequeña bandera con borde rojo y campo blanco en la ventana clausurada junto a la puerta, una bandera con una estrella azul.

A la mañana siguiente, la cocina se llenó con el olor del asado en el horno y la sopa cociéndose en la estufa.

Antes de salir para la estación de autobuses, papá se detuvo en la cocina, con las manos en la cintura, y dijo:

—Ni todo el ejército de Estados Unidos alcanzaría a comerse todo lo que has preparado, Luz.

Mamá lo hizo callar:

—Si Fernando volviera a casa y nosotros no estuviéramos, yo querría que la mamá de otro soldado le cocinara.

—Pero Kenneth Yamamoto sólo comerá una vez con nosotros —contestó él, meneando la cabeza.

Ella lo miró.

—Lo voy a mandar de regreso con provisiones... para el camino. Aunque usé muchos de nuestros cupones de racionamiento.

Papá le hizo un guiño a Ivy, señalando el pastel que había sobre la mesa.

—Es bueno para nosotros, ¿cierto?

Ivy sonrió y asintió.

Cuando Kenny llegó enfundado en su uniforme caqui, dejó su gorra de oficial en una mesa junto a la puerta.

Tenía la cabeza completamente rasurada, lo cual hacía que sus orejas parecieran demasiado grandes. Hablaba en voz baja y cortés, y a papá lo llamó *señor*, y a mamá, *señora*. Era mucho más serio de lo que Ivy había esperado, así que parecía mucho mayor que Fernando, aunque le llevaba apenas dos años.

Al principio, Ivy sintió cierta timidez al tenerlo en casa, pero luego fue acercando su silla a la de él, mientras escuchaba con atención todo lo que decía. Les contó de su temporada en Hawái y de cómo lo habían reasignado a otro barco.

—Mi hermano dice que pronto lo trasladarán. En la barriga de un enorme avión, pero no sabemos adónde —dijo Ivy.

—¿Puedes guardarme un secreto? —le pidió Kenny.

Ivy sonrió, asintiendo.

—Me encantan los secretos… A veces.

—Por lo general eso se refiere a que lo llevarán al frente en Europa —dijo Kenny—. Así que probablemente estará en Italia o Francia o Alemania. Y yo estaré en la misma zona, en un barco.

Durante la sobremesa en la cocina, papá y Kenny fueron los que más hablaron. Al principio, la conversación giró alrededor de las noticias recientes de la granja, de cómo había descubierto Ivy la habitación con los instrumentos musicales, y lo que había sucedido con el señor Ward. Luego, se pusieron a hablar de la guerra, hacia dónde iba y cuánto duraría. Temas serios. Pero cuando papá se levantó para servirse más café y mamá estaba lavando los platos, Kenny estiró el brazo y tiró de una trenza de Ivy, exactamente como lo solía hacer Fernando. Ella no se quejó, como habría hecho de haber sido su hermano. En lugar de eso, rio.

Después de comer, Kenny dijo:

—Me gustaría ir a ver mi casa ahora. ¿Quieres cortar camino conmigo a través del naranjal, Ivy? Tu padre me contó que tienes grandes planes, así que me puedes mostrar.

Papá miró el reloj.

—Llevaré la camioneta hasta allá, y los veré en media hora. Después me temo que será hora de llevarlo de regreso a la estación de autobuses.

Mamá sonrió.

—Voy a preparar unos sándwiches con lo que sobró de la comida.

Kenny se levantó de la mesa y se caló su gorro.

—Hasta luego, señora Lopez. Gracias por todo. Espero conocer a Fernando muy pronto.

A mamá se le asomaron lágrimas y abrió los brazos para estrecharlo.

Kenny pareció sorprendido, pero le correspondió el abrazo.

Una vez fuera, mientras caminaban por entre los naranjos, Kenny respiró hondo.

—Es curioso lo que extrañas cuando estás lejos de casa. Extraño el olor de los naranjos, la comida de mi madre y a mis hermanas discutiendo por quién tiene el turno de tocar el piano. Y extraño vestirme con ropa de civil, como tu chamarra. ¿Es de tu hermano?

—Fernando me la prestó mientras está lejos de casa... Para que recuerde que él sigue manteniéndome segura y abrigada, desde la distancia.

Kenny sonrió.

—Me da gusto que nuestras familias hayan decidido sobrevivir esta guerra juntas, Ivy. Creo que son más las semejanzas entre nosotros que las diferencias. Tu padre me contó que te inscribiste en la orquesta. ¿Sabías que yo también estuve en la orquesta? ¿Y mis hermanas? Tocan la flauta. El señor Daniels fue nuestro profesor. Yo tocaba...

—¡El violín! —dijo Ivy —. Lo sé. Vi una foto en tu casa.

—¿Te agrada el señor Daniels?

—Es mi maestro preferido —contestó ella—. Me gusta la manera en que habla. Nos dijo que teníamos que tocar *majestuosamente*.

Kenny rio.

—Suena exactamente como algo que el señor Daniels diría.

Era fácil hablar con Kenny y, antes de darse cuenta, Ivy se encontró relatándole lo sucedido el primer día en la orquesta y cómo los muchachos se habían reído de ella porque venía de la escuela anexa, y de cómo el señor Daniels le había puesto freno a la burla. Le contó que había tocado una canción con la armónica que los había callado, que aspiraba a tocar la flauta y que anhelaba ir a la escuela principal Lincoln.

—Algunos padres se preguntan por qué el distrito escolar está pagando un maestro de música durante la guerra. El señor Daniels dice que todos necesitamos algo de luz y belleza en nuestras vidas, especialmente en los peores momentos.

Kenny asintió.

—El señor Daniels tiene razón. ¿Puedes tocarme algo en la armónica? Sé que la tienes aquí —hizo un guiño—. Tu padre me dijo que la llevas contigo a todas partes y que tocas muy bien.

¿Su papá había dicho eso? Se sonrojó y sacó la armónica del bolsillo pero luego, titubeó.

Kenny bromeó para tentarla a tocar, tal como hubiera hecho Fernando.

—Por favor, sólo una canción. No quiero tener que tirar de tus trenzas otra vez —al ver que estiraba un brazo para cumplir su amenaza, ella rio. Ya no le parecía tan adulto, sino como el hermano mayor de alguien.

Ivy tocó "Auld Lang Syne" y dejó que el maravilloso timbre de su armónica la llenara por dentro. En ese lugar, entre los árboles, pareció como si el tiempo se hubiera detenido. Cerró los ojos, cabalgando en las notas como si estuviera dentro de la canción.

Vio a Kenny y Donald y Tom en la carreta, construyendo fuertes con cajones de madera, jugando a las escondidas y persiguiéndose entre sí. Y a Susan tomando clases de piano con la señora Yamamoto. Su mente viajó luego a jugar matatena con Araceli, a saltar la cuerda cien veces sin fallar, y a verla en el umbral de la puerta, con el gorro morado, enviándole besos.

Hizo vibrar la última nota, haciéndola sonar como si brotara de un *piccolo*. Cuando abrió los ojos, Kenny asentía como gesto de aprobación. Y supo, por la mirada soñadora en sus ojos, que él también había recordado cosas.

—Prometes mucho, Ivy. Cuando vuelva a casa nuevamente, ya habrás aprendido a tocar la flauta. Practica mucho para que yo pueda ir a un concierto un día y sentarme entre el público mientras tú estás en el escenario.

Ella sonrió, halagada por sus palabras. Le hacía sentir que las cosas eran posibles, al igual que la señorita Delgado y el señor Daniels. Esperaba que algún día eso fuera verdad. Que ella llegara a estar en el escenario frente a él. Y que se sintiera orgulloso de ella. Aunque no era su hermano, durante esa tarde era como si lo fuera.

Atravesaron la última hilera de naranjos para llegar al solar de los Yamamoto. Ivy le mostró a Kenny la caseta y las plántulas y el huerto de guerra, y le contó de sus planes para vender naranjas y verduras en el puesto de su mamá.

—Naranjas a cambio de bonos de guerra.

—Me gusta eso —dijo él.

Cuando Kenny vio la bandera con la estrella azul colgando entre los tablones por encima de la puerta de entrada, donde estaba su papá esperándolos, Ivy vio que le temblaba el labio. Se acercó a papá y le estrechó la mano, diciendo:

—Le agradezco todo lo que ha hecho. Y mi padre también se lo agradece.

Firmaron los documentos que unirían a sus familias para siempre, sobre el cofre de la camioneta.

Camino de la estación de autobuses, pasaron frente a la escuela principal Lincoln. Papá le contó de sus esfuerzos para que Ivy pudiera ir a clases allá.

—Espero que el abogado permita que eso avance, señor —dijo Kenny.

—Es optimista. Hubo un caso cerca de San Diego, en 1931, *Roberto Alvarez vs. la junta escolar del distrito de Lemon Grove*, en circunstancias semejantes. Los padres se organizaron y ganaron, pero sólo en una instancia inferior. El abogado dice que puede aprovechar ese caso para nuestro litigio. Y mientras más padres se presenten a contar las historias de sus hijos, mejor será para los niños que han de venir. Yo voy a contar la historia de Ivy.

Kenny Yamamoto asintió.

—Qué bien, señor. Todos necesitamos pelear por alguien, ya sea en el frente o en casa.

Papá había llegado a la estación de autobuses y apagó el motor.

Kenny se volvió hacia él.

—Señor Lopez, he estado pensando en qué le podría mandar a mi familia, que le sirviera de consuelo mientras están internados en el campo, algo que no sea muy difícil traer de regreso el día en que los dejen salir. ¿Le importaría embalar y enviar las flautas de mis hermanas? Están en esa habitación llena de instrumentos que ustedes descubrieron, marcadas con sus nombres.

—Por supuesto que lo haré —dijo papá.

Miró a Ivy y le guiñó un ojo.

—Todos necesitamos algo de luz y belleza, especialmente en los peores momentos, ¿verdad?

Ella sonrió.

—¿Y qué hay de ti?

Él negó con la cabeza.

—No es fácil cargar con un violín en el frente.

Ivy se sacó la armónica del bolsillo y la sostuvo entre sus manos. Recorrió con los dedos la lámina reluciente, con sus hermosos grabados y la misteriosa letra $\mathcal{M}$, y el sentimiento de querer ayudar a Kenny la sobrecogió. Impulsivamente, antes de que él saliera de la cabina, Ivy tomó su mano y depositó en ella la armónica, cerrándole después los dedos.

Él miró el instrumento y luego a ella.

—¿Estás segura?

Ivy asintió.

—Algún día la traeré de regreso.

Kenny la introdujo en el bolsillo del pecho de su uniforme, se bajó de la cabina y cerró la puerta de la camioneta. Después dio un paso hacia delante, para poder ver a Ivy y su papá a través del parabrisas, y les hizo el saludo militar. Ivy susurró:

—Sé que sí.

21

—Ya terminé, ¿y tú?

La cabeza de Susan se levantó del lugar donde estaba
pintando un letrero para el puesto de la señora Yamamoto.

Se habían pasado la mañana limpiando y desmalezando,
barriendo telarañas, y cada una había pintado una plancha
de madera para poner a cada lado del puesto, de manera que
los autos que vinieran en una dirección o en otra pudieran
ver sus anuncios.

Desde que su papá había firmado el acuerdo con Kenny
Yamamoto, seis semanas antes, una enorme oleada de alivio
los había inundado. Sus papás aún se aferraban a la creencia
de que la guerra terminaría pronto. Las cartas de Fernando
habían empezado a llegar en lotes. Pasaban dos semanas sin
saber de él, y de repente recibían cuatro cartas en una sola
entrega, llenas de preguntas y expectativas sobre la nueva
casa. Ivy recibió una carta de Araceli. Junto con su familia
iba a mudarse a otro estado. Ivy le había escrito en respuesta,
pero no había recibido más noticias. De alguna manera, tenía
la sensación de que era posible que no volviera a saber nada
de ella. A pesar de eso, si tenían la suerte de volverse a encontrar, Ivy sabía que seguirían adelante justo donde habían
dejado las cosas, como mejores amigas.

Los ensayos de la orquesta ya habían empezado en firme y la predicción del señor Daniels se había hecho realidad. Ivy se había enamorado de la flauta. El director la consideraba su alumna estrella y sostenía que la única persona que le había llegado cerca en habilidad era Karen Yamamoto. Ivy se moría de ganas de conocerla algún día.

Corrió para ver el letrero de Susan.

—Es perfecto.

MUY PRONTO
NARANJAS A CAMBIO DE BONOS DE GUERRA
10 CENTAVOS LA BOLSA
(O UNA ESTAMPILLA DE GUERRA)
¡QUE DIOS BENDIGA A ESTADOS UNIDOS DE AMÉRICA!

—¿Cuándo crees que podamos empezar a vender? —preguntó Susan.

—Mi papá dijo que las naranjas estarán listas para el primero de marzo. ¡La semana próxima! Más adelante venderemos verduras. Me encanta que tu papá haya dicho que podías ayudarme.

—Dijo que estaba dispuesto a hacer cualquier cosa para contribuir con el esfuerzo de la guerra, que ayude a que nuestros muchachos vuelvan a casa pronto. Hasta dijo que nos dará algunos de los vegetales de nuestra huerta. ¡Calabacitas a cambio de bonos de guerra! —dijo Susan.

—¡Habas por bonos de guerra! —rio Ivy.

—¡Espárragos por...!

El muchacho de la bicicleta pasó junto a ellas, con las blancas mangas arremangadas, los pantalones azules amarrados en los tobillos con cordel, como de costumbre. Llevaba la misma gorra azul con un emblema y la misma bolsa en bandolera.

Ivy lo saludó con la mano, pero él iba pedaleando de prisa y no devolvió el saludo.

—Jamás me saluda —le dijo a Susan, con tono de queja.

—El muchacho… —pareció que iba a desmayarse.

Ivy la llevó a la banca y se sentó a su lado.

—¿Sabes quién es?

—Todo el mundo sabe quién es.

Susan tenía los ojos desorbitados. Miró carretera abajo.

—¿Volteó en el cruce o siguió derecho?

—Me parece que siguió de frente. ¿Por qué? —preguntó Ivy.

—¿Recuerdas que te conté de cómo nos enteramos de que habían matado a Donald?

—Sí. Por un telegrama, ¿cierto?

Susan asintió.

—Nos lo llevó a casa un mensajero de Western Union… Ese chico en la bicicleta —le empezaron a temblar las manos—. ¿En qué dirección iba? ¿Volteó hacia mi casa?

—No —contestó Ivy —. Fue hacia la mía.

Sintió un escalofrío y tomó la chamarra de Fernando de donde la había dejado. La cabeza se le llenó con un fuerte zumbido. ¿Habría abejas cerca? Y entonces, oyó la música. El "Himno de Batalla de la República", la canción que señala el final de la Guerra de Secesión.

He visto yo la gloria en la llegada del Señor,

Ivy se levantó y caminó por la entrada de los Yamamoto, para luego salir a la carrera. Cortó camino por el naranjal, zigzagueando entre los árboles. Las naranjas caían al suelo con un ruido seco cuando las golpeaba al pasar. Los pies y el corazón le latían. Podía oír a Susan tras ella.

—¡Ivy! ¡Ivy!

Pisando la cosecha de la ira y el rencor

Corría tan veloz que se sintió mareada, y la música seguía sonando. Cuando llegó al límite del naranjal, tuvo que agacharse para recuperar el aliento. Se puso la mano en el costado.

Empuñando ya su espada de justicia y claridad

Susan la alcanzó y le rodeó la cintura con un brazo.

Dieron unos pasos juntas, para terminar de salir del naranjal, hasta que la casa de Ivy quedó a la vista.

La bicicleta estaba recostada contra el porche, y el muchacho esperaba ante la puerta.

Ahí viene su verdad.
¡Gloria, gloria, aleluya!
¡Gloria, gloria, aleluya!
¡Gloria, gloria, aleluya!
Ahí viene su verdad.

CUATRO

Abril, 1951

Ciudad de Nueva York

Estados Unidos de América

Some Enchanted Evening

Música de Richard Rodgers
Letra original de Oscar Hammerstein II

7 -7 -8 7 7 -5
En una ve-la-da

7   -7 -8 7   7 8
Un- des-co-no-ci-do

7 -7 -8 7 7 -9
Un- des-co-no-ci-do

-9 -9 -9 -8 -6 6
Verás quizá al pasar

6 -6 7 -6 6
Y en-ton-ces sa-brás,

6 -6 7 -6 -5
A-sí al- em-pe-zar

-8   8 -9 9 -9 8
Que lo en-con-tra-rás

-8   7 -6 6 -6
Mu-chas ve-ces más.

I

En una noche bordada con el hilo del destino, en un teatro coronado por un halo de luz, Friedrich Schmidt escoltó a su padre y a su tío Gunter a los asientos mejor ubicados del recinto.

La mirada de Friedrich recorrió las butacas, la platea y los palcos superiores, con sus galerías intrincadamente talladas con laureles dorados. Le habían dicho que la boletería se había agotado, pero todavía le costaba imaginarse cada asiento ocupado por una persona del público.

—¿No les importa esperar?

Su padre, sobrecogido, trazó un amplio arco con el brazo:

—Nos sentaremos a admirar toda esta majestuosidad.

—*Queríamos* llegar temprano —agregó el tío Gunter— para ver cómo se desenvuelve la noche, de principio a fin. Es todo un honor que sea el propio director el que nos lleva a nuestros lugares. Has recorrido un largo camino hasta aquí, Friedrich.

—Hemos recorrido un largo camino, tío. Todos *juntos*. Al fin y al cabo, ¿quién me enseñó a montar en bicicleta y a tocar la armónica?

El tío rio y le hizo un guiño.

—Fui yo. Es muy amable de tu parte que lo recuerdes.

—¿Y quién fue mi primer y mejor maestro? —le dio un apretoncito en el hombro a su padre.

Éste sonrió:

—Gracias, hijo.

El tío Gunter se ajustó el cuello donde estaba anudada la corbata de seda. Nada más distante del overol de la fábrica que el traje que llevaba puesto.

—Sabes que sólo visto corbata en contadas ocasiones, pero tus conciertos siempre lo valen.

En los últimos años, los dos señores habían asistido a muchos conciertos en los que él había dirigido la orquesta, pero esta noche era un debut especial. Friedrich se sentó en el brazo de la silla de su padre, tan impresionado como ellos por el momento y el milagroso camino que los había llevado desde Trossingen a Berna y luego hasta allá, a Carnegie Hall en Nueva York, para dirigir la Filarmónica Empire.

Tchaikovski había dirigido sus propias composiciones en ese auditorio la noche del estreno. Ese Tchaikovski, el único. A Friedrich le costaba creer que iba a compartir el mismo podio.

Como si percibiera sus pensamientos, su padre dijo:

—Dicen que todos los músicos que se han presentado aquí dejan un rastro de su espíritu detrás.

Friedrich asintió. La gente hablaba de la increíble energía que flotaba en el edificio. ¿Cómo podía él aprovecharla?

—¿Crees que Tchaikovski estaba tan nervioso como yo?

Su padre agitó un dedo ante él.

—Por supuesto. Y yo le hubiera dicho lo mismo a él: *Tienes el mismo derecho a estar en ese podio que cualquier otro director.* Limítate a dar un paso y luego otro. ¡Con la frente en alto!

Friedrich respondió con unas palmaditas en el hombro de su padre y sonrió.

—Lo tendré en mente.

En el escenario, las sillas de los músicos estaban vacías, alineadas en amplios semicírculos, a la espera. Un gran piano de cola custodiaba el lado izquierdo del escenario.

Su padre puso una mano sobre la de su hijo.

—Me cuesta creer que estemos aquí. Parece que fuera ayer que estábamos en Trossingen. Sólo quisiera que también...

—Ya lo sé, papá —susurró Friedrich—. Yo también la echo mucho de menos.

Friedrich sabía que su padre aún abrigaba la esperanza de volver a ver a Elisabeth. Jamás había dejado de escribirle, para que no olvidara el sonido de su voz. Ni siquiera durante la guerra, cuando ella se había mostrado como una enfermera dedicada, al cuidado incluso de soldados en un campo de prisioneros. O en los años que siguieron, cuando trabajó en un hospital pediátrico en Berlín oriental.

Friedrich también le escribía, sobre todo cuando se presentó la oportunidad de emigrar a Estados Unidos. Le suplicó que se uniera a ellos para ir a buscar una nueva oportunidad en ese país. Ella se rehusó diciendo que había encontrado su verdadera vocación. A pesar de eso, Friedrich no podía evitar mantener la esperanza de que él, al igual que su valiente amigo imaginario Hansel, el del cuento de "Hansel y Gretel", guiaría un día a su hermana a casa, a los brazos de su padre. Y que así todos volverían a estar juntos de nuevo.

Friedrich se preguntaba con frecuencia lo que hubiera sucedido si Elisabeth no les hubiera enviado el dinero para el rescate de su padre. Y éste tenía razón. No parecía que hubieran pasado dieciocho años desde aquel aciago día en el tren, camino de Dachau.

La caldera había empezado a resoplar.

Friedrich había oído la música del vals de *La bella durmiente* de Tchaikovski y fingió dirigirlo, con lo cual enfureció a los dos oficiales, Eiffel y Faber. Cuando trataban de hacerlo bajar del tren, tachándolo de loco y prometiendo encerrarlo, el silbato sonó, largo e insistente.

El tren dio una sacudida y empezó a moverse. Eiffel y Faber lo empujaron a un lado y corrieron hacia la puerta, para saltar a la plataforma mientras el tren lentamente se alejaba por los rieles, dejándolos atrás, muy atrás.

El tío Gunter había estado en lo cierto con respecto a la temporada navideña. Había más gente viajando. Los trenes estaban abarrotados. Todos llevaban paquetes y parecían más concentrados en las fiestas que en un niño firmemente aferrado a un hatillo en el que llevaba el futuro de su padre, camino de Dachau.

Luego de que el comandante escuchó la petición de Friedrich y examinó la caja de galletas, aceptó el regalo y mandó llamar a su padre.

Friedrich trató de no mostrar la preocupación al verlo venir. En poco más de un mes, había pasado de ser un hombre energético y fuerte a otro débil y frágil. Arrastraba una pierna. Parecía desorientado.

Friedrich lo ayudó a salir del campo, a pie y pararon a descansar cada pocos minutos hasta que llegaron a la primera granja, donde pidió prestado un carretón y llevó a su padre hasta Múnich, a casa del médico amigo del tío Gunter.

Se necesitaron semanas para que su padre se recuperara lo suficiente como para poder partir de viaje a Suiza. Nunca lograron que hablara de lo que le había sucedido en el campo, y él insistía en que no había sido nada comparado con lo que había visto que les hacían a otros. Se negaba tajantemente, con lágrimas en los ojos, y sostenía que él era uno de los afortunados. Luego de un tiempo, Friedrich dejó de preguntar.

El tío Gunter los esperaba en Berna. Él y Friedrich se emplearon en una fábrica de chocolate. Su padre daba clases de violonchelo. Con el tiempo, Friedrich se presentó al conservatorio de Berna.

Una cosa llevó a la otra.

Era extraño cómo en una ocasión tan especial como ésta, en una de las salas de concierto más famosas del mundo, los pensamientos de Friedrich no podían evitar remontarse a sus comienzos. Miró a su padre y a su tío que, como cosa de un milagro, estaban a su lado, sanos y salvos. Y en lugar de pensar en el concierto que iba a dirigir, se devolvió a sus recuerdos felices de la infancia, de las reuniones de los viernes en la sala con Elisabeth al piano, el tío Gunter en su acordeón, su padre en el violonchelo y él en la armónica, sus polcas acompañadas de vez en cuando por el sonido del reloj cucú en el vestíbulo.

Los músicos empezaron a aparecer en el escenario principal.

Vestidos de negro, se sentaron en sus asientos, ajustaron los atriles y abrieron las partituras. Los instrumentos de viento soplaron una escala para calentarse. Los violines maullaron y ronronearon.

Friedrich se levantó.

—Tengo que irme —les sonrió a ambos y se dirigió a la puerta lateral que llevaba al escenario. Antes de abrirla, volvió a mirar hacia el auditorio. Su padre y su tío se veían pequeños entre tantos asientos de terciopelo rojo. Su padre estaba muy erguido, estudiando el programa. Incluso desde lejos, Friedrich podía sentir el orgullo que irradiaba.

Los acomodadores abrieron las puertas de la platea, y la gente empezó a entrar.

Friedrich oyó tras bambalinas, recostado en una pared lateral. Cerró los ojos y se concentró en el concierto, *Una mirada a la escena y el cine*. Sonrió. Los musicales y las películas eran una afición tan norteamericana, pero tuvo que admitir que a él también le gustaban.

Repasó el programa en su mente: la primera mitad dedicada a George e Ira Gershwin, empezando con *Porgy y Bess*, con arreglos de Robert Russell Bennett, con las principales canciones de la obra. A Friedrich le encantaba esa composición clásica y orquestal. Seguiría luego *Rhapsody in Blue*, con un solista al piano. Después del intermedio, dirigiría la suite *South Pacific*, con música y letra de Rodgers y Hammerstein. Era el musical más popular en la ciudad en ese momento, y no era fácil conseguir boletos para verlo en Broadway. El barítono Robert Merrill interpretaría algunas canciones, para cerrar con "Some Enchanted Evening", una melodía de amor. Corrían los rumores de que el compositor y el letrista, Richard Rodgers y Oscar Hammerstein, amigos de Robert Merrill, estarían entre el público.

Friedrich cerró los ojos y sus manos repasaron los movimientos para dirigir la primera obertura. Durante un momento, se detuvo y miró alrededor antes de empezar de nuevo, con el recuerdo claro y fijo de aquella banca escolar en la que una vez lo habían maltratado por dirigir una orquesta imaginaria. Pero aquí, todos estaban concentrados en convertirse en una sola voz. Todos hablaban el mismo idioma y habían encontrado su camino esta noche con sus propias historias de determinación y práctica y su amor por la música. Aquí estaba a salvo.

El encargado de escena le hizo un gesto a Friedrich. Los músicos ya estaban listos.

El primer violín se levantó y tocó un la. Los violines le respondieron. Los violonchelos y contrabajos gemían suavemente. Los acordes llenaron la sala mientras los músicos revisaban la afinación de sus instrumentos. El oboe tocó y los instrumentos de viento le hicieron coro.

Friedrich buscó a la nueva flautista. Parecía muy nerviosa en los ensayos, así que él se había tomado algo de tiempo para hablar con ella. Era una de las intérpretes más jóvenes que había encontrado en una orquesta sinfónica, pero soberbiamente talentosa. Se vio observándola. Había algo intenso y decidido en la manera en que tocaba. Un sentimiento que él no lograba definir pero que, al mismo tiempo, entendía. Ese deseo suyo de lanzarse a la música y entregarse a ella le recordaba, de alguna forma, sus propias sensaciones.

Poco a poco, los sonidos fueron disminuyendo. La sala quedó en silencio.

Cuando las luces bajaron, explotaron los aplausos.

El director de escena señaló a Friedrich.

Aunque desde hacía mucho se había reconciliado con la marca en su cara, e incluso había llegado a rechazar el pesado maquillaje escénico que algunos directores le habían ofrecido, Friedrich seguía titubeando unos momentos ante la puerta del escenario, ansiando y rehuyendo a la vez la entrada al podio. Cada ejecución ante el público seguía siendo un viaje a lo desconocido. Susurraba la frase de buen augurio que siempre había dicho cuando se encaminaba a su puesto de director, las mismas palabras que le había susurrado a su armónica ese día en que la limpió y pulió antes de mandarla a viajar por el mundo. *Gute reise.* Buen viaje.

Cruzó el escenario y lo acogió una oleada de aplausos.

Tomó su batuta y levantó los brazos, preparado para dar una señal a los percusionistas.

Cuatro campanadas resonaron, marcando el camino hacia otro mundo. Friedrich se deslizó hacia la historia de la ópera, mientras la música lo llenaba con la emoción de la situación de Porgy, que resonaba en su propio corazón: un hombre solitario con un cuerpo maltrecho; un abusador convencido de que podía manejar el mundo a su antojo; el mal omnipresente; la pérdida de la amada a manos de algo que se escapaba a su control, y lo que parecía ser un desafío insuperable.

Friedrich llevó a la orquesta a la dulce canción "Summertime", y anticipó el incremento de la emoción en la música. En su mente vio la letra… *shh… pequeño… no llores.*

La música desbordaba a Friedrich, con su poderosa belleza, su euforia y su verdad. Lo arrastró con ella. La orquesta estaba con él, y él con cada uno de los músicos.

Esto era lo que había añorado de niño cuando se imaginaba en el escalón más alto de aquella escalera de la fábrica de armónicas, a dos pisos de altura, dirigiendo una sinfonía imaginaria… El magnífico sonido que brotaba de muchos, una historia que saltaba a la vida a través de la interpretación.

Llevó la orquesta a un *crescendo* y un enérgico final.

Cuando la música terminó, Friedrich contuvo la respiración y aguardó.

Había siempre un momento entre el último sonido de la música y antes de la ovación, una pausa elegante, que Friedrich apreciaba especialmente. Era un instante cargado con una pregunta: ¿habría el público escuchado con el corazón?

Cuando el taxi se orilló en la esquina de la Calle 57 y la Séptima Avenida en Nueva York, Mike Flannery corrió hacia la entrada del teatro, donde había estado caminando de un lado para otro enfundado en su esmoquin.

La puerta trasera se abrió y Frankie salió corriendo hacia Mike y lo abrazó.

—¡Mírate! ¡Carnegie Hall! Tal como lo predijimos. ¿Y los palcos son todos dorados y las sillas rojas?

Mike rio y le dio a Frankie unas cuantas palmaditas en la espalda.

—Es como si estuvieras dentro de un huevo decorado de oro. Y las sillas son tal como la abuela dijo que serían —retiró un poco a Frankie para poder admirar su traje—. Tú tampoco te ves nada mal. Tu primer año en la escuela de derecho parece sentarte muy bien.

—Hasta el momento estoy entre los primeros de la clase —dijo, irguiéndose—. Y no te imaginas: vamos a ir a cenar filete y helado después, en recuerdo de los viejos tiempos. O… de los nuevos tiempos. *Alguien* hizo reservaciones en un famoso restaurante —señaló el taxi con un gesto, sonriendo.

El señor Howard le ayudó a la tía Eunie a levantarse del asiento trasero del taxi. Ella se veía muy elegante con su largo vestido negro y su estola de zorro plateado.

—*Yo* fui quien hizo la reservación —dijo ella, abrazando a Mike.

—Gracias, tiíta —respondió él, besándola en la mejilla. Se había convertido en su manera de llamarla, y ella insistía en que le gustaba mucho más que tía Eunie, que le parecía muy formal.

—El señor y la señora Potter te mandan sus mejores deseos —le comunicó.

—¿Cómo están ellos? —preguntó Mike.

—Felices como lombrices en Atlantic City, con su hija y sus nietos. A pesar de lo mucho que los extraño, hay que reconocer que les sienta bien el retiro.

Luego de que el señor Howard pagó el taxi, también abrazó a Mike.

—¡Estamos tan orgullosos de ti! ¿Y los ensayos? ¿Cómo han ido los ensayos?

—Bien, creo yo. Me gusta mucho el director, Friedrich Schmidt, mucho. A propósito, está buscando un abogado que le ayude a dejar listos los papeles para su padre y su tío. Oí que hablaba del asunto en la antesala, y le recomendé tu firma. Está interesado en hablar contigo. Los puedo presentar después del concierto, tras bambalinas.

—Será un placer. Y le ofreceré mi asesoría *pro bono*.

Frankie se le acercó.

—Eso quiere decir sin cargo, por el bien público.

Mike puso los ojos en blanco.

—Ya lo sé —miró al señor Howard—. Se está poniendo insoportable, ¿no es cierto?

—Sólo a veces —rodeó a ambos hermanos con los brazos y los estrechó hacia sí—. ¡Qué maravilla estar todos juntos otra vez!

Mike los condujo el interior del teatro y los dejó con un acomodador.

—Tengo que irme ahora —le hizo un guiño a la tiíta—. ¡Qué delicia el filete y el helado!

—¡Y el pastel! —dijo ella, sonriendo.

Él le plantó un beso en la mejilla.

—Tiíta, jamás hubiera llegado aquí de no ser por ti.

Ella le enderezó la solapa.

—Nos ayudamos uno a otro, ¿no? Pero creo que fui yo quien salió ganando en este arreglo. Dos muchachos tan buenos.

Mike hizo un esfuerzo por contener las lágrimas. La abuela lo había sabido desde el fondo de su corazón. La persona adecuada los había encontrado.

Frankie se inclinó hacia Mike y le mostró el puño levantado:

—Tú y yo, ¡siempre juntos!

Su hermano le correspondió, entrechocando su puño.

—Exactamente, pequeño, tú y yo...

En el vestidor, Mike aguardó la llamada.

Era curioso cómo las palabras de Frankie habían avivado sus recuerdos de infancia: la abuela contándoles de Carnegie Hall, el sótano del Hospicio Bishop y la noche en que trataron de fugarse.

Y resultó que, entonces, él había estado equivocado con respecto a tiíta. Ella sí había querido adoptarlos.

Mike había entendido mal los documentos en el escritorio de ella. La apelación para revertir las adopciones se había aprobado y se le habían enviado los documentos. Pero nunca iban a ser válidos a menos que ella los firmara, cosa que no planeaba hacer. Cuando la confrontó aquel día en la biblioteca, el amor del muchacho por su hermano había encendido una luz en el corazón de ella. Ceremoniosamente quemó los documentos en la chimenea al día siguiente de la caída de Mike desde el árbol cuando, como por obra del cielo, sólo lo dejó sin aire.

Mike, Frankie, el señor y la señora Potter, la tiíta y el señor Howard, pues nunca llegaron a llamarlo de otra manera, incluso después de que se casara con tiíta, se trasladaron a vivir a la casa de éste. A los hermanos no les había sucedido lo peor, sino lo mejor posible.

A Mike lo invitaron a unirse a la banda de Hoxie, y lo hizo y participó en ella durante un año. El señor Potter se había sentido encantado y continuó enseñándole. Después, cuando el piano empezó a consumir el interés y el tiempo del joven, empezó a pensar en dejar la banda. Un día, una representante de las damas voluntarias dio un apasionado discurso pidiendo instrumentos viejos para ser enviados a niños pobres, que de otra manera no iban a tener ninguna oportunidad de acercarse a la música.

Mike se sintió extrañamente impulsado, como si *tuviera* que despedirse de su armónica, como si alguien la estuviera esperando. Así que la entregó, enviándola en un viaje hacia otro niño que necesitara ver un mundo más brillante y con más posibilidades, y que quisiera expresar los sentimientos de su corazón, tal como lo había hecho Mike.

Para cuando Frankie tuvo la edad suficiente para participar en la famosa Banda de los Magos de la Armónica de

Filadelfia, ésta se había desintegrado por falta de fondos. Al chico no le importó mucho porque, para entonces, aspiraba a convertirse en vaquero, y estaba coleccionando cajas de cereal para canjearlas por una serie de cómics.

Al terminar el bachillerato, Mike fue admitido en la escuela de música Juilliard en Nueva York. Antes de empezar, el gobierno de Estados Unidos redujo la edad del ingreso a filas para el ejército a dieciocho años. Después de su servicio militar, finalmente entró al conservatorio y luego se presentó a las audiciones para la filarmónica de Filadelfia. Unos años más tarde, se mudó a Nueva York, el lugar al que siempre había soñado pertenecer.

Se oyó un golpe en la puerta de su vestidor privado. Una voz desde el otro lado lo llamó:

—Señor Flannery, cinco minutos para su llamada.

—¡Gracias! —respondió Mike, respirando hondo.

Se dirigió al escenario, buscando la mirada del encargado de escena, que le hizo señas para que se acercara.

—Faltan tres minutos para su solo.

Mike oyó las últimas líneas de la suite *Porgy y Bess*, y el atronador aplauso que las siguió.

Friedrich Schmidt salió del escenario hacia bastidores, donde Mike estaba esperando.

—¿Listo? —preguntó sonriente.

Mike asintió.

—Listo.

Friedrich esperó hasta que la orquesta se hubiera reagrupado y a que colocaran las partituras antes de volver a salir.

Mike lo siguió y se sentó al piano.

Friedrich levantó la batuta.

Mike oyó el *glissando* de clarinete que abre *Rhapsody in Blue*. Esperó a que los alientos y las cuerdas y el resto de la orquesta se desplegara a su alrededor. Estiró los dedos y los dispuso sobre las teclas tal como había hecho en la sala de la abuela o en el cuarto de música de la calle Amaryllis, sintiendo esa ya conocida atracción por tocar.

Esperó a oír el *crescendo*, y comenzó.

Mientras tocaba, pensó en Gershwin componiendo esa pieza en un tren, en medio del traqueteo y el cascabeleo y el movimiento sobre los rieles. Gershwin percibía la música en medio del ruido, y veía esa pieza como un despliegue de la esencia estadunidense: una composición de gente de todos los colores, pobres y ricos, callados y ruidosos, una mescolanza de humanidad.

Mike tocó como si estuviera en el vecindario de la abuela, con niñas jugando al avión y niños tras una pelota en la calle y coches y camiones haciendo sonar las bocinas y madres gritando por las ventanas para llamar a sus hijos. En el intervalo antes del final, oyó a su madre tarareando y vio a la abuela abriendo la ventana de par en par para que todo el vecindario pudiera oír la belleza de lo que tocaba.

La música se paseó a través de Central Park, por los distritos de Nueva York, cruzó los puentes de puntillas, dio vueltas en los salones de baile… corrió.

La Gran Manzana. Su ciudad. El lugar en el que siempre había querido estar. El lugar que la abuela había amado y donde siempre lo había querido llevar. ¿Estaba verdaderamente ahí, en ese escenario?

Imitó los ritmos de los martillos neumáticos y el *staccato* de las remachadoras a medida que la ciudad crecía hacia arriba, rascando los cielos. Continuó la música, pero su corazón seguía su viaje hasta este preciso instante en el tiempo: desde Allentown hasta Filadelfia y luego a Bishop, y las promesas entre Frankie y él de permanecer juntos. De Bishop a la calle Amaryllis, para aprender que hay que abrigar la esperanza de que las cosas saldrán bien sin importar cuánta tristeza haya en la vida, pues hay posibilidades iguales de que tal vez, un día no muy lejano, las cosas mejorarán. De la banda de armónicas de Filadelfia de Hoxie al ejército de Estados Unidos y a Juilliard hasta esta banca del piano en Carnegie Hall donde, por un momento y con algo de suerte, el corazón del público y el mundo entero se paralizarían.

El director hizo que la orquesta lo envolviera y, juntos, provocaron que el público se levantara de su asiento.

Mike salió de detrás del piano, tomó aire e hizo una reverencia mientras el aplauso lo acogía en sus brazos.

Por encima de las voces que vitoreaban, oyó a Frankie gritar:

—¡Bravo! ¡Bravo!

3

Tras bambalinas, durante el intermedio en la sala de espera, Ivy se miró en el espejo y sonrió aliviada. Había logrado llegar al final de la primera mitad de su debut con esta orquesta. Si Fernando hubiera estado allí para llegar con ella al teatro como las tantas veces que la había acompañado a la escuela el primer día de clases, tal vez no se habría sentido tan nerviosa.

Con anticipación, se alisó el vestido múltiples veces, y se preocupó tanto por su peinado que finalmente se recogió el pelo en una cola de caballo en la nuca, con un lazo negro, para que no interfiriera con su interpretación. Aunque no era la flautista principal, era la integrante más joven de la sinfónica. Todo el mundo había sido amable y acogedor, y el propio director se le había acercado para hablarle.

Deseó que sus padres pudieran estar allí esa noche también. Pero, con el tiempo que tomaba el viaje en tren, era una ausencia demasiado larga para que papá dejara la granja. Y Fernando necesitaba a su mamá en este momento. Le habían mandado flores, y todo su amor.

A pesar de que su papá había llegado a valorar el talento de Ivy para la flauta, sólo Fernando había logrado convencerlo de que le permitiera seguir una carrera de música. El señor no lograba entender que con ella pudiera llegar a mantenerse algún día. Pero Fernando había insistido. Dijo que era un gran honor tener a un músico en la familia, que cuando Ivy tocaba hacía feliz a la gente y les ayudaba a olvidar sus problemas por unos momentos. Le dijo a su papá que sin música el mundo sería muy triste. Y hubiera dado lo que fuera por oír algo tan hermoso como una orquesta tocando cuando estaba caído en el campo de batalla, sin saber si viviría o moriría, o si volvería a ver a su familia.

Años atrás, el muchacho en la bicicleta se había detenido a la puerta de los Lopez para entregar un telegrama. Fernando había sido herido, mientras rescataba a un compañero en un campo minado, y había perdido dos dedos en la explosión. Lo habían dado de baja del ejército con todos los honores por su valor.

Regresó a la casa del condado de Orange para echar raíces, y se casó con Irma Alapisco, la maestra de tercer grado de la escuela anexa, que en 1945, gracias al esfuerzo y la perseverancia de los padres, había pasado a formar una sola escuela con la principal de Lincoln. Fernando e Irma iban a tener a su primer hijo en cualquier momento. Ivy sonrió pensando en su familia y sus amigos en el condado de Orange, y en los diferentes caminos que habían tomado las vidas de todos.

Ella había llegado a la Filarmónica Empire de Nueva York a través de un programa de intercambio con la Filarmónica de Los Ángeles. Su mejor amiga, Susan Ward, se había convertido en secretaria jurídica. Tom, su hermano, había sido el único de los hijos de las tres familias en salir ileso de la guerra, y ahora se encargaba de administrar las granjas de su padre. Los Yamamoto regresaron a casa y retomaron su vida, cuidando su granja con el mismo cariño con que lo habían hecho antes de la guerra. Con el tiempo, Karen y Annie también se convirtieron en buenas amigas de Ivy. Y, afortunadamente, Kenny también había sobrevivido a la guerra.

En este momento estaba de licencia, antes de su siguiente misión en Corea del Sur, y se encontraba entre el público esta noche. Años atrás, ella le había prometido un concierto algún día. Ninguno de los dos hubiera podido imaginar que sería en este lugar: en Nueva York, en Carnegie Hall.

Antes del intermedio, Ivy había estado demasiado nerviosa para buscarlo entre el público. Pero ahora, mientras volvía al escenario para ocupar su lugar, paseó la mirada por la platea antes de que se apagaran las luces. Fue fácil encontrar a Kenny, enfundado en su uniforme azul. Estaba examinando el programa, levantó la vista hacia el frente, sus miradas se encontraron, y sonrió.

Ella se sonrojó y sintió que se le encogía el corazón de la dicha al pensar en todas las cosas que él había hecho por ella y por su familia: transferir a su papá la tierra y la casa después de la guerra, encontrarle a ella un maestro de flauta, ayudar a Fernando a buscar trabajo como electricista.

Tomó su flauta nueva, un regalo de Kenny. Ella había dicho que era excesivo, pero él había insistido en que se lo debía desde hacía tiempo. Primero porque le había prometido aquel día en la estación del tren que más adelante le devolvería la armónica y nunca pudo hacerlo. Ahora la guardaba, junto a su corazón púrpura, en la caja que contenía las medallas de su padre de la primera guerra mundial. Y segundo, porque ya le había salvado la vida. Esto no era exactamente cierto, pero si Ivy no le hubiera dado la armónica, quizás él no estaría vivo.

Todo el mundo decía que había sido un milagro. Algunos lo llamaban una obra de la mano de Dios. Otros decían que las estrellas se habían alineado a su favor y que sencillamente no le había llegado la hora de morir. Incluso aquellos que opinaban que no era más que una coincidencia afortunada, quedaban impresionados y querían estrechar la mano de Kenny de manera que algo de su buena suerte se les contagiara.

Para entonces, Ivy había oído la historia tantas veces que era capaz de recitarla de memoria. Curiosamente, jamás se cansaba de escuchar el misterioso relato.

Desde el día en que ella se la había puesto en la mano, la armónica se había convertido en el talismán personal de Kenny. La cargaba en el bolsillo izquierdo de su uniforme, lo mismo que otros soldados llevaban una pata de conejo o una medalla religiosa. Era parte tan importante de su uniforme como las plaquitas de identificación que debía usar colgadas al cuello.

Kenny había salido a una patrulla de rutina en una zona boscosa cuando su unidad fue emboscada. Las balas pasaban silbando a su alrededor. Sintió el ardor en una pierna y la sangre que le chorreaba hacia la bota. Pero fue al pecho donde se llevó una mano antes de derrumbarse al suelo. Miró hacia los pinos que se cernían por encima de él. El mundo quedó en blanco y, luego, en negro.

Se despertó en una antigua bodega, convertida en un campo de prisioneros alemán, en la zona acondicionada como enfermería, con la pierna peor de lo que se imaginaba. Tres jóvenes mujeres se ocupaban de cuidarlo mientras él iba y venía del delirio. La fiebre no cedía y ellas le enjugaban la frente. Durante los momentos de lucidez, las veía alisarle las sábanas y sentarse a su lado, inclinándose sobre él, a la expectativa. Y las oía murmurar:

—Tiene que vivir. Tiene que vivir.

Mientras yacía postrado, le leyeron historias de un libro antiguo. Historias de castillos y bebés desterradas, de una bruja, un chico excepcional, huérfanos y una niña que corría a través de un naranjal. En los peores momentos, cuando parecía que iba a morir, le cantaban.

Sus voces eran hermosas y sobrenaturales, y lo llenaban de dicha y determinación. Las canciones le pedían que no desfalleciera, como si estuvieran rogando por su propia vida, al igual que por la de él.

Una noche, su estado empezó a mejorar. La fiebre desapareció y se despertó hambriento. La luz de la luna se colaba a través de los barrotes de la ventana abierta, dibujando franjas iluminadas en el piso. Les sonrió a las tres mujeres que nunca se habían apartado de su lado. Ellas le devolvieron la sonrisa, asintieron al mismo tiempo y se tomaron de la mano. Pero antes de que él consiguiera pronunciar palabra, un remolino las arrastró fuera del cuarto, hacia la noche, y desaparecieron en otro lugar y en otro tiempo.

En la mañana, le preguntó a su enfermera alemana, Elisabeth, sobre las tres mujeres. Quería agradecerles. ¿Adónde habían ido? ¿Eran voluntarias? ¿Volverían después?

La enfermera le insistió en que no había tenido visitantes. Le dijo que la medicina que había estado tomando podía causar alucinaciones. Los soldados llegaban a ver todo tipo de cosas extrañas mientras estaban en el hospital. ¿Acaso no había mencionado a una madre y dos hermanas que se habían quedado en su casa? Tal vez había soñado con ellas. Le dio unas palmaditas en la mano y dijo que todo había estado en su mente. Le pidió que le hablara de su verdadera familia, en Estados Unidos.

Y empezó a contarle que solía tocar el violín, que sus hermanas tocaban la flauta y la historia del cuarto oculto tras el armario, donde su padre había escondido tres pianos y docenas de otros instrumentos musicales.

Elisabeth le platicó que su padre había tocado alguna vez el violonchelo con la Filarmónica de Berlín y que su hermano menor era un músico talentoso, el más talentoso que ella hubiera oído. Kenny sonrió. Por supuesto que iba a decir eso de su hermano, sin importar cuánto talento tuviera en realidad. En todo caso, le pareció que era conmovedor que ella estuviera tan orgullosa del muchacho.

Durante su estadía en la enfermería, Kenny se convirtió en una celebridad. Los prisioneros, más que todo franceses y estadunidenses, e incluso los guardias alemanes, llegaban a su lado para pedirle que les mostrara el talismán que le había salvado la vida.

Kenny siempre accedía, y lo sacaba de su bolsillo. Dejaba la armónica en la palma de su mano para que allí todos la vieran.

A pesar de las muchas veces que la había mostrado, lo seguía sorprendiendo la estropeada armónica que había bloqueado la bala mortal dirigida a su corazón.

Ivy ajustó las partituras. Aunque había disfrutado la suite *Porgy y Bess*, y también *Rhapsody in Blue*, era el musical *South Pacific* de Rodgers y Hammerstein su principal expectativa de la noche. Ya lo había escuchado dos veces en escena. Una, cuando acababa de llegar a Nueva York, hacía un año, y la otra, la noche anterior con Kenny.

El director, Friedrich Schmidt, entró al escenario, seguido por el pianista Michael Flannery, que se unirían a la orquesta en la segunda mitad, con un solo al final. Luego venía el barítono de la Ópera Metropolitana, Robert Merrill, también vestido de esmoquin, y que hizo una venia antes de sentarse junto al director. El público aplaudió expectante.

La arrebatadora obertura del musical comenzó. Ivy sintió que la historia la involucraba una vez más, llevándola en su relato. Era una producción magnífica sobre la discriminación y la injusticia: una mujer enamorada de un hombre que tenía hijos de raza mixta y su lucha por aceptarlos; un soldado enamorado de una hermosa tonquinesa y su conflicto con lo que su familia pudiera llegar a pensar si se casaba con ella. Era una historia enmarcada en la intolerancia y la guerra, que eran temas demasiado conocidos para ella.

La obertura estuvo seguida por Robert Merrill interpretando algunas de las canciones del musical. Al terminar cada una, el público se mostraba jubiloso. Se iba acumulando una energía innegable en la sala de conciertos.

Friedrich Schmidt levantó la batuta una vez más. Robert Merrill se aprestó a cantar. En el compás acentuado, Michael Flannery comenzó el preludio de piano, su propio arreglo para piano de la canción de amor "Some Enchanted Evening". Al principio la tocó lentamente, como una canción de cuna, y luego en forma potente, como una tormenta, hasta el final del último verso, donde volvió a la calma.

El director marcó la entrada de la orquesta.

Robert Merrill empezó a cantar la canción.

Ivy tocó su flauta y se entregó a la melodía, y su conmovedora y emotiva proclamación de amor le hizo brotar lágrimas de los ojos.

En una velada
que a tu amor encuentres
que a tu amor encuentres
verás quizá al pasar
y la oigas llamar
así al empezar
que la encontrarás
muchas veces más.

Ivy sintió que estaba bajo un encantamiento. Sus ojos se cruzaron con la mirada de otros músicos, y vio claramente que ellos también lo sentían así.

Esa noche había un fulgor en el auditorio, una comunión de espíritus, como si ella y el director y el pianista y la orquesta y todos entre el público fueran una sola persona, respirando el mismo ritmo, percibiendo la fuerza y la visión de los demás, llenándose de luz y belleza, y destellando bajo el mismo halo de estrellas…

¿Quién puede explicarlo?
¿O decir por qué?
Los tontos dan razones,
los sabios, callarán.

… enlazados por el mismo hilo de seda.

Diez años después de haberse perdido en el oscuro bosque y de ser hallado en el huerto de perales, Otto se casó con Mathilde.

Al fin y al cabo, ella siempre le había creído.

Tuvieron una hijita a la que llamaron Annaliese, que nació minusválida. Cuando fue evidente que jamás podría caminar sin dificultad, el médico del lugar les recomendó que la internaran en un asilo con otros impedidos, ¡pero ellos no podían soportar la idea! Probaron todas las pociones y cataplasmas, y acudieron a uno y otro doctor. Al poco tiempo, Otto estaba endeudado.

Se vio obligado a vender su casita en el campo y a trasladarse con su familia a un pequeño departamento en el pueblo. Entró a trabajar como afinador en un taller de instrumentos musicales. Con los años fue desarrollando la capacidad de detectar al oído la afinación perfecta, y los clientes empezaron a pedir que fuera él quien hiciera los encargos. Su patrón sintió envidia de su habilidad y la notoriedad que ésta le daba, y lo despidió del taller. Sin trabajo, con una hijita enferma y una esposa que merecía una vida mejor, Otto se sentía abatido, y a menudo recorría sin rumbo las calles del pueblo, rumiando sus preocupaciones.

Una mañana, vio un anuncio en la vitrina de una tienda. La gran fábrica de armónicas de Trossingen buscaba artesanos que pudieran producir instrumentos de primera calidad. Había que enviar una muestra de su trabajo en una fecha determinada. ¿Sería ésta su oportunidad? ¿Lograría construir una armónica? Debía intentarlo.

Otto trabajó día y noche en la mesa de la cocina para fabricar una muestra: lijó el peine de madera de peral, perforó la placa de lengüetas y afinó cuidadosamente el instrumento para que sonara igual que la armónica que tanto le gustaba, esa que Eins, Zwei y Drei habían bautizado con su aliento hacía muchos años.

Una semana después, envolvió el instrumento en un paño de cocina, se lo puso en el bolsillo y viajó a la fábrica a caballo y en coche. A su llegada, encontró que ya había hombres de toda la región en fila con sus respectivas armónicas. Otto sintió que el corazón se le encogía. ¿Cómo irían a juzgarlo en medio de tantos artesanos tan capaces?

El dueño de la fábrica era muy particular. Y Otto observó con angustia que casi todos los instrumentos eran rechazados, así como sus artesanos. Más de una vez, notó que unos u otros se limpiaban las lágrimas al ver que su obra no había dado la talla de las expectativas del dueño. Se preparó para recibir una decepción.

Pero cuando el dueño examinó la armónica de Otto y la probó, quedó tan sorprendido por la calidad y el timbre que le hizo un pedido.

—Necesito trece, para los directores de cada uno de mis departamentos, para que ellos también puedan oír y apreciar semejante excelencia. Si logra traérmelas para dentro de un mes, y son tan buenas como ésta que veo y oigo hoy, me gustaría abrirle un taller en su pueblo.

¡Otto se sentía dichoso! Podría pagar sus deudas. Podría volver a comprar su casita. Pero, sobre todo, Mathilde y él podrían permitirse cuidar de su querida Annaliese. Regresó a casa contento y decidido.

La víspera de la fecha en que debía entregar el pedido, estaba sentado a la mesa de la cocina, armando la última armónica. Reinaba la quietud en la casa y era tarde. Su esposa se había ido a la cama hacía rato. Su hermosa hijita dormía en un catre cerca de donde estaba él. El perro roncaba a sus pies. Luego de pulir la lámina de la cubierta, agotado, cayó en un profundo sueño y se derrumbó sobre el espacio en el que trabajaba. El instrumento fue a dar al suelo.

En la mañana, cuando se preparaba para partir, se dio cuenta de que no conseguía encontrar la decimotercera armónica. Llamó a su mujer para que lo ayudara.

Entre los dos buscaron arriba y abajo por toda la casa. Minutos después, ella se le acercó, con un instrumento dañado y mordisqueado en la mano.

—El perro…

A Otto lo asaltó la desesperación.

—Debo entregar trece. No tengo tiempo de hacer otra —se paseó inquieto por la habitación hasta que su mirada cayó sobre la armónica que las tres hermanas habían tocado, esa que le había servido para ajustar el timbre y la apariencia de las otras. ¿Podría desprenderse de ella?

La tomó y la envolvió con su mano. Se imaginó a las tres hermanas encerradas en ese yermo circular rodeado de árboles, abriendo el libro cada día al salir el sol para ver si se había escrito algo más de su historia. En ese momento, como si hiciera eco del recuerdo de Otto, el sol asomó por su ventana. La armónica relumbró en su mano. Las campanas de la iglesia repicaron. ¿Serían señales?

Otto miró a su esposa, que sostenía a su hijita.

Annaliese se liberó de los brazos de su madre y se acercó cojeando hacia él.

—Papá, ¿me puedes tocar una canción, por favor?

Con el corazón de Otto henchido de amor por su familia y gratitud por el futuro prometedor que tenía ante sí, tocó la armónica una última vez, distinguiendo perfectamente el timbre del canto de un pájaro, el de un arroyo cantarín y el ulular del viento entre troncos huecos. Pensó en los demás que vendrían luego de él, esas personas que nunca llegaría a conocer, que iban a necesitar la armónica y cuya vida algún día estaría al borde de la muerte pero daría un giro hacia la salvación.

Imaginó el encuentro de Eins, Zwei y Drei con su madre y su hermano en algún momento. Y supo que lo que ellas le habían dicho aquella vez era cierto. Las tres hermanas, Otto y los demás que algún día llegaran a tocar ese instrumento, soplando y aspirando a través de él, estaban unidos por el largo hilo duradero del destino.

Otto supo que había llegado el momento.

Inclinó la armónica y, con un pincel muy fino, dibujó una pequeña *M* roja en un costado de la placa de madera de peral.

M de Messenger y de mensajera, por lo que le aguardaba a esa armónica en algún momento del futuro.

En ese momento decisivo en que Kenny Yamamoto siguió con vida, en lugar de hundirse en la muerte, el hechizo quedó roto y, una vez más, la duda fue eclipsada por el encantamiento.

Las tres hermanas se vieron en la precaria cabaña en lo profundo del bosque, acompañadas por la comadrona, y todo a su alrededor, desde la mesa hasta las tazas, había reaparecido. Todo menos la bruja, que no se veía por ninguna parte.

Con la comadrona mostrándoles el camino, las tres hermanas huyeron por el bosque, como los pajaritos que alzaban el vuelo con tal facilidad. Iban turnándose para llevar el libro que, finalmente, había sido escrito: *La decimotercera armónica de Otto Messenger*.

Desde entonces y para siempre, Arabella, Roswitha y Wilhelminia vivieron en un castillo seguro y acogedor con su familia, que las amaba y las llamaba por su nombre.

Cuando rebosaban de dicha, cosa que sucedía a menudo, cantaban, y sus voces se entremezclaban con tal encanto que los habitantes del reino se paraban a escuchar y a admirar tales dones.

Y cada noche, al acostarse, cuando se preguntaban qué alegrías les depararía el mañana, y sabiendo lo precaria que podía ser la vida, repetían las palabras:

Incluso en la noche más oscura, una estrella brillará,
una campana tintineará y un camino se abrirá.

AGRADECIMIENTOS

Agradezco infinitamente a las siguientes personas:
Antes que nada y como siempre, a mi editora, Tracy Mack, la incuestionable estrella que iluminó el camino de este libro; a Emellia Zamani y Kait Feldmann, que trabajaron con ella; a la correctora Monique Vescia; y a la directora de arte Marijka Kostiw. Y al resto de mi familia editorial en Scholastic, por su experiencia profesional y su amistad personal: Ellie Berger, Lori Benton, Jazan Higgins, Lizette Serrano, Rachel Coun, Tracy van Straaten, Charisse Meloto, Antonio Gonzalez, Krista Kucheman, Emily Heddleson, Rachael Hicks, Karyn Browne, Janelle DeLuise, Caite Panzer, Alan Smagler y Annette Hughes (y su estelar equipo de ventas), Alan Boyko y Judy Newman (y sus increíbles equipos de mercadeo escolar, en especial Robin Hoffman y Jana Haussmann), y al director de Scholastic, Dick Robinson.

A Helen Ofield, presidenta de la Sociedad Histórica de Lemon Grove, quien fue la primera en mostrarme fotos de una banda escolar de armónicas con niños de primaria.

A Robert Alvarez Jr., profesor de estudios étnicos en la Universidad de California en San Diego, y a John Valdez, profesor de estudios multiculturales en Palomar College, por compartir la historia de sus familias relacionada con la segregación escolar de los méxico-estadunidenses en los años treinta, en especial el caso de *Roberto Alvarez vs. la junta escolar del distrito de Lemon Grove.*

A la compañía de armónicas Hohner y al historiador del Museo Alemán de la Armónica y el Acordeón en Trossingen, por la visita guiada a la fábrica y la ayuda continua en mi investigación sobre la historia y manufactura de las armónicas. Fue allí, en una vitrina, que descubrí las cartas de agradecidos familiares de soldados cuyas vidas habían sido salvadas por una armónica Hohner, y los instrumentos mutilados, algunos con una bala aún incrustada, que los habían protegido.

A Russell Holland, por su generosa hospitalidad y apoyo durante mi viaje a Alemania.

A Michael Bowman por compartir su detallada investigación sobre Albert N. Hoxie y la Banda de Armónicas de Filadelfia.

A Calvin College, en Grand Rapids, Michigan, y al Archivo de Propaganda de Alemania.

A los músicos que fueron también mis primeros lectores: Sally Husch Dean, directora artística del coro San Diego North Coast Singers; Ann Chase, soprano; David Chase, director de la Orquesta Sinfónica y Coro de La Jolla.

A David Serlin, profesor de comunicación en la Universidad de California en San Diego, por su concienzuda revisión y su atención a los detalles históricos en el manuscrito.

A John R. Whiteman, coleccionista, por sus conocimientos sobre la armónica Marine Band, y por el obsequio de dos instrumentos anteriores a la segunda guerra mundial, cada uno con la estrella de seis puntas en ellos.

A mi agente, Kendra Marcus, en BookStop Literary Agency.

Y a mi familia, como siempre, por su amor y paciencia.

Esta obra se imprimió y encuadernó
en el mes de febrero de 2017,
en los talleres de Impregráfica Digital, S.A. de C.V.,
Calle España 385, Col. San Nicolás Tolentino,
C.P. 09850, Iztapalapa, Ciudad de México.